Wozu braucht man Jungs?

Ein Jugend-Buch
von
Franziska Sgoff

Schwarzbuch Verlag

Weiße Reihe des Schwarzbuch Verlages
Tannenweg 3, 85406 Zolling

www.schwarzbuch-verlag.de

Deutsche Erstausgabe August 2019

Lektorat: Daniela Preiß
Satzerstellung: Neufeld Media · www.neufeld-media.de
Druck und Bindung: CPI books

1. Auflage

ISBN 978-3-946256-16-8

Für alle, die verstanden haben,
wozu man Jungs braucht

DANKSAGUNG

Ich danke dir, Stephan, dass du an mein Buch glaubst und ihm einen Platz im Schwarzbuch Verlag ermöglicht hast. Außerdem ist es super praktisch, den Verlag nur einen Katzensprung entfernt zu haben.

Danke an alle, die das Crowdfunding geteilt bzw. dafür gespendet haben.

Ich danke meinen Eltern dafür, dass ihr mich nicht für verrückt gehalten habt, als ich bereits in der Grundschule den Wunsch äußerte, Schriftstellerin sein zu wollen.Jetzt, da es endlich so weit ist, kannst es besonders Du, Papa, kaum mehr erwarten, das Buch endlich in den Händen zu halten.

Ich danke meinen Schwestern Vroni und Sabsi. Ich liebe euch über alles!

Meinem Neffen, meiner Nichte, ihr macht mich zur stolzesten Tante der Welt!

All meinen Verwandten und meinem Ersatzopa, der zwar nicht mit mir verwandt ist, für mich aber zu meiner Familie zählt.

Herzlichen Dank an meine Lektorin Daniela Preiß für die enge Zusammenarbeit. Dank dir habe ich jetzt beim Schreiben immer ein Synonymwörterbuch zur Hand.

Ich danke meinem Freund Daniel, dem besten Korrektor der Welt! Ohne dich hätte ich Daniela nie kennengelernt.

Ich danke Anne, dass wir gemeinsam Freising erkundet haben. Eis essen, Schulbesuche, du weißt schon, was ich meine.

Ich danke Marie und Markus, dass ihr bereits die ersten Lesungen für mich organisiert.

Ich danke all denjenigen, die Vorschläge für Lesungen haben und mir bei der Umsetzung helfen.

Ich danke dir, Monika, dass ich an deinem Geburtstag die Möglichkeit hatte, aus dem unveröffentlichten Manuskript vorzulesen. Es war mir eine große Ehre!

Ich habe so viele Freunde und Bekannte, die immer wieder nachgefragt haben, wann das Buch endlich fertig ist. Arschtritte können schließlich nie schaden!

Ich danke dem Freisinger Tagblatt, besonders Andrea, für die Artikel über mein Büchlein.

Danke an alle anderen, die sich bereiterklären, über das Buch zu berichten.

Danke Jan, dass ich durch dich Kerstin kennenlernen durfte, die mich ermutigt hat, immer weiter meinen Traum als Autorin, zu verfolgen.

Danke an Dich, Sylvia, dass du eine so tolle Mentorin bist.

Das Seminar über die Figurenzeichnung hat mir sehr geholfen, meine Charaktere noch besser kennenzulernen.

Trotz deiner wahrscheinlich sehr vielen Arbeit, antwortest du immer so schnell auf meine Mails.

Danke an meine Testleserinnen: Laura-Sophie, Angy, Vivi, Jasmin, Susanne,

meine Cousine Andrea, meine Assistentin Andrea

Und alle anderen wichtigen Menschen in meinem Leben, die mich während der Arbeit an »Wozu braucht man Jungs?« unterstützt haben.

Nicht zuletzt danke ich euch, liebe Leser, dass ihr in die Geschichte eingetaucht seid. Ich hoffe, ihr hattet ein paar schöne Stunden mit Sabrina und ihrer Clique.

Ich könnte die Liste noch endlos weiterführen, aber die Danksagung soll ja nicht länger werden, als die Geschichte selbst. ;-)

Eure Franzi

DAS GLÜCK DIESER ERDE

4. MAI

Schnell renne ich zum Haus, um Susanne abzuholen. Hinter mir läuft meine beste Freundin Mona, die sich normalerweise nur in der Schule sportlich betätigt. Aber jetzt scheint ihr die Aufregung einen Motor unter die Füße zu schnallen.

Es ist Samstagvormittag, die Sonne strahlt vom blauen Himmel und in meinem Inneren jubelt es so sehr, dass ich zuerst glaube, mir den Laut nur eingebildet zu haben. Doch ich nehme es tatsächlich wahr. Rechts im Garten, durch einen Lattenzaun von uns getrennt, bellt freudig ein Hund. Dann springt er an der Begrenzung hoch. Gerne würde ich dem Labrador über sein weiches Fell streicheln. Doch da geht bereits die Haustür auf und Susanne kommt uns entgegen. Zwei Stufen führen nach unten, die sie so sicher nimmt, wie ich mit Tim das Inline-Skaten üben will. Sie benutzt nicht einmal ihren Stock, um den Boden abzutasten. Locker hält sie ihn in der Hand, während ihre Augen, als könnten sie sehen, zu dem Hund hinübergleiten.

„Rocky! Aus! Das sind nur Freunde!"

Obwohl sie ihn zurechtweist, bemerke ich die Zuneigung in ihrer Stimme. Außerdem fällt mir auf, welche Klamotten sie trägt: eine pinke Outdoor-Weste, dunkle Matschhose und Turnschuhe.

Nach einer kurzen Umarmung hakt sich Susanne bei mir unter, damit ich sie zum Wagen führen kann. Am Steuer des Passats sitzt Petra Steiner, Monas Mutter. Weil sich mein Bruder auf dem Beifahrersitz ausgebreitet hat, schieben wir Mädels uns zu dritt auf die Rückbank.

„Alles angurten“, ermahnt uns Frau Steiner. Und dann drückt sie auch schon aufs Gaspedal.

Mit jedem Kilometer, den wir zurücklegen, steigert sich meine Vorfreude. Aufgeregt plappert Mona neben mir, doch ich höre gar nicht hin, weil meine Gedanken um das Abenteuer kreisen. Wenigstens fällt mir auf, dass Susanne ungewöhnlich still ist. Sie zupft an ihrer Kleidung herum und wirkt ein bisschen blass.

„Alles okay?“

„Ich … habe das noch nie gemacht“, gibt sie zu Bedenken.

„Aber kein Problem!“ Mona wirft beide Hände in die Luft. „Du darfst dich den Tieren bloß nicht von hinten nähern. Ansonsten … Alles easy! Freu dich drauf!“

„Und wenn sie mich nicht mögen? Oder sie haben Angst vor mir“, wendet Susanne ein.

Dasselbe habe ich am Anfang auch befürchtet, doch die Trainer wissen, was sie tun. Und sie werden meine Freundin nicht alleine lassen. So kann ich ihr nur Mut zusprechen.

„Außerdem musst du nicht rauf, wenn es dir unangenehm ist.“

Von vorne lässt Kevin ein Brummen hören, das alles Mögliche bedeuten könnte. Freundschaftlich drücke ich Susannes Hand und irgendwie ringt sie sich zu einem Lächeln durch.

„Da ist das Schild!“, ruft Mona, „nur noch ein paar Meter!“

Nach 20 Minuten Autofahrt rollen wir auf den mit Kies gesäumten Parkplatz. Meine Augen huschen sofort zu einem ausgewachsenen Pferd. Wie gut es mir gefällt mit seiner langen, weißen Mähne und den kräftigen Fesseln! Eine junge Frau, die den Hengst am Halfter führt, nickt uns fröhlich zu.

„Herzlich willkommen auf unserem Hof. Ich bin Clara, eine der Reitlehrerinnen. Und das ist Bingo.“

Sie tätschelt den Hals ihres Gefährten, der daraufhin ein Schnauben von sich gibt. Nacheinander stellen wir uns ebenfalls vor.

„Super“, meint Clara, „dann mach ich euch gleich mit Iris bekannt, die unsere Schule leitet. Muss nur noch kurz Bingo in den Stall bringen.

Oder"- sie schaut zu Mona -„magst du mir helfen? Wenn du bereits Reitstunden hattest, kennst du dich ja aus."

„Gern!" Mona strahlt. Beinahe wäre sie zu Bingo gehüpft, den sie zuerst an ihrer Hand schnuppern lässt.

Susanne traut sich noch nicht, ein wildfremdes Pferd zu berühren. So schüchtern, wie sie plötzlich wirkt, habe ich sie nie zuvor erlebt. Aber Iris weiß damit umzugehen.

„Wir haben in unserem Reitunterricht Erfahrung mit Behinderten. Rollstuhlfahrer zum Beispiel. Blinde Reitschüler hatten wir bisher noch nicht, aber du kannst uns doch weiterhelfen?"

Iris, die ich auf Mitte 50 schätze, trägt Stiefel in dezentem Gelb. Hose und Jacke sind im selben Farbton gehalten, während braune Locken ihr rundliches Gesicht umrahmen. Mit ihrer Stimme im Alt stellt sie klar: „Beim Reiten kommt es darauf an, das Pferd zu spüren. Und ich glaube, dass du die Körpersprache des Pferdes auch ohne Augenlicht erkennst. Wir probieren es gemeinsam."

Dafür wählt sie Sternchen aus, eine liebe Schimmelstute. Mir weist sie einen Haflinger zu. Dann schaut sie Kevin an, doch der zuckt nur die Schultern.

„Gucke zu, damit die Mädels nicht runter fallen."

„Na, dann kann ja nichts schiefgehen!" Iris bietet ihm noch eine Limonade aus dem Kühlschrank an.

Während er davongeht, um sich das Getränk zu holen, nehme ich Kontakt zu Votan auf. Meine Finger gleiten durch das rötliche, samtweiche Fell, bis er mich anstupst. Eine Einladung, um aufzusteigen?

Wenig später fliegt die Landschaft an mir vorbei und ein freudiges Prickeln breitet sich in meiner Magengegend aus. Ich kann es noch nicht richtig fassen, so wunderbar ist diese grenzenlose Freiheit. Votan bewegt sich in gleichmäßigem Tempo. Seine lange Mähne weht im Wind und nachdem ich meinen Zopf gelöst habe, fliegen mir die Haare wie ein Vorhang ins Gesicht.

Der Geruch nach Frühling und Wald steigt mir in die Nase. Ich will niemals aufhören, diesen Moment für immer festhalten. Die Sonne auf meiner Haut und ich auf diesem wunderschönen, starken Pferd. Hier fühle ich mich so sicher, als gäbe es uns in dieser Kombination schon eine Ewigkeit.

Ich wende den Kopf, um Mona zu sehen, die ausgelassen auf Bingo thront und mir zuwinkt. Von Iris geführt, dreht auch Susanne ein paar Runden über den Platz. Erst vor zwei Wochen habe ich sie kennen gelernt und wie viel inzwischen passiert ist, kann ich kaum glauben. Vor allem hätte ich nie erwartet, mit meinem Bruder auf den Reiterhof zu kommen. Aber Kevin hat sich vor der Reithalle positioniert. Er lehnt am Zaun und scheint wirklich darauf zu achten, dass uns nichts passiert. Als er meinen Blick bemerkt, grinst er mich an. Da lasse ich mit einer Hand die Zügel los, um meinen Daumen hochzurecken. Denn dieses Erlebnis kann uns niemand mehr nehmen.

SCHWÄRMEREIEN IM BÜFFELGEHEGE

24. APRIL

Kai mag vermutlich keine Pferde. Trotzdem ist er für mich der tollste Typ des Universums und ihm nahe zu sein, durch seine wuscheligen, blonden Haare zu streichen, könnte in mir den Sternenhimmel zum Leuchten bringen. Um mich kurz vorzustellen: Ich heiße Sabrina, bin 14 Jahre alt und wohne in Freising, einer Kreisstadt bei München. Meine Erfahrungen mit Jungs beschränken sich darauf, dass ich in der Grundschule Tobias geküsst habe. Es ist auf dem Pausenhof passiert und obwohl ich das damals total eklig fand, würde ich heute ein Vermögen dafür geben, wenn ich Kai auch nur umarmen dürfte.

Und dann hilft mir Frau Schwabeneder, unsere Biologielehrerin, denn sie teilt Kai und mich in eine Arbeitsgruppe ein. Nur uns beide!

Mit ihrer piepsigen Kleinmädchenstimme trägt sie auf: „Erstellt eine Präsentation über den Geparden, das schnellste Säugetier der Welt."

Mona, die in der Bank neben mir sitzt, rutscht eine Reihe vor zu Aylin, dabei bedenkt sie mich mit einem verschmitzten Lächeln. Gleichzeitig springt Kai von seinem Stuhl hoch, um beschwingten Schrittes nach hinten zu eilen. Wie er sich bewegt, erinnert mich das oft an einen Flummi. Selbst bei einer Schulaufgabe bringt er kaum die Füße unter den Tisch, weil es ihn nach draußen auf den Sportplatz zieht. Soweit ich weiß, kickt er am liebsten einen Fußball durch die Gegend.

Jetzt, da er mich anschaut, scheint die Unruhe von ihm abzufallen. Er grinst ein bisschen schief und ich kann mein Glück kaum fassen, als er auch schon an meiner Seite Platz genommen hat.

Tief sauge ich seinen Duft ein, nach Sommer, Sonne und Strand. Mir wird ganz schwindelig davon, aber Kai, der immer gut in Bio ist, beugt sich voller Tatendrang über das Heft. Und ich tue interessiert, um ein super Team mit ihm zu bilden. Außerdem hoffe ich, dass wir schnell fertig werden, damit noch Zeit zum Quatschen übrig bleibt.

Nur fühle ich mich innerlich sehr aufgewühlt, weshalb es mir schwer fällt, ein passendes Gesprächsthema zu finden. Überhaupt habe ich häufig den Eindruck, etwas Falsches zu sagen.

Als ob ihm das bewusst wäre, fängt Kai die Unterhaltung an. „Du bist echt gut im Schreiben."

Mein Herz klopft wie wild, während ich spüre, wie meine Wangen heiß werden. Irgendwie stottere ich: „Dafür … kannst du besser recherchieren."

„Das hab ich schon im Kindergarten gelernt", scherzt Kai.

Daraufhin müssen wir beide lachen. Scheinbar ist meine Verlegenheit um die nächste Ecke gebogen. Wenn es nach mir geht, kann sie ruhig noch eine Weile dort herumstehen.

Aus den Augenwinkeln schaue ich auf meine Armbanduhr, dann lasse ich den Blick durchs Klassenzimmer schweifen. Wie es aussieht, sind auch die anderen schon ziemlich weit. Vorne wippt Simon mit seinem Stuhl. Aylin und Mona kichern leise miteinander.

Mona ist seit Jahren meine beste Freundin. Und ich werde nie vergessen, wie wir uns kennen lernten: an unserem ersten Schultag. Meine Eltern hatten mir eine große Schultüte besorgt mit sehr viel Schokolade drin. Ich freute mich riesig, bis mein Bruder Kevin herbeistolzierte. Dass er fast zwei Jahre älter ist, lässt er mich auf seine Art und Weise spüren. Bei jeder Gelegenheit ärgert oder beleidigt er mich.

Diesmal fing er an: „He, Sabbi-Babbi! Hinter dem Berg Süßigkeiten sieht dich keiner mehr. So kannst du nie Freunde finden!"

Mir schossen die Tränen in die Augen, als er böse lachte.

„Wenn du das alles isst, wirst du fett wie ein Schwein!" Um seine Worte zu unterstreichen, machte er Grunzgeräusche.

Sofort schimpfte Papa mit ihm, während Mama mich tröstend in den Arm nahm. Schon damals war ich etwas pummelig. Ich hatte mich bemüht, weniger zu naschen und häufig draußen zu spielen. Aber mir fiel das meistens schwer.

In gedrückter Stimmung sank ich in den Rücksitz von Papas klapprigem Opel. Auf der anderen Seite wollte Kevin gerade die Tür öffnen, doch Papa hielt ihn zurück.

„Du fährst mit dem Rad."

„Aber Papa!"

Wann immer es möglich war, gammelte Kevin in seinem Zimmer herum, wo R.E.M. durch die Lautsprecher jagte und seine Rennautos herumkurven ließ. Dass er jetzt so kräftig strampeln musste, geschah ihm absolut recht!

Wahrscheinlich hatte er bloß ein paar Meter zurückgelegt, als wir vor der Schule parkten. Die Eltern verabschiedeten sich von ihren Kindern und wir stellten uns zu einem ersten Klassenfoto auf. Obwohl die anderen genauso große Schultüten bekommen hatten, wuselten sie leichtfüßig herum. Zwischen ihnen fühlte ich mich wie ein Stein, sodass ich mich hinten versteckte.

Der Lehrer richtete ein paar Worte an uns, die ich kaum verstand, weil plötzlich ein Mädchen neben mir auftauchte. Braune Locken, große Augen und eine zierliche Figur.

„Ich bin Mona."

Sie nahm meine Hand und zog mich ein Stück nach vorne. Im Unterricht setzten wir uns nebeneinander. Und daran hat sich bis heute nichts geändert. Unzertrennlich, wie Timon und Pumba aus »Der König der Löwen«, besuchen wir die achte Klasse der Karl-Meichlbeck-Realschule.

Gerade dreht sich Mona um, zwinkert mir zu und nickt bekräftigend. Nicht mehr lange, dann würde uns Frau Schwabeneder unterbrechen. Entweder versuche ich jetzt, mit Kai ein Date klarzumachen, wie es im Fachjargon der Flirtenden heißt. Oder wir verabreden uns nie.

Ohne weiter nachzudenken, platze ich heraus: „Hast du Lust, heute Nachmittag in die Eisdiele zu gehen?"

Mir wird ganz flau im Magen. Habe ich mich wirklich getraut, ihn darum zu bitten? Aber Kai reagiert ganz cool, mit einem breiten Grinsen.

„Ob du es glaubst oder nicht, dasselbe wollte ich dich auch schon fragen. Morgen um fünf?"

Das kommt mir vor, als würde ich von einem Wolkenkratzer stürzen und hart auf den Boden knallen. Sämtliche Luft wird mir aus den Lungen gepresst. Warum hat er heute keine Zeit für mich?

Kai scheint die Frage in meinen Gesichtszügen zu lesen, denn er fügt schnell eine Erklärung hinzu. „Ich habe einen Auftritt beim Poetry Slam. Dafür möchte ich vorher noch üben."

„Oh. Dann … komme ich und schaue mir das an."

„Wirklich?" Auf seinen Wangen breitet sich ein Grinsen aus, wofür ich ihn umarmen könnte. Nach dem Sturz vom Münchner Fernsehturm bin ich wieder aufgestanden.

„Um acht Uhr geht es los", hängt Kai noch an, obwohl mir das bereits bekannt ist. Einmal im Monat, an einem Mittwochabend, geht in Freising ein Dichterwettbewerb über die Bühne. Und das im wahrsten Sinne des Wortes, denn mehrere Künstler treten gegeneinander an, um ihre selbst verfassten Texte zu präsentieren. Durch den Applaus entscheiden die Zuschauer, wer den Poetry Slam gewinnt.

In der Mittagspause begleite ich die Mädels zur Kantine, für Kaiserschmarren mit Apfelmus. Der schmeckt sogar dort, aber heute schiebe ich das Essen nur auf meinem Teller hin und her.

„Was soll ich bloß anziehen?"

„Heute oder morgen?" Mona grinst mich schelmisch an, worauf ich mit einer unwilligen Geste reagiere. Meine beste Freundin sollte mich jetzt unterstützen, anstatt zu piesacken.

Das scheint ihr ebenfalls klar zu werden, denn ernsthaft schlägt sie vor: „Im Eiscafé dein rotes Kleid."

Das würde mir über die Knie fallen, während die Träger meine Schultern bedecken. Dazu die Ohrstecker mit den goldenen Steinen drin …

Ich gerate ins Schwärmen, aber Aylin ist anderer Meinung. „T-Shirt und kurze Hose. Einfach, dass du dich wohl fühlst."

Prinzipiell gefällt mir auch diese Idee, aber so hat Kai mich schon häufig gesehen. Einerseits wünsche ich mir, ihm etwas Besonderes zu bieten. Andererseits geht es hier um mich und weniger um meine Klamotten!

Allmählich schwirrt mir der Kopf, obwohl noch nicht einmal geklärt ist, was ich zum Poetry Slam anziehen soll. Von Kai ist weit und breit nichts zu entdecken, sicher bolzt er draußen mit ein paar Kumpels.

Deshalb zieht es mich ebenfalls hinaus, wo ich mich auf eine Bank setze. Damit die Zeit schneller vergeht, surfe ich in den sozialen Netzwerken umher. Außerdem rufe ich meine Mutter an.

„Mama!", rufe ich aus, „ich hab morgen ein Date! Mit Kai! Ist das nicht totaler Wahnsinn? Und beim Poetry Slam klatsche ich so laut, dass er bestimmt auf den ersten Platz kommt!"

Ich rede und rede. Als sie auch einmal zu Wort kommt, will sie nur wissen: „Wann bist du wieder daheim? Vergiss nicht, dass du morgen eine Schulaufgabe schreibst."

„Einen Aufsatz in Deutsch!"

Normalerweise habe ich damit keine Probleme, denn Schreiben bereitet mir Freude. Ich mag es, mit Wörtern zu jonglieren und auch Fremdsprachen haben es mir angetan. So habe ich mich, zu Beginn der siebten Klasse, leicht dazu entschlossen, neben Deutsch und Englisch noch Französisch zu wählen. Mona – die lieber mit den Händen arbeitet, als Vokabeln zu pauken – hat sich für Werken entschieden.

Musik mögen wir beide und ich würde gerne Gitarrenunterricht nehmen. Aber meine Eltern würden mir das nicht bezahlen, denn sie bestehen darauf, dass ich mich auf die Schule konzentriere.

So fordert Mama auch jetzt: „Darauf musst du dich vorbereiten."

„Und wie?", frage ich nun etwas schnippisch, „soll ich ein Wörterbuch studieren?"

Meine Mutter seufzt. Ich kann mir gut vorstellen, wie sie zu Hause das Gesicht verzieht.

„Sabrina, das ist doch nur ein Date. Männer kommen und gehen. Aber deine Bildung bleibt ein unverzichtbares Gut!"

Wie geschwollen sie sich ausdrückt! Anstatt mir Glück oder viel Spaß zu wünschen.

„Danke", murmle ich ironisch und lege auf. Eine Wolke scheint sich vor die Sonne zu schieben. Aber ich lasse nicht zu, dass es regnet.

Dafür quäle ich mich durch den Nachmittagsunterricht. Zuerst steht Geschichte im Stundenplan und hinterher der Mathehorror bei Frau Müller. Wie immer trägt sie eine Strickjacke, farblich passend zu dem Haargummi, der ihren Bob zusammenhält. Heute ist die Jacke lila und der Haargummi leuchtet gelb.

„Punkt vor Strich", erinnert uns die Lehrerin, „es sei denn, ihr habt eine Klammer. Die müsst ihr zuerst auflösen."

Während sie eine komplizierte Gleichung an die Tafel schreibt, drifte ich ab. Draußen in einem Baum nistet sich ein Vogel ein und ich denke darüber nach, ob hier eine Amsel in der Birke oder ein Zeisig im Ahorn brüten will. Immer wieder schaue ich auch auf die Uhr; eigentlich versuche ich alles, um nicht Kais Blick zu begegnen, weil ich dann rot anlaufen und mich vor der ganzen Klasse blamieren würde.

Als endlich die Glocke läutet, atme ich erleichtert durch. Zu Hause werde ich mich duschen, stylen und meinen Eltern gegenübertreten, um mit ihnen zu verhandeln, wie lange ich beim Poetry Slam bleiben darf.

Dummerweise lässt der nächste Bus noch eine Viertelstunde auf sich warten. Ich würde am liebsten die Zeit vorspulen; oder den Fahrplan beschwören, damit er sich ändert.

Obwohl ich aus dem Klassenzimmer flitze, hat Mona mich bald eingeholt. Außerdem schlendern Aylin und Simon heran.

Aylin ist in der Türkei geboren, wohnt aber schon lange in Deutschland. Seit der Eröffnung des eigenen Ladens arbeitet ihr Vater als Obst- und Gemüsehändler. Und meine Eltern nahmen mich regelmäßig mit, um frische Tomaten, Gurken und Schnittlauch für einen leckeren Salat zu kaufen. Solange sie in der Schlange ausharren mussten, tobte ich mit Aylin herum.

Noch immer gehören meine Eltern zu den Stammkunden im »Vitamin GO«. Die beiden Großbuchstaben, G und O, stehen für Gemüse und Obst, hat Aylin mir erklärt.

Sie trägt lange, schwarze Haare und die neugierigen, dunklen Augen passen gut zu ihrem fein geschnittenen Gesicht.

In einigem Abstand zu Aylin und Simon stolziert Nicole zur Bushaltestelle. Ihre Absätze sind so hoch, wie der Rock nur knapp den Hintern bedeckt. Hastig drehe ich mich weg, weil ihr überlegener Gesichtsausdruck mir jedes Mal zuwider ist. Überhaupt kann ich Nicole nicht leiden. Nur weil ihre Mutter bei einer Werbeagentur beschäftigt ist, hält sie sich für etwas Besseres. Dauernd gibt sie an!

Wieder – und bestimmt auch nicht zum letzten Mal – rege ich mich darüber auf, während noch eine Jugendliche kommt. In der rechten Hand hält sie einen weißen Stock und wischt damit über die Straße, von links nach rechts und beim nächsten Schritt wieder zurück.

Halblaut kommentiert Nicole: „Eine Blinde! Was will die denn hier?"

„Sei still!", zische ich.

Nicole drückt die Brust raus. „Ja glaubst du, die hat das jetzt gehört?"

„Sie kann nichts sehen. Da hat sie bestimmt bessere Ohren als wir", vermutet Simon.

In dem Moment stoppt die junge Frau und dreht den Kopf zur Seite. Mitgefühl steigt in mir auf, denn sie wirkt etwas verloren. Tastet sie mit der Stockspitze über den Asphalt, um herauszufinden, ob der Weg vor ihr frei ist? Jetzt hält sie das Hilfsmittel senkrecht wie einen Nordic Walking Stock, wobei ich auf ihrem Gesicht einen Ausdruck erkenne, als würde sie angestrengt lauschen.

Ich schließe die Augen, dadurch kann ich mich ein bisschen in die fremde Wahrnehmung hineinversetzen. Irgendwo bellt ein Hund. Motorengeräusche ziehen vorbei, deshalb riecht es nach Auspuffgasen. Und irgendwer, vielleicht ein Fünftklässler nach dem Sportunterricht, bringt eine unangenehme Schweißnote mit. Aufdringlich vermischt sie sich mit Nicoles Christina-Aguilera-Parfüm.

Zahllose Details, die ich nur selten beachtet habe, dringen auf mich ein. Und es versetzt mich in Erstaunen, dass die Welt so viele, bunte Klänge hat.

Im nächsten Moment höre ich jemanden rufen: „Platz da, du Blindschleiche!"

Ich reiße die Augen auf, um zwei bullige Typen zu erblicken, die der Braunhaarigen den Weg versperren. Nach meiner Schätzung sind sie Mitte 20, wobei mich schon der Kleinere um einen ganzen Kopf überragt. Bei ihrem Anblick läuft ein unheilvoller Schauer meinen Rücken hinunter.

Schnell schaue ich zu Mona, die sich nicht rührt. Aber ich sehe ihr an, dass auch sie die beiden angsteinflößend findet. Mit voller Absicht rempeln sie die Blinde an, dadurch fliegt ihr der Stock aus der Hand. Verdammt! Der schleudert fast auf die Straße!

Trotzdem rennen die Kerle lachend davon. Was so witzig sein soll, kann ich ehrlich nicht begreifen. Ihr Opfer steht nur da, mit geweiteten Augen und zitternd, als würde es frieren.

Ich überlege nicht lange, sondern sprinte zu der Stelle, wo der Stab über den Boden rutscht. Hastig bücke ich mich und bekomme ihn gerade noch zu fassen, bevor er auf die Straße gerät. Dann drehe ich mich zu dem Teenager um.

„Hier ist dein Blindenstock. Ich hab ihn dir aufgehoben."

Erst einmal betastet sie ihn prüfend. „Scheint nicht verbogen zu sein."

„Ich glaube, da ist nicht mal ein Kratzer dran."

„Danke schön", sagt sie schließlich zu mir, während ein Lächeln über ihre Wangen zieht. Sie ist ein bisschen kleiner als ich, schlank und steckt in Jeans. Ihr neongelbes T-Shirt dürfte niemandem entgehen, aber besonders fallen mir die Augen auf: geöffnet und smaragdgrün.

Sofort beneide ich sie um ihre wunderschönen, langen Wimpern. Ich will den Mund aufmachen für ein Kompliment, als mich ein Stromstoß durchzuckt. Bestimmt hätte sie lieber meine sehenden Augen als die eigenen!

Noch ein wenig verwirrt, höre ich mich etwas sagen, das beinahe genauso dämlich klingt. „Wir haben dich gerade beobachtet. Ich meine, Mona und ich. Meine beste Freundin."

„Ach so."

„Ich … Ich meine …“ Plötzlich wird mir heiß, denn sie soll sich nicht wie ein Objekt fühlen, das andere nur anstarren. Warum drücke ich mich immer so idiotisch aus?

Glücklicherweise kann die andere darüber lachen. „Ist doch kein Problem, das passiert Sehenden häufiger. Viele haben Berührungsängste und wissen nicht, ob sie einen Menschen mit Handicap ansprechen sollen.“

Kurz werde ich abgelenkt, weil ein Bus an die Station rollt. Sofort erkundigt sich meine Gesprächspartnerin: „Welche Linie?“

„631“, lese ich ab, obwohl ich die Nummer auswendig weiß. Nicole und Simon steigen ein, aber das Mädchen schüttelt den Kopf.

„Nein, den brauch ich nicht.“

Dafür wollen sich meine Füße in Bewegung setzen, doch ich könnte diesen Bus auch verpassen, um hier noch ein wenig zu quatschen. Dann müsste ich den nächsten nehmen, der fünf Minuten später fährt. Zu Hause bliebe immer noch genügend Zeit, mich für den Abend fertig zu machen.

Simon winkt mir zu, während Mona ebenfalls zögert. Dann kommt sie mit langsamen Schritten näher, sodass der Busfahrer die Türen schließt und Gas gibt. Gemächlich nimmt das Gefährt seinen Weg auf, wobei es eine stinkende Wolke zurücklässt. Trotzdem hole ich einen Riegel Kinderschokolade aus meiner Schultasche. Ein bisschen Nervennahrung kann ich dringend gebrauchen und nach dem Schock mit den zwei Rowdies die Brünette sicher auch.

„Magst du ein Stück Schokolade?“

„Ja gerne“, nimmt sie an, als das Papier schon unter meinen Fingern knistert. Schnell packe ich die Süßigkeit aus, breche eine Ecke ab, doch dann fühle ich mich plötzlich verunsichert. Wenn ich ihr das Stück hinhalte, wird sie nicht danach greifen, also muss ich mir eine andere Strategie überlegen.

Im nächsten Moment geht mir auf, dass ich zu kompliziert gedacht habe, denn das Mädchen streckt die Hand aus. Und ich lasse eine Rippe hineinfallen, bevor ich mir selber etwas nehme.

Aus den Augenwinkeln erspähe ich, dass Aylin noch immer an der Haltestelle steht. Wie einen Abenteuerroman studiert sie die Fahrplanauskunft.

Inzwischen setzt meine neue Bekannte die Unterhaltung fort. „Ich habe schon erlebt, dass mich die Leute einfach packen und wegziehen. Aber das geht überhaupt nicht!"

Sie sagt noch mehr dazu und ich versuche, mir die Einzelheiten vorzustellen. Zwei, drei Schritte müsste ich in eine falsche Richtung laufen, vielleicht ungewollt die nächste Straße überqueren oder um irgendeine Ecke biegen. Und was dann? Derjenige, der nach meinem Arm gegriffen hätte, lässt ihn plötzlich wieder los und spaziert davon. In dem Glauben, sich als hilfreich erwiesen zu haben, aber ich könnte mich weniger orientieren als zuvor.

Ohne Augenlicht verwandeln sich ein paar Meter in eine ganze Welt. Bestimmt fühlt es sich scheußlich an, so ausgeliefert zu sein. Und dennoch: Mit einer Freundin wie Mona würde ich es schaffen!

Gerade nennt sie ihren Namen, um die Blinde zu begrüßen. Die entgegnet: „Susanne."

Gleichzeitig streckt sie eine Hand nach vorne, jedoch bin ich solche Höflichkeiten nicht gewohnt. Irritiert schaue ich Mona an, die besser reagiert und Susanne die Hand schüttelt.

„Sabrina", bringe ich heraus, dabei klingt meine Stimme ein wenig verzerrt. Ob Susanne das auffällt? Verrät ihr der Tonfall oder ein Händedruck so viel wie mir ein Gesicht?

Unzählige Fragen schwirren durch meinen Kopf, aber Mona sortiert schneller aus. „Wie orientierst du dich?"

„Wenn ich mich auskenne, kann ich alleine mit dem Blindenstock gehen. Ansonsten", erläutert Susanne, „muss ich mich führen lassen. Der Blinde hakt sich bei dem Sehenden ein."

„Kannst du mir zeigen, wie man das macht?"

„Na klar. Wenn es dir nicht unangenehm ist."

Mona schüttelt den Kopf.

„Darf ich?", fasst Susanne nach.

„Ääh …“ Selten dämlich blickt Mona drein, beinahe muss ich lachen über ihren Gesichtsausdruck. Aber ich beiße mir auf die Zunge, weil ich meine Freundin nicht verärgern will.

Außerdem interessiert mich sehr, wie der Alltag für Susanne funktioniert. Bis heute, stelle ich fest, habe ich kaum ein Wort mit Behinderten gewechselt.

Susanne sucht und findet schließlich Monas Arm, daraufhin hakt sie sich unter. Ein paar Meter gehen die beiden hin und her.

„Gar nicht so schwierig“, kommentiert Mona.

„Es gibt noch eine andere Technik, die »Sehende Begleitung«. So.“

Kurz löst Susanne sich von Mona, um sich danach an ihrem Ellenbogen festzuhalten. „Aber das ist mir eher unangenehm, weil ich mich nicht sicher genug fühle.“

Auch ich würde beide Varianten gerne testen, doch ausgerechnet in diesem Moment kommt der Bus herangebraust.

„630?“, vergewissert sich Susanne.

Nachdem ich es bestätigt habe, steuert sie zielstrebig auf das haltende Fahrzeug zu. Mehr als sonst achte ich auf den Zischlaut, bevor sich die Türen öffnen.

Mit dem Stock voraus tastet Susanne nach der Stufe. Soll ich ihr helfen oder wäre das aufdringlich? Ich überlege noch, als sie dem Mann hinter dem Lenkrad eine Plastikkarte zeigt. Ein Fahrschein sieht anders aus, aber der Chauffeur nickt.

„In Ordnung.“

Hinter Susanne steigen Mona und Aylin in den Bus, gefolgt von mir. Sofort entdecke ich eine Vierersitzgruppe, die auch Mona bemerkt hat, denn sie schiebt Susanne schon dort hin. Aylin und ich nehmen den beiden gegenüber Platz, sodass wir rückwärtsfahren.

Als der Bus um eine Kurve biegt, durchzuckt mich die Befürchtung, dass Susanne gleich wieder raus muss. Es würde mich freuen, mit ihr in Kontakt zu bleiben, deshalb frage ich hastig: „Wollen wir Nummern tauschen?“

Ich speichere ihre in mein Telefon, danach schicke ich ihr eine SMS. Wie sie die Textnachricht wohl lesen kann?

Diese Frage liegt mir auf der Zunge, aber ich brauche sie nicht mehr zu stellen, denn aus Susannes Tasche kommt ein Klingelton und eine künstlich erzeugte Stimme. Ich verstehe nicht ein einziges Wort, aber das Gerät gibt offensichtlich meine Mitteilung wieder.

Am Bahnhof trennen wir uns voneinander. Normalerweise winke ich meinen Freunden zum Abschied, wovon Susanne allerdings nichts hätte. Also drücke ich kurz ihre Finger.

KLEINER UND GRÖSSERER MÄDCHENKRAM

Kaum daheim, springe ich unter die Dusche. Ich wasche mir die Haare mit einem Shampoo, das nach Erdbeeren riecht. Dann greife ich nach meinem Schokoduschgel, als jemand an die Tür zum Badezimmer klopft.

„Wie lang noch? Du bist seit Stunden da drin!“, regt sich mein Bruder auf.

Seit Stunden? Erschrocken fahre ich herum, dabei stoße ich mir den großen Zeh an der Einstiegskante. Vor Schmerzen heule ich auf wie ein Wolf.

„Was?“, fragt Kevin wenig sensibel.

Als ich es erkläre, lacht er schallend los. Das bringt mich derart in Rage, dass ich mich hastig trockenrubbele, die Tür aufreiße und an ihm vorbei in mein Zimmer stürze.

Erst vor dem Kleiderschrank bleibe ich stehen, wo mir die Ratschläge von Mona und Aylin fast Kopfschmerzen bereiten. Ich wünschte, ich könnte jetzt mit meiner Mutter reden, die als Einzelhandelskauffrau in einem Modegeschäft immer sehr stilsicher ist. Entweder kleidet sie beruflich ihre Kundinnen ein oder sie berät Mona und mich. Das heißt, wenn sie einmal Zeit dafür hat. Jetzt gerade ist sie nicht zu Hause, deshalb muss es anders funktionieren.

Damit Kai mich bemerkt, möchte ich aus dem Publikum herausstechen. Bisher, überlege ich, haben ihm Mädchen wie Bianca aus der Sechsten gefallen. Die läuft immer in Markenklamotten herum, »Esprit« oder »Zara«, da kann ich ohnehin nicht mithalten.

Karin genügt weniger Stoff am Körper und mit ihren weit ausgeschnittenen Shirts wirkt sie als Magnet für das männliche Geschlecht. Aber Kai durch meine Oberweite zu beeindrucken, ist das Letzte, was für mich infrage käme.

Nacheinander schlüpfe ich in mehrere Outfits, wovon mich keines richtig überzeugt. Außerdem ärgert mich, dass ich nicht zurück ins Bad kann, weil das immer noch von Kevin belagert wird. Doch Mama hat einen Schminktisch im Schlafzimmer, wo ich genauso in den Spiegel schauen kann.

Ich bin schon unterwegs, als mir siedend heiß einfällt, dass Kai mich noch nie in Sportklamotten gesehen hat. Darin könnte ich ihn überraschen! Eine kurze Hose und darüber …

„Hey! Kevin!"

Stürmisch klopfe ich an die Tür, aber er brummt nur genervt. Weil mir das bereits vertraut ist, hält es mich nicht zurück.

„Ich brauche dein FC-Bayern-Trikot."

„Hä?"

Wenigstens dreht er jetzt das Wasser ab, wodurch das Hintergrundrauschen versiegt und ich nicht mehr schreien muss. Doch in meine Worte schleicht sich ein flehender Ton, der mir missfällt.

„Bitte, Kevin! Ich brauche es dringend!"

„Spinnst du?", grunzt er zurück. Danach höre ich nichts mehr von ihm. Obwohl ich mit den Fingern gegen die Tür trommele, gibt mein Bruder keinen Laut von sich.

Mir ist natürlich klar, dass er sein Trikot normalerweise hütet wie einen Schatz. Und dass von allen, denen er es anvertrauen könnte, ich so ungefähr die Letzte wäre, weil ich ja sowieso keine Ahnung habe von Fußball.

Warum es so aufregend ist, wenn 22 Männer einer Lederkugel hinterherjagen, wird tatsächlich ein Rätsel für mich bleiben. Kevin ist in diesen Sport genauso verharrt, wie ich es mir bei Kai vorstelle. Samstagnachmittag, halb vier kann nur eines bedeuten: Bundesliga-Zeit. Herumhüpfen. Und außer sich geraten, sobald ein Tor fällt.

Ich schnaube verächtlich, weil ich das richtig albern finde. Aber jetzt brauche ich das Leibchen.

„Bitte", drängele ich weiter und verspreche dem stolzen Besitzer: „Du kriegst es auch heil zurück. Und frisch gewaschen! Ich will nur …"

In dem Moment reißt er die Tür auf. Das passiert so plötzlich, dass ich erschrocken quieke und einen Schritt zurücktaumele, als wäre ich vor eine Mauer geprallt.

Kevins Anblick finde ich noch schlimmer. Zwar hat er sich ein Handtuch um die Hüften geschlungen, damit ich ihn nicht völlig nackt ertragen muss. Doch der Oberkörper ist frei und Wassertropfen laufen darüber, was seiner fahlen Haut einen merkwürdigen Glanz verleiht.

Innerlich schüttelt es mich, aber ich darf mir jetzt nichts anmerken lassen. So trete ich wieder auf Kevin zu.

„Wenn du mir nicht hilfst …" Meine Stimme bebt und dann beschließe ich, zu einer List zu greifen. „Ich könnte Mama verraten, wie oft du …"

Mehr brauche ich nicht zu sagen, denn seine Gesichtszüge verzerren sich, als hätte ich ihm in den Magen geschlagen. Und ich fühle mich auch schlecht dabei, dass ich Kevin jetzt so unter Druck setze. Aber Kai bedeutet mir mehr! Und das ist meine erste Chance, ihm zu imponieren, die möchte ich auf keinen Fall verpassen.

„Du Biest!", keucht Kevin. Seine Augen werden groß vor Empörung, doch ich gebe nicht mehr nach.

„Du gibst mir das Trikot?"

Neben dem Fußball hat Kevin eine zweite, große Leidenschaft, nämlich Computerspiele. Sein gesamtes Taschengeld geht dafür drauf, was er freimütig zugibt, doch auch über dieses Hobby kann ich nur den Kopf schütteln. Meinen Bruder werde ich nie verstehen!

In jeder freien Minute, wenn nicht gerade ein Fußballspiel übertragen wird, klemmt er sich hinter den Bildschirm. Dabei interessiert ihn kaum, wie spät es ist und Mama hat ihn sogar nachts um halb zwölf noch vor der Kiste erwischt. Sie hat gedroht, ihm den Computer für ein paar Tage wegzunehmen, wenn er nicht spätestens um 10:30 Uhr

Schluss macht. Seitdem setzt er Kopfhörer auf und schummelt sich durch, weil die Geräusche gedämpft sind.

Aber das Zocken ist Kevin an die Substanz gegangen. Oder er hat einfach ignoriert, dass für jeden, der zufällig an seiner Zimmertür vorbeikommt, ein Lichtschein herausdringt.

Glück für mich, denn dadurch habe ich meinen Bruder entlarvt. Schlaftrunken bin ich zur Toilette geschlurft, um im nächsten Moment vollkommen wach zu sein. Wer weiß, wozu es gut ist, gegen Kevin einen Pfeil in die Hand zu bekommen.

Erwartungsvoll schaue ich ihn an. Er presst die Lippen aufeinander und mir entgeht nicht der Ärger, der in seiner Brust tobt. Zwischen zusammengebissenen Zähnen knurrt Kevin mich an: „Okay. Hast gewonnen!"

Dann wendet er sich ab, knallt energisch die Tür zum Badezimmer zu. Ein Lachen steigt in mir hoch. Kevin zu besiegen, ist ein unbeschreibliches Gefühl!

Allerdings ist damit nur ein Teil geschafft und ich fürchte, die größere Herausforderung steht mir noch bevor. Trotzdem hüpfe ich wie ein Flummi den Flur entlang.

Mama ist gerade nicht zu Hause, aber Papa, der als Informatiker arbeitet, hat sich bei uns ein Büro eingerichtet. Oft beugt er sich über seinen Laptop, wobei sich tiefe Falten in seine Stirn graben. Ich nehme dann auch den angestrengten Gesichtsausdruck wahr und es fehlt nur noch, dass Papa anfängt zu schwitzen.

Seinen Beruf finde ich echt spannend. Ja, ich kann mir gut vorstellen, selber einmal in diese Richtung zu gehen. Aber im Augenblick zählt für mich nur, dass Kai von mir begeistert ist.

Ein Prickeln läuft durch meinen Körper, weil ich an ihn denke. Beinahe vergesse ich, bei Papa anzuklopfen. Doch einfach so hereinzustürmen, dafür hätte ich teuer bezahlt. Schon drückt meine Hand den Türgriff herunter, da kann ich mich gerade noch bremsen und vorsichtig um Einlass bitten.

Wie erwartet, sitzt Papa hinter dem Schreibtisch. Gerade hängen ihm die Haare ein bisschen ins Gesicht und mit seiner riesigen Brille sieht er aus wie ein Professor. Flüchtig linst er über die Gläser.

„Sabrina? Was gibt's?"

„Ich, ääh …"

Na, das ist ja großartig! Ich bräuchte eine Strategie, irgendwelche Tricks, um Papa abzutrotzen. Doch mein Kopf kommt mir vor wie leergefegt.

Immerhin kennt Papa sich aus, denn er bietet mir eine ideale Vorlage. „Ist es wegen heute Abend? Deine Mutter hat schon erwähnt, dass du zum Poetry Slam willst."

So regeln sie das immer. Wenn Kevin oder ich einem Elternteil eröffnen, was wir gerne hätten, ruft der sofort den anderen an. Schnell und präzise stimmen sie sich ab, sodass ich auch diesmal in einem engmaschigen Netz lande.

Ich beiße mir auf die Unterlippe, frustriert darüber, dass die beiden zuverlässig handeln, wenn sie mir etwas verbieten können. Ansonsten finden sie nur wenig Zeit für mich.

„Also … ja, es könnte länger dauern", wage ich mich weiter vor.

Papa hebt fragend eine Augenbraue. „Wie spät?"

„Vielleicht so … Ruckartig geht mir auf, dass ich es nicht weiß. Ein paar Mal habe ich mir das Spektakel angeschaut, zusammen mit Mona und Aylin. Aber nie sind wir bis zum Ende geblieben.

Wenn ich Papa jetzt nicht sagen kann, worum es mir geht, wird er sofort einen Riegel vorschieben. Also drücke ich die Schultern durch und übertreibe gezielt: „So um elf."

„Was?" Papa reißt die Augen auf, als würde er mich fragen, ob ich denn verrückt geworden bin. Nervös zupfe ich am Ärmel meines T-Shirts.

„Es ist wirklich wichtig. Ein Klassenkamerad tritt auf." Ich zögere kurz, phantasiere dann aber doch. „Alle kommen, um ihn anzufeuern. Wenn ich nicht dabei bin …"

Plötzlich zwinkert Papa mir belustigt zu. „Du meinst wohl eher, dein Schwarm."

Mir wird so heiß, dass ich schon glaube, ein Lavastrom schießt in mir hoch. Auch das hat Mama erzählt! Ich fühle mich von ihr verraten, gedemütigt und reagiere darauf, indem ich knapp erwidere: „Kai."

Soll Papa denken, was ihm passt. Von mir wird er jedenfalls nichts erfahren! Doch er lacht, was mich zusätzlich entrüstet. Dann legt er den Kopf ein wenig schief.

„Morgen ist doch die Erörterung in Deutsch."

„Ja, aber …"

„Gut", kürzt er meine Ausführungen ab.

Ungläubig starre ich zu ihm hin. Hat er das gemeint, was ich mir wünsche? Vielleicht sind seine Worte falsch bei mir angekommen. Irgendwie missverständlich.

Aber Papa erklärt: „Du kannst gehen, bis halb elf. Ausnahmsweise!"

„Klar", stammele ich, während eine Welle von Glücksgefühlen mich erfasst. Es ist wie ein wärmender Strudel, der mich fortreißt, weshalb ich Papas Begründung nur oberflächlich registriere.

„Allmählich bist du alt genug, um Verantwortung zu übernehmen. Also zeigst du uns, was in dir steckt. Deine Mutter und ich erwarten, dass du morgen einen guten Aufsatz schreibst. Mindestens eine Zwei!"

FASCHING FEIERN IM APRIL

In manchen Punkten sind Papa und ich uns sehr ähnlich. Beide etwas mollig, weil keiner von uns den Süßigkeiten widerstehen kann. Außerdem lieben wir es beide, uns mit Lesestoff auf die Couch zu kuscheln, bei Papa sind es aber Bücher zum Kochen und Backen. Er ist wirklich ein großes Schleckermaul!

Dass er jetzt an mich glaubt und ich tatsächlich heute Abend weggehen darf, lässt mich beinahe fliegen. So brauche ich nur ein paar Minuten, um mich fertig zu machen und den Ein-Euro-Laden »Teddy« zu stürmen. Dort erstehe ich eine Trillerpfeife, um Kai so richtig anzufeuern. Selbst wenn sein Text mir nicht gefallen sollte, werde ich jubeln, weil Kai für mich der Größte ist und ich ihm den Sieg von ganzem Herzen wünsche. Das bringt mich zu einer verwegenen Idee: im Publikum zu zeigen, wenn mir ein Auftritt nicht so gut gefällt. Dafür bräuchte ich andere Hilfsmittel.

Prüfend schaue ich mir an, ob es hier noch etwas Nützliches zu kaufen gibt. In der Grundschule, fällt mir ein, hat die Lehrerin uns manchmal Karten auf den Tisch gelegt: eine grüne, wenn wir uns still und konzentriert verhalten haben. Die gelbe Pappe ermahnte uns, doch besser aufzupassen. Wer laut gewesen war und die anderen gestört hatte, bekam einen verschärften Hinweis, nämlich die rote Karte.

Wage erinnere ich mich, dass es dasselbe Prinzip auch im Fußball gibt. Und ich stecke ohnehin in einem Trikot, würde also passen!

Gelbe und rote Karteikarten sind schnell gefunden. Zwar guckt die Kassiererin ein wenig komisch, wodurch ich plötzlich das Gefühl bekomme, mich verteidigen zu müssen. Doch meine Erklärungen wären garantiert so, dass sie mich von der Liste der normalen Menschen streichen würde.

Oder sie wundert sich nur, weil mir das Leibchen ein paar Nummern zu groß ist. Die Ärmel fallen weit aus und über dem Bauch schlabbert der Stoff. Wenigstens das könnte ich allerdings mit einem Gürtel lösen. Mona hat so einen mit Nieten drauf, der mir gut gefällt. Gerade in dem Moment, als sie aufbrechen will, erreiche ich sie auf dem Handy. Sie verspricht mir, den Gürtel schnell noch zu holen. Später beäugt sie mich kritisch.

Aber Aylin grinst. „Hey, Fasching ist erst wieder nächstes Jahr!"

Anstatt darauf einzugehen, dränge ich meine Freundinnen zu der langen Schlange vor dem Eingang. Gefühlt ganz Freising reiht sich ein, um zu bezahlen und einen Einlassstempel aufgedrückt zu bekommen. Allmählich wird mein Geld knapp. Und morgen will ich auch noch mit Kai in die Eisdiele gehen, aber für ihn wäre mir nichts zu teuer.

In heller Aufregung wippe ich von einem Fuß auf den anderen, weswegen Mona schon ganz genervt zu mir rüberschaut. „Du machst mich nervös mit deinem ewigen Gezappel."

„Tut mir leid", murmle ich, kann aber trotzdem nicht damit aufhören. Um mich abzulenken und Mona zu beruhigen, erzählt Aylin, was sie für das Wochenende plant. Am Samstag will sie mit ihrer Familie nach Erding fahren, um sich in der Therme zu entspannen. Hinterher gibt es Abendessen beim Italiener.

„Da kann ich mich dann immer nicht entscheiden, ob ich Nudeln oder Pizza nehmen soll."

Mona lacht und dann ist es auch schon so weit, dass wir die Treppe des »Lindenkellers« hinuntersteigen können. Kurz darauf schieben wir uns in den Saal, wo es uns große Mühe bereitet, noch drei Stühle zu ergattern. Denn eine feste Platzzuweisung ist bei diesem Event nicht inklusive.

Ganz hinten entdecke ich zwei gepolsterte Stühle neben einem Pärchen. Er hat seinen Arm um ihre Schultern gelegt, während sie ihm etwas zuflüstert, wahrscheinlich eine Liebesbotschaft. Wie gerne hätte ich jetzt neben Kai gesessen, seine Hand gehalten und ihm viel Glück für seinen Auftritt gewünscht. Es wäre einfach so schön, seine Freundin zu sein! Dann dürfte ich vielleicht sogar, bei seinem nächsten Poetry Slam, am Rand der Bühne stehen. Bis Kai einen Text präsentieren würde, den er nur für mich geschrieben hat.

Schnell fasse ich mir an die Wangen. Sie sind heiß, als hätte ich Fieber. Na super! Und jetzt laufe ich auch noch rot an wie eine Kirschtomate!

Am besten wäre es wohl, mich auf die Toilette zu verdrücken, aber da betreten die beiden Moderatoren bereits die Bühne. Und für uns fehlt noch immer der richtige Platz. Neben den Turteltauben, stelle ich fest, haben es sich zwei Männer bequem gemacht. Vielleicht hätten wir uns zu dritt da reinquetschen können, aber jetzt brauchen wir sowieso eine andere Lösung.

„Auf die Fensterbank", schlägt Aylin vor.

Weil wir nebeneinander sitzen wollen, ist das wahrscheinlich die einzige Möglichkeit. Und sicher angenehmer, als wieder rausgeschickt zu werden, was Aylin schon einmal passiert ist. Zu viele Leute hatten sich an jenem Abend für den Poetry Slam entschieden.

Wie üblich führen Ko Bylanzky und Philipp Potthast als Moderatoren durchs Programm. Beide sind Mitte 20, groß und blond, wenn auch in unterschiedlichen Stufen. Dass Ko Bylanskis linke Augenbraue ein Piercing ziert, löst bei mir die Vorstellung aus, ich müsste mir selber eines stechen lassen. Fast bilde ich mir ein, die Schmerzen körperlich zu spüren, als sich der Moderator ans Publikum wendet.

„Wer von euch war schon mal bei einem Poetry Slam?"

Die meisten melden sich, aber eben doch nicht alle, sodass Philipp kurz die Regeln erklärt. „Jeder Poet hat fünf Minuten Zeit, einen selbst geschriebenen Text emotional

vorzutragen. Hilfsmittel oder Kostümierung sind dabei nicht erlaubt."

Mona stupst mich in die Seite und zischt mir etwas zu, aber ich achte nicht weiter darauf. Meine ganze Konzentration ist auf die Bühne gerichtet.

„Sobald ihr alle Vorträge gehört habt, werden sie noch einmal nacheinander aufgerufen. Dann liegt es an euch, wer ins Finale einzieht. Je stärker der Applaus, desto besser wäre das für eure Favoriten."

Ein aufregendes Prickeln läuft meine Unterarme hoch, während mein Herz so heftig schlägt, dass Kai es sicher hören kann. Hoffentlich schafft er es in die Endrunde, um einen zweiten Text zu präsentieren und sich erneut dem Votum der Zuschauer zu stellen.

„Als Hauptpreis bekommt der Sieger eine Flasche Hochprozentigen!"

„Was soll Kai denn damit?", ächzt Mona, aber Aylin grinst; wie ich finde, ein bisschen zu hinterhältig.

„Er könnte unsere Sabse betrunken machen und danach …"

„Rasten meine Eltern völlig aus!"

Weil es mich ärgert, dass die beiden sich auf meine Kosten amüsieren, blicke ich demonstrativ nach vorne. Hoffentlich verstehen sie bald, dass ich solche Sprüche heute Abend nicht gebrauchen kann.

Inzwischen übernimmt Ko Bylanzky die weitere Einführung. Er fordert uns auf, die Beurteilung zu üben: für eine ausreichende, eine mittelmäßige und eine phänomenale Darbietung. Also zeige ich zuerst die rote, dann die gelbe Karte.

„Und jetzt tragt ihr euren Herzenskandidaten zum Sieg!", gibt Ko Bylanzky vor. Enthusiastisch blase ich in meine Trillerpfeife, während andere Leute schreien und derart stampfen, dass der Boden unter meinen Füßen vibriert. Manche springen sogar auf und reißen die Arme hoch. Warum Philipp ausgerechnet mir einen schrägen Blick zuwirft, kann ich gar nicht verstehen.

Insgesamt acht Slammer aus Bayern, anderen Bundesländern und sogar aus Österreich wollen das Publikum überzeugen. Per Losverfahren wird entschieden, wer den Anfang macht. Ich bekomme feuchte Hände, da ich mir vorstelle, zuerst auf die Bühne zu gehen. Und zuerst der Menge gefallen zu müssen. Später wäre mir persönlich lieber, denn dadurch bekäme ich Gelegenheit, mir von der Konkurrenz noch ein paar Kniffe abzuschauen. Und sie müssten zuerst die Stimmung der Augenzeugen testen, nicht ich.

Jetzt einmal angenommen, die Jury wäre nur wenig begeistert. Dann würde mich das vielleicht ermutigen, weil es mir den Eindruck vermitteln könnte, tatsächlich eine Chance zu haben. Oder würde ich den Leistungsdruck viel intensiver spüren als zuvor? Die Angst, mich zu blamieren, könnte wie ein schweres Gewicht auf meine Brust drücken. Dabei wäre der blanke Horror, dass ich dann überhaupt keinen Ton mehr über die Lippen brächte.

NEBENDARSTELLER VOLL DANEBEN

In meine Gedanken verheddert, muss ich wohl die Augen gerollt oder auf meine Schuhspitzen gestiert haben. Denn Aylin tippt mir auf die Schulter. Fast hätte ich erschrocken aufgeschrien, aber ich beiße mir auf die Zunge, als meine Freundin mir zuraunt: „Die Gewinnerin der letzten, deutschen U20-Meisterschaft!"

Die hat wahrscheinlich keine Probleme damit, als Erste an die Reihe zu kommen. Selbstsicher steht sie, in einem dunkelblauen Kleid, auf der Bühne, während sie mit fester Stimme ihren Beitrag liefert. Darin geht es um die ständige Nutzung von Smartphones. Anstatt unsere Umwelt mit allen Sinnen wahrzunehmen, rennen wir kopflos durch die Gegend und sind nur noch auf das Handy fixiert.

Ihre Worte lassen mich über mein eigenes Verhalten nachdenken. Es ist nicht so, dass ich nonstop erreichbar sein muss, aber zumindest wird mein Mobiltelefon jeden Tag aktiv.

„Warum dauernd mit dem Teil in der Hand rumlaufen? Geht raus und genießt die Natur! Hört den Vögeln zu, denn sie beweisen euch allen, dass es noch Wunder gibt!"

Dafür erhält die Starterin einen besonders lauten und heftigen Applaus. Um Kai zu unterstützen, müsste ich ihr eigentlich die gelbe Karte zeigen. Aber es gelingt mir nicht, unfair zu sein.

Auch danach kommen noch einige Künstler dran, die ich für talentiert halte. Aber Kai ist nicht unter ihnen und so verzichte ich darauf, meine Trillerpfeife einzusetzen.

Als die Pause beginnt, ist es gerade kurz nach neun. Von ganzem Herzen wünsche ich mir, dass es nicht ewig dauert, bis die restlichen Kandidaten auf die Bühne kommen.

Aylin überlegt: „Wer will etwas trinken?"

„Gerne", erwidert Mona, „aber vorher muss ich noch schnell aufs Klo. Hoffe, die Schlange ist nicht so lang."

Schon ist Mona Richtung Ausgang unterwegs. Und froh darüber, wieder ein bisschen Freiraum zu bekommen, drücke ich mich hoch. Zu dritt auf der Fensterbank ist es doch eng geworden.

Aylin und ich schlängeln uns zur Bar durch. Wir bestellen beide eine Cola und bleiben in der Nähe des Ausgangs stehen, damit Mona uns in dem Getümmel nicht übersieht.

Nachdem Aylin einen großen Schluck getrunken hat, sieht sie mich an, wobei ihre Augen vor Begeisterung leuchten. „Ich will auch mal bei ‚nem Poetry Slam auftreten. Und du könntest das genauso."

Protestierend stemme ich die Hände in die Seiten. „Mich freiwillig blamieren?

„Ach Quatsch! Das würdest du nicht! Stimmt doch?", gibt Aylin an Mona weiter, die gerade zurückkommt. Anstatt sich zu erkundigen, worüber wir reden, beäugt sie abschätzig ihre Cola.

„So spät noch Koffein, das mache ich nicht."

Obwohl Aylin die Augen verdreht, fährt Mona fort: „Sonst könnte ich nicht mehr einschlafen. Und was meint ihr, wie Frau Seidl reagiert, wenn ich bei der Schulaufgabe wegpenne?"

Mona ist wirklich die vernünftigste Person, die ich kenne. Während sie sich ein Wasser besorgt, ringe ich mit mir, aber stehen lassen will ich das Softgetränk auch nicht. Fragend blicke ich zu Aylin, die den Kopf schüttelt.

„Danke. Ich brauch nichts mehr."

Also trinke ich meine Cola aus und kippe dann Monas hinunter. Gerade setze ich das Glas ab, als ein Glockenton zu hören ist. Die Pause neigt sich ihrem Ende zu, dabei wäre ich gerne noch aufs Klo gegangen.

„So ein Mist!", rege ich mich auf, aber das hilft natürlich auch nicht weiter. Mir bleibt nur übrig, mein Geschäft zu erledigen, falls der oder die Nächste auf der Bühne mir nicht so gut gefällt.

Erst einmal müssen wir drei wieder zusammenkommen. Und der Zeitverlust, bis wir Mona in dem Gedränge wiederfinden, sorgt dafür, dass erneut alle Plätze belegt sind. Ja nicht nur das: Auch unsere Sitzniesche hat sich schon jemand geschnappt.

„Frechheit", murmelt Aylin, dabei hätten wir uns genauso entschieden. Weil das mit Sicherheit besser wäre, als stehen zu bleiben. Wie mindestens zehn andere Zuschauer auch, lassen wir uns darauf ein. Ich vermute allerdings, dass keinem von ihnen die Blase drückt und nur meine verlangt, geleert zu werden. Aber ich zwinge mich, wenigstens noch ein bisschen zu warten, während Ko Bylanzky den folgenden Künstler aufruft.

„Soweit ich weiß, ist der nächste Teilnehmer der jüngste in unserer bescheidenen Runde."

Sehr stolz klingt der Moderator und ich horche auf. Ein junger Slammer?

„Mit 14 Jahren kann er mehr als viele andere. Also begrüßt mit uns …"

Ko Bylanzky fügt eine Pause an, wie um sich zu versichern, dass sein Publikum aufmerksam lauscht. Mir klopft das Herz bis zum Hals, am liebsten würde ich mich irgendwo festhalten.

Einen Atemzug später bekräftigt Ko Bylanzky: „Kai Peters!"

Applaus brandet los. Und ich klatsche so stark, dass meine Handflächen zu brennen beginnen, während ich mich auf die Zehenspitzen stellen muss. Denn irgendein Kerl, mindestens zwei Meter groß, versperrt mir die Sicht auf die Bühne.

Ich drängele etwas, woraufhin der Zuschauer mich wieder zurückschiebt. Aber irgendwie ist er jetzt anders positioniert und endlich sehe ich ihn: meinen absoluten Traumtyp. Kein bisschen verunsichert, sondern mit fester Stimme fängt er an.

„Hey Leute! Mein Text heißt: Laufen, raufen, saufen!"

Mona stupst mich in die Seite und nörgelt: „Was soll das denn?"

Ist ja klar, dass so ein Titel sie empört, aber ich habe jetzt nicht den Nerv, mich mit ihr auseinanderzusetzen. So entferne ich mich ein paar Schritte von Mona, Aylin und dem Koloss, um möglichst viel von Kai zu sehen. Vielleicht kann ich sogar Blickkontakt zu ihm aufnehmen?

Lässig steht er da, die Hände links und rechts vom Körper, anstatt Blätter in den Händen zu halten. Sogar die deutsche Meisterin hat abgelesen, doch Kai beherrscht seinen Text offenbar im Schlaf. Alleine dafür hätte er doch einen Orden verdient!

Nur schade, dass er sich nicht nach mir umschaut. Seine ganze Konzentration ist darauf gerichtet, mit deutlicher Betonung vorzutragen.

„Ich hab einen Kumpel, nennen wir ihn Dennis,
mit dem war ich laufen und ich so: »Renn jetzt!«
Aber er hat sich auf die Tartanbahn geschmiss'n.
»Junge, ich muss mal kurz piss'n!«
Seitdem sind wir nicht mehr gelaufen."

Kai wirkt souverän, fast unnahbar, trotzdem kichern neben mir zwei Mädchen. Wie kann das sein? Dass sie sich über ihn lustig machen, lässt vor Wut meine Nasenflügel beben. Diese Püppchen würden sich doch gar nicht trauen, selber auf die Bühne zu gehen!

Impulsiv führe ich meine Trillerpfeife zum Mund. Ich hole tief Luft, blase die Backen auf und tröte hinein.

Im nächsten Moment fällt mir auf, wie still es geworden ist, sogar Kais Worte sind verstummt. Mit aufgerissenen Augen starrt er mich an und wirkt alles andere als erfreut, obwohl ich doch nur zeigen wollte, wie toll ich ihn finde.

Seine abwehrende Haltung kränkt mich und Ko Bylanzky macht es noch schlimmer, als er mir bedeutet, mich zurückzunehmen. Hat der noch nie was von echter Fankultur gehört?

Hinter mir tuscheln einige Leute, zu denen ich sofort herumwirbele, wie um mich auf sie zu stürzen. Fest umklammere ich mein Blasinstrument, gleichzeitig hebt Aylin ihren Daumen. Mich durchströmt eine Woge der Erleichterung, weil meine Freundin zu mir hält und die Aktion nicht verurteilt, doch scheint ein anderer, etwas älterer Zuschauer sie vollkommen unmöglich zu finden.

„Das ist respektlos dem Jungen gegenüber", brüskiert er mich.

„Mal was anderes", entgegnet Aylin.

Sie diskutieren so laut, dass ich jedes Wort verstehe und Aylin schon warnen möchte, damit sie nicht ebenfalls schief angeguckt wird. Doch jetzt fällt mir Monas Gesichtsausdruck auf: peinlich berührt. Und es ist, als würde jemand einen Stecker ziehen.

»Schon gut«, forme ich mit den Lippen, während mein Zorn verraucht. Philipp gibt mir zu verstehen, dass ich den Saal verlassen müsste, wenn ich noch einmal störe. Aber ich nicke nur und wende mich wieder nach vorne.

Kai, der wohl den Faden verloren hat, räuspert sich kurz, bevor er wieder einsetzt. Irgendwo in der zweiten oder dritten Strophe, nehme ich an, findet er zu seiner guten Performance zurück.

„Aber Dennis: »Is mir zu fad.«
Er stopft Chips in sich rein.
Und nörgelt: »Muss das denn sein?
Ich hab kei‘n Bock.
Weißt du schon, dass ich GTA zock?«
Seitdem sind wir nicht mehr geschwommen."

Ich könnte ihm ewig zuhören, mir sogar die langweiligen Textaufgaben, mit denen uns Frau Müller gerne quält, vortragen lassen. Hauptsache von seiner Stimme, die ab und zu so niedlich zwischen den Oktaven hopst, da er seinen Stimmbruch noch nicht überwunden hat.

Allerdings fällt es mir allmählich schwer, mich auf die Geschichte, die er präsentiert, zu konzentrieren. Denn ich kriege die Enttäuschung nicht aus dem Kopf, die ich in Monas Blick gesehen habe. Außerdem schmiedet mein Harndrang teuflische Pläne und so tänzle ich von einem Bein auf das andere, um mir nicht in die Hose zu pinkeln.

Als schließlich der Beifall durch die Halle tost, klatsche ich natürlich mit, aber stehen bleiben kann ich nicht mehr. Stattdessen suche ich nach einer Lücke, um mich zum Ausgang durchzukämpfen und hetze, sobald alles frei ist, zum WC. Dabei meine ich, dass einige Anwesende mir verärgert hinterherstarren.

Als hätte ich einen Marathon bewältigt, lasse ich mich auf der Klobrille nieder. Fast seufze ich auf, weil es so gut tut, dem Druck endlich nachgeben zu können.

Während das Wasser in die Schüssel plätschert, fällt mein Blick auf die Uhr. Und ich erschrecke, denn die Zeiger sagen kurz nach halb zehn. Obwohl mein Papa großzügig entschieden hat, bleibt mir kaum noch die Chance, das Finale – und womöglich einen weiteren Auftritt von Kai – zu hören.

Zurück in der Halle, zappele ich nervös herum. Doch nach den letzten drei Kandidaten ist es amtlich: Ich muss vor der Endrunde nach Hause. Doppelt bitter, weil Mona und Aylin bis zum Schluss mitfiebern dürfen und Kai ins Finale gekommen ist.

Aylin, der mein zerknirschtes Gesicht nicht entgeht, schlägt vor: „Wir könnten das für dich aufnehmen."

„Echt lieb", entgegne ich, „aber wenn sie es bemerken, werfen sie euch vielleicht noch raus. Das will ich nicht."

So höre ich gerade noch den Titel: Wildwasser. Mit Sicherheit ein tiefgründiger Text und ich nehme mir vor, Kai darum zu bitten, ihn für mich noch einmal aufzusagen. Für mich ganz alleine!

Vielleicht können wir morgen, nachdem wir unsere Bäuche mit cremigem Eis gefüllt haben, noch ein wenig die Isar entlangschlendern. Dann werde ich fragen, ob er mir diese Freude macht, er wird nicken und während, in einem orangeroten Glühen, die Sonne untergeht, könnte ich seinen Worten lauschen …

Vorerst bekomme ich nur ein Lob von meinen Eltern, weil ich so pünktlich bin. Papa meint, er hätte doch gewusst, dass er sich auf mich verlassen kann. Dazu brumme ich nur etwas Unverständliches, denn in mir spielen Frustration und Traurigkeit gerade Ping-Pong. Ich verkrieche mich ins Bett, wo ich mir die Decke über den Kopf ziehe. Allerdings bin ich so aufgewühlt, dass es sicher ewig dauert, bis ich einschlafen werde.

Da lässt mich das Vibrieren meines Handys wieder hochfahren. Sicher Mona oder Aylin, die mir erzählen wollen, wie Kai am Ende abgeschnitten hat.

Mein Herz klopft so wild, als hätte ich selber im Finale gestanden. Und dann setzt es plötzlich aus, denn die Nachricht ist von Kai.

»Cool, dass du da warst. Sehen uns morgen, freu mich drauf.«

Am liebsten würde ich mein Glück herausbrüllen. Stattdessen kuschele ich mich zufrieden in meine Decke und flüstere in mein Kissen: „Ich freue mich auch."

HERVORRAGENDE ARGUMENTE

25. APRIL

Nach wundervollen Träumen schwinge ich mich aus dem Bett, weil noch die Energie vom vergangenen Abend durch meinen Körper rauscht. Dass Kai sich so etwas zutraut, gibt mir den Mut, es auch selber einmal auszuprobieren. Aylin hat mich ja schließlich schon gefragt, ob ich beim Poetry Slam auftreten würde und gemeinsam schaffen wir es bestimmt.

Zuversichtlich stoße ich die Tür zur Küche auf, wo Mama und Kevin bereits zusammensitzen. Während Mama in einem Magazin blättert, stiert mein Bruder bloß ins Leere, doch ich beachte ihn nicht weiter, da mir ein verführerischer Duft in die Nase steigt.

„Du hast Croissants aufgebacken! Und die sind noch richtig warm!"

Beglückt strahle ich Mama an, bevor ich zum Ofen eile, um mir eines vom Blech zu nehmen. Das schmeckt köstlich! Die Schokolade zerläuft auf meiner Zunge, wie ich es mag und gleichzeitig lächelt Mama mir zu.

„Du bist ja richtig ausgeschlafen."

„Na klar", entgegne ich, „hab ich doch versprochen!"

„Also kann bei deiner Schulaufgabe nichts mehr schiefgehen?"

Erwartungsvoll sieht sie mich an und lässt danach den Blick zu Kevin schweifen, der mürrisch das Gesicht verzieht. Zwischen zwei Bissen französischer Spezialität gelingt ihm ein Kommentar: „Hab echt keinen Bock! Morgen Lateinschulaufgabe! Wer braucht denn eine tote Sprache?"

Insgeheim stimme ich zu, grinse aber schadenfroh zu ihm hinüber. „Du wolltest doch unbedingt aufs Gymmi!"

Bevor ich, in abfälligem Ton, den „Streber“ hinzufügen kann, verfinstert sich Mamas Miene. „Sabrina, Latein ist nicht für alle schlecht. Als Arzt zum Beispiel könnte Kevin das gebrauchen.“

„Aber sicher keinen Ablativus Absolutus!“, brummt er nun verächtlich.

Um mir nicht anhören zu müssen, wie dieses Gespräch sich vertieft, schnappe ich mir schnell noch ein Croissant. Außerdem stürze ich eine Tasse Tee hinunter, obwohl er so heiß ist, dass ich mir den Gaumen verbrenne. Meiner guten Laune tut das keinen Abbruch.

Beim Hinausgehen treffe ich auf Papa, der mich aus kleinen Augen anschaut. Sein Gesicht ist noch ganz zerknautscht.

„War es spät gestern Abend?“, necke ich ihn. Er lacht und klopft mir anerkennend auf die Schulter.

Ich besuche die Karl-Meichelbeck-Realschule, eine Viertelstunde von Zuhause entfernt. Im Bus schaue ich mich nach Susanne um, die ich gerne wiedersehen würde. Aber sie sitzt auf keinem der Plätze.

Mona, die im Plantagenweg wohnt, steigt kurz vor der Schule ein. Ebenso könnte sie laufen, aber das ist ihr zu anstrengend. Außerdem freuen wir uns immer, vor dem Unterricht noch ein bisschen zu quatschen, diesmal über den Poetry Slam. Unweigerlich wendet sich das Gespräch zu meiner Verkleidung, Mona kichert kurz, aber dann bricht die Moral wieder durch.

„Vergiss nicht, das Trikot zu waschen. Das bist du Kevin schuldig. Und bügeln solltest du es auch.“

„Ich kann den Fetzen ja gleich in die Reinigung bringen“, gebe ich schnippisch zurück.

Daraufhin röten sich ihre Wangen. „Sorry, war nicht so gemeint. Aber ich find es ziemlich schräg, was du da abgezogen hast.“

„Ja … Ein bisschen peinlich war es schon. Trotzdem wüsste ich gerne, was Kai davon hält.“

Im Verlauf des Vormittags dreht er sich immer wieder zu mir um. Einmal, als sich unsere Blicke begegnen, blitzt es amüsiert in seinen

Augen auf, wahrscheinlich bin ich ihm ein großes Stück näher gekommen.

Deswegen fällt es mir schwer, bei der Erörterung nicht abzuschweifen und mit offenen Augen zu träumen. Frau Seidl hat die Blätter mit dem Hinweis verteilt: „Ihr müsst euch keine Sorgen machen. Dazu fällt jedem etwas ein."

Schnell überfliege ich die beiden Themen, die zur Wahl stehen. Computerspiele oder Social Media. Sofort muss ich an Kevin denken, weil der so, wie er an seinem Rechner klebt, jeden Tag die Argumente für »Kontra« liefert. Aber gerade deshalb entscheide ich mich für die Sozialen Netzwerke.

Schon flitzt mein Stift über das Papier. Einen Vorteil der Sozialen Netzwerke sehe ich darin, dass sie überall und immer ermöglichen, mit den Freunden Kontakt zu halten. Sie können die Nachrichten jederzeit lesen und zurückschreiben, wann es ihnen passt.

Eine gute Bekannte verbringt gerade ein Auslandsjahr in New York und wir tauschen uns häufig in WhatsApp mit ihr aus, telefonieren über Video oder schicken einander Fotos.

Obwohl das nur ein fiktives Beispiel ist, denke ich weiter. Mona oder Aylin könnten für mehrere Monate die Welt entdecken, während ich Mathe bei Frau Müller oder Physik bei Herrn Bruchkübel aushalten müsste, doch diese Vorstellung versetzt mir einen schmerzhaften Stich. Um nicht vor lauter Selbstmitleid noch in Tränen auszubrechen, liste ich eilig auf, was gegen Social Media spricht.

Ich finde, dass dadurch die Kommunikation immer oberflächlicher wird. Bei einem persönlichen Treffen reden viele nicht mehr, sondern schreiben lieber. In der Eisdiele sitzen zwei Kumpels nebeneinander, ohne sich zu unterhalten. Dafür starren beide auf ihr Handy, ja sind sogar so abwesend, dass ihnen ganz entfällt, eine Bestellung aufzugeben.

Bei diesem Argument gerate ich ins Stocken, weil es mit mir nicht viel zu tun hat. Solange meine Freundinnen neben mir sitzen, schicke ich keine Nachrichten zu anderen Personen. Außer Nicole oder sonst ein Lauscher wäre in der Nähe, dann könnte ich absichtlich auf mein

Smartphone zurückgreifen. Doch würde das schon in diese Kategorie fallen, vor der ich soeben gewarnt habe?

Mir ist klar, dass es die Zeit nicht erlaubt, mich in der Frage zu verfangen, wie ein Fisch in einem Netz. Die große Uhr, die an einer Wand des Klassenzimmers hängt, geht fünf Minuten vor. Manchmal, wenn mich der Unterricht zu sehr langweilt, falle ich darauf herein und verstehe nicht, warum der Gong zur Pause so spät ertönt.

Jetzt könnte ich mir einbilden, nur noch 25 Minuten zu haben. Aber ich lasse mich nicht täuschen, sondern weiß, dass ich erst in einer halben Stunde abgeben muss. Eifrig fahre ich mit meiner Erörterung fort.

Natürlich reden wir in der großen Pause über unsere Aufsätze. Dass Mona und ich dasselbe Thema gewählt haben, überrascht mich nicht. Aylin kennt sich dagegen mit Computerspielen aus.

„Da kann man in andere Welten eintauchen und sein Geschick beweisen", fasst sie zusammen, als Kai neben mir stehen bleibt. Augenblicklich beschleunigt sich mein Herzschlag.

„Um fünf im »Veneto«?", vergewissert er sich.

Drei Uhr wäre mir lieber, nur verhindert das der Nachmittagsunterricht, Physik bei Bruchi! Kurz verdrehe ich die Augen, bevor mir bewusst wird, dass Kai unser Treffen noch einmal bestätigt hat. Innerlich mache ich Luftsprünge, aber Kai sieht plötzlich gar nicht mehr so glücklich aus.

„Wäre besser, wenn du dein Trikot diesmal zu Hause lässt."

„Oh. Ääh … Das gehört meinem Bruder. Ich bin kein Fußballfan."

Kaum habe ich das ausgesprochen, ärgert es mich bereits, weil ich von einem Fettnäpfchen ins nächste tappe. Wenigstens nimmt es Kai mit Humor.

„Wird bestimmt lustig mit dir. Ich freu mich drauf."

BEICHTE UNTER FREIEM HIMMEL

Immer wieder male ich mir aus, wie unser Date verlaufen wird. Mit offenen Augen träume ich davon, dicht neben ihm zu sitzen, vielleicht hält er sogar meine Hand. Ich spüre das Kribbeln, das daraufhin meinen Arm nach oben laufen würde. Überhaupt bin ich ganz hibbelig, sodass ich bald nicht mehr weiß, wohin mit mir.

Hunger habe ich keinen, nicht einmal Appetit, trotzdem könnte ich mich zu Mona in die Kantine setzen. Aber Aylin fängt mich ab.

„Können wir ein Stück laufen? Ich … Es gibt da etwas, worüber ich mit dir reden muss."

Tatsächlich sieht sie bedrückt aus. Und ich bin so sehr mit Kai beschäftigt, dass mir das nicht aufgefallen ist!

Schuldbewusst folge ich meiner Freundin nach draußen. Wir gehen die Pallottinerstraße entlang, wobei Aylin ihre Schritte beschleunigt, als würde sie vor der Wahrheit davonlaufen. Ich lasse ihr Zeit, bis wir vor der Kirche stehen.

„Worum geht es?"

„Also … Weil …"

Ich bin neugierig, aber es wäre falsch, meine Freundin zu bedrängen. Deshalb betrachte ich das Gotteshaus, das mit seinen roten Ziegeln eher durchschnittlich wirkt. Teilweise bilden die Klinkersteine ein Muster in der Mauer und zur Straße hin wird die Fassade von Fenstern aufgebrochen. Spontan erinnere ich mich, wie Kevin mir einmal erklärt hat, dass sich hier Gotik und Romanik vermischen.

„Von der Gotik haben diese Fenster ihre Länge und der Romanik verdanken sie den Rundbogen."

Für mich sind es nur hohe, schmale Öffnungen, aber Kevin würde, wenn er nicht so ein Stubenhocker wäre, einen guten Touristenführer abgeben. Denn ihn interessieren Landschaften, Städte und Architektur. Dadurch hat sich Ehrfurcht in seine Stimme geschlichen.

„Findest du nicht, dass unsere Pallotinerkirche alt aussieht?"

„Irgendwie ..." Ich suchte nach einem passenden Wort, ohne die geringste Ahnung zu haben. Schließlich sagte ich: „Mittelalterlich."

„Genau!" Kevin nickte energisch. „So eine Bauart ist untypisch für Bayern, würde eher nach Holland oder in den Norden passen. Oder als kleine Kirche in die Po-Ebene."

Ich wandte mich leicht von ihm ab und hielt mir eine Hand vor den Mund, um meinen Bruder nicht merken zu lassen, dass ich gähnte. Mich ausdauernd mit einem solchen Thema beschäftigen zu müssen, hatte mich bald gelangweilt. Außerdem steckten wir nicht in der Schule, Kevin war nicht mein Lehrer!

Doch mir gefiel, wie lange er reden konnte, sobald er in die richtige Stimmung fand. Gleichzeitig mochte ich die Unaufgeregtheit, die unterschwellige und keinesfalls aufdringliche Eleganz, die dieses Gotteshaus ausstrahlte. Ja, irgendwie hatte

diese Kirche schon etwas an sich, das musste ich zugeben. Unverwechselbar kam sie mir vor, wie mit einem eigenen Charakter beseelt.

Auch Aylin schaut jetzt zu dem Kirchturm hoch. Genau in dem Moment ertönt ein tiefer Glockenschlag, wie um sie aufzufordern, dass sie endlich sprechen soll.

„Kai", setzt sie noch einmal an. Sie hat die Stimme gesenkt, doch in meinen Ohren hallt der Name nach. Und ich fühle mich wie elektrisiert.

„Was ist mit ihm?"

Wieder zögert Aylin mit der Antwort. Als ob ich den heiligen Vater beschwören könnte, lenke ich meine Aufmerksamkeit erneut zu dem eckigen Turm, der die Kirche nur um wenige Meter überragt. Oben, auf dem flachen Dach, steht einsam das lateinische Kreuz.

„Aylin! Du hast gesagt, dass du mit mir reden willst!"

Sie zupft an ihrem T-Shirt herum. „Ja, stimmt schon ..."

„Ist etwas Schlimmes passiert?"

„Nein. Ich habe nur ..."

Anstatt meinem Blick noch länger auszuweichen, sieht Aylin mir ins Gesicht, dann atmet sie tief ein. Ihr Herumgedruckse macht mich ganz nervös.

„Das ist so. Kai … Moment mal."

Weil ihr Handy eine SMS ankündigt, unterbricht Aylin sich mitten im Satz. Vermutlich hat sie Stoßgebete zum Himmel geschickt, weil ihr klar geworden ist, dass sie doch noch nicht von Kai erzählen kann; und jetzt dankt sie für den Aufschub, den ihr der liebe Gott gewährt.

Blöd für mich, dass sie sofort nach ihrem Handy greift. Mobiltelefon und soziale Netzwerke können, für die analoge Welt, manchmal zum Kommunikationskiller werden.

Aylin stellt fest: „Eine Nachricht von Simon. Du weißt doch, dass er gestern ein Interview gegeben hat?"

„Ja, beim »Freisinger Tagblatt«."

Weil es am Wochenende eine Spendenaktion für seinen Bruder Lukas geben wird. Mehrere Klassen wollen sich daran beteiligen, diese an der Schule zu organisieren und natürlich müssen auch die regionalen Medien davon erfahren.

Lukas kämpft gegen die Symptome der Multiplen Sklerose, auch »Die Krankheit mit den 1000 Gesichtern« genannt, denn bei jedem Betroffenen ist sie anders ausgeprägt. Manche müssen starke Schmerzen ertragen, während andere davon verschont bleiben, aber kaum laufen können. In jedem Fall wird das zentrale Nervensystem angegriffen, sodass die Aufgaben, die das Gehirn erteilt, sich nur erschwert ausführen lassen. Als würden zwei Menschen in verschiedenen Räumen sitzen, aber dazwischen ist die Tür geschlossen. Dann könnte einer nur schlecht verstehen, was der andere sagt.

Zudem verläuft die Multiple Sklerose in Schüben, deren Zeitpunkt man nicht vorherbestimmen kann. An schlechten Tagen ist es den Eltern wichtig, dass Lukas, mit seinen sechs Jahren, in Gesellschaft bleibt. Aber so viel Urlaub bekommen sie natürlich nicht und beide sind, um die Familie über Wasser zu halten, berufstätig. Während Herr Buchner als Schreiner Geld verdient, arbeitet die Mutter halbtags im Büro.

Dadurch passiert es immer wieder, dass Simon nicht zur Schule kommt. Unsere Lehrer sehen das ungern und auch Frau Dillner, die Rektorin, hat sich schon mahnend eingeschaltet. Doch Aylin bringt ihm die neuen Arbeitsblätter oder kopiert, was sie in ihr Heft geschrieben hat. Gewissenhaft erledigt Simon danach seine Hausaufgaben, . Seine Leistungen stimmen die Pauker versöhnlich. Ob ein schriftlicher Test oder ein Ausfragen an der Tafel, im schlechtesten Fall kassiert er eine Drei.

Nachmittags, wenn Frau Buchner wieder daheim bei Lukas ist, sitzt Simon konsequent im Unterricht. Ich habe schon erlebt, dass er sich mit geröteter Nase und zugeschwollenen Augen zu Physik und Biologie geschleppt hat. Er hat fiebrig gewirkt, konnte nur krächzen, aber Simon ist in die Schule gegangen.

Auch heute Vormittag wurde er zu Hause gebraucht. Doch jetzt wünscht er sich wohl jemanden zum Reden.

„Er hat gefragt, wo ich bin.“ Eifrig wischt Aylin auf dem Display ihres Smartphones herum. „Es ist doch okay für dich, wenn er vorbeikommt?“

„Hmm.“

Froh bin ich ja nicht über die Störung, immerhin hängt das, was Aylin mir erklären will, irgendwie mit Kai zusammen. Diese Ungewissheit kribbelt mich am ganzen Körper.

Auf der anderen Seite kann ich wohl schlecht verbieten, dass Simon sich ein bisschen Ablenkung und Aufmunterung holt. Noch dazu, nachdem er extra gefragt hat. Ein Junge mit Anstand! Wahrscheinlich der Einzige, den ich kenne und so willige ich ein, obwohl ich lieber mit Aylin alleine bleiben würde.

Offenkundig liest sie von meinem Mienenspiel ab, was in mir vorgeht. Denn sie verspricht: „Wir unterhalten uns später.“

Dann verliert sich ihr Blick in der Ferne und mir ist klar, dass es nichts ändern würde, sie noch zu bedrängen. So scharre ich mit den Füßen, bis Simon auftaucht. Er wohnt im Rabenweg, gleich neben dem Schwimmbad. Mit dem Fahrrad kann er die Strecke in ein paar Minuten bewältigen.

Zur Begrüßung umarmt er Aylin, mir nickt er nur kurz zu. Simon kommt mir müde vor und seine Dreadlocks hängen wirr nach unten.

Mitfühlend erkundigt sich Aylin: „Wie geht's dir?"

„Ganz gut. Sorry, dass ich euer Gespräch störe."

Flüchtig geht sein Blick in meine Richtung. Und mir wird klar, dass ich schwindeln muss, um ihn nicht zu kränken.

„Kein Problem."

Inzwischen hat Aylin ihren Rucksack abgesetzt, um für Simon ein Getränk herauszuholen, doch mit einer Geste hält er sie zurück. Daraufhin legt Aylin ihre Hände um die Flasche, als ob sie dringend etwas zum Festhalten bräuchte.

„Wie war das Interview?"

„Ganz okay. Helmut Obermaier, der Chefredakteur, hat mit mir gesprochen."

„Den kenne ich auch", bemerkt Aylin, „der ist nett. Damals bei der Eröffnung hat das »Freisinger Tagblatt« eine super Werbetrommel für »Vitamin GO« gerührt."

Weil Simon nicht darauf eingeht, hält sie das Gespräch am Laufen. „Was hat er dich denn so gefragt?"

„Wie das so ist mit Lukas und ..." Simon knetet sich die Finger. Auch sein Gesichtsausdruck verrät, dass ihm das alles ziemlich zusetzt.

„Herr Obermaier", sagt er schließlich, „hat sich davor sehr gut über MS informiert."

„Das ist doch prima", werfe ich ein. Aber Simon sieht immer noch traurig aus.

Bei Lukas wurde die Krankheit festgestellt, als er vier war. Anfangs hatte sich plötzlich sein Sehvermögen verschlechtert. Außerdem kommt es immer wieder zu Phasen, in denen ihm jegliche Kraft fehlt, um auch nur zu spielen oder rauszugehen. Deshalb muss immer ein Rollstuhl bereitstehen.

Nachdenklich neigt Aylin den Kopf zur Seite. „Ich hab mal gelesen, dass man Multiple Sklerose erst ab dem 20. Lebensjahr bekommt."

„Normalerweise stimmt das auch, aber bei uns“, relativiert Simon, „liegt es in den Genen. Mein Vater hat die Krankheit. Und mich könnte es auch jederzeit treffen.“

Erschrocken reiße ich die Augen auf, während Aylin erbleicht. „Das hast du uns noch nie erzählt!“

Simon nickt beiläufig. Wie ich ihn kenne, ist er generell eher in sich gekehrt und macht die meisten Dinge mit sich selber aus. Auch jetzt scheint er nicht weiter berichten zu wollen, sondern versucht, seinen persönlichen Kummer mit einem Scherz zu überspielen.

„Seht ihr, ich kann auch ein Geheimnis für mich behalten. Aber ernsthaft jetzt! Ich will nicht immer nur über die Krankheiten in meiner Familie sprechen.“

In diesem Moment denke ich an Susanne, der es vielleicht ähnlich geht. Ständig wird sie über ihre Behinderung ausgefragt, Mona und ich haben das ja auch gemacht. Jetzt, da mir das bewusst wird, fühle ich mich irgendwie schuldig. Außerdem überlege ich, dass es meine Freundinnen langweilen oder belasten könnte, von mir andauernd die gleichen Geschichten zu hören. Stress mit Kevin, Streit mit meinen Eltern ... Das muss doch furchtbar eintönig sein und Simon will vermutlich auch niemanden stören.

„Den Rest“, weist er zu, „könnt ihr morgen in der Zeitung lesen. Oder spätestens am Montag.“

Abrupt steht er auf, was Aylin offensichtlich irritiert.

„Willst du wirklich nichts trinken?“, bietet sie von Neuem an.

Aber Simon schüttelt den Kopf, wobei ihm seine langen, braunen Rasterlocken ins Gesicht schwingen. „Hab euch lange genug aufgehalten.“

Und schon rauscht er davon, als müsste er dringend noch einen anderen Termin wahrnehmen. Betroffen starre ich ihm hinterher, zwei, drei Sekunden lang, während sich das mulmige Gefühl in meinem Inneren verstärkt. Mit dem Wissen zu leben, dass er schwer krank werden könnte, macht ihm sicher Angst.

Ich schaue wieder zu dem Kirchturm hoch. Meine Neugier, was Aylin mir über Kai verraten möchte, ist wie ein Windstoß verflogen, weil Verantwortung und Ungewissheit schwer auf Simons Schultern lasten.

KUSCHELZEIT IM EISSALON

Doch die trüben Gedanken zu Simon gleiten in den Hintergrund, während die Freude darüber, dass ich Kai treffen werde, sich ins Unermessliche steigert. Vor Aufregung bekomme ich schwitzige Hände, immer wieder wische ich sie mir an meiner Hose ab.

Das Eiscafé liegt in der Fußgängerzone, direkt neben dem Rathaus. Es gibt einen kleineren Innenbereich, aber bei strahlendem Sonnenschein, wie wir ihn heute genießen, wollen natürlich alle draußen sitzen. So überrascht es mich nicht, dass die meisten Stühle bereits besetzt sind.

Suchend schaue ich mich um, ob ich Kai irgendwo entdecken kann, der allerdings noch nicht auf mich zu warten scheint. Und meine Hochstimmung ebbt ein wenig ab.

Trotzdem sichere ich uns den einzigen, noch freien Tisch und lasse mich auf einer geflochtenen Sitzfläche nieder.

Wenn die Fahrradfahrer vorbei cruisen, könnte ich ihnen eine Kugel Eis anbieten. Gerade nehme ich mir eine Serviette, weil meine Finger sich so klebrig anfühlen, da schlendert Kai auf mich zu. Sofort bemerke ich die Aufschrift »I Love Sports« von seinem peppigen T-Shirt, dazu steckt er in einer dunkelblauen Jeans und Turnschuhen, die er offenbar nie ablegen kann. Vorhin in der Schule hat er die gleichen Klamotten getragen, deswegen überkommt mich Enttäuschung. Ich habe mir eine halbe Stunde lang Gedanken über mein Outfit gemacht und er hält es nicht einmal für Nötig, sich umzuziehen?

„Hi, Sabrina.“ Sein Grinsen ist so unglaublich lieb, auf keinen Fall soll er meine Verärgerung bemerken. Wenn ich von Anfang an schlechte Stimmung verbreiten würde, könnte ich gleich vergessen, dass wir uns besser kennen lernen. Also knipse auch ich – hoffentlich – mein unwiderstehlichstes Lächeln an.

„Schön, dass du da bist."

„Hat leider ein bisschen gedauert. Ich musste spontan zu einer Besprechung für die Bundesjugendspiele."

Klar, dass ihm die Zeit gefehlt hat, noch einmal nach Hause zu gehen und sich für mich herauszuputzen. Lässig setzt er sich mir gegenüber.

„Hast du schon bestellt?"

„Nein, ich wollte auf dich warten."

„Dann lass uns mal wählen." Aus der Halterung, die in der Mitte des Tisches steht, nimmt er zwei Eiskarten. Als er mir eine gibt, erwäge ich kurz, ihn wie zufällig zu berühren, aber dann traue ich mich doch nicht.

„Monsieur Rouge und Madame Rouge", murmelt Kai.

Die beiden Partnerbecher sind mir auch schon aufgefallen: der weibliche mit Himbeeren, die mir sicher schmecken würden, während der männliche mit Morellen gefüllt ist. Was auch immer das sein mag! Ich runzele die Stirn und nehme mir vor, Papa danach zu fragen, falls Kai sich jetzt für etwas anderes entscheidet. Wie gerufen tritt der Kellner an unseren Tisch.

„Ciao bella! Was darf es sein?"

Ich wähle mehrere Schokokugeln und eine Soße, die fast so süß ist wie der Junge neben mir. Nachdem Kai seinen Erdbeerbecher gewählt hat, lehnt er sich zurück, offenbar äußerst zufrieden.

„Es war echt eine super Idee von dir, heute Eis essen zu gehen. Eigentlich habe ich überlegt, dich ins Kino einzuladen, aber fürs erste Date finde ich das ziemlich unpraktisch."

Fragend ziehe ich eine Augenbraue hoch, weshalb Kai argumentiert: „Solange der Film läuft, können wir uns nicht unterhalten."

Dazu nicke ich nur.

„Und ... Hinterher noch etwas essen zu gehen ..." Plötzlich nuschelt er ein bisschen, wie nach einer Zahnbehandlung und genauso scheint er sich zu fühlen. „Tut mir leid, Sabrina, so viel Geld habe ich nicht."

„Oh. Ich meine …"

Dass Kai so offen mit mir redet, überrascht mich total, vor allem jedoch freue ich mich darüber. Mir wird ganz warm im Bauch, fast kann ich den Blick nicht von meinem Traumtyp lösen.

Ein wenig unsicher schaut Kai mich an, so als befürchte er, nur seine Gesellschaft würde mir nicht genügen. Um ihm das Unbehagen zu nehmen, erkläre ich sofort: „Ich mag Eis voll gerne!"

Er strahlt, was ich absolut genieße. Denn jetzt gilt das nur mir.

Dann unterbricht uns die Bedienung, stellt schwungvoll zwei Schalen ab. „Buon appetito!"

Meine Portion fällt riesig aus. Da steckt eine Waffel drin und oben ist richtig viel Sahne drauf.

„Ich kann auch für uns beide bezahlen", schlage ich vor.

Seine Miene nimmt einen unsicheren Ausdruck an, danach wird er wieder entschlossen. „Nein, das brauchst du nicht. Aber danke für das liebe Angebot."

Als er sich einen Löffel Erdbeercreme zwischen die Lippen schiebt, schaut eine ältere, grauhaarige Dame vom Nebentisch zu uns herüber. Bei ihr sitzt eine etwa 30-jährige Frau, die ein Baby auf dem Schoß hält und es mit Bananen aus ihrem Eisbecher füttert. Der kleine Junge gluckst vergnügt, doch Kai achtet nicht auf die anderen Leute, sondern konzentriert sich nur auf seine Zuckerbombe und unser Gespräch.

„Es ist echt blöd", beschwert er sich, „meine Eltern geben mir nur fünf Euro Taschengeld pro Woche. Viel zu wenig, aber sie haben so eine pädagogische Ader, dass ich mir einen Job suchen soll, wenn ich mehr will. Dabei darf ich noch gar nicht arbeiten, ich bin erst 14!"

Nun kommt mein Wissen zum Einsatz. In welchem Umfang Jugendliche Geld verdienen dürfen, haben wir erst kürzlich in der Familie diskutiert. Denn unsere Eltern sind erpicht darauf, Kevin und mich zu fördern, sobald es sich um die berufliche Zukunft dreht.

Nach einer gründlichen Prüfung des Jugendschutzgesetzes kam heraus, dass Kevin mit 15 Jahren zwischen sechs Uhr morgens und acht Uhr abends arbeiten dürfte, sogar samstags und sonntags. Aber er weigerte sich strickt.

„Ich schufte doch nicht am Wochenende!", lautete seine Begründung.

Unter der Woche blockiert ihn der Nachmittagsunterricht. Kevin geht aufs Joseph-Hofmiller-Gymnasium, das mathematisch und naturwissenschaftlich orientiert ist. Seine Freizeit verbringt er größtenteils in seinem Zimmer, wo die lauteste Stereoanlage von Freising dröhnt.

Obwohl sich mein Bruder nicht dafür interessiert hatte, unter welchen Bedingungen er seine Sparbüchse auffüllen könnte, brachte mich die Debatte ein ganzes Stück weiter. Mir steht es zu, täglich zwei Stunden lang zu jobben. Zwar darf es nichts Schweres sein, aber Zeitungen austragen oder Hunde Gassi führen käme durchaus infrage.

Da Kai sich in derselben Lage wiederfindet, erläutere ich ihm die Zusammenhänge. Er brummt wie eine erboste Wildkatze:

„Hätte ich das doch früher gewusst!"

‚Recherche ist durchaus sinnvoll', denke ich. In den vergangenen Wochen blätterte ich lange durch Mädchenzeitschriften, um zu erfahren, wie man einen Jungen einlädt. Gründlich feilte ich an einem Brief, dabei fühlte ich mich ungeheuer nervös. Wie sollte ich bloß die richtigen Worte finden? Es gelang mir ja nicht einmal, Kai um Nachhilfeunterricht in Mathe zu bitten, obwohl das harmlos gewesen wäre. Garantiert hätte es ihn nicht in die Flucht geschlagen.

Rein rechtlich wäre es außerdem erlaubt, dass er mir hilft und bezahlen würden das wahrscheinlich meine Eltern; zumindest teilweise und den Rest könnte ich selber dazulegen.

„Also …" Vielleicht verletzt es ihn, wenn ich jetzt die Wahrheit sage, lügen mag ich aber auch nicht. Zudem führen wir ein gutes Gespräch. Weil die Atmosphäre stimmt, gebe ich zu: „Ich bekomme 40 Euro im Monat."

„Wow! So viel?"

Trotzdem habe ich am Ende meistens nichts mehr übrig. Zu oft gebe ich mein Taschengeld für Schokolade aus, für Kleidung, Bücher oder Kinobesuche. Sollte ich also doch meine Nachbarin fragen, ob ich ihren Golden Retriever Kornelius ausführen kann?

Finanzielles bekomme ich von Mama und Papa, aber ein bisschen mehr Zuneigung wäre viel schöner. Zwischen Arbeit und Haushalt komme ich regelmäßig zu kurz, denn für intensive Gespräche oder einen Ausflug nehmen sie sich keine Zeit, meistens nicht einmal am Wochenende!

Gerne würde ich mit meiner Mama hier zusammensitzen wie die beiden Frauen am Nachbartisch. Ja, vom Äußerlichen her könnten sie Mutter und Tochter sein. Kurz flüstern sie miteinander, dann steht die Seniorin auf, um in unsere Richtung zu schlurfen.

„Entschuldigt bitte, dass ich störe."

Höflich will ich erwidern, dass es kein Problem sei und was sie denn von uns wolle, da plappert sie auch schon weiter: „Darf ich euer Eis bezahlen? Die Jugend heutzutage hat ja nicht viel, genau wie wir damals."

Genervt schaut die Jüngere zu der rundlichen Frau. „Mama, lass gut sein."

„Ich hab es doch nett gemeint!"

Beklommen versuche ich, Blickkontakt mit Kai herzustellen, aber er scheint mein Empfinden nicht zu teilen. Gleichmütig zuckt er die Schultern und ich stochere in der kühlen Masse herum, die mich auf einmal gar nicht mehr so anlacht.

Ihre nächsten Worte richtet die Tochter an Kai und mich.

„Wisst ihr, meine Mutter will immer helfen. Ich hoffe, sie belästigt euch nicht."

Wir schütteln gleichzeitig den Kopf und ich beeile mich, die Hilfsbereitschaft abzulehnen. „Das ist sehr nett von Ihnen, aber wir haben genügend …"

In dem Moment fängt das Kind zu weinen an, bestimmt will es endlich wieder schnabulieren. Sein Gesicht ist schon ganz mit Schokosoße verschmiert.

Bevor sie sich zurück zu ihrer Familie wendet, wirft uns die nette, großzügige Dame noch einen bedauernden Blick zu. „Wenn ihr etwas brauchen solltet, wir sind noch eine Weile hier."

Mit diesen Worten geht sie zu ihrer Tochter und dem kleinen Fratz. Einige Sekunden schweigen wir, die Situation ist mir immer noch unangenehm, dann aber nimmt Kai das Gespräch wieder auf.

„Tja, ohne Moos nix los." Leise lacht er in sich hinein. „Vielleicht sollte ich mir weniger »Panini«-Sticker kaufen oder nicht so oft ins Fitnessstudio gehen, aber Sport ist mir extrem wichtig."

„Reiten wäre schön", begeistere ich mich.

„Und warum machst du es nicht?"

„Na ja … Hier in der Nähe gibt es keinen Hof, meine Eltern müssten mich jedes Mal bringen."

Mitfühlend schaut Kai mich an. „Versteht ihr euch nicht so gut?"

„Nein …" Meine Gedanken schweifen ab; erst zu dem Telefongespräch, das ich gestern aus der Schule mit meiner Mutter geführt habe, dann zu anderen, verstörenden Erfahrungen. Ich sehe Papa vor mir, wie er anklagend ein Buch hochhielt: »Flirtfieber & andere Katastrophen«, geschrieben von Bianka Minte-König. Beim Vorlesewettbewerb in der sechsten Klasse hatte ich damit den zweiten Platz erreicht.

Hinterher stellte mein Vater fest: „Lesen bildet, das ist richtig. Aber dieses Buch trägt sicher nicht dazu bei. Pubertierende Mädchen sind doch kein Thema für einen Schulwettkampf!"

Exakt so drückte er es aus. Aber genau dieser Titel hatte mir den Sieg gebracht, denn die Autorin spricht die üblichen Probleme von Jugendlichen an. Und die Szene, die ich ausgewählt hatte, sorgte allgemein für gute Unterhaltung.

Wieder spüre ich das vertraute Ziehen im Bauch, einen leichten Schmerz, vermischt mit dem Gefühl von Traurigkeit. Mona weiß, wie sehr mich meine Eltern enttäuschen, aber sonst habe ich mit niemandem gesprochen. Nicht einmal mit Kevin, der uns alle hautnah erlebt.

Kai gegenüber empfinde ich jetzt eine wärmende Geborgenheit. Deswegen wage ich es, meine Sorgen bei ihm loszulassen.

Fest erwidert er meinen Blick, während ich spüre, dass er mir aufmerksam zuhört. Plötzlich greift er nach meiner Hand.

„Sei nicht traurig. Du hast damals super gelesen!"

Er erinnert sich an etwas, das fast zwei Jahre zurückliegt und mit mir zu tun hat! Am liebsten würde ich laut singen: »Because I'm happy …« Und Kai hebt meine Stimmung weiter an.

„Wenn du mich fragst, haben deine Eltern dein Talent noch nicht erkannt."

Auf einmal widerstrebt es mir, von ihnen zu reden, dafür ist es viel zu schön mit Kai. Solange er meine Hand hält, könnte ich alles um mich herum vergessen. Bis … ja, bis ich auf einmal ganz dringend zur Toilette muss. So was Blödes, jetzt zerstöre ich die aufkeimende Romantik! Aber ich bin nun mal so aufgeregt, dass ich nicht anders kann. Warum passiert mir das immer, wenn Spannung entsteht wegen Kai?

„Es tut mir wirklich leid, ich müsste kurz …" Hilflos stammele ich vor mich hin. Dabei werde ich rot, was mich noch mehr empört.

Doch er grinst. „Schon gut. Das ist wohl ein typisches Frauenproblem."

Wenn er das so einzuordnen weiß, muss er ziemlich erfahren sein mit Dates. Trotzdem glaube ich, dass er mich ehrlich mag und nicht so bald austauschen würde. Dankbar lächle ich ihn an und verschwinde.

Unterwegs stolpere ich fast über meine Füße, weil ich mich so sehr beeile, aber das bringt mir nur wenig. Vor der Kabine hat sich eine kleine Schlange gebildet. Am Anfang zerrt ein etwa 7-jähriges Mädchen an der Hand einer übertrieben Geschminkten, die kommt mir abgekämpft vor.

„Warum", fragt sie genervt, „gibt es für Frauen immer nur ein WC?"

Unruhig zappelt die Kleine herum. Dahinter reiht sich die ältere Dame ein, die vorhin auf uns zugekommen ist. Als sie mich wiedererkennt, hellt ihr Gesicht sich auf.

„Ich lass dich vor, mein Kind. Sicher wartet dein Freund."

Nach zwei, höchstens drei Minuten kehre ich zurück an unseren Tisch. Erschrocken nehme ich wahr, dass sich in dieser geringen Zeitspanne doch einiges verändert hat. Kai will gerade aufbrechen. Aber warum, um alles in der Welt?

Er ist nicht einmal bereit, mir eine Erklärung zu geben. Hätte ich etwas länger gebraucht, wäre er jetzt fort und ich würde nach ihm suchen.

Ich bin nicht nur irritiert, sondern plötzlich auch verärgert. Und darüber finde ich die Sprache wieder.

„Hey! Was ist los?"

Auf eine vernünftige Antwort hoffe ich umsonst. Kai ruft mir bloß zu, nachdem er sich bereits ein paar Schritte entfernt hat:

„Gut, dass ich das rechtzeitig erfahren habe."

Das? Was meint er damit? Mir wird ein wenig schwindelig, als hätte ich Alkohol getrunken.

„Kai …"

Ein letztes Mal wendet er sich zu mir um. „Jungs findest du blöd! Also ist es besser, dass ich mich nicht auf dich einlasse. Danke für den Hinweis!"

Jetzt fühlt mein Mund sich trocken an. Weit entfernt ist der Geschmack von Schokoladeneis und einem schönen Nachmittag mit Kai. Ich kann meinem Schwarm nur fassungslos hinterherstarren und immer wieder frage ich mich, wovon er eigentlich redet. Weshalb er einfach so wegrennt. Das Ganze kommt mir vor wie ein Albtraum, nur dass die Szene real passiert.

Verstört wühle ich in meiner Tasche nach meinem Handy, vielleicht kann ich ihn anrufen und die Sache am Telefon klären. Endlich ziehe ich das iPhone heraus. Auf dem Display erscheint eine Mitteilung: »Entgangener Anruf«.

Jetzt wird mir alles klar. Und es fühlt sich fürchterlich an.

In einer Zeitschrift standen einmal drei Gründe dafür, sich nie in einen Jungen zu verlieben. Diese fand ich so witzig, dass ich sie als Sprachmemo aufnahm und den Text als Klingelton einstellte. Vorhin, während ich beim Pinkeln war, schrillte meine Stimme aus dem Telefon:

»Erstens: Jungs haben Bärte. Selbst wenn sie sich rasieren, sticht es beim Küssen!

Zweitens: Wenn Jungs vom Sport zurückkommen, stinken sie immer nach Schweiß. Auch dann haben die Mädchen keine Lust, sie zu umarmen!

Drittens: Das männliche Gehirn ist größer als das weibliche. Aber es wird nicht unbedingt mehr benutzt!«

IM LEXIKON DER LIEBE

Den Rest kann ich mir leicht zusammenreimen. Kai hat diese Beleidigungen gehört und jedes Wort verstanden. Dass er daraufhin abgehauen ist, sollte ich ihm eigentlich nicht übel nehmen.

Wie gelähmt sitze ich da und schaffe überhaupt nichts mehr, außer zu denken: ‚Jetzt hab ich es total verbockt. Monate hab ich gebraucht, um ihn um ein Date zu bitten. Und nun bin ich so schrecklich peinlich!

Wie ein glühendes Stück Kohle liegt das Handy in meiner Hand. Gleichzeitig wird mir schlecht, weil ich so viel verloren habe. Sicher sehe ich aus wie ein Zombie, da meine Augen ziellos ins Leere starren. Als wäre mein Kopf unter Wasser getaucht, nehme ich die Umgebung nur noch gedämpft wahr.

Doch eine tiefe, freundliche Männerstimme dringt durch meinen Gehörgang. „Mi scusi, signorina. Va bene? Alles in Ordnung?"

Spricht da der Kellner mit mir? Kai wahrscheinlich nicht, das wäre zu schön, um wahr zu sein.

Offenbar schweige ich zu lange, denn weit entfernt höre ich den Italiener sagen: „Warte! Ich bring dir Wasser!"

„Gerade habe ich sie vor dem stillen Örtchen getroffen. Da war sie noch ganz normal."

Ein Teil meines Bewusstseins ordnet zu, dass die hilfsbereite Dame sich ebenfalls sorgt. Aufgeregt schnattert sie weiter. „Vielleicht hat sie Kreislaufbeschwerden, in dem Alter kommt das schon mal vor. Aber warum kümmert sich der Junge nicht um sie? Ist wie vom Erdboden verschluckt! Unglaublich!"

Ein Glas wird mir in die Hand gedrückt. Sie zittert, aber schließlich schaffe ich es, Schluck für Schluck in mich hineinzutröpfeln.

Gefühlt vergeht eine Ewigkeit, bevor ich wieder einigermaßen klar denken kann. Und jetzt will ich doch wissen, wem ich die missliche Lage zu verdanken habe.

Ohne diese Person wäre Kai bestimmt noch hier, wir könnten uns besser kennen lernen, vielleicht sogar einen Milchshake bestellen.

Aber mein Handy zeigt: »Entgangener Anruf von Mona«.

Wenn es in mir drinnen regnet, schickt sie mir Sonnenstrahlen. Deshalb kann ich ihr niemals böse sein, auch nicht in diesem Moment, obwohl ich wirklich allen Grund dazu hätte.

Völlig deprimiert tippe ich auf ihren Namen in der Kontaktliste. Meine Finger sind wohl die einzigen Gliedmaßen, die sich noch bewegen lassen.

Als Mona den Anruf entgegennimmt, klingt sie total fröhlich. „Hi Sabrina. Was läuft?"

„Nichts mehr", murmle ich matt, „du hast mir gerade das Date meines Lebens versaut."

Sofort zieht Mona den richtigen Schluss. „Dein Klingelton! Nur weil ich so neugierig war, wie es dir geht. Ach, Sabse."

„Ach, Mone", erwidere ich tonlos.

Ich hasse dieses Ritual. Immer, wenn Mona nicht mehr weiter weiß, sagt sie „Ach, Sabse" und ich muss entsprechend reagieren. Das läuft schon seit der dritten Klasse, als wir anfingen, einander Spitznamen zu geben. Damals hatte sich bei mir der Hass auf Mathe entwickelt. Mona, die mir zuerst noch mit den Aufgaben helfen wollte, verzweifelte irgendwann und seufzte: „Ach, Sabse! Bevor du das kapierst, hast du mit Kevin die Friedenspfeife geraucht."

Ich war überzeugt, dass ich mich in diesem Leben nicht mit ihm versöhnen würde. So verdrehte ich die Augen.

„Mein Bruder ist doch viel zu doof. Der weiß gar nicht, wie man eine Friedenspfeife anzündet."

Wir mussten beide lachen, aber jetzt ist mir eher nach Weinen zumute. Mona vergewissert sich, in Bezug auf Kai: „Der ist wirklich abgehauen?"

„Ja."

„So ein Volltrottel!“ Ich höre die Wut in ihrer Stimme, eine Empörung, die mich unter anderen Umständen trösten würde. Diesmal allerdings muss ich widersprechen.

„Nein! Er ist kein Volltrottel, sondern super toll und endlich hat er mich bemerkt! Aber dann geht alles kaputt, bevor es richtig angefangen hat.“

Tränen steigen in mir hoch, dabei könnte ich nicht sagen, welche Emotion die stärkere ist: Enttäuschung oder Wut? Zwar habe ich Mona am Telefon, doch sie scheint unendlich weit weg zu sein. Mitten in der Stadt, zwischen gut gelaunten Menschen, fühle ich mich vollkommen alleine.

„Ach, Sabse!“

Jetzt fängt sie schon wieder damit an! Pflichtschuldig führe ich das blöde Ritual zu Ende. „Ach, Mone!“

Danach sprudeln meine Empfindungen hervor. „Ich habe mich in Kai verliebt, das weißt du! Er ist so unglaublich cool und süß.“

Darüber nachzudenken, nützt mir nicht das Geringste, aber es tut trotzdem gut, dass ich mit Mona über alles reden kann. Bloß stellt sie sich schon wieder gegen Kai.

„Er ist es doch gar nicht wert, jemanden wie dich als Freundin zu haben. Ich meine, wenn er sich so aufregt wegen deinem Handy …“

„Mona, jetzt reicht‘s mir!“

Aber sie bemüht sich immer noch darum, mein Fehlverhalten abzuschwächen. „Diese Sprüche kommen aus einer Zeitschrift, die kann doch keiner ernst nehmen!“

„Woher soll er das alles wissen? Ich glaube“, schniefe ich, „als Junge würde ich mich genauso angegriffen fühlen.“

„Hm“, murmelt sie in die Leitung. Dann sagt sie mit heller Stimme: „Weißt du was, Sabse? Pfeif auf die Jungs, die sind doch sowieso alle gleich. Die verstehen uns Mädchen einfach nicht.“

Im Moment verstehe ich Mona auch nicht, obwohl mir klar ist, dass sie Recht hat. Aber soll das heißen, dass ich mein ganzes Leben als Single verbringen muss?

Immer noch etwas gereizt, erkundige ich mich bei meiner Freundin: „Was meinst du jetzt damit?“

„Dass du auf wichtigere Dinge achten solltest. Jungs bringen nicht so viel.“

Dadurch verwirrt sie mich noch mehr. Was gibt es denn Wichtigeres, als einen festen Freund zu haben? Jemanden, der mich in den Armen hält, der mich Tag und Nacht vermisst, wenn ich nicht bei ihm sein kann … Weil er mich so liebt, wie ich bin und mich niemals verändern will.

In meiner Vorstellung muss eine Partnerschaft das Größte sein. Und Mona will mir das ausreden?

„Was soll der Quatsch?“, fahre ich sie an.

„Ach, Sabse. Hast du noch nie gehört, dass Freundschaft viel mehr bedeutet als Liebe?“

Wie zur Betonung setzt sie ab, doch die Pause reicht nicht aus, damit ich mich entscheiden könnte. Dafür unterstreicht Mona: „Liebe findet sich immer, aber eine wahre Freundschaft gibt es selten. Lieben kannst du jeden, aber gut befreundet bist du nur mit wenigen. Was hältst du davon, wenn wir morgen was zusammen unternehmen? Einfach wir zwei als beste Freundinnen, ohne irgendwelche Jungs!“

Hierauf antworte ich nicht sofort, weil ich zuerst über ihre Worte nachdenken will. Dahinter verbirgt sich ein tieferer Sinn und dennoch werde ich das schreckliche Gefühl nicht los, dass ich gerade die Liebe meines Lebens verloren habe. Permanent schweifen meine Gedanken zu Kai, bis mich Mona in die Gegenwart zurückholt.

„Lass uns doch ins Kino gehen“, schlägt sie vor.

Kurz spüre ich einen Stich in der Brust, denn auch Kai hat sich so etwas überlegt. Und mit Glück wäre alles ganz anders gelaufen, wenn wir nicht in der Eisdiele gesessen, sondern uns mit Popcorn vollgestopft hätten.

Noch einmal reiße ich mich los. Monas Idee, dass wir uns gemeinsam einen Film anschauen könnten, gefällt mir gut, auf jeden Fall besser als Liebeskummer. Und Mona sucht einen Weg, mich davon abzulenken.

Lange geht mir durch den Kopf, was sie zu Liebe und Freundschaft gesagt hat. Irgendwie stimmt es ja auch: Ich sollte mich öfter mit meinen Mädels treffen. Einfach mal was anderes tun, als ständig an Romantik zu denken.

Natürlich ist es auch schön, jemanden besonders zu mögen. Aber wenn der andere nicht zurückliebt, was bringt das dann noch?

Schnell greife ich in meine Tasche, um ein Bounty herauszuholen. Gegen Kummer ist Schokolade immer noch die beste Medizin. Deshalb reiße ich die Verpackung ab und verschlinge die Nascherei.

Anschließend fühle ich mich besser, also bewirkt die Schokolade mehr, als ich mir von Jungs versprechen kann. Schokolade ist locker und leicht. Jungs bleiben anstrengend und hart.

Aber auch ich benehme mich ungeschickt, indem ich ein Lebensmittel verspeise, das ich woanders gekauft habe. Obwohl ... Vielleicht servieren die hier ja Bounty-Eis?

Während ich so vor mich hin grübele, nähert sich eine Gruppe Senioren, die vergnügt miteinander schwatzen. Weil die meisten Plätze immer noch besetzt sind, beschließe ich zu bezahlen. Nach der Enttäuschung mit Kai fühle ich mich hier sowieso nicht mehr wohl.

Auch dem Kellner könnte etwas unbehaglich zumute sein, bei dem schönen Wetter schwitzt er bestimmt in seinem Hemd und der langen Hose.

„15 Euro, per favore."

Er hält mir die Rechnung unter die Nase. Als ich die überprüfe, stürzt meine Laune wieder in den Keller, das meiste hätte nämlich Kai dazugeben müssen.

Augenblicke später verlasse ich die Eisdiele. Nach dem Desaster will ich nur noch fort von hier und So mache ich mich mit schnellen Schritten auf den Weg.

ALLES, WAS ZÄHLT

An vielen, tollen Läden komme ich vorbei. Da ist die Buchhandlung »Pustet«, wo ich manchmal stundenlang stöbere und lese, außerdem das »Gewandhaus Gruber«. Solange unser Geld reicht, gehen Mona und ich da gerne zum Shoppen rein. Nachdem Kai mich auf der Rechnung hat sitzen lassen, bleibt mir jetzt nur noch ein Euro, den ich sofort in Schokolade investieren werde.

Wenn ich schon keinen Jungen haben kann, dann wenigstens etwas Süßes zwischen die Zähne.

Im »Rewe«, vor dem Regal, fällt mir die Wahl wirklich schwer. Doch mein begrenztes Budget hindert mich daran, den kompletten Bestand abzuräumen, also entscheide ich mich für eine Tafel Vollmilchschokolade.

Wieder draußen aus dem Supermarkt, lasse ich mir den Kakao auf der Zunge zergehen. Währenddessen muss ich sogar ein wenig lächeln. Für Schokolade ist es nicht erforderlich, so viel auszugeben wie für einen Jungen. Zum Beispiel am Monatstag oder Jahrestag müsste ich ihm etwas kaufen oder wann auch immer, um meine Zuneigung zu bezeugen. Der Valentinstag fällt mir ein, den meine Eltern mittlerweile ignorieren. Soweit ich weiß, haben sie sich, in den ersten Jahren ihrer Beziehung, am 14. Februar immer etwas geschenkt. Dann ist es abgeflaut, weil Papa schimpft, was für eine Geldmacherei das doch wäre.

„Da werde ich von außen gezwungen, meiner Frau Pralinen oder Blumen zu kaufen! Und überall in den Medien ist vom Valentinstag die Rede, damit ich den ja nicht vergesse!“

Mama zu einem vorgegebenen Zeitpunkt eine Freude zu machen, kommt für ihn nicht infrage. Viel wichtiger findet er, dass er dann etwas für sie besorgt, wenn ihm selbst danach ist. Und ich denke, damit hat er auch Recht.

Mein Weg nach Hause kommt mir endlos vor, obwohl es höchstens ein paar hundert Meter sind. Ich bin nicht gut darin, Entfernungen zu schätzen, aber meine Füße scheinen Zentner zu wiegen. Heute will ich mich nur noch hinlegen und schlafen. Einfach vergessen, was vorgefallen ist.

Endlich gelange ich ins Neubaugebiet und sehe das Mehrfamilienhaus, wo ich mit Kevin und meinen Eltern wohne. Das heißt, zuerst erkenne ich das rote Ziegeldach. Häufig ärgert sich Mama, weil die Wände wieder einmal gestrichen werden sollten.

Nicht weit entfernt von dem Betonbau toben Kinder, vergnügt kreischend, auf einem Spielplatz. Als ich das höre, stülpt sich die Traurigkeit von Neuem über meinen Kopf. Warum kann ich nicht auch so fröhlich sein?

Früher bin ich hier oft herumgeturnt und manchmal verbringe ich meine Zeit auch heute noch dort. Gerade, wenn mir alles zu viel wird, sitze oder liege ich dann in der blau-grünen Nestschaukel. Doch im Moment möchte ich alleine sein, weder Blicke auf mir spüren noch in irgendwelche Gespräche hineingezogen werden.

So beschleunige ich meine Schritte, bis ich die Haustür aufschließen kann. Oh, wie sehr ich mich auf den Fahrstuhl freue!

Im nächsten Moment stelle ich fest, dass er außer Betrieb ist, wodurch meine Laune noch weiter absinkt. Schwerfällig wie eine alte Greisin schleppe ich mich die Stufen hoch, über sechs Absätze bis ins Dachgeschoss. Zuletzt kann ich den Schlüssel aus meiner Tasche kramen. Ist ja klar, dass der sich ganz unten vergraben hat.

Als ich die Tür aufschiebe, erstreckt sich vor mir eine schöne, geräumige Wohnung. Zum Glück habe ich mein eigenes Zimmer und muss es nicht mit Kevin teilen. Hätten meine Eltern das von mir verlangt, wäre ich garantiert zu Mona gezogen.

Vom Balkon aus bietet sich ein toller Blick über Freising, bei klarem Wetter kann ich sogar die Berge sehen. Wenn Papa nikotinsüchtig wäre, würde Mama ihn jedes Mal, sobald er sich einen Glimmstängel anzündet, nach draußen jagen. Denn wir führen einen Nichtraucherhaushalt und es riecht bei uns immer frisch!

Überhaupt ist meine Mutter, obwohl sie beruflich sehr eingespannt wird, ein überaus Sauberkeit liebender Mensch. Jedes Staubkörnchen wischt sie sofort weg, außer in Kevins Zimmer, da hat sie es aufgegeben. Dort herrscht ein solches Chaos, als hätte eine Horde Drachen eine Party gefeiert. Benutzte Wäsche, leere Chipspackungen, DVD-Hüllen und PS4-Konsolenspiele liegen überall verstreut. Wider Erwarten stinkt es nicht, weil Kevin alles mit seinem, wie er sagt, „unwiderstehlichen Männerparfum" eindeckt.

Dagegen glänzt mein Zimmer wie ein Prachtraum. Ich verhalte mich nicht ganz so etepetete wie meine Mutter, lege aber trotzdem Wert auf Ordnung.

Am meisten in der Wohnung gefällt mir mein Bett, das sich tagsüber zu einem Sofa einfahren lässt. Abends liege ich in so kuschelig weiche Decken gehüllt, dass mich nicht einmal Kevin aus den Federn bringt. Da kann er seine Musik aufdrehen, bis es die Boxen zerreißt! Ist mir alles scheißegal!

Nur ein fesselnder Schmöker könnte mich zum Aufstehen bewegen und davon stehen haufenweise in meinem überdimensionalen Bücherregal. Am liebsten lese ich Fantasy wie »Harry Potter« von J.K. Rowling oder »Zeitenzauber« von Eva Völler.

Jetzt möchte ich sofort in meinem persönlichen Reich verschwinden, allerdings muss ich vorher noch kurz bei den Eltern reinschauen, damit sie wissen, dass ich zurück bin. Wie jeden Abend sitzen sie im Wohnzimmer vor dem Fernseher, in dem gerade die Nachrichten laufen. Papa schaut aber gar nicht hin, sondern auf sein Tablet, sicherlich programmiert er an irgendeinem Projekt. Das entlockt mir ein Lächeln und sobald ich das leichte Zucken meiner Mundwinkel bemerke, lässt der Schmerz in meiner Brust ein wenig nach. Es ist doch nicht alles eine trübe, graue Nebelsuppe.

Meine Eltern lernten sich in den 90er Jahren kennen, als sie sich ungeschickt zu »Macarena« auf der Tanzfläche drehten. So entwickelten sie schnell Sympathie füreinander. „Liebe auf den ersten Blick“, wie beide immer wieder betonen. Vielleicht sehe ich das ein bisschen anders, zumindest kommt es mir oft so vor, als würden sie aneinander vorbeileben. Das Einzige, worauf sie sich problemlos verständigen können, ist die Bildung ihrer Kinder.

Außerdem begeistert es Mama, ihre eigene Modekollektion für Teenager zu entwerfen. Auch jetzt fliegen ihre Stricknadeln wild durch die Luft, nur hin und wieder schweift ihr Blick zum Flimmerkasten rüber.

Sie kann wirklich eine herzensgute Frau sein, wirkt aber, da sie ihren Zopf zu einem Knoten zurückgebunden trägt, sehr streng. Die blauen Augen sind durchdringend und können jede noch so kleine Gefühlsregung erkennen, daher entgeht ihr auch keine Flunkerei von Kevin oder mir.

„Ich bin wieder zu Hause“, mache ich mich bemerkbar.

Die beiden schauen von ihren Beschäftigungen auf, Mama beäugt mich prüfend. „Hast du schon gegessen?“

„Nur Eis“, gebe ich zu.

Sofort verdreht sie die Augen. „Wir haben Kartoffelsalat mit Wiener Würstchen gemacht. Deine Portion steht noch im Kühlschrank.“

Ich muss schmunzeln. „Danke, dass ihr Kevin davon abgehalten habt, alles in sich reinzustopfen.“

„War gar nicht nötig“, erwidert Papa, „aber jemand anderem wäre dein Essen zum Opfer gefallen, wenn ich sie nicht zurückgehalten hätte.“

Daraufhin wirft er meiner Mutter einen bedeutungsvollen Blick zu. Als wäre sie vollkommen unbeteiligt, setzt Mama eine Unschuldsmiene auf.

„Dafür kann ich nichts. Der Kartoffelsalat war einfach zu lecker!“

Daraus schließe ich, dass Papa mit frischen Zutaten gekocht hat, anstatt die Lebensmittel aus dem Gefrierfach zu holen. Er hat sich richtig Zeit für die Familie genommen und seine Speisen werden herausragend gelobt. Deshalb grenzt es wirklich an ein Wunder, dass von seinem Spezialrezept noch etwas übrig ist.

„Machst du nach dem Essen bitte deine Hausaufgaben?“ Jetzt sieht mein Vater wieder ernst aus. Und das Hochgefühl, das mich gerade noch beflügelt hat, verflüchtigt sich wie der Duft von einem schönen Sommertag.

Bedrückt nuschele ich: „Aber klar doch.“

Mamas ungläubiger Gesichtsausdruck will mir offensichtlich zeigen, dass sie an meinen guten Absichten zweifelt. Meine Wangen werden heiß.

„Sabrina“, ermahnt sie mich, „du warst den ganzen Nachmittag unterwegs.“

Langsam nervt mich ihre Bevormundung, als wäre ich ein kleines Kind, dem man jeden Schritt erklären muss. Meine Stimme gerät eine Oktave höher als sonst. „Werd mich gleich dransetzen!“

Nachdrücklich klopft Papa auf seine Tastatur und ich füge ein: „Das arme Windows-Tablet kann doch am wenigsten dafür!“

„Sei nicht so albern!“, fährt meine Mutter mich an.

„Sorry.“

Damit habe ich es geschafft, dass sie missbilligend die Stirn runzelt.

„Immer diese Anglizismen! Kannst du nicht einfach Entschuldigung sagen, wie jeder andere Mensch?“

Anstatt ihren Einwand zu unterstützen, lehnt Papa sich lässig zurück. „Aber Leonie, das ist so in unserer digitalen Zeit.“

Bestimmt zum hundertsten Mal erklärt er ihr die Zusammenhänge.

Ich nutze die Gelegenheit, um mich schnell zu verdrücken.

VERBINDUNG GELÖST

Zwei Stunden später quäle ich mich mit mathematischen Formeln herum, aber jetzt reicht es total. Erbost schlage ich mein Heft zu, will dringend unter die Bettdecke kriechen, nur dass ich dort auch keinen Frieden finden kann. Ewig wälze ich mich von einer Seite auf die andere, dazwischen betrachte ich immer wieder die Zeitangabe von meinem Radiowecker. 10:30 Uhr, dann 20 vor elf.

Ob ich Kai noch einmal anrufen soll? Ihm erklären, warum und wieso der ganze Mist passiert ist?

Ich schüttele den Kopf. Wahrscheinlich hat er keine Lust, mit mir zu reden! Andererseits, was kann ich noch verlieren? Weiter bergab, als wir bereits geschlittert sind, geht es bestimmt nicht mehr, also strecke ich eine Hand nach meinem Smartphone aus. Gut möglich, dass Kai schon schläft …

Im Telefonbuch suche ich seinen Eintrag, abgespeichert habe ich den unter »endlich geschafft«. Was für ein Hohn! In meinem Magen zieht sich alles zusammen, weshalb ich beschließe, gleich eine neue Textzeile zu wählen. Aber vorher ändere ich meinen Klingelton, damit es nie mehr zu so einer Blamage kommt.

Diesmal ganz brav, nehme ich ein Standard-Rufzeichen, sodass mein Handy klingt wie ein altes Festnetztelefon. Die Melodie ist ungefährlich und nicht zu überhören.

Dann, um es mir nicht noch einmal anders zu überlegen, aktiviere ich schnell die Nummer von Kai. Sobald das Freizeichen ertönt, bildet sich ein dicker Kloß in meinem Hals. Die Hand, in der ich das iPhone halte, zittert ein wenig. Aber Sabrina, jetzt bloß nicht die Nerven verlieren und wie ein scheues Reh die Flucht ergreifen!

Das schärfe ich mir immer noch ein, da knackt es in der Leitung.

„Hallo?"

Ich schrecke zurück, weil seine Stimme sich so anhört, als hätte er tatsächlich geschlafen. Jetzt müsste ein Wunder geschehen, damit ich da wieder rauskomme; und zwar ein ganz großes! Doch ich stammele nur: „Ähm … Hi. Ich bin's, Sabrina."

„Was willst du denn von mir?" Schlagartig wirkt er hellwach und seine Emotionen kommen deutlich bei mir an. Kai ist erstaunt, aber gleichzeitig bemerke ich, dass ihn immer noch die Wut beherrscht.

Deshalb werden meine Hände feucht und ich umklammere das Handy, damit es mir nicht aus den Fingern gleitet.

Kurz überlege ich, auf Lautsprecher umzuschalten, doch die Wände in diesem Haus sind sehr hellhörig. Und auf keinen Fall dürfen meine Eltern erfahren, dass ich so spät noch telefoniere.

Schließlich greife ich auf den Nachttisch und stecke mein Headset in den dafür vorgesehenen Anschluss. So kann ich Kai auch viel besser hören, seine tolle Stimme …

Oh nein! Ich will jetzt nicht ins Schwärmen geraten! Sachlich und ernst rüberkommen, das sollte meine Devise sein für dieses Gespräch. Was ich dann allerdings von mir gebe, ist alles andere als professionell.

„Ja also … Du hast dein … deine Sporttasche im Eiscafé vergessen. Ich hab sie mitgenommen", hangele ich mich weiter, „du kannst sie morgen abholen."

Heftig beiße ich mir auf die Zunge. Wieso erzähle ich einen solchen Müll? Falls Kai tatsächlich hier auftauchen sollte, würde ich mit leeren Händen vor ihm stehen und hätte mich erneut lächerlich gemacht. Ich könnte die Tasche nicht einmal zur Schule mitbringen.

Außerdem will ich ihn doch gar nicht sehen, sondern mich bloß entschuldigen! Das geht genauso gut am Telefon!

„Ich meine …"

Klug wäre gewesen, mir zuerst durch den Kopf gehen zu lassen, wie ich das am besten formulieren könnte. Und Kai erst hinterher anzurufen.

Aber jetzt bin ich schon mit ihm verbunden. Eine Weile bleibt es still zwischen uns, auch innerlich fühle ich mich wie erstarrt. So habe ich nicht die geringste Chance, einen sinnvollen Gedanken zu fassen. Nur einzelne Wörter flattern durch mein Gehirn und Kai zischt mitten hinein: „Hör auf, mich zu verarschen! Die Sporttasche liegt hier in meinem Zimmer."

Logisch. Daran hätte ich denken müssen!

„Sabrina", fragt er hart, „was willst du eigentlich von mir?"

Ich bringe keinen Ton über die Lippen, weil ich mich in Grund und Boden schäme. Mit einer miserablen Lüge habe ich versucht, Kai in meine Nähe zu locken. Ich wünsche mir, dass wir uns wieder vertragen, aber nach dem, was ich gerade abgeliefert habe, kann ich darauf lange warten.

Kai bestätigt das im nächsten Moment. „Hey, du bist sogar zu dumm, dich mit mir zu unterhalten. Wenn du noch mal was brauchst, kann ich dir nur sagen: Nee, kein Bock! Ich interessier mich nicht für eine Jungshasserin!"

Schon vernehme ich ein Rauschen am Ohr, danach ein langgezogenes »Tuut-Tuut-Tuut«. Kai hat einfach aufgelegt!

Fassungslos starre ich mein Handy an, als könnte ich ihm die Schuld zuschieben und fange an zu heulen. Am liebsten würde ich laut schreien wie ein verwundetes Tier, all die Wut über meine eigene Blödheit herausbrüllen. Und über Kai, der nun endgültig nichts mehr von mir wissen will. Als Jungshasserin stempelt er mich ab, nur kann das gar nicht stimmen, sonst würde ich ihn nicht so sehr vermissen und traurig sein.

Ich presse meine Zähne auf den Handrücken, um einen körperlichen Schmerz zu spüren, aber der seelische wird davon nicht gedämpft. Heftiges Schluchzen schüttelt mich und verzweifelt kralle ich die Fingernägel in mein Kissen, weil ich mich irgendwo festhalten muss.

Als die Tränen das Bettzeug durchnässt haben, gelingt es mir schließlich, mich hochzustemmen. Denn in der Küche wartet noch ein Bounty auf mich und Schokolade ist stumm, kann mich also nicht wie ein Junge beleidigen.

Auf leisen Sohlen tapse ich zur Tür. Monas Eltern wäre es egal, wann wir uns hinlegen. Solange wir dafür sorgen, dass wir genügend Schlaf bekommen, wäre alles erlaubt. So habe ich für mich die Deadline getroffen, spätestens um halb elf ins Bett zu gehen und für gewöhnlich halte ich mich auch daran. Jetzt muss ich vorsichtig sein, um zu vermeiden, dass meine Aktion alle Familienmitglieder auf den Plan ruft.

Noch mehr Stress in einer Nacht kann ich wirklich nicht verkraften!

WOZU BRAUCHT MAN JUNGS?

Mit einem Papiertaschentuch wische ich mir über die Augen, bevor ich, halbwegs wiederhergestellt, den dunklen Flur betrete. Aus dem Wohnzimmer scheint noch das Licht der Mattscheibe und ich kann deutlich die Stimmen hören, die aus dem Flimmerkasten kommen. Nur bei Kevin ist alles still, weshalb ich vermute, dass er schon pennt.

Als ich jedoch die Klinke zum Badezimmer herunterdrücke, ist die Tür verschlossen. Neugierig presse ich mein Ohr dagegen und was mir dann geboten wird, lässt mich fast vergessen, dass ich eigentlich Schokolade holen wollte. Kevins Barritonstimme summt leise vor sich hin: „If today was your last day, tomorrow was to late, can you say goodbye yesterday …“

Mein Bruder singt tatsächlich einen Refrain von Nickelback und das, wie ich zugeben muss, gar nicht einmal übel! Etwas Vergleichbares habe ich noch nie von ihm gehört, sodass ich lächeln muss, obwohl meine Gesamtsituation doch abscheulich ist. Ins Bad komme ich unter diesen Umständen leider nicht.

Also pilgere ich schnurstracks in die Küche und nach kurzem suchen in unserem überquellenden Süßigkeitenschrank kaue ich endlich mein Bounty. Ein weiterer Vorteil an dem Riegel fällt mir ein: dass er nicht einfach auflegen kann, außer man schleudert ihn direkt aufs Telefon. Schokolade schläft nie und fühlt sich keinesfalls gestört. Oder vielleicht doch, wenn jemand reinbeißt …

Leise schleiche ich zurück. Als ich am Bad vorbeikomme, höre ich nur die Klospülung, keinen Gesang mehr.

In meinem Zimmer lasse ich mich frustriert aufs Bett fallen, während ich darüber nachdenke, ob ich bei Mona anrufen soll. Die fühlt sich nie von mir belästigt, egal zu welcher Uhrzeit.

Erleichterung durchströmt mich, als ich ihre Stimme höre. Im Unterschied zu Kai wirkt Mona ziemlich munter.

„Hey Sabse, was gibt's denn so Dringendes? Sag bloß, dass du morgen nicht kannst!"

„Doch, klaro kann ich. Mir ist nur grad wieder was total Peinliches passiert."

„Um Himmels willen! Was hast du nun schon wieder angestellt?"

Ich erzähle es ihr. Besser wird die Geschichte davon aber auch nicht, eher im Gegenteil.

„Ach, Sabse. Er ist es nicht Wert, dass du dir so viele Gedanken machst."

„Aber ich wollte mich doch bei ihm entschuldigen!"

„Wenn, dann sollte er das Gespräch mit dir suchen", findet meine beste Freundin, „weil er einfach so weggegangen ist und die Sprüche auf deinem Handy viel zu ernst nimmt. Außerdem hat er dich als Jungshasserin beschimpft. Das geht überhaupt nicht!"

„Stimmt schon", räume ich ein, „aber mein Klingelton war auch nicht nett."

Darauf reagiert Mona beinahe grob. „Jetzt hör mal! Von dem Jungen, den man liebt, beleidigt zu werden, ist tausendmal schlimmer!"

Ich schlucke hart, aber sie lässt sich nicht beirren. „Vergiss mal diesen Dummkopf und freu dich lieber aufs Kino. Ach, das haben wir ja noch gar nicht ausgemacht. Welchen Film wollen wir anschauen? »Dieses bescheuerte Herz«?"

Da muss ich kichern. „Den schlägst du doch nur vor, weil Elyas M'Barek mitspielt."

„So ein Quatsch! Mich interessiert das Thema!"

Schnell führt Mona weiter aus: „es geht um David, einen herzkranken Jungen. Und um Lenny, einen 30-jährigen Draufgänger, der ständig Mist baut. Sein Vater arbeitet als Herzchirurg in dem Krankenhaus, wo David behandelt wird. Lenny soll sich um ihn kümmern und die beiden werden enge Freunde."

„Wenn du mir jetzt die ganze Handlung erzählst", setze ich an. Doch Mona unterbricht mich aufgeregt: „Das ist eine wahre Geschichte, in echt heißt der Junge Daniel. Ich hab mir schon den Trailer angeschaut, find ich super umgesetzt!"

Unbedingt scheint sie diesen Film sehen zu wollen, die Thematik berührt mich ja auch. Allerdings, ob der Streifen wohl das Richtige bei Liebeskummer ist?

Plötzlich fühle ich mich niedergedrückt, weil ich an Simons Bruder Lukas denken muss, der nur an guten Tagen ein paar Schritte laufen kann. Gerne würde er draußen mit den anderen herumtoben, aber meistens ist er auf den Rollstuhl angewiesen und Simon schiebt ihn oft um den Vöttinger Weiher herum. Überhaupt verbringt er viel Zeit mit seinem

6-jährigen Bruder, doch wenn er uns von Lukas erzählt, wirkt er immer ganz betrübt.

Ich habe auf einmal keine Lust mehr, mir »Dieses bescheuerte Herz« anzuschauen. Ermattet lenke ich um: „Können wir nicht auch zu Hause bleiben und eine Folge »Vampire Diaries« gucken?"

Diese Serie erzählt von Blutsaugern, die einander das Leben zur Hölle machen. Aber Mona möchte lieber raus.

„Wie wär's mit Shoppen?"

„Dafür reicht mein Geld nicht mehr. Kai hat mich im »Veneto« zahlen lassen."

„Alles? Was fällt dem ein, dich als Geldbeutel zu benutzen?"

Mona kann sich überhaupt nicht mehr beruhigen, was mein Unbehagen bloß verstärkt. Deshalb druckse ich herum: „Na ja, es ist alles so schnell gegangen … Er hat wahrscheinlich nicht daran gedacht …"

„Jetzt verteidige ihn nicht!", entrüstet sich Mona.

Ich öffne schon den Mund, um zu widersprechen, aber dann bleiben mir die Worte in der Kehle stecken. Denn irgendwie hat sie ja Recht, Kai sollte mir das Geld zurückgeben. Mich wenigstens anrufen oder eine SMS schicken, um zu versichern, dass ich es morgen in der Schule bekomme. Immerhin sind ein paar Stunden vergangen, seit wir zusammen im »Veneto« saßen. Da muss ihm doch inzwischen eingefallen sein, dass er mir ein paar Münzen schuldet.

Nur kann ich ihm nicht böse sein. Trotz meiner Verletztheit fühle ich mich immer noch zu ihm hingezogen.

„Es waren nur 15 Euro für uns beide“, sage ich lahm zu Mona.

„Ach, Sabse, das sind zehn zu viel! Wie es aussieht, muss ich dir noch den richtigen Umgang mit Männern beibringen. Was sie dürfen und was auf gar keinen Fall erlaubt ist.“

Als ob sie damit so viel Erfahrung hätte! Zwar liest Mona in der »Bravo« den Dr.-Sommer-Teil und verschlingt Liebesromane wie warme Semmeln, aber einen festen Freund hatte sie noch nie. Ich bin diejenige von uns beiden, die sich zum ersten Mal so richtig verliebt hat.

TORBEN UND JULIUS

26. APRIL

Am nächsten Morgen kräht neben meinem Kopf ein Hahn. Ich brauche eine Weile, um zu begreifen, dass es sich um meinen Wecker handelt. Obwohl es mir vorkommt, als hätte ich unter einem Berg Steine geschlafen, schäle ich mich aus meinem kuscheligen Bett und tapere in die Küche.

Wenigstens treffe ich meine Eltern nicht mehr an. Sie würden sich nur über die riesigen Augenringe wundern und mir bestimmt verbieten, am Nachmittag ins Kino zu gehen. Aber freitags hocken beide schon vor dem Frühstück im Büro, um den Rest ihres wöchentlichen Pensums zu bewältigen. Da dies aber meistens nicht gelingt, sind sie auch am Wochenende mit dem Kopf bei der Arbeit.

Ich reibe mir die Augen, bevor ich Schokomüsli in eine Schale fülle. Wenn der Tag mit einer leckeren Mahlzeit beginnt, könnte es ein guter werden. Nur Kevin hat wieder einmal muffelige Laune. Grimmig nimmt er einen großen Schluck Kaffee und damit ich endlich richtig wach werde, würge ich ebenfalls ein paar Tropfen hinunter. Es schüttelt mich bei diesem bitteren Gebräu!

So bleibt mir nichts anderes übrig, als schlaftrunken meinen Rucksack aufzusetzen und die Wohnung zu verlassen.

Einige Minuten später setzt sich Mona neben mich in den Bus. Unser Gespräch kommt nur schleppend in Gang, doch sie lächelt mir entgegen und das zählt doch besonders: dass meine Freundin mir nichts nachträgt, obwohl wir zuletzt ein wenig aneinandergeraten sind.

Bei dem Gedanken an Kai spüre ich einen heftigen Stich. Garantiert steht mir nicht der Sinn danach, weiter über ihn zu reden und Mona verhält sich feinfühlig genug, indem sie mit einem anderen Thema beginnt.

„Ich muss heute zur SMV-Sitzung."

Normalerweise geht sie auf in ihrem Amt als Klassensprecherin und es erfüllt sie mit Stolz, dass die Kameraden ihr so weit vertrauen. Aber heute sieht sie aus, als könnte sie während der Besprechung vom Stuhl kippen, so klein sind ihre Augen und vom Schlafmangel gerötet.

Wenigstens wird uns niemand einen unangekündigten Test aufbrummen, solange Mona im Unterricht fehlt. Und die SMV könnte eine Party organisieren!

Trotzdem widerstrebt es mir, dass ich den Vormittag ohne meine beste Freundin überstehen muss. Ausgerechnet heute, nach dem Desaster mit Kai!

Schon von weitem sehe ich seinen blonden Wuschelkopf, als ich mich dem Schultor nähere. Kai steht dort mit einem anderen Mädchen zusammen. Das ist doch …

Fast hört mein Herz auf zu schlagen. Wie kann er mir so etwas antun? Gestern erst waren wir zu zweit im Eiscafé und heute flirtet er mit Nicole, dieser Zicke!

Ich versuche, nicht zu ihr und Kai zu schauen, aber genauso gut könnte ich mich um ein entspanntes Verhältnis mit Kevin bemühen. Es ist vollkommen zwecklos, wie magnetisch angezogen heftet sich mein Blick auf Kai und seine neue Flamme. Mein Herz, das vorher schon etwas angeknackst war, bricht in tausend kleine Stücke. Diese stechen wie Nadeln in meine Brust.

Langsam gehe ich weiter, bemühe mich darum, ruhig ein und aus zu atmen. Eigentlich müsste ich jetzt an etwas anderes denken, nur fällt mir absolut nichts ein.

Dafür berührt mich jemand am Arm. Erschrocken wirbele ich zur Seite, aber es ist nur Aylin.

„Geht's dir nicht gut? Du siehst ganz blass aus."

„Habe schlecht geschlafen", presse ich hervor.

Doch Aylin folgt meinem Blick zu Kai und Nicole. Als hätte jemand eine Lampe ausgeknipst, verdüstern sich ihre Züge und leise vergewissert sie sich: „Also ist euer Date nicht so gut gelaufen?“

Kai spürt offenbar, dass ihn welche anstarren, denn plötzlich dreht er sich um. Da er mich erkennt, verwandelt sich sein Gesichtsausdruck sofort in eine abfällige Miene. Die Nadeln in meinem Bauch stechen noch fester zu.

Kurz flüstert er mit Nicole, dann lachen die beiden. Und zwei Typen treten heran, als hätten sie im Hintergrund gelauert. Torben ist dünn wie eine Bohnenstange, während Julius, einem Sumo Ringer gleich, die Muskeln spielen lässt. Jetzt grinsen sie beide und Torben quäkt: „Hier ist der automatische Anrufbeantworter von Sabrina. Leider kann ich gerade nicht ans Telefon gehen, jemand musste mir den abgebrochenen Fingernagel wieder an operieren.“

Auch Julius grölt und dieses Drama mit meinem Klingelton hat sich offenbar herumgesprochen. Gibt es vielleicht auch eine Zeitschrift für Jungs, in der blöde Sätze über Mädchen stehen? Oder woher haben Julius und Torben ihren Spruch?

Eiskalt überläuft es mich, während ich protestieren will, doch

Mir bleibt der Mund offen stehen. Wer, bitte schön, flickt jetzt die Splitter meines Herzens wieder zusammen?

Aylin murmelt etwas auf Türkisch, hoffentlich eine Beleidigung an diese Idioten! Und an Kai, der mich verraten hat!

Möglichst schnell flüchte ich in das Gebäude hinein. Renne aufs Mädchenklo, wo ich mir kaltes Wasser über die Handgelenke laufen lasse, um mich wieder zu beruhigen. Danach fühle ich mich wirklich etwas besser.

Nach dem ersten Gong löse ich mich vom Waschbecken, denn Frau Müller hasst Unpünktlichkeit. Wenn wir zu Beginn der Stunde nicht vollzählig auf unseren Stühlen sitzen, löst das manchmal eine wahre Krise bei ihr aus, wovor ich die Klasse lieber bewahren möchte.

EINST WAREN ELF ERNTEHELFER AUF EINEM ERDBEERACKER

So schaffe ich es gerade noch rechtzeitig. Ich husche auf meinen Platz, als die Mathelehrerin den Raum betritt. Sie setzt sich ans Pult und lässt ihren strengen Blick durch die Reihen wandern. Ihr Bob wippt, sobald sie den Kopf bewegt.

„Guten Morgen", grüßt sie unheilvoll. So klingt ansonsten nur der Zahnarzt, wenn er behauptet: »Das Bohren tut überhaupt nicht weh.«

Ihre Stimme ist alt, wie Frau Müller selbst. Einige versichern, sie wäre 61, also fast schon in Rente. Doch andere munkeln, dass sie längst ihre Pension bezieht und nur deswegen noch unterrichtet, weil die Schulleitung aus Personalmangel auf sie zurückgreifen muss.

Mit ihren viel zu großen Adleraugen stiert Frau Müller auf den einzigen, leeren Stuhl. Dort, neben mir, sitzt üblicherweise meine beste Freundin, doch alleine in der Bank fühle ich mich plötzlich nackt und verwundbar.

Außerdem fällt mir auf, dass Nicole zu Kai rüberglotzt. Und der lächelt beglückt zurück, als hätte es mich, in seiner Wahrnehmung, niemals gegeben.

Unter dem Tisch balle ich meine Finger zur Faust, die Nägel schneiden mir in die Handfläche. Das ist gut, weil ich es besser ertragen kann als die seelischen Schmerzen.

Aylin dreht sich leicht zu mir herum, bis ich ein Grinsen auffange. Das ist ihre Strategie, die Müller auszuhalten. Mit den Lippen formt Aylin: „Anwesenheits-Check."

Beinahe flüsternd äffe ich unsere Lehrerin nach. „Warum hat mich keiner darüber informiert, dass es wieder einmal eine Veranstaltung gibt, die dringender ist als der Matheunterricht?"

Tatsächlich nimmt Frau Müller ihre Liste, um die Namen mit den anwesenden Schülern abzugleichen. Missbilligend runzelt sie die Stirn.

„Wo ist Mona Steiner?"

Als Aylin ihr das erklärt, fällt die Reaktion genauso aus, wie wir es erwartet haben. Sogar der Wortlaut entspricht meiner Imitation.

„Warum hat mich keiner darüber informiert, dass es wieder einmal eine Veranstaltung gibt, die dringender ist als der Matheunterricht?"

Aylin und ich beginnen laut zu lachen.

„Was gibt es da hinten?", raunzt Frau Müller genervt.

„Nichts Besonderes", meint Aylin, doch ich pruste noch mehr.

„Sabrina Winter!", empört sich Frau Müller. Dann zählt sie eins und eins zusammen, wie das in Algebra gewünscht wird. „Ihr lacht über mich!"

Der nächste Ton bleibt mir irgendwo im Hals stecken. Auch Aylin verstummt, denn die Miene der Paukerin verfinstert sich bedrohlich.

„Na, dann dürft ihr jetzt an die Tafel kommen und eine Textaufgabe lösen!"

Ich hasse Mathe, aber am allermeisten Frau Müller, die würdevoll rezitiert: „Elf Erntehelfer benötigen für einen Erdbeeracker 15 Stunden. Mit wie viel Stunden müssen vier Erntehelfer rechnen?"

Schlechter kann sich auch Kevin bei seiner Lateinklausur nicht fühlen. Aylin und ich benötigen mindestens eine Viertelstunde, Um einen Lösungsweg zu entwickeln und das alles durchzurechnen. Hinterher bin ich in Schweiß gebadet, ohne zu wissen, was schlimmer für mich ist: dass Nicole boshaft wiehert oder Frau Müller, die mit einem Schwamm unser Ergebnis wegwischt.

„Falsch! Dabei solltet ihr meine Aufgaben lösen können. Ein anderer Grund, in Mathe zu lachen, fällt mir nicht ein."

Wir nicken synchron und drehen uns schnell von der Tafel weg. Ich will nur noch zurück auf meinen Platz, aber Frau Müller hebt gebieterisch die Hand.

„Außerdem erwarte ich, dass ihr euch bei mir entschuldigt!“

Aylin erledigt das sofort, mit zerknirschtem Gesichtsausdruck und reumütiger Stimme. „Tut mir leid, Frau Müller. Ehrlich!“, fügt sie noch hinzu, wobei ich weiß, dass jedes Wort gelogen ist.

Oh, ich könnte diese Lehrerin ... In mir drinnen brodelt es, trotzdem ringe ich mich dazu durch, eine Entschuldigung zu murmeln. Ich heuchele Bedauern, um ja keinen Verweis zu kassieren, nachdem ich schon mal einen von ihr einstecken musste. Anstatt Brüche zu rechnen, hatte ich lieber »Die drei !!!« gelesen. Von meinen Eltern gab es richtig Ärger. Und jetzt noch ein Problem mehr, dann würde ich komplett durchdrehen!

Irgendwie überstehe ich den Rest der Stunde und danach die zweite, um mir beim Pausenverkauf, so schnell wie möglich, einen Schokoriegel zu besorgen. Das ist wirklich meine einzige Hoffnung, wie ich den Vormittag überstehen könnte. Den Nachmittag wird mir dann Mona versüßen. Eilig ziehe ich mein Handy hervor und tippe ihr eine SMS mit meiner Zusage für »Dieses bescheuerte Herz«.

Auf den Webseiten vom »Cineplex« Neufahrn finde ich heraus, dass um 16:05 Uhr eine Vorstellung beginnt. Wahrscheinlich wird Mona ihre Eltern fragen, ob sie uns hinbringen, denn mit den öffentlichen Verkehrsmitteln wäre das viel zu umständlich. Zwar fährt eine S-Bahn nach Neufahrn, aber anschließend kein Bus und wir müssten die restlichen drei Kilometer laufen.

Lange soll es nicht mehr dauern, bis auch in Freising ein Kino eröffnet. Nahe den Schlüterhallen wird im Herbst die erste Vorstellung gezeigt und ich freue mich schon sehr darauf.

Allerdings versetzt es meiner Stimmung einen weiteren Dämpfer, als ich auf den Pausenhof komme, wo ich schon wieder Kai und Nicole miteinander sehe. Ich erstarre und werde knallrot. Was will der nur von ihr? Weil ich das jetzt unbedingt klären muss, gehe ich näher heran. Gerade sagt Kai: „... in der Nacht noch angerufen und irgendwas davon gelabert, dass ich meine Sporttasche im Café vergessen hätte. Das stimmt aber nicht, weil die bei mir zu Hause liegt.“

Vor Entsetzen reiße ich die Augen auf. So eine Demütigung, dass Kai von meinem peinlichen Gerede erzählt!

Augenblicklich beteuert Nicole: „Ich würde so was nie machen. Ich bin doch nicht doof!"

„Ja stimmt", bekräftigt Kai, „du benimmst dich wenigstens normal."

Verärgert presse ich die Zähne zusammen. Nicole, die Unschuld vom Lande! Oder von der angeblich so riesigen Villa, in der sie alleine mit ihrer Mutter lebt; seit der Vater bemerkt hat, dass er sich nicht in der besten Gesellschaft befindet und abgehauen ist. Aber Kai fällt auf Nicoles schleimige Art herein.

Wie sie sich unterhalten, das bringt mich auf eine Idee. Vielleicht sollte ich mal in Facebook posten:

»Hi Leute,

war ein richtig übler Tag. Gestern im Eiscafé hat Kai, mein Schwarm, mich sitzen lassen. Mitten in der Nacht hab ich ihn dann angerufen, aber heute hängt er schon mit einer anderen rum. Wahrscheinlich findet er mich verrückt.

Sind euch auch solche Geschichten passiert? Dann nehmt doch Kontakt zu mir auf.

Viele Grüße

Eure Sabse«

VERRÜCKTE MÄDCHEN ODER: SOCIAL MEDIA FÜR ANFÄNGERINNEN

Gleich nach Schulschluss fahre ich in meinem Zimmer den Laptop hoch und mache mich ans Werk. Der Beitrag soll öffentlich zugänglich sein, wofür ich ihn mit der Maus anklicke. Anschließend gönne ich mir einen Schokoriegel, wegen meiner guten Idee, sozusagen zur Feier des Tages.

Ich habe mich zurückgelehnt, blicke aber immer noch auf den Bildschirm. Bei Facebook könnte ich doch nach Susanne suchen, aber ich kenne ihren Nachnamen nicht, wie mir plötzlich klar wird. Und selbst wenn ich ihn wüsste, vielleicht hat sie sich gar nicht bei der Plattform angemeldet oder ein Pseudonym benutzt.

Kann sie denn, ohne Augenlicht, überhaupt einen Computer bedienen? Und falls nicht, wie regelt sie dann ihren Schriftverkehr? Wenn ich mir vorstelle, dass ihre Eltern und Geschwister ewig Formulare ausfüllen müssen …

Allerdings habe ich ihr Handy gehört und neugierig geworden, gebe ich »blind am Computer« in die Suchmaschine ein. An meinen persönlichen Interessen orientiert, erscheinen sofort die Werbeanzeigen. Dafür müssen die Unternehmen natürlich bezahlen, aber »Ecosia« gibt einen Teil der Einnahmen weiter, damit Bäume gepflanzt werden können, wo am meisten Bedarf besteht. Deswegen verwende ich diese – so genannte – »grüne Suchmaschine«.

Manchmal nutze ich auch »Google«, denn »Ecosia« gibt nicht so viele Ergebnisse aus. Aber im Moment genügt es für meine Recherche.

»Geolino«, eine Zeitschrift für Kinder und Jugendliche, bietet einen passenden Artikel. Darin wird sehr genau erklärt, wie blinde und sehbehinderte Menschen am Computer arbeiten: mit Screenreader und Braillezeile. Hard- und Software, von der ich nie zuvor gehört habe.

Aber anhand der Bilder kann ich mir ungefähr vorstellen, wie das für Susanne funktioniert. Viel realistischer wäre es allerdings, wenn sie es mir persönlich zeigen würde.

Während ich noch überlege, ihr ein Treffen vorzuschlagen, klingelt im Flur das Telefon. Für einen Moment durchzuckt mich die Hoffnung, es könnte Kai sein. Mir wird ganz heiß, aber natürlich würde er das Handy wählen, weil er die Nummer zu unserem Festnetzanschluss überhaupt nicht kennt. Trotzdem nehme ich das Gespräch entgegen und Mona prescht vor, ohne mich zu begrüßen.

„Habe ich das richtig auf Facebook gelesen? Du startest eine Sprechstunde für Liebeskummer-Patienten?"

Wie sie das formuliert, klingt es irgendwie abartig. Und plötzlich schäme ich mich für mein Verhalten, sonst schreibe ich doch auch nicht so öffentlich über mein Privatleben.

Zerknirscht berichte ich Mona, warum es mich heute dazu hingerissen hat. Sie reagiert mit einem tiefen Seufzen.

„Da kannst du dich auf was gefasst machen. Wenn die jetzt alle glauben, dass du sie für verrückt hältst …"

Ich werde langsam wirklich panisch. Wie in der vergangenen Nacht, beim Telefonat mit Kai, beginnen auch jetzt meine Hände zu zittern. „Kann man den Post wieder löschen?"

„Schon, aber das Internet vergisst nichts und bei den anderen ist der Beitrag aufgetaucht."

Plötzlich wird mir richtig schlecht, ich habe absolut keinen Schimmer, wie ich da heil wieder rauskommen soll. Und Mona bestätigt: „Du kannst nichts tun. Aber wir gehen jetzt ins Kino, wie ausgemacht. Für ein paar Stunden diesen komischen Mist hier vergessen!"

„Bist du nicht sauer?"

Unsicherheit keimt in mir auf. Doch in Monas Stimme ist deutlich ein Lächeln zu hören.

„Ach Quatsch, wieso denn? Außerdem kann ich doch meine Problem-Sabse jetzt nicht im Stich lassen! Mama und ich kommen gleich und holen dich ab, also mach dich schon mal fertig."

In der Regel, wenn Kevin und ich irgendwo hinwollen, verlangen unsere Eltern, dass wir uns selber darum kümmern. Wir könnten doch den öffentlichen Nahverkehr benützen.

Aber wenn Mona dabei ist, spielt oft Frau Steiner das Taxi, weshalb ich allmählich ein schlechtes Gewissen bekomme. Doch sowohl sie selbst als auch Mona beteuern jedes Mal, es sei überhaupt kein Problem. Frau Steiner holt uns sogar wieder ab und wenn sie es einrichten kann, dürfen wir noch ein bisschen in der Fußgängerzone bummeln.

ALARMSTUFE ROT

Ich liebe Kino! Kaum dass wir die Eingangshalle betreten haben, steigt mir der Geruch von Popcorn in die Nase. Da ich ein wenig Taschengeld sparen muss, auf Süßes aber nicht verzichten kann, entscheide ich mich nur für eine Packung Eiskonfekt. Dazu hätte ich gerne ein Softgetränk genommen, sodass ich auf Monas Glas schiele, bis sie mir ein paar Schlucke abgibt. Gleichzeitig ermahnt sie mich: „Hol dir bloß dein Geld von Kai zurück!"

Der Film übertrifft dann vollends meine Erwartungen. Philip Noah Schwarz, der David spielt, ist einfach süß und verkörpert den Charakter ideal. Jedes Mal, wenn es David wegen seines Herzens schlechter geht, kriege ich einen Schreck. Aber Mona verrät mir, dass Daniel Meier, obwohl die Ärzte ihm bei seiner Geburt 1997 eine kurze Lebensdauer bescheinigt haben, immer noch unter uns ist. Der Film basiert auf seiner Lebensgeschichte.

Und auch die Musik, die im Abspann läuft, regt mich zum Nachdenken an, wobei der Text die Verbundenheit zweier Menschen beleuchtet und mir die Songs von »Revolverheld« sowieso gefallen.

„Und du sagst, wir leben nur einmal. Und wer weiß schon, was morgen ist?"

Leise singe ich vor mich hin, als wir wieder bei Monas Mutter im Auto sitzen. Dann meine ich: „Wir müssen unbedingt zu »Pustet« und schauen, ob die das Buch haben."

Zwar fehlt mir jeder Cent, um es zu kaufen, aber gucken dürfen wir doch wohl. Frau Steiner lässt uns direkt vor der Buchhandlung raus.

„Spätestens um halb neun bin ich daheim", verspricht ihr Mona, während ich bereits auf den Eingang der Filiale zustrebe. Das Geschäft ist kürzlich umgebaut und renoviert worden, wodurch der Laden heller wirkt. Ich blicke nach rechts, wo immer noch die Krimis stehen und verschiedene Taschenbücher, aber die Regale sind jetzt anders angeordnet. Kevin würde sagen, die Fläche ist besser genutzt. Aber mein Bruder macht doch einen großen Bogen um jede Buchhandlung, als hätte dort das Papier eine ansteckende Krankheit ausgebrütet. Und so entgeht ihm, dass die Fächer nicht mehr streng im rechten Winkel zueinander stehen.

„Wollen wir es uns gemütlich machen?“, überlegt Mona, denn hinter dem Kassenbereich ist eine Sitzgruppe eingerichtet worden, mit vier grauen Sesseln und einem kleinen Tisch. Von hier könnten wir bestimmt den ganzen Laden überblicken und gerade erheben sich zwei junge Frauen, um ihre Bücher zu bezahlen. Mona beeilt sich und legt ihre Handtasche auf einen der frei gewordenen Plätze.

„Reserviert“, sagt sie zu mir und lächelt breit. Dann wenden wir uns nach links, zu den Jugendbüchern. Weder hier noch bei den Bestsellern ist das Buch von Daniel zu finden, aber schließlich entdecke ich eine Ausgabe, für 9,99 Euro. Jetzt ärgert es mich selber, Kai das Geld nicht wieder abgeluchst zu haben, denn so muss ich mindestens noch eine Woche warten. Heute ist Freitag, der 25. April. Pünktlich am ersten Mai werde ich Taschengeld bekommen, allerdings ist das ein Feiertag. Konkrete Pläne habe ich noch nicht, was ich da unternehmen will, aber bestimmt nichts für die Schule tun. Ich könnte mich mit einem aufregenden Schmöker auf dem Sofa fläzen.

„Wäre schön, wenn es hier Kakao und Kuchen gäbe“, träume ich.

Mona legt die Stirn in Falten. „Ein Café in der Buchhandlung? Du weißt doch, Sabse, dass Erwachsene mit Veränderungen nicht so gut zurechtkommen.“

Mit hoher Stimme spricht sie weiter: „Bloß nicht so viel Neues, sonst verstehen wir die Welt nicht mehr!“

Vor Vergnügen kreische ich los, denn Mona bringt das richtig gut. Und überschwänglich fasse ich für sie zusammen, wie Aylin und ich gestern Frau Müller verspottet haben.

Als hätte sie ihren Namen gehört, sehe ich Aylin bei den Liebesromanen stehen. Sie blättert in einem Band, wahrscheinlich von Kerstin Gier, die wirklich großartig schreibt!

Da ich Aylin zuwinke, schaut sie nur kurz auf, wendet sich dann aber demonstrativ wieder ihrer Lektüre zu. Habe ich irgendetwas falsch gemacht? Meistens fallen unsere Begrüßungen herzlich aus, mit Küsschen links und rechts auf die Wange und einer Umarmung.

Da fällt mir der Facebook-Post wieder ein. Falls ich Aylin damit verletzt habe …

In dem Bemühen, mir meine Beunruhigung nicht anmerken zu lassen, gehe ich kurzerhand auf sie zu. Trotzdem klingt meine Stimme etwas piepsig.

„Hi."

Tatsächlich hält sie »Rubinrot« von Kerstin Gier in der Hand. Weil Aylin so tut, als hätte sie mich nicht gehört, schiebe ich nach: „Hast du die Textaufgabe schon gelöst?"

Jetzt lässt sie das Buch sinken und schaut mich böse an, weshalb sich in meiner Brust alles zusammenzieht. Verzweifelt blicke ich zu Mona, weil ich mir wünsche, dass sie mir irgendwie helfen könnte. Aber diesmal scheint auch sie kein Rezept zu finden, daher gehe ich auf Risiko.

„Bist du sauer auf mich? Oder warum schweigst du nur und schaust mich an, als wär ich ein Monster aus einer anderen Welt?"

Heftig zischt sie mir zu: „Das solltest du am allerbesten wissen."

„Wieso?" Ich fühle mich verwirrt, obwohl ich die Antwort eigentlich kenne. Mona hat am Telefon so etwas angedeutet, dass ich mir nicht eingestehen will. Doch Aylin schnaubt verächtlich.

„Frag nicht so dumm, sondern überleg mal lieber, was du dir erlauben kannst und an wen du welche Nachrichten schickst!"

Ihre Stimme wird ein bisschen lauter, sodass sich ein Verkäufer, der gerade eine ältere Dame zu einem E-Book-Reader von »Tolino« berät, in unsere Richtung dreht. Die ersten Kunden schauen auch schon her, sodass ich gerne im Boden versinken oder mich in Luft auflösen würde, während Aylin sich nur noch mehr in ihren Zorn hineinsteigert. Ähnlich einem Vulkan, der glühende Lava vergießt.

„Ich bin nicht verrückt! Sabrina, ich dachte, wir wären Freundinnen. Aber du stellst mich hin wie … wie …“

Offensichtlich fällt ihr kein Ausdruck ein, der grässlich genug für mich wäre. Rote Punkte tauchen auf ihren Wangen auf und beide Hände fahren in wütenden Gesten durch die Luft, wie um etwas abzuhacken. Das Taschenbuch ist mittlerweile zu Boden gefallen.

„Hey, Aylin“, versucht Mona, sie ein wenig zu beschwichtigen. Dabei tritt sie einen Schritt auf die Kameradin zu und streckt den Arm aus, um sie zu berühren, wovor Aylin zurückweicht.

„Soll sie sich doch jemand anderen suchen für ihre schrägen Ideen!“

Wenn ich ernsthaft angenommen habe, dass es schlimmer nicht mehr werden kann, braut sich jetzt alles über mir zusammen. Von diesem Ausbruch fühle ich mich wie gelähmt, doch zum Glück bin ich mit Mona in den Laden gekommen. Fest schaut sie Aylin an und setzt ihr auseinander: „Mit dem Text bist doch nicht du gemeint. Wahrscheinlich wollte Sabrina, dass möglichst viele von der Sache erfahren, damit sie sich nicht so mies fühlen muss.“

Aber Aylin verdreht nur die Augen. „Ich lass mich nicht verarschen! Schon gar nicht von einer ehemaligen Freundin!“

Das Wort »ehemalig« trifft mich wie der Stachel eines Skorpions. Zwar bin ich mit Aylin nicht so eng verbunden wie mit Mona, aber wir unternehmen öfter etwas zu dritt. Außerdem lädt Aylin uns immer wieder zu Partys ein. Oder … Nein, sie hat uns eingeladen.

Schöne Erinnerungen rauschen mir durch den Kopf. Von dem großen Garten, wo Aylins Eltern das Gemüse und Obst für ihr Geschäft anbauen. An sonnigen Tagen haben wir drei uns in den Pool gesetzt und eine Orangenlimonade geschlürft.

Obwohl Aylins Eltern gläubige Muslime sind, darf ihre Tochter selbst entscheiden, wie stark sie die religiösen Überzeugungen ausleben mag, ob sie beispielsweise im Ramadan fastet oder Schweinefleisch isst.

„Jetzt leben wir in Deutschland und meine Eltern erlauben mir, später zu heiraten, wen ich will. Dass sie damals einander zugeteilt worden sind, war zwar okay für beide, aber für mich wollen sie das nicht."

Aylin hat ein sehr sanftes Gemüt, weder impulsiv noch unüberlegt. Ihr ist bewusst, warum sie etwas sagt und in der Regel meint sie das auch vollkommen ernst. So soll sich auf einmal unsere Freundschaft gelöst haben, wegen meiner Schlamperei.

„Es tut mir wirklich leid", will ich retten, was offenbar verloren ist. Anstatt mir richtig zuzuhören, wirft Aylin mir noch einen finsteren Blick herüber, dann geht sie an uns vorbei.

Hinter ihr fällt die Tür wieder ins Schloss. Kai weg, Aylin auf und davon … Als ich anfange zu weinen, legt Mona beide Arme um meinen Körper und schiebt mich sanft aus dem Geschäft, damit sich diese Szene vor den Kunden nicht verlängert. Beinahe breche ich zusammen.

MOGELPACKUNG, ÖFFNE DICH

Hinterher weiß ich nicht mehr, wie Mona es geschafft hat, mich nach Hause zu bugsieren. Irgendwann machen wir meine Zimmertür zu und ich falle frustriert aufs Bett. Dort verbrauche ich dann eine halbe Packung Taschentücher.

Inzwischen organisiert mir Mona eine Tasse heißen Kakao und wie so oft bewirkt die Schokolade, dass es mir ein bisschen besser geht. Wenigstens können wir endlich reden.

Ich jammere gequält: „Morgen kann ich auf keinen Fall in die Schule, da lästern die doch alle über mich!"

„Hast du vergessen, dass Wochenende ist?"

„Ja, stimmt …"

Aber viel Trost spendet mir das nicht, ich fühle mich immer noch schrecklich. Schniefend bitte ich Mona: „Kannst du heute bei mir übernachten?"

„Eigentlich voll gerne, aber …" Sie zögert kurz, offenbar fallen ihr die nächsten Worte schwer. „Morgen muss ich weg, weil meine Oma Geburtstag hat."

Monas Großmutter wohnt in Eching, von hier aus braucht man 20 Minuten mit dem Auto, um sie zu besuchen. Außerdem habe ich den Eindruck, dass Mona vorher noch ein bisschen Ruhe haben will und deshalb zu Hause schlafen möchte. Etwas enttäuscht bin ich schon, aber ich kann sie auch verstehen.

„Wenn deine Eltern es erlauben", fügt sie hinzu, „könnte ich von Sonntag auf Montag bei dir pennen. Dann wird es nicht so schlimm, dass du wieder in die Schule musst."

„Toll! So machen wir's!" Ich umarme sie stürmisch, weil mich die Erleichterung durchflutet wie nach einer Drei in Mathe. Und die trägt Frau Müller äußerst selten ein.

Entsprechend sprudelt jetzt die Dankbarkeit in mir. „Ich bin wirklich froh, dass ich dich als beste Freundin habe. Ohne dich wüsste ich nicht mehr, was ich noch machen sollte."

Wieder beginne ich zu weinen, aber diesmal aus Freude. Mona lächelt, gerührt von meinen Worten, dann schaut sie prüfend auf ihre Armbanduhr.

„Oh Sabse, ich muss los. Wir sehen uns hoffentlich am Sonntag."

„Tschüs", rufe ich ihr hinterher, danach schließt sich leise meine Zimmertür. Ich rühre mich nicht, sondern bleibe liegen, ungefähr noch eine Viertelstunde lang. Ich habe meinen CD-Player eingeschaltet, sodass ein Album von Kelly Clarkson aus den Lautsprechern klingt; in einer vertretbaren Lautstärke, anders als bei Kevin die Rockmusik.

Ich döse sogar ein bisschen weg, bis mich ein Duft in der Nase kitzelt. Das muss Backfisch sein, bestimmt bringt Papa gleich das Abendessen auf den Tisch.

Deshalb springe ich auf und laufe zu meinen Eltern rüber. Selbst Kevin hat sich vom Computer losgeeist, um seinen Magen zu füllen.

Tatsächlich brutzelt paniertes Seelachsfilet in der Pfanne und Papa häuft schon einmal Reis in eine Schüssel, die er danach ins Esszimmer trägt. Dort lasse ich mich auf meinen Stuhl sinken, während mir Mama einen Seitenblick zuwirft.

„Findest du wenigstens die Zeit, mit uns zu speisen?"

Erst jetzt wird mir bewusst, wie viel Hunger ich habe. Weil ich es kaum noch erwarten kann, greife ich mit beiden Händen nach der Schale, die Papa mir zuschiebt.

„Wie war's denn im Kino?"

Ich erzähle von dem Film, wie sehr er mich begeistert hat. Mama fällt dazu nur eines ein: „Wenigstens konntet ihr dabei lernen, sowohl menschlich als auch medizinisch. Kevin, das wäre doch etwas für dich."

„Was?“ Nur widerwillig schaut er von seinem Teller hoch, aber unsere Mutter beharrt auf dem Gespräch. „Hast du nicht neulich gesagt, dass du ein Fach in der Richtung studieren willst?“

„Mit Latein?“ Unbeabsichtigt bläst Kevin ein paar Fischkrümel auf das blütenweiße Tischtuch, wofür er einen säuerlichen Blick von Mama erntet. Allerdings erspart sie uns ihr »Sprich nicht mit vollem Mund«-Gesäusel, da Papa ihre Aufmerksamkeit umlenkt.

„Du weißt, was du studieren willst?“

„Bin mir nicht ganz sicher“, grenzt Kevin ab, „aber Medizin wär schon interessant.“

„Unser Sohn wird mal ein kluger Arzt!“ Mutter strahlt, während Papa sich lässig auf seinem Stuhl zurücklehnt. Dann streicht er über seinen vollen, mit Meereslebewesen befüllten Bauch.

„Bis dahin muss aber noch einiges passieren. Das heißt: Noch mal richtig ranklotzen, damit der Notendurchschnitt bei den Abschlussprüfungen reicht. Welcher Numerus Clausus ist vorgesehen?“

„In zwei Jahren?“ Kevin zieht eine Augenbraue hoch. Denn so lange dauert es noch, bis die Schule für ihn endet und hoffentlich die Universität beginnt.

Schweigend setzen wir das Abendessen fort, nur Papa räumt schon seinen Teller in die Spülmaschine. Für mich ein günstiger Zeitpunkt, um eine drängende Frage zu stellen.

„Darf Mona am Sonntag bei mir schlafen?“

„Weshalb?“ Meine Mutter sieht mich forschend an, dadurch lasse ich mich zu einer Notlüge hinreißen.

„In Bio haben wir eine Präsentation über den Geparden vorbereitet, die wir am Montag halten müssen.“

Dennoch verzieht meine Mutter skeptisch das Gesicht. „Darum soll sie bei uns übernachten?“

„Ja, wir müssen üben. Auch direkt vor dem Unterricht.“

Dass ich die Inhalte in Wahrheit mit Kai zusammengetragen habe und meine Klasse davon nicht eine Zeile hören wird, behalte ich für mich. Doch vielleicht spürt Papa das Unbehagen, denn er schließt: „Wir denken darüber nach.“

Vielleicht kann ich das noch positiv beeinflussen, indem ich einen guten Eindruck hinterlasse. Meine Eltern sollen wissen, dass ich fleißig bin und sie sich keine Gedanken um ihre strebsame Tochter zu machen brauchen.

Doch wegen der Aufgabe, die uns Frau Müller gestellt hat, raucht mir bald der Kopf. Trotzdem gebe ich alles, um die Lösung zu finden, weil ich Aylin überraschen möchte. Vielleicht, wenn ich ihr das Ergebnis schicke, ist sie wieder besser auf mich zu sprechen. Außerdem schmecken mir Erdbeeren, fast so gut wie Schokolade. Aber woher soll ich wissen, wie lange vier Personen brauchen, um sie von einem Acker zu ernten? Erwachsene wären sicher schneller als Kinder; und Männer schneller als Frauen. Möglicherweise können Männer auch besser Textaufgaben lösen, also gehe ich zu Papa, damit er mir die Rechnung erklärt.

„Das ist umgekehrt proportional“, fängt er an, „die Stunden müssen mehr werden, wenn die Arbeiter weniger sind.“

Solange Papa mir den Lösungsweg skizziert, nicke ich immer wieder, obwohl ich kaum etwas verstehe. Am Ende schreibe ich die Antwort in mein Heft: 41 Stunden und 15 Minuten.

Erfreut sende ich Aylin eine WhatsApp-Nachricht und lese anschließend in »Feindliche Spuren«, dem fünften Band einer Romanreihe von Katja Brandis. Diese Geschichten erzählen von den Woodwalkers, die zwischen ihrer menschlichen Gestalt und einem Tierkörper wechseln können. Carag, die Hauptfigur, ist mir schon richtig ans Herz gewachsen, sodass ich das Buch erst zur Seite lege, als mir vor Müdigkeit die Augen zufallen.

Da der vergangene Tag super anstrengend war, schlafe ich bis zehn Uhr morgens. Und das will schon etwas heißen, denn auch am Wochenende bin ich normalerweise eher auf den Beinen.

„Wer zu lange schläft, verpasst den ganzen Tag!“, sagt mein Papa immer. Da gebe ich ihm Recht, selbst wenn ich am Vormittag nichts anderes treibe, als auf der Couch zu sitzen und fern zu sehen. Es wartet so viel im Programm, das ich nicht verpassen möchte.

Dagegen ist Mona ein richtiger Morgenmuffel, sogar um halb elf kriegt sie die Augen noch nicht richtig auf. Wenn sie bei mir übernachtet, lehnt sie es murmelnd ab, sich aus dem Bett zu quälen. Stattdessen wünscht sie sich, dass ich unser Frühstück vorbereite, um es danach auf einem Tablett ins Zimmer zu bringen.

SCHWEIGEN SOLL GOLD SEIN

27. APRIL

Als ich heute in die Küche schlendere, hält sich gerade niemand dort auf. Allerdings höre ich Papa im Bad, wo das Radio Oldies dudelt. Mama hat bestimmt schon eher geduscht, denn auch an gemütlichen Samstagen zieht sie die Arbeit vor. Regelmäßig stehen wir hinten an, da sie viel damit zu tun hat, das Sortiment für die Firma zu erweitern; obwohl sie bei »Kittis Kleiderkarussell« doch nur angestellt ist und ihr der Laden nicht gehört.

Wenigstens Kevin schlurft herein, während ich mein Müsli löffele. Er ist nur mit Boxershorts bekleidet, was mir bei Kai bestimmt gefallen hätte, aber mein Bruder wirkt nicht gerade als Augenweide und auf den Sixpack hofft man hier vergeblich. Da Kevin selten Sport treibt, schiebt er einen ordentlichen Bauch vor sich her. Von Muskeln will ich erst gar nicht anfangen!

„Morgen", nuschelt er, ohne mich eines Blickes zu würdigen. Doch ich schaue noch einmal genauer hin. Nein, er ist nicht hässlich, könnte aber definitiv mehr aus seinem Körper machen. Auch jetzt, als er einen Knopf an der Kaffeemaschine betätigt, hat er die schwarzen Haare nur unordentlich gekämmt.

In den nächsten Minuten blubbert das Gebräu in eine Kanne, während sich im ganzen Raum der aromatische Duft verbreitet.

„Hast lang geschlafen", stellt Kevin fest. Manchmal frage ich mich, wie viele Ausdrücke sein Oberstübchen kennt. Im Internet habe ich nachgelesen, dass man, mit einer durchschnittlichen Bildung, zwischen 4.000 und 10.000 Wörtern beherrscht. Um sich im Alltag zu verständigen, genügen 400 bis 800. Aber Kevin scheint eher das Prinzip zu befolgen, Schweigen ist Gold. Nur stelle ich mir Gold als einen wunderbaren Schatz vor und er müsste reden, um seinen Wortschatz zu erweitern.

Einen vollständigen Beitrag hat er mir jetzt jedenfalls nicht geboten und ich erwidere ebenso knapp: „Ausnahmsweise."

Sobald ich mich mit meinem Bruder unterhalte, verfalle ich in sein wortkarges Muster, aber wieso sollte ich redseliger sein als er? Dann würde er mich nur wieder als Plappermaul abstempeln.

Also versandet unser Gespräch. Ich räume mein Geschirr in die Spülmaschine, um daraufhin in mein Zimmer zu gehen. Dort überlege ich mir, Susanne anzurufen. Nach kurzem Scrollen durch meine Kontaktliste finde ich ihre Nummer.

Zwei Freizeichen ertönen, dann höre ich sie gut gelaunt: „Hallo?"

Ich zögere kurz, weil es mir vorkommt, als hätte ich Susanne überrumpelt. Doch keine so gute Idee, mich spontan bei ihr zu melden, aber jetzt, um nicht wieder eine peinliche Situation heraufzubeschwören, muss ich das Beste daraus machen.

„Hi Susanne, hier ist Sabrina. Weißt du noch? Wir haben uns neulich an der Bushaltestelle getroffen!"

„Na klar! Wie cool, dass du anrufst!"

Ihre Freude wirkt absolut ehrlich, deshalb fallen meine Bedenken ab wie Kleidungsstücke, die mir zu warm geworden sind.

Damit wir endlich eine normale Konversation beginnen können, frage ich: „Wie geht's dir?"

„Gut. Und dir?"

„Mir auch. Was machst du heute?"

Susanne erzählt, dass sie noch ihre Hausaufgaben erledigen muss, allerdings nur zwei Übungen für Englisch. Danach hat sie nichts weiter geplant, also schlage ich vor: „Wir könnten uns treffen, wenn du magst."

Schweigen dehnt sich in der Leitung aus. Findet sie mich aufdringlich? Ist es ihr unangenehm, dass ich den Kontakt so schnell vertiefe? Immerhin kennen wir uns kaum …

Aber dann stimmt Susanne zu. Sie hat nur erst noch überlegt, wann und wo es passen würde.

Mit der Buslinie 634 will sie zum P+R-Platz fahren, der unmittelbar vor dem Bahnhofsgebäude liegt. Nach dem Mittagessen mit ihrer Familie, sodass wir uns um halb zwei treffen können.

Bei uns wird vorher niemand etwas kochen. Mama ist an den Wochenenden häufig unterwegs, während sich Papa eine Auszeit nimmt: kein Büro, kein Haushalt. Kevin wäre es Recht, sich nur von Chips und Fastfood zu ernähren und ich darf nicht mehr an den Herd, nachdem ich einmal die Kartoffeln verkochen ließ. Im ganzen Haus qualmte es so sehr, dass irgendein übereifriger Nachbar die Feuerwehr alarmierte, die auch sofort in unsere Straße brauste. Am Ende mussten meine Eltern die Rechnung bezahlen, schließlich hatte ihre damals 11-jährige Tochter diesen Einsatz ausgelöst.

Weil die Summe mehrere 100 Euro betrug, ärgerte sich mein Vater dermaßen, dass er mein Taschengeld kürzte. Sechs Monate lang strich er die Hälfte weg und verdonnerte mich außerdem zu einer Woche Hausarrest. In den Ferien! Seitdem habe ich den Herd nicht mehr angerührt.

Die übrige Zeit, bis ich Susanne treffen werde, vertreibe ich mir vor dem Fernseher. Ich gucke »Armans Geheimnis«, eine Jugendserie für Pferde- und Fantasy-Liebhaber. Danach gehe ich zu Papa, der auf dem Balkon in einer Zeitung liest, um mich für die nächsten Stunden bei ihm abzumelden.

Kritisch beäugt er meine blauen Sneakers. „Wo gehst du hin?"

„Ich treffe mich mit einer Freundin."

„Hat die auch einen Namen?"

„Susanne", erwidere ich.

Daraufhin runzelt er die Stirn. „Wer ist das denn?"

Typisch Papa, will immer alles über meine Bekannten wissen. Ich kann mich also auf eine längere Fragerunde gefasst machen, obwohl mir nur noch wenig Zeit bleibt, wenn ich pünktlich an der Haltestelle aufkreuzen will.

Deshalb entgegne ich knapp: „Wir haben uns am Mittwoch getroffen."

„Aha. Erst einmal? Und du bezeichnest sie schon als deine Freundin?"

Ich hoffe stark, dass dies berechtigt ist und wir wirklich harmonieren. Vorstellbar wäre das auf jeden Fall, aber natürlich hat Papa Recht und ich muss ein wenig ausweichen.

„Wir lernen uns heute besser kennen."

„Na, dann wünsche ich euch viel Spaß. Vielleicht erzählst du mir später mehr über sie."

Dass er mich so schnell von der Angel lassen würde, hätte ich nicht erwartet. Papa hat einen guten Tag erwischt, denn er schiebt mir noch einen Fünf-Euro-Schein zwischen die Finger.

„Viel Spaß, mein Mädchen. Und benimm dich anständig."

Dankbar drücke ich ihm ein Küsschen auf die Wange, worüber er lächelt. Dann wendet sich Papa wieder seinen Unterlagen zu und ich verlasse schnell die Wohnung.

FREMDE FREUNDSCHAFT

Als ich den P+R-Platz erreiche, ist der Bus gerade angekommen und Susanne steigt hinten aus. Ich laufe auf sie zu und rufe: „Hi, ich bin schon da."

Das kommt mir zwar etwas übertrieben vor, aber so weiß sie wenigstens, dass sie nicht warten und alleine hier herumstehen muss. Auf ihrem Gesicht breitet sich ein Lächeln aus.

„Hi!"

Sie streckt mir die Hand entgegen. Da ich sie nehme, umarmt sie mich etwas unbeholfen, was ich erwidere.

„Toll, dass es so kurzfristig geklappt hat. Wollen wir ins »Parkcafé« gehen?"

Mit Papas Finanzspritze kann ich mir wenigstens ein Getränk leisten; vorausgesetzt, wir kommen heil an, wofür es genau zwei Möglichkeiten gibt. Entweder nutzt Susanne ihren Stock, während ich ihr sage, in welche Richtung sie laufen und wann sie abbiegen muss. Oder sie hängt sich ein, wie neulich bei Mona. Wobei mir die Übung fehlt, wie ich plötzlich realisiere. Mir wird ganz heiß, weil ich ohne Führerschein ans Steuer muss.

„Sag mir einfach, was ich machen soll", bitte ich Susanne, die ganz locker mit der Herausforderung umgeht. Sie lächelt und nimmt meinen linken Arm, woraus ich schließe, dass sie mir vertraut. Eigentlich muss sie die Führung öfter einem Fremden überlassen …

Ihren Stock hält sie senkrecht in der linken Hand, als wir die ersten Schritte gehen. Komisch für mich, einem anderen Menschen körperlich so nahe zu kommen, auch wenn ich mir das bei Kai gewünscht hätte. Mit ihm wäre es sicher so intensiv wie eine Flutwelle, aber hier passiert etwas ganz anderes! Es geht darum, einem Schwächeren zu helfen und Verantwortung zu übernehmen.

„Passt das so für dich?"

Weil es so ungewohnt ist, für zwei Personen gleichzeitig zu schauen, bekomme ich Angst, Susanne könnte wegen mir gegen einen Laternenpfahl krachen. Aber wir erreichen unversehrt das Café

Drinnen empfängt uns ein wahres Stimmengewirr, denn es gibt eine große Auswahl an Speisen und Getränken, die viele Menschen hier herlockt.

Ich lotse Susanne in eine Ecke, wo es etwas ruhiger ist, sodass wir uns besser unterhalten können. Hinter einem Stuhl bleiben wir stehen und Susanne löst sich von mir, um nach der Lehne zu tasten.

„Soll ich …"

Ihre Hand darauf legen? Susanne zieht den Stuhl bereits zurück, also gehe ich um den Tisch herum und setze mich ihr gegenüber.

Gebratenes Hähnchen vermischt sich mit einem Duft von Gebäck, automatisch greife ich nach der Speisekarte. „Willst du ein Eis? Oder vielleicht …"

Ich blättere die Seiten durch, wobei die Bilder der verschiedenen Leckereien dafür sorgen, dass mir das Wasser im Mund zusammenläuft. Nichts davon zu sehen, bringt Susanne vielleicht den Vorteil, weniger Geld für Süßkram auszugeben.

Dieser Gedanke geht mir durch den Kopf und im nächsten Moment schäme ich mich dafür. Meine Stimme klingt ein wenig belegt, als ich ergänze: „Einen Milchshake mit Zitrone?"

„Danke", sagt Susanne, „aber du brauchst mir nichts vorzulesen. Ich nehme nur ein Wasser ohne Kohlensäure."

Sogleich tritt ein Kellner an unseren Tisch, der vermutlich auch gerne nascht, zumindest hat er eine rundliche Figur. Susanne gibt ihre Bestellung auf und ich ordere eine Cola.

„Kommt sofort."

Nachdem er weitergezogen ist, denke ich plötzlich an Kai. Nicht einmal zwei Tage liegt unser Date im »Veneto« zurück, doch seitdem hat sich so viel verändert. Weil es mir einen schmerzhaften Stich versetzt, wende ich mich eilig wieder Susanne zu. So vieles könnte ich sie fragen, doch sie nimmt mir die Entscheidung ab und wählt das erste Gesprächsthema.

„Hast du Geschwister?"

In wenigen Worten erzähle ich von Kevin und gestehe, dass ich mir, anstelle meines Bruders, eine Schwester gewünscht hätte. Susanne lacht: „Ich habe zwei davon und Patty war früher eine richtige Nervensäge."

Sie sind Zwillinge, Celina und Patricia, 22 Jahre alt. Celi studiert Soziale Arbeit in Nürnberg. Während sie kurz vor dem Bachelor steht, arbeitet Patty als Kostümbildnerin, am »Deutschen Theater« in München. Allerdings wohnt sie noch zu Hause.

„Versteht ihr euch gut?"

„Ja, schon, Patty unternimmt oft was mit mir. Außerdem hat sie wirklich coole Freunde, da komme ich manchmal mit auf eine Hausparty."

Freiwillig mit Kevin zu feiern, ist so ungefähr das Letzte, was mich begeistern könnte. „Meistens halten wir es nicht mal fünf Minuten miteinander aus."

„Echt schade", findet Susanne, „aber vielleicht wird es ja irgendwann besser."

„Glaub ich nicht. Der ist so langweilig und doof, mit dem kann man gar nichts machen. Den ganzen Tag hängt er vor seinem Computer rum, da bin ich lieber mit meinen Freundinnen unterwegs!"

Susanne gibt ein zustimmendes Geräusch von sich. Ich überlege, dass ihre Schwester Patty, als Kostümbildnerin, natürlich etwas sehen muss und im nächsten Moment rutscht mir heraus: „Hat Patty auch Probleme mit den Augen?"

„Nein. Ich bin die einzige Blinde in der Familie. Um genau zu sein: die Einzige mit einer Behinderung."

Diesmal wäge ich gründlich ab, denn mich beschäftigt eine Frage, die Susanne verletzen könnte. „Wenn du nicht willst, dass wir darüber reden …"

„Kein Problem", versichert sie mir. Und der Blick ihrer Augen bestätigt, dass sie es aufrichtig meint.

Also wage ich mich weiter vor. „Warum bist du blind?"

„Tja. Ich war wohl zu neugierig für diese Welt und bin drei Monate zu früh geboren. Daraufhin hat sich meine Netzhaut abgelöst."

Erschrocken hebe ich ein wenig die Stimme. „Kann man da nichts ändern?"

Mitleid steigt in mir hoch, doch auch Bewunderung schleicht sich in meine Gefühle. Wenn ich blind wäre, ich wüsste kaum etwas Sinnvolles mit meinem Leben anzufangen. Susanne hat sich offenbar mit den Umständen arrangiert.

WEIL SCHULE NOCH SCHLIMMER GEHT

Immer noch bin ich wissbegierig, aber zugleich ein wenig durcheinander. So wechsele ich erst einmal das Thema, um zu erfahren, dass Susanne im Stadtteil Attaching wohnt. Für den Unterricht kommt sie zur Edith-Stein-Realschule in Unterschleißheim.

„Das ist eine Einrichtung für Blinde und Sehbehinderte", erläutert mir Susanne, „dort gibt es Grundschule, Förderschule und Mittelschule. Außerdem ist die Realschule untergebracht, alles in einem Haus."

„Muss ein ziemlich großes Gebäude sein." Bestimmt würde ich mich ständig verlaufen und wie Susanne sich orientieren kann, bleibt mir ein Rätsel.

Inzwischen stockt sie auf: „Unser Gelände ist noch größer, weil auch ein Internat und die Tagesstätte dazu gehören. Ich bin extern."

Darüber muss ich kichern, weil es so merkwürdig klingt, einen Jugendlichen, der dieselbe Schule besucht wie alle anderen, als jemanden von außen zu bezeichnen. Aber Susanne wird morgens von einem Fahrdienst abgeholt, der sie nach dem Unterricht wieder nach Hause bringt. Ein bisschen neidisch macht mich das schon.

„Was für ein Luxus! Ich wär total froh, wenn ich einen persönlichen Chauffeur hätte."

„Da sitze ich nicht alleine", schränkt Susanne ein, „das ist ein Sammeltaxi. Ziemlich anstrengend, wenn ich mich müde fühle und lieber Ruhe hätte."

Sie seufzt, doch im gleichen Moment bringt der Kellner unsere Getränke. Susanne fährt mit der flachen Hand über die Tischplatte, weil sie ja nicht weiß, wo genau er ihr Glas hingestellt hat. Ich schiebe es ihr zwischen die Finger und bemerke erst kurz danach, dass ich ihr geholfen habe. Mit jeder weiteren Minute, die wir zusammen verbringen, nimmt meine Unsicherheit ab. Fast stimme ich in das laute, fröhliche Gelächter einiger Männer ein, das den gesamten Raum erfüllt. Trotzdem kommt mir Susanne plötzlich bedrückt vor.

„Die Schule an sich ist echt okay", fährt sie fort, „das Unterrichtsmaterial bekomme ich auf einem USB-Stick für den Laptop. Also, die Texte. Außerdem haben wir taktile Landkarten und Skelette."

Mich fröstelt bei der Vorstellung, so ein Gerippe anzufassen, weshalb ich erst einmal versuche, mir die taktile Landkarte vorzustellen. Wie ist es möglich, optische Eindrücke fühlbar zu gestalten? Von dieser Überlegung abgelenkt, begreife ich nicht sofort, was Susanne als Nächstes gesagt hat.

„Mir fehlen Freunde an der Schule, besonders in meiner Klasse."

Wieder muss sie seufzen und ihre Augen wirken sehr traurig. Wenn sie sehen könnte, dann wüsste sie jetzt, dass sich ihre Gefühle teilweise in meinem Gesicht spiegeln. Sprechen kann ich gerade nicht, sondern ich schlucke nur. Ohne Mona und Aylin wäre es schrecklich an der Schule, keine Ahnung, wie ich Frau Müller oder Herrn Bruchkübel dann noch ertragen könnte. Schon der Gedanke daran, dass Aylin so sauer auf meinen Facebook-Post reagiert hat, löst eine Flut von Emotionen bei mir aus. Aber ich weigere mich, sie näher zu erforschen.

Stattdessen hake ich behutsam bei Susanne nach. „Magst du deine Mitschüler nicht?"

„Die meisten", ordnet sie zu, „haben eine scheußliche Art. Sie lästern dauernd über andere und wer sich da raushält, ist schnell unten durch. Erst recht, wenn man dem Opfer anvertraut, was so geredet wird!"

„Hast du das gemacht?"

„Ja. Ich habe einer aus der Siebten gesteckt, dass sie bei den Jungs als Schlampe gilt. Das haben die mitgekriegt und mich als Kameradenschwein abgestempelt. Für sie bin ich die größte Verräterin und noch viel Schlimmeres!"

Ihre Stimme kiekst, doch Susanne beugt sich leicht nach vorne. Stockend kommen ihr die Worte über die Lippen.

„Ich … habe mich dafür entschuldigt, dass ich gepetzt habe, trotzdem geht es immer weiter. Inzwischen werde ich sogar von einigen attackiert, die überhaupt nichts mit der Sache zu tun hatten."

„Das ist ja unglaublich mies!", empöre ich mich über so viel Gemeinheit! Gerne würde ich Susanne helfen, weiß nur nicht wie. Aber vielleicht bringt es ihr schon etwas, dass ich zuhöre, einfach für sie da bin. Dann wäre es falsch, sie jetzt mit anderen Geschichten abzulenken. Obwohl ihre Erfahrungen mich tief betroffen machen, glaube ich, dass sie noch mehr erzählen will.

„An deiner Schule neulich …" Susanne legt eine kurze Pause ein. Ich will sie nicht drängen, ihr aber ebenso wenig das Gefühl geben, unaufmerksam zu sein. Ständig frage ich mich, was ich sagen könnte und weil mir nichts Passendes einfällt, bleibe ich stumm; was auch nicht richtig ist. Allmählich wird mir heiß, deshalb trinke ich hastig von der Cola.

Susanne knüpft an: „Ich habe mir einen Termin bei eurer Direktorin geben lassen, um sie zu fragen, ob ich dort unterrichtet werden könnte."

„Das wäre cool!", bin ich sofort begeistert. Aber Susanne dämpft die Euphorie.

„Es geht nicht. Frau Dillner meint, dass der Schule eine behindertengerechte Ausstattung fehlt."

„Aha." Mehr bringe ich gerade nicht hervor, weil mich die Begründung stört. Das Stichwort »Barrierefreiheit« geistert mir im Kopf herum. Immer wieder habe ich es in den Medien aufgeschnappt, ohne mich weiter damit auseinanderzusetzen. Aber was müsste schon umgebaut werden, damit Susanne sich bei uns wohl fühlt?

„Im Haus sind überall nur Treppen", gibt sie wieder, was die Direktorin behauptet hat.

Wie eine Stichflamme schießt die Wut in mir hoch. Ruckartig springe ich auf und hätte beinahe noch mein Getränk umgestoßen.

„Susanne, es gibt einen Fahrstuhl. Den dürfen wir Schüler normalerweise nicht benutzen. Aber Frau Dillner hat dich angelogen!" Außerdem …" Ich stutze kurz, dann füge ich etwas ruhiger hinzu: „Du kannst doch laufen."

„Klar. Aber viele glauben, dass blinde Menschen gleichzeitig Probleme mit den Beinen haben. Oder was auch immer …"

„Das habe ich nie gedacht", versichere ich und lege zur Bekräftigung noch meine rechte Hand auf ihre. Susanne lächelt ein bisschen, bevor die Miene sich erneut verdüstert.

„Vielleicht war das auch nur ein Vorwand von Frau Dillner."

„Um dich abzulehnen?"

„Zumindest ist es mir nicht gelungen, sie davon zu überzeugen, dass Inklusion funktioniert."

Der Begriff »Inklusion« verrät mir genauso wenig wie »Barrierefreiheit«. Fest nehme ich mir vor, einiges darüber nachzulesen.

„Und dann werde ich mit Mona drüber sprechen. Wir finden einen Weg, dass du zu uns kommen kannst!"

„Aber macht euch keine Feinde wegen mir."

„Und wenn schon", erwidere ich entschlossen. Susanne hat mir so vieles anvertraut, obwohl wir einander doch fremd sind, also möchte ich für sie kämpfen.

Ich setze mich wieder und nehme einen großen Schluck Cola, die angenehm erfrischt. Danach erzähle ich Susanne von meinem Schlamassel mit Kai. Aufmerksam hört sie zu, unterbricht mich kein einziges Mal, doch hinterher pflichtet sie Mona bei. „Dieser Typ ist es nicht wert, dass du ihn liebst."

Nach dem Cafébesuch bummeln wir noch eine Weile durch die Stadt. In engen Passagen und bei Stufen muss ich besonders aufpassen, aber es fällt mir schon leichter, Susanne zu führen. Anstatt innerlich verkrampft zu sein, kann ich mich ein bisschen entspannen und registriere ein paar Angebote in den Schaufenstern. Gleichzeitig nehme ich die Blicke wahr: Etliche Passanten glotzen uns an, als böten wir ein beispielloses Ereignis.

Als ich das Starren nicht länger ertrage, verschwinde ich mit Susanne durch den nächsten Ladeneingang, wo sie erkennt: „Ein Bekleidungsgeschäft."

Dabei habe ich mit keinem Ton erwähnt, dass wir uns im »Gruber« befinden. Ich bin so verblüfft, dass ich zwei bis drei Sekunden brauche, um meine Stimme wiederzufinden. „Woher weißt du das?"

„Ist ein typischer Geruch. Nach Leder und … so eine trockene, staubige Luft."

Susanne lässt ein paar T-Shirts durch ihre Finger gleiten, weil sie Klamotten danach bewertet, wie sie sich anfühlen. Weich, rau … Ich probiere es selbst aus und fahre mit geschlossenen Augen über die verschiedenen Stoffe. Jeder von ihnen fühlt sich anders an, was mir zuvor noch überhaupt nicht aufgefallen ist. Manche haben einen Schriftzug auf der Brust, während andere ein Motiv zeigen.

„Und du erkennst, was abgebildet ist?"

„Nein", reduziert Susanne, „aber Buchstaben kann ich mit den Händen lesen."

Und wie nutzt sie Bücher? Wie schaut sie sich Filme an? Wobei »anschauen« bestimmt nicht das richtige Wort ist …

Mit einem blinden Mädchen unterwegs zu sein, wird für mich zur wahren Entdeckungsreise, aber ich mag Susanne nicht mit meinen Fragen nerven. Sicher sprechen die Leute sie ständig auf ihre Sehbehinderung an oder darauf, wie sie ihre Umgebung wahrnimmt und ihren Alltag bewältigen kann.

Gerade deutet sie auf einen Pullover. „Kannst du mir sagen, welche Größe der hat?"

Wir sortieren einige Stücke weg, dann begleite ich Susanne zur Kabine. Während sie sich umzieht, lausche ich der Bestseller-Musik, die aus den Lautsprechern quillt.

Zuletzt entscheidet sich Susanne für ein grün gestreiftes T-Shirt und eine Jeans, die schön zusammenpassen, wie ich ihr guten Gewissens bestätigen kann. Kurz darauf bringe ich Susanne noch zur Bushaltestelle und wir warten gemeinsam, bis ihre Linie fährt, 631 nach Attaching Maibaum.

Unser Nachmittag ist wie im Flug vergangen und ich denke, jetzt kann ich wirklich zu meinem Vater sagen, dass ich eine weitere Freundin gefunden habe.

Daheim, während ich ein paar Brote esse, fällt mir plötzlich auf, dass ich heute kein einziges Stück Schokolade gebraucht habe. Also war es ein guter Tag, der noch besser wird, als meine Mutter mir die Zusage gibt: „Mona kann bei uns schlafen. Aber nur, wenn ihr wirklich den ganzen Tag zu Hause bleibt und Schularbeiten macht."

Ich bin so erleichtert, dass ich Mama am liebsten um den Hals fallen würde. Doch in dem Moment erkundigt sich Papa: „Wie war dein Treffen mit Susanne?"

„Wunderbar!", ist alles, was ich gerade dazu sagen will.

Papa lächelt, doch ich hole schon mein Handy raus und tippe eine SMS an Mona. Auf den Hausarrest reagiert sie ganz cool mit einem riesigen Grinse-Smiley und meint: »Morgen ist Sonntag, da können wir sowieso nicht in die Stadt. Und im Kino waren wir gestern, also mach dir keine Gedanken.« Dann fügt sie noch einen Freudetränen-Smiley an, der bestätigt, dass ihr die Isolation tatsächlich nichts ausmacht.

DER BESTE HAUSARREST DER WELT

28. APRIL

Am nächsten Vormittag stöbere ich wieder einmal durch Facebook und was ich dort an Kommentaren zu meinem Status sehe, stimmt mich traurig. Aylin zum Beispiel schreibt: »Du bist echt nicht mehr ganz richtig im Kopf! Lass Kai mit deinen Problemen in Ruhe!«

Da muss sie etwas falsch verstanden haben. Nicht er hat Probleme wegen mir, sondern ich durch ihn. Und zwar Liebeskummer! Glücklicherweise hat sich Mona zu Aylins Kommentar geäußert. »Kai hat sich Sabrina gegenüber wirklich blöd verhalten!«

Nach und nach gehe ich die Einträge durch, ein Wortgefecht zwischen Aylin und Mona. Andere mischen sich ein, heizen die Debatte zusätzlich auf, bis mir der Kopf schwirrt. Und ich kann nur hoffen, dass Mona Aylin nicht auch noch verliert.

Kurz denke ich darüber nach, mich mit einem weiteren Post zu erklären, doch wenn Aylin das wieder falsch versteht? Darauf, dass ich ihr die Lösung unserer Textaufgabe geschickt habe, reagiert sie schließlich auch nicht. Wenigstens ein knappes »Danke« hätte sie schreiben können, aber meine Freundin behandelt mich wie Luft.

Frustriert schließe ich Facebook, die Stimmen von Torben und Julius immer noch im Kopf. Wie die Jungs am Freitag gelästert haben, werde ich einfach nicht los. Ein nervöses Kribbeln durchfährt meinen Bauch, wenigstens lenkt Mona mich ein bisschen ab.

Nachdem ich meinen Eltern vorgeschwindelt habe, dass wir eine Präsentation erstellen und einüben wollen, dürfen wir uns nur in meinem Zimmer aufhalten. Wie um mir das leichter zu machen, regnet es in Strömen, weshalb wir ohnehin nicht rausgegangen wären.

Alles in mir brennt darauf, Mona von meinem Treffen mit Susanne zu erzählen und beinahe hätte ich auch das Mobbing angesprochen. Im letzten Moment warnt mich mein Verstand, die Notbremse zu ziehen. Angenommen, Susanne würde ihrer besten Freundin erzählen, dass ich mich vor Kai total blamiert habe. Hinterher würde sie das beichten, aber könnte ich ihr jemals wieder etwas anvertrauen?

In der ganzen Aufregung habe ich gestern verkündet, mit Mona über Susannes Probleme zu reden und sie hat das nicht abgelehnt. Andererseits fehlt mir noch ihre ausdrückliche Zustimmung, sodass ich Mona erst einmal vorschlage, gemeinsam über Inklusion und Barrierefreiheit zu recherchieren. Schnell ergibt unsere Websuche, dass eines ohne das andere nicht geht. Worum es sich grundlegend handelt, können wir der Homepage »Inklusion-Schule« entnehmen.

„Wie passend", merkt Mona an, sodass ich die URL sofort notiere. Falls Susanne diese Seite noch nicht kennt, könnte sie interessant sein. Die UN-Behindertenrechtskonvention wird vorgestellt, außerdem sind Expertenmeinungen und Praxistipps zu finden.

„Schau mal!", ruft Mona erfreut, „da gibt es sogar eine Definition. »Inclusio« heißt Einbeziehung, aus dem Lateinischen …"

Darüber muss ich lachen. „Hat Kevin doch noch was von seiner toten Sprache!"

Mona breitet grinsend die Arme aus, bevor sie sich wieder dem Bildschirm zuwendet. Laut liest sie ab: „Soziologisch verstanden, beschreibt das Konzept der Inklusion eine Gesellschaft, die jeden akzeptiert, alle gleichberechtigt und selbstbestimmt teilhaben lässt."

„Oh Mann!", stöhne ich, weil es mir vorkommt, als säßen wir im Sozialkundeunterricht. Doch überzeugt mich, dass Geschlecht, Alter oder Herkunft, Religionszugehörigkeit oder Bildung keinen Anlass liefern, jemanden auszugrenzen. Denn »normal« bedeutet, dass es Unterschiede gibt, die das Miteinander und Füreinander bereichern.

„Barrierefrei ist dann …" Mona klickt sich zur nächsten Webseite durch und runzelt angestrengt die Stirn.

„Eine Gestaltung der baulichen Umwelt sowie von Informations- und Kommunikationsangeboten, dass auch Menschen, die eine Beeinträchtigung haben, diese ohne zusätzliche Hilfen nutzen können."

„Und was soll das heißen?" Ratlos starre ich auf die Zeilen, die wir irgendwie entwirren müssen. Weiter unten im Text steht ein Schlagwort, das Mona zielsicher herausgreift: „Zugänglichkeit."

„Zum Beispiel im Straßenverkehr", fällt mir ein, „Ampeln sollten piepen, wenn auf Grün geschaltet wird. Und an Bahnhöfen sind Leitplatten eingesetzt."

Susanne hat mir erklärt, dass diese den Abstand zum Gleisbett markieren und davor warnen, nicht hineinzustürzen. Sobald ein Blinder mit dem Stock darüber fährt, nimmt er die geriffelte Fläche wahr.

„Und ich hab mich da immer drauf gestellt", gibt Mona zu

Wenn die Leute also wüsten, dass sie weder sich selbst noch ihr Gepäck auf den Leitlinien platzieren dürfen, wäre das ein Schritt zur Inklusion.

Barrieren, stellen wir fest, können vielfältig sein. Rollstuhlfahrern wie Lukas wird einiges erschwert, wenn es keine Rampen, sondern nur hohe Stufen gibt. Oder wenn er sich durch schmale Türen zwängen muss.

Gehörlose Menschen brauchen Signale, die sie sehen können. Und andere würden sich freuen, Informationen in leichter Sprache zu bekommen.

Allmählich dröhnt mir der Schädel und auch Mona hat genug erfahren. Ich hole uns eine heiße Schokolade, schiebe eine CD in den Player und schon entwickelt sich ein lustiger Tag. Wir quatschen viel, lachen miteinander und spielen »Uno«. Sogar Kevin lässt sich blicken, der normalerweise, wenn ich Besuch von Freundinnen habe, in seiner persönlichen Festung ausharrt. Jetzt mischt er die Karten, verliert und kann auch seine Enttäuschung nach der dritten Runde nicht mehr besiegen.

„Weiber! Habt ihr die Karten gezinkt?"

„Nur vorher durchgeschaut und für dich die schlechtesten rausgesucht", behaupte ich, weil mir sein Brummbär-Gejammer nun auch die

Lust aufs Spielen verdorben hat. Mir wäre am liebsten, er würde wieder abhauen, doch Mona scheint ihn ein bisschen versöhnen zu wollen. Eifrig berichtet sie von ihrer letzten Fotostrecke, die sie nach der Ministranten-Fahrt an Ostern zusammengestellt hat. Vor einer Woche war sie noch unterwegs und heute zeigt sie uns ein sauber geordnetes Album, worüber ich staune, obwohl sie immer so gründlich und schnell reagiert. Bei mir würde es viel länger dauern, alle Bilder einzukleben.

Mona hilft seit ihrer Erstkommunion in der katholischen Kirche aus, indem sie bei den Gottesdiensten Hostie und Wein zum Altar bringt und den Klingelbeutel herumreicht. Im Freisinger Dom wechseln sich rund 30 Kinder und Jugendliche mit diesen Aufgaben ab, außerdem trifft sich die Gruppe einmal wöchentlich, um gemeinsam zu basteln oder andere, unterhaltsame Aktivitäten zu starten. Über Ostern sind sie dieses Jahr an den Chiemsee gefahren, wovon Mona jetzt Kevin einige Aufnahmen zeigt.

Wie sehr ihn die Bilder beeindrucken, lässt er durch mehrmaliges „Wow!“ verlauten. Ihr Austausch gibt mir phasenweise das Gefühl, nicht mehr richtig anwesend zu sein. Dann jedoch setzen wir uns an den Computer, um zu dritt an meiner Villa weiterzubauen.

In dem Spiel »Sims 4« geht es um eine Familiensimulation; nicht ganz real, denn die Sims können sich beispielsweise in Vampire oder Hexen verwandeln. Oder sie können von den Toten auferstehen, nachdem sie, wegen mangelnder Kochkenntnisse, ein Feuer entfacht haben und darin verbrannt sind.

Wir statten das Anwesen mit allem aus, was wir uns wünschen. Auf keinen Fall darf ein Swimmingpool mit riesiger Wasserrutsche fehlen.

Im echten Leben klopft mein Vater an die Tür. „Wie kommt ihr voran? Kevin, was treibst du dich hier herum?“

Weil meine Eltern sehen wollen, wie Mona und ich die Präsentation für Bio gestaltet haben, bleibt uns nichts anderes übrig, als PowerPoint-Folien zu erstellen. Hätten wir nur ein paar Notizen auf Karteikarten gekritzelt, würde meine Mutter nie verstehen, warum wir den ganzen Tag benötigen.

„Hättest mir ja sagen können, dass wir richtig arbeiten müssen", beschwert sich Mona.

„Dann lade ich dich das nächste Mal ins Kino ein", biete ich an und Mona weiß auch schon den Film: »Der Fall Collini«. Mit Elyas M'Barek als Rechtsanwalt, wer hätte das gedacht …

Zwei Stunden später sind wir endlich so weit, uns dem hohen Gericht meiner Eltern zu stellen. Mona knirscht noch immer mit den Zähnen und sieht dabei aus, als hätte sie in eine Chilischote gebissen.

„Schau doch mal ein bisschen freundlicher", wird sie von meiner Mutter ermahnt. Woraufhin Mona die Mundwinkel verzieht, als wäre zu ihrer Henkersmahlzeit noch eine saure Zitrone dazugekommen.

FALSCH GERECHNET

29. APRIL

Unbarmherziges Krähen reißt Mona und mich aus dem Schlaf; der Kamm, auf dem das Display meines Hahnenweckers leuchtet, zeigt sieben Uhr morgens. Etwas unverständlich nuschelt meine Freundin vor sich hin: „Kann man dem Vieh den Hals umdrehen?"

Auch ich möchte liegen bleiben, jeder Konfrontation in der Schule ausweichen. Vielleicht könnte ich hohes Fieber vortäuschen ... Wenigstens findet Mona, nachdem sie sich umständlich aus den Federn gequält hat, ein paar ermutigende Worte.

„Sabrina, du bist nicht alleine! Und vielleicht lassen sie dich auch in Ruhe."

Obwohl ich das stark bezweifle, führt kein Weg an der Schule vorbei. Früher oder später muss ich dort hin und mich den Konsequenzen meines Posts bei Facebook stellen. Nur wird mir schon flau im Magen, wenn ich nur daran denke, wie sehr Aylin sich aufgeregt hat.

Im Bus kann ich die Anspannung kaum noch ertragen, mein Herzschlag beschleunigt sich, weil Torben und Julius mich vor dem Schultor abpassen könnten. Was in einer solchen Situation passiert, hallt unangenehm in meiner Erinnerung nach.

Meine Hände werden feucht, sodass ich sie an den Hosenbeinen abwische. Meine Füße muss ich regelrecht zwingen, sich wieder in Bewegung zu setzen, aber dann, während Mona und ich uns dem Eingang nähern, scheint alles friedlich zu sein. Keine Gruppe von Schülern, die gleich über mich herfallen wollen. Nicht einmal Kai, wie er mit Nicole flirtet. Meine Mitmenschen benehmen sich so, als wäre alles in bester Ordnung.

Zwar vermeidet Aylin jeden Blickkontakt zu mir, aber das stört mich weniger als ihr Wutausbruch am Freitag. Dass sie ganz normal mit Mona redet, fühlt sich an wie der erste Sonnenstrahl am Morgen. Ich bekomme einen kleinen Trost, bevor das Zahlenmonster ins Klassenzimmer stiefelt.

Jede Woche beginnt mit einer Mathestunde bei Frau Müller. Schlimmer kann es eigentlich nicht sein, aber heute muss ich mich außerdem nach vorne quälen, um mein Heft aufs Pult zu legen. Schon greift die Lehrerin danach, sucht die letzte, beschriebene Seite. Während die Adleraugen über die Zeilen huschen, tritt ein Ausdruck der Verwunderung auf ihr Gesicht.

„Alles richtig, Frau Winter! Das hätte ich dir gar nicht zugetraut. Und du?“, wendet sie sich mit schneidender Stimme an Aylin.

Die hockt auf ihrem Stuhl und lässt die Arme schlaff herunterhängen. Nur flüchtig erwidert sie den Blick der strengen Paukerin.

„Na“, drängt Frau Müller, „wird‘s bald?“

Da piepst Aylin: „Ich … hab‘s nicht geschafft.“

„Was?“ Frau Müller reißt beide Augen auf. „Ihr erlaubt euch die größte Enttäuschung, die ich jemals in meiner Laufbahn erlebt habe! Eine ohne Verstand und die andere hat sich bestimmt mit der ganzen Familie beraten!“

Ich erröte, wobei ich mich frage, ob meine WhatsApp für Aylin überhaupt durchgegangen ist. Bedrückt haste ich zu meinem Platz in der vorletzten Bank.

Während der Pause grölen Julius und Torben noch „Jungshasserin!“ hinter mir her. Sofort hebt Mona eine Hand, um mich zu verteidigen, aber niemand sonst stimmt in die Schmährufe ein. Wie sich herausstellt, waren meine Befürchtungen unbegründet und ich nehme, nach der letzten Schulstunde, dankbar das Zwitschern der Vögel wahr sowie den Duft von Maiglöckchen. Dann fängt Aylin mich ab, um leise zu fragen: „Musst du dringend heim? Oder kommst du noch mit auf eine Pizza?“

Das überrascht mich dermaßen, dass mir erst einmal die Antwort fehlt. Kurz hege ich den Verdacht, Aylin könne etwas Gemeines im

Sinn haben, aber so eine ist sie nicht. Im Gegenteil, Aylin handelt erbarmungslos ehrlich. Deshalb hat sie mir im »Pustet« auch deutlich die Meinung gesagt und mich spüren lassen, dass ihre Art ganz schön verletzen kann. Trotzdem wäre ich manchmal gerne so wie Aylin, damit Kevin endlich erfahren würde, was ich wirklich von ihm halte.

Jetzt will sie sich offenbar mit mir aussprechen. Weil ich das nur schwer glauben kann, blicke ich ihr in die Augen; um darin dieselbe Aufrichtigkeit zu erkennen, die meine Freundin überdies mit einer Geste unterstreicht, indem sie mir bekräftigend zunickt.

Meine Mutter kommt mittags nie nach Hause, doch selbst wenn sie sich die Zeit nehmen würde, hätte sie jetzt die schlechteren Karten. Zwar ist mein Geldbeutel so leer wie ein Strand nach einer Sturmwarnung, aber ich werde Aylin zum »La Forchetta D'Oro« begleiten, das liegt nicht weit von unserer Schule entfernt.

Mona, die bereits zum Fahrradkeller läuft, rufe ich noch zu: „Du kannst schon los, wir sehen uns später."

Freudig winkt sie zurück, um mir zu signalisieren, dass sie verstanden hat. Dann schaue ich mich hastig um, ob ich Kai irgendwo entdecken kann, der mir immer noch ein paar Euros schuldet. Dass er mit Nicole zusammensteht, überrascht mich schon nicht mehr. Angeregt tuscheln die beiden miteinander, bis ich entschlossen dazwischen grätsche und Kai mit meiner Geldbörse vor der Nase herumfuchtele. Nicole verzieht angewidert ihre geschminkte Visage, während Kai zurückweicht, wie um sich in Sicherheit zu bringen.

„Was soll das?", schnauzt er mich an, „lass uns in Ruhe!"

„Erst, wenn du mir acht Euro gegeben hast. Oder neun oder zehn, Zinsen kommen da ja auch noch drauf."

Kurzzeitig sieht Aylin so aus, als würde sie sich das mit dem Mittagessen noch einmal anders überlegen. Schon öffnet sie den Mund, um sich entweder von mir zu verabschieden oder mich zurechtzuweisen, weil ich hier so ein Theater mache. Aber ich bin schneller und erkläre: „Kai ist neulich aus der Eisdiele gerannt, ohne zu bezahlen. Und hinterher hat er es nicht einmal fertig gebracht, mir das Geld zurückzugeben."

Nicole fällt die Kinnlade herunter, während Aylin einen Zischlaut ausstößt. Beide schauen irritiert zu Kai, der schuldbewusst ihren Blicken ausweicht, aber die Arme vor der Brust verschränkt.

„Stimmt schon, aber ich hab gerade nicht so viel dabei. Ich bring es dir morgen mit."

„Gut. Dann elf Euro", erhöhe ich mit einem frechen Grinsen im Gesicht. Danach folgen Aylin und ich dem Strom der Schülermassen, der plappernd zum Ausgang drängt und Aylin breitet die Hände aus.

„Du bist eingeladen."

Irgendwie ist mir das unangenehm, doch ansonsten hätte sie mir ein paar Groschen leihen müssen, was mir auch nicht gefallen würde.

In dem kleinen Restaurant gibt es köstliche Pizza und leckeres Eis zu schülerfreundlichen Preisen. Nur löst bereits die Vorstellung, dass ich so eine kühle Süßspeise bestellen könnte, Bauchschmerzen bei mir aus. Sofort entstehen Bilder vor meinem inneren Auge, Bilder von Kai, der mich erst so lieb anlächelt und dem ich von den Problemen mit meiner Familie erzählen kann; danach sein wütender Gesichtsausdruck, weil er meinen Klingelton gehört hat.

Ich schüttele den Kopf, für die nächsten hundert Jahre bin ich von Eis geschädigt! Daher brauche ich nicht lange zu überlegen, sondern entscheide mich, als wir vor der Theke stehen, für eine Pizza Salami.

„Setz dich doch hin, ich bestelle sie dir."

Aylins ganzes Verhalten spricht dafür, dass sie sich bei mir entschuldigen will, wegen ihres Ausbruchs vom Freitag Wiedergutmachung betreiben. Inzwischen schaue ich mich um, damit wir noch zwei Plätze ergattern.

Der Laden ist nicht besonders groß und etliche Jugendliche füllen den Raum. Viele von ihnen kenne ich nicht, aber sie kommen bestimmt von der Paul-Gerhard-Mittelschule, die direkt neben unseren drei Schulgebäuden liegt. Wir haben nur wenig Kontakt zueinander, denn Realschüler halten Mittelschüler meist für schwach, während die im Umkehrschluss behaupten, wir wären eingebildet. Was sie über Gymnasiasten denken, male ich mir lieber nicht mehr aus. Ich für meinen Teil kann nur über einen sprechen und der liefert brauchbare

Zensuren ab, doch an sozialer Intelligenz mangelt es ihm definitiv. Trotzdem sagt Mona, sie hätte sich einen wie ihn als großen Bruder gewünscht. Sie mag seine gemütliche Art und dass er mein lebhaftes Wesen durch seine Bodenständigkeit ein bisschen zügelt.

Ich kann gar nicht mehr zählen, wie oft ich mich mit Mona und Aylin über Kevin unterhalten habe. Besonders Mona regt es manchmal auf, dass ich ihn immer nur negativ sehe.

„Sei froh, dass du einen Bruder hast."

„Eine Schwester wäre mir lieber", nörgelte ich.

„Aber so", gab Aylin zu Bedenken, „kannst du immer mit deinem großen Bruder drohen, wenn dich jemand ärgert. Eine Schwester räumt dir nur den Schrank leer, um deine Klamotten zu tragen."

„Woher willst du das wissen?", fragte ich. Sowohl Aylin als auch Mona sind als Einzelkind aufgewachsen und jede von ihnen pflegt ein besseres Verhältnis zu ihren Eltern, als ich es mir erträumen könnte. Also muss das doch an Kevin liegen!

Wenn überhaupt, dann wünsche ich mir so einen süßen Bruder wie Lukas. Vielleicht sollte ich mit Simon mal darüber quatschen, was es bedeutet, als Größerer die Verantwortung zu übernehmen. Und von Susanne möchte ich mehr über Patrizia und Celina hören, um mir die beiden, falls sie die Nettigkeitsprüfung bestehen, später einmal auszuleihen.

SO LANGE, WIE DER KÄSE FÄDEN SPINNT

Plötzlich werden zwei Stühle frei. Ich steuere darauf zu, in einem Wettbewerb mit Torben und Julius, die auch gerade das Lokal betreten haben. Mit geringem Vorsprung schnappe ich ihnen die Plätze weg und kann meine Schadenfreude nicht unterdrücken, als ich höre, wie Torben deswegen flucht. So funktioniert die Rache des Geknechteten!

Torben wirft mir noch einen vernichtenden Blick zu, bevor die beiden wieder abziehen. Wahrscheinlich ist ihnen die klaustrophobische Atmosphäre aufgefallen, also haben wir doch eine Gemeinsamkeit, denn lange möchte auch ich hier nicht bleiben.

In dem Moment trägt Aylin unser Menü heran, zusätzlich zu meiner Pizza bekomme ich noch eine Zitronenlimo spendiert. Mir wird klar, dass ich mich nicht länger hinter meinen Überlegungen verstecken kann, sondern irgendetwas sagen sollte.

„Danke für die Einladung."

Das klingt wenig originell, ist aber immerhin ein Anfang. Aylin schneidet ein Stück von ihrer Pizza Margherita ab.

„Gerne. Und es tut mir echt leid, dass ich am Freitag so gemein zu dir war. Aber … na ja." Verlegen nippt sie an ihrem Spezi. „Das … hatte einen Grund."

Während ihr die Röte in die Wangen steigt, beißt sie sich auf die Lippen. Aylin ist offensichtlich nervös, doch ich werde langsam ungeduldig. Immer wieder deutet sie an, dass sie mir etwas erzählen oder erklären will und dann spricht sie nicht weiter.

„Kai", werfe ich ein, nachdem sie bei der Pallottinerkirche auf ihn hingewiesen hat. Kurz dreht Aylin den Kopf zur Seite, vermutlich, um dafür zu sorgen, dass ich ihr nicht ins Gesicht schauen kann. Ihr Verhalten macht mich nervös, zumal sie über Kai hinweggeht, als hätte ich ihn nicht erwähnt.

„Lieb von dir, dass du mich bei Frau Müller raushauen wolltest", sagt sie stattdessen.

„Ja", entgegne ich matt, weil mir irgendwie nichts Besseres einfällt. Doch Aylin scheint zurück in der Spur zu sein, denn sie schaut mich wieder an. „Hast du die Aufgabe wirklich verstanden?"

„Nö." Ich zucke die Schultern, um auszudrücken, dass mir diese Erntehelfer vollkommen gleichgültig sind. Höchstens ärgert es mich, wie leicht das Zahlenmonster mich durchschaut hat. So enthülle ich Aylin: „Papa hat mir geholfen."

„Und ich wollte nicht einfach so … Na ja." Sie schließt eine unbestimmte Gebärde an. „Dass du alles alleine schaffst und ich davon profitiere …"

Ihr Empfinden für Gerechtigkeit ist sehr stark ausgeprägt. Trotzdem sagt sie nichts wegen Kai und klärt mich ebenso wenig darüber auf, warum sie am Freitag in der Buchhandlung so ausgerastet ist. Bald legt sich wieder Stille zwischen Aylin und mich, doch um uns herum ist es überhaupt nicht ruhig. Zwei Jungs am Nebentisch lachen über irgendetwas, das sie sich auf ihrem Smartphone anschauen. Und eine Gruppe Mädchen, die wohl gerade zu lernen versucht, schießt giftige Blicke auf die Typen ab. Aufgeschlagene Bücher und Hefte liegen vor den Schülerinnen, allerdings ist das hier wirklich kein perfekter Ort zum Büffeln, denke ich.

Überhaupt fühle ich mich plötzlich unwohl. Mein ganzer Körper spannt sich an, als müsste er mit dem nächsten Atemzug platzen, die Pizzastücke in meinem Magen kommen mir wie Steine vor. Dass ich dazu eine Limo getrunken habe, scheint es nur noch schlimmer zu machen.

Plötzlich wird mir bewusst, wie viel Schokolade ich so nebenbei verschlinge. Nie kann ich die Finger von dem Süßkram lassen und in den letzten Tagen habe ich es deutlich übertrieben. Wegen Kai!

Genussvoll beißt Aylin von ihrem letzten Stück Pizza ab. Ich starre auf die Reste, die auf meinem Teller warten, bevor ich entschlossen darauf deute.

„Magst du noch?"

Meine Freundin schüttelt den Kopf. „Schweinefleisch."

Verwundert ziehe ich die Augenbrauen hoch. „Ich dachte, deine Eltern sind nicht so streng mit der Religion."

„Das hat nichts mit unserem Glauben zu tun", bekräftigt Aylin, „ich verzichte aus Überzeugung! Kein Fleisch, nur noch Fisch."

„Also bist du Teilzeit-Vegetarierin." Da kann ich mir ein Grinsen nicht verkneifen, aber warum lache ich darüber? Mir selbst täte es sicher gut, meinen Fleischkonsum zu reduzieren. Und den Tieren sowieso.

„Ich bin zu dick!", platze ich ohne Umschweife heraus.

Anstatt zu widersprechen, fängt Aylin erst einmal an, mich kritisch zu betrachten. Ein bisschen peinlich finde ich das schon, weshalb ich schnell den Bauch einziehe, doch ihrem Röntgenblick kann nichts entgehen. Über Kevin habe ich noch gespottet, weil ihm die Muskeln fehlen, dabei habe auch ich eher wenige bis gar keine vorzuweisen.

Außerdem kommt Aylin zu ihrem Urteil. „Ich würde sagen: ein leichter Bauchansatz. Nicht wirklich was, worüber du dir Sorgen machen müsstest, aber wenn du willst, können wir gerne zusammen ins Fitnessstudio gehen."

Im »FitStop« hat Aylin einen Vertrag abgeschlossen, für 20 Euro im Monat könnte sie dauernd die Geräte nutzen. Für Kai ist das bestimmt zu teuer und es gibt so viele Muckibuden in Freising, da treibt er sich bestimmt in einer anderen rum.

„Das Probetraining ist umsonst", fügt sie hinzu, „ich nehme dich gerne einmal mit."

„Ehrlich?"

Diese Schinderei gefällt mir nicht so gut, aber zusammen mit einer Freundin würde es mir leichter fallen, mich auf einem Stepper zu quälen. Und Aylin nickt bekräftigend.

„Klar doch!"

Also beschließen wir, am Mittwoch einen Termin wahrzunehmen, womit sich auch geklärt hätte, wie ich den Feiertag verbringe. Für den Moment schlägt Aylin vor, dass wir Rollerblades fahren könnten. Oft bin ich noch nicht auf den Dingern gestanden, sodass ich mich verunsichert fühle.

„Was, wenn mir die Schuhe nicht mehr passen?"

Das ist ein Vorwand, der selbst in meinen Ohren albern klingt. Aylin reagiert mit einer abwehrenden Handbewegung.

„So riesig werden deine Käsetreter nicht geworden sein. Und jetzt quatsch nicht, sondern hol die Inliner! Wir treffen uns später beim Jugendzentrum."

Bevor ich weiter widersprechen kann, bezahlt Aylin unser Essen und schwebt auch schon zur Tür hinaus, als hätte sie bereits Rollen unter den Füßen. Obwohl mir mulmig zumute ist, will ich ihr die Freude nicht verderben. Immerhin hat sie angeboten, mit mir gemeinsam Sport zu treiben.

SKATER IM UMLAUF

Zu meinem 13. Geburtstag, im Februar 2018, bekam ich die Rollschuhe von meinen Eltern geschenkt: schicke Dinger in knalligem Rot mit originell geformten Verschlüssen. Nur fehlte mir komplett der Antrieb, ihre Schönheit auch zu präsentieren. Pflichtschuldig drehte ich ein paar Runden, wobei ich fürchtete, mich ernsthaft zu verletzen. Denn ungeschickt, wie ich nun einmal war, stürzte ich immer wieder auf den harten Asphalt, bis ich die Sportgeräte in den Keller hinunterbrachte.

Meine Mutter schaute mich missvergnügt an. „Und ich dachte, wir tun dir etwas Gutes! Bewegung lüftet das Gehirn, dann könntest du dich leichter auf die Hausaufgaben konzentrieren!"

Um ihr nicht zu sagen, was ich davon hielt, presste ich die Lippen aufeinander. Ein Geschenk, das meine schulischen Leistungen verbessern sollte, würde mir niemals gefallen.

Trotzdem krame ich meine Rollerblades jetzt wieder hervor. Sie von der zentimeterdicken Staubschicht zu befreien, kostet mich mindestens fünf Minuten. Zuerst puste ich darauf, doch dadurch entsteht nur eine Dreckwolke, die mich in der Nase kitzelt. Weil ich mit den bloßen Händen nicht alles entfernen kann, hole ich schließlich einen feuchten Lappen und wische die Rollschuhe ab.

Tatsächlich passen sie mir fast noch so gut wie vor zwölf Monaten. Vielleicht liegen sie ein bisschen enger an, aber davon, dass sie unangenehm drücken würden, kann sicher nicht die Rede sein.

Ich lege noch Ellenbogen- und Knieschoner an und wackle dann hinaus auf die Straße. Zu Fuß wäre es eine halbe Stunde bis zum Jugendzentrum, das zum Stadtteil Lerchenfeld gehört und offiziell »Tollhaus« heißt. Vielleicht ja deshalb, weil es Raum für sportliche Aktivitäten bietet. So gibt es dort zwei Fußballplätze, aber auch einen Basketballplatz, Tischtennisplatten und Fitnessgeräte. Für mutige Skater und Waveboarder stehen sogar kleine Rampen zur Verfügung, was nach der besten Gelegenheit klingt, meine Pläne mit Aylin zu verwirklichen.

Ich überlege gerade, ob ich den Bus nehmen soll, als Kevin um die Ecke biegt. Sofort reckt er beide Daumen nach oben und auf seinem Gesicht breitet sich ein Grinsen aus. Der amüsiert sich darüber, dass ich was für meinen Körper machen will, obwohl er selber der größte Stubenhocker ist!

So sehr ärgere ich mich über seinen Spott, dass heißer Zorn in mir hochkocht und ich an der Haltestelle vorbeischieße. Fünf, sechs Schritte, dann verliere ich die Balance, krache auf den Asphalt. Ein Sitzpolster wäre nicht schlecht gewesen.

Kevin prustet los, während ich versuche, die Schmerzen in meinem Hinterteil zu ignorieren. Wütend knurre ich meinen Bruder an: „Mach's erst mal besser!"

„Spätestens in zwei Wochen bin ich der König auf Rollen!"

Wenn ich ihm den überheblichen Tonfall austreiben will, bleibt mir nichts anderes übrig, als mich aufzurappeln und noch einmal anzufahren. Aylin hat mir damals erklärt, wie das geht.

„Die Beine nicht zu weit auseinanderstellen ... Die Knie leicht beugen ..."

Tatsächlich gelingt es mir, mich vorwärts zu bewegen. Irgendwie komme ich sogar beim Jugendzentrum an, wo Aylin bereits auf mich wartet. Freudig lächelt sie mir entgegen und ich weiß, was auch immer sie mir über Kai erzählen wird, dass wir Freundinnen bleiben.

Nur sind ihre Skaterschuhe nicht so hübsch wie meine. Früher haben sie schwarz geglänzt, mittlerweile sehen sie nur noch abgenutzt aus. Überhaupt tragen einige der Jugendlichen, die an uns vorbeirauschen, so verschlissene Teile an den Füßen. Deshalb falle ich sofort als Anfängerin auf, steche hervor, als wäre mein Kopf eine Melone.

Dann allerdings, während Aylin und ich die ersten Runden drehen, stellt sich ein Gefühl von Freude ein. Biker und andere Skater brausen an uns vorbei, gleichzeitig bläst mir der Fahrtwind um die Ohren. So könnte es ewig weitergehen!

Jede Vorsicht ignorierend, werde ich immer schneller, genieße das berauschende Gefühl. Dann erreicht mich ein warnender Ausruf von Aylin: „Pass auf!"

Aber zu spät, denn bremsen kann ich jetzt nicht mehr, stattdessen ramme ich einen Jungen in Skaterklamotten. Vermutlich ist er etwas älter als ich, was mir noch auffällt, während wir voneinander abprallen. Mein Gegenüber strauchelt, versucht, sich wieder zu fangen, plumpst aber leider auf den Allerwertesten. Auch ich verliere das Gleichgewicht, um unsanft auf dem Boden zu landen.

Da bleibe ich dann und der Junge hockt neben mir. Er hat einen leichten Bartwuchs, was ihn irgendwie verwegen aussehen lässt. Die Haare sind rot wie Feuer und ranken sich gelockt um seinen Kopf. Schon ganz hübsch, finde ich, als ich mich in eine sitzende Position stemme. Zittrig bringe ich hervor: „Tut mir leid."

„Ist schon Okay! Ich muss mich entschuldigen und besser auf meine Umgebung achten!"

Inzwischen ist Aylin herbeigeeilt, sie sieht richtig besorgt aus. „Sabse! Wenn ich gewusst hätte, dass du dich wirklich unsicher fühlst …"

Meine Wangen glühen. Wie dumm ich plötzlich dastehe! Aber der Junge, ein breites Lächeln im Gesicht, richtet sich zu seiner vollen Größe auf. Ich schätze, das sind mindestens 1,80 Meter und als er sicher steht, hilft er mir hoch. Sein Händedruck ist fest, die Finger lang und schmal; wie bei Klavierspielern oder Sekretärinnen, würde meine Mutter sagen.

„Ich bin fast jeden Tag hier und kenne ziemlich viele Skater, aber dich habe ich noch nie gesehen. Wenn du magst, zeige ich dir ein paar Tricks."

Mann, ist das toll! Jeder andere wäre ausgerastet nach einer solchen Aktion, aber dieser verhält sich wie ein wahrer Gentleman. Bestimmt käme er nie auf den Gedanken, ein Mädchen im Eiscafé sitzen zu lassen.

„Ich heiße übrigens Tim."

Und er macht es mir noch leichter, ihn zu mögen, indem er hinzufügt: „Eigentlich funktioniert es ganz einfach mit dem Skaten. Du musst nur lernen, wie man bremst und beschleunigt."

Neben mir lacht Aylin und tatsächlich hört es sich lustig an, wie Tim das erklärt. Aber er meint es vollkommen ernst.

„Gut", sage ich deshalb, während ich meinem Lehrer in die Augen schaue. Hier macht es mir nichts aus, die Schülerin zu sein. Denn Tim geht so freundlich mit mir um, wie ich das aus dem Unterricht nur von Frau Seidl kenne.

„Also ..." Tim überlegt, dann bringt er sich in Stellung. „Ich erkläre es dir und ..."

Weil er ihren Namen nicht kennt, schaut er Aylin fragend an. Sie versteht sofort, auch wie er sich das Training vorstellt.

„Die ersten Meter", meint Tim, „fordern dich am meisten. Wenn du erst einmal Schwung aufgenommen hast, gleitest du ganz automatisch weiter."

So viel weiß ich natürlich, aber es kann nicht schaden, nach der längeren Pause wieder ganz von vorne zu beginnen. Aylin führt vor, was Tim erklärt, als wären Fäden an ihren Armen und Beinen befestigt, an denen er jetzt ziehen kann.

„Du stellst die Füße ein bisschen schräg und stößt dich mit einem Bein ab. Ja, so. Mit dem linken zuerst, dann mit dem rechten nachziehen, abdrücken ..."

Lange dauert es nicht, bis ich an ihrer Stelle bin und meine Freundin alleine über das Gelände kurvt. Aufmerksam und feinfühlig bringt Tim mir bei, wie ich, ohne hinzufallen, eine kleine Runde drehen kann. Darauf muss ich mich sehr konzentrieren und ich gerate ordentlich ins Schwitzen, doch vor allem macht es mir so viel Spaß, mit Tim zu üben, dass ich Aylin fast schon vergessen habe. Als sie plötzlich vor mir steht und mich daran erinnert, dass wir besser nach Hause gehen sollten, entgegne ich wie ein trotziges Kind: „Noch fünf Minuten, bitte!"

Aylin grinst, bevor sie sich verabschiedet. Tim und ich bleiben noch eine halbe Stunde. Wir tauschen sogar Handynummern aus und ich genieße es, mich ganz ungezwungen mit einem Kerl zu unterhalten.

TIERISCHES VERGNÜGEN

30. APRIL

Bei Mona habe ich noch etwas gutzumachen, nachdem sie mir so eine große Hilfe war, die Schwindelei vor meinen Eltern durchzubringen. So fange ich an: „Wie wär's mit einer guten Note in Bio?"

„Um Kai zu imponieren?", vermutet Mona, aber da liegt sie völlig falsch. Erst durch ihren Kommentar wird mir das bewusst. Denn Kai erbringt wirklich gute Leistungen in Bio und vor zwei Wochen hätte ich garantiert versucht, ihn in dem Fach zu beeindrucken. Heute verfolge ich keine solchen Hintergedanken mehr, sondern will mich einfach nur bei meiner besten Freundin revanchieren, wofür mir eine Einladung ins Kino zu wenig wäre.

„Wir haben uns die PowerPoint-Präsentation erarbeitet, dann den Vortrag geübt", zähle ich auf, „warum nutzen wir das nicht?"

„Indem wir ein Referat bei Frau Schwabeneder halten?", versucht Mona, meinem Gedankengang zu folgen und ich nicke energisch.

„Genau! Zumindest will ich sie fragen, ob wir das dürfen."

Sicher kämen gute Noten dabei heraus, also ein Geschenk für Mona. Sowohl sie als auch die Lehrerin erklären sich einverstanden, Frau Schwabeneder ist sogar hoch erfreut, was mich zusätzlich antreibt.

„Wir könnten nach München in den Tierpark fahren, um die Geparden zu fotografieren. Und uns noch mehr informieren."

„Weißt du überhaupt, ob es da welche gibt?" Mona greift sofort nach ihrem Handy, sucht den Internetauftritt vom »Tierpark Hellabrunn« heraus. Tatsächlich wären die Raubtiere dort zu bewundern. Und meine Glückssträhne hört gar nicht mehr auf, denn Frau Steiner ist sofort bereit, uns wieder einmal zu fahren. Dadurch gerate ich nicht in die peinliche Lage, meiner Mutter erklären zu müssen, warum ich nach, anstatt vor dem Referat in den Zoo will. Plötzlich fällt mir noch etwas ein.

„Meinst du, ich könnte Susanne fragen, ob sie uns begleiten möchte?"

Dagegen hat Mona nichts einzuwenden, was ich für ein gutes Zeichen halte. In entspannter Atmosphäre, während eines Ausflugs, können die zwei sich besser kennen lernen. Vielleicht redet Susanne über die unangenehmen Erfahrungen, die sie an der Schule machen musste, oder gibt mir das Okay, dass ich Mona ins Vertrauen ziehen darf.

Ein paar Stunden später schlendern wir gemütlich durch den Zoo. Susanne die Tiere zu beschreiben, stellt sich als ziemlich kompliziert heraus, immer wieder fehlen mir die richtigen Worte. Aber auch Frau Steiner fällt es schwer, den Körperbau oder die Fellstruktur so zu erklären, dass sie begreifbar werden. Vor dem Gehege des Geparden bleiben wir besonders lange stehen.

„Er ist schlank und zartgliedrig", fange ich an. Farben kann Susanne sich nicht vorstellen.

„Dafür höre und rieche ich die Tiere." Sie zieht die Nase kraus, doch zugleich liegt ein zufriedenes Lächeln auf ihrem Gesicht. „Meine Eltern haben mir viele Plüschtiere besorgt und andere aus Plastik. Später sind wir zu einem Bauernhof gefahren."

„Und wir waren beim Reiten!" Ich spreche ein bisschen zu laut, wie das manchmal passiert, wenn ich aufgeregt bin oder von Freude erfüllt.

Mona schießt so viele Fotos, dass wir mindestens zwei Stunden bräuchten, um Frau Schwabeneder alle zu zeigen. Außerdem gibt es die Infotafel, sodass ich Susanne vorlesen kann: „Der Gepard erreicht eine Schulterhöhe von 80 Zentimetern und ein Maximalgewicht von 60 Kilogramm. Er ist tagsüber aktiv, wenn seine natürlichen Feinde, zum Beispiel die Löwen, sich ausruhen. Außerdem gilt der Gepard gilt als Zehengänger, so kann er sich gut heranschleichen. Seine Beute, hauptsächlich Huftiere wie Gazellen oder Antilopen, bringt er mit den Vorderbeinen zu Fall und erstickt sie mit einem Kehlbiss."

TIEFER FALL INS SEELENFIEBER

1. MAI

Um uns zu stärken, essen Aylin und ich einen Salat bei »Vitamin GO«. Vor über einer Woche wollte sie mir etwas anvertrauen, doch mittlerweile glaube ich, dass sie mir ausweicht. Trotzdem möchte ich endlich wissen, worum es geht und spreche sie darauf an. Außerdem versuche ich, Blickkontakt herzustellen, aber sie senkt den Kopf, sodass ihre Haare das Gesicht verbergen. Dennoch nehme ich wahr, wie sich ihre Wangen mit einer leichten Röte überziehen.

Eine Weile stochert Aylin in den Endivien herum, bevor sie ein Stück Gurke auf die Gabel spießt. Sie zögert, diese zum Mund zu führen.

„Weißt du … Das ist mir … unangenehm." Sie spricht leise, weshalb ich sie kaum verstehe in dem geschäftigen Treiben, das uns umgibt. Während sich eine Seniorin ihren Einkaufskorb schnappt, gehen andere Kunden vor den Regalen hin und her. Teilweise diskutieren sie miteinander, welche Obst- und Gemüsesorten zu empfehlen wären, bis sich ein Mann Mitte 40 bei Frau Yildiz erkundigt: „Jakobsäpfel oder Pink Lady? Wozu raten sie mir?"

„Das hängt davon ab, was Sie zubereiten wollen", erwidert Aylins Mutter.

Dankbar erläutert der Interessierte, dass er eine ganze Großfamilie versorgen muss. Er hätte an Obstsalat oder Apfelstrudel gedacht.

Herr Yildiz steht inzwischen hinter der Theke, um Bestellungen entgegenzunehmen. Stets hat er ein Lächeln auf den Lippen und offenbar entgeht ihm nicht, dass ich ihn betrachte. Denn er nickt mir freundlich zu, bevor er weiter die Kartoffeln abwiegt.

Also schaue ich zurück zu Aylin, die unsicher die Schultern zuckt. „Ich kann es dir jetzt nicht erzählen. Später vielleicht."

„Ist okay."

Zwar fällt es mir schwer, meine Enttäuschung nicht zu zeigen. Aber Aylin wird sich schon melden, wenn sie so weit ist.

Ich verspeise den restlichen Salat und trinke meinen Kirschsaft aus. Wenige Minuten danach laufen wir zum Fitnessstudio, obwohl ich mir, an einem Feiertag, durchaus etwas Besseres vorstellen könnte. Genervt verdrehe ich die Augen, was Aylin zum Lachen bringt. Mit keiner Ausrede käme ich heute an ihr vorbei!

Deshalb betreten wir die Muckibude, wo eine junge, blond gelockte Empfangsdame sitzt. Irgendwie passt sie nicht hier her, denn sie ist etwas mollig und zudem, mit Jeans und roter Bluse, nicht gerade sportlich bekleidet.

Aylin, als zahlendes Mitglied, kann einfach ihre Karte abstempeln lassen. Sobald auch geregelt ist, was mich betrifft, gehen wir gemeinsam durchs Drehkreuz und ich folge Aylin zur Umkleidekabine. Aus meiner Sporttasche ziehe ich eine blau gestreifte Leggings, in der ich mich gut bewegen kann und wohl fühle; dazu ein kurzärmliges, gelbes Poloshirt.

Überwiegend sind es ältere Leute, die sich hier verausgaben. Manche bringen ordentlich was auf die Waage und sehen so aus, als würden sie demnächst zusammenbrechen. Dass sie trotzdem kämpfen, spornt mich an, genauso mein Bestes zu geben.

Eine Trainerin, noch jünger als die Frau am Tresen und längst nicht so füllig, kommt auf mich zu. Dabei grinst sie so breit, um sich zackig vorzustellen: „Manuela."

Automatisch sage ich auch meinen Namen, bevor sie bekräftigend nickt und mir im Schnelldurchlauf die Räumlichkeiten zeigt. Aylin, die sich eigentlich schon aufwärmen könnte, bleibt stattdessen neben mir.

Mehrere Abschnitte sind mit Wänden voneinander abgetrennt, Türen gibt es aber keine. So deutet Manuela in den ersten Raum, links vom Anmeldebereich.

„Da kannst du dich warm machen."

In drei Reihen lauern die Fitnessgeräte: Fahrräder, Stepper und schließlich, ganz hinten, verschiedene Laufbänder. Gerade fällt mir auf, dass Fernsehbildschirme an den Wänden hängen, als mein Personal Coach mich auch schon weiterwinkt.

„Dann gehst du zum Zirkeltraining über." Mit einer Geste verweist sie auf den nächsten Durchgang. Dahinter erwarten mich Folterinstrumente wie Bälle, Hanteln und andere Gewichte, in Gesellschaft von Rudergeräten und anderen, mir unverständlichen Höllenmaschinen.

„Beim Zirkeltraining", ergänzt Manuela, „forderst du den gesamten Körper, besonders werden die großen Muskelgruppen gestärkt. Bauch, Beine, Po, dann wirst du richtig froh. Wenn du einmal nicht die Zeit hast, bei uns vorbeizuschauen, kannst du das zu Hause fortsetzen. Mach einfach ein paar Klimmzüge, Kniebeugen, Liegestütze ..."

Ich verziehe das Gesicht, während es in meinen Ohren klingelt. Diese Mitarbeiterin hat ihre Berufung gefunden, mir dagegen wird allmählich schlecht. Aber Manuela schaut mich versöhnlich an.

„Zuerst das Stretching. Kannst du das übernehmen?", wendet sie sich an Aylin und schiebt, um sich ihrer Verantwortung nicht vollständig zu entziehen, sofort hinterher: „Ich bleibe natürlich in eurer Nähe. Einfach rufen, wenn ihr eine Frage habt."

Die meisten Dehnübungen kenne ich schon vom Schulsport, weshalb es mir leicht fällt, sie umzusetzen. Neugierig bin ich auf die Geräte, obwohl ich auch Beklemmung verspüre. Denn alle werden mich anstarren und erkennen, dass ich noch nie zuvor so trainiert habe.

Außerdem melden sich Muskeln in meinem Körper, deren Existenz ich jetzt zum ersten Mal wahrnehme. Trotzdem führe ich mindestens zehn Dehnübungen aus.

Zwar hält Manuela auch andere Athleten unter Beobachtung, aber es kommt mir so vor, als würde sie mich besonders beäugen. Das leichte Unbehagen, das mich von Anfang an begleitet hat, geht in Bauchkrämpfe über. Vielleicht sollte ich die Sache in letzter Sekunde abblasen?

Um nichts zu überstürzen, trinke ich einen Schluck Wasser. Dann fange ich an, rückwärts von zehn bis eins herunterzuzählen. Manuela, die mein Zögern zu bemerken scheint, wirft mir einen auffordernden Blick zu. Gleichzeitig löst sich Aylin von mir, um zielstrebig ein Laufband anzusteuern.

Kurz überlege ich, welches Gerät für eine blutige Anfängerin geeignet wäre und entscheide mich schließlich für ein Fahrrad. Das bin ich schon gewohnt, weshalb nur wenig schiefgehen kann. Bloß allzu leicht will ich es mir auch nicht machen, deshalb stelle ich beim Streckenprofil »hügelig« ein.

Während ich gleichmäßig trete, riskiere ich einen Blick zur Seite. Aber dann schaue ich schnell wieder weg, weil ein muskelbepackter Mittvierziger besessen die Kilometer abspult.

Ich stelle mir die Landschaft vor, die mich draußen umgeben könnte. Die Reifen würden über einen Kiesweg holpern, dann über moosbewachsenen Untergrund. Links und rechts ragen Buchen, Eichen und Nadelbäume auf, verströmen einen harzigen Duft. Leise gurgelt ein Bach neben mir.

Das Waldstück endet an einer Wiese, wo zufrieden ein paar Kühe grasen. Es riecht nach Frühling und die ersten Schwalben ziehen durch die Lüfte.

Vollends gebe ich mich dieser Kulisse hin, da sie besser wirkt als jeder Energieriegel. Wie im Rausch trete ich in die Pedale, um richtig zu zeigen, wie viel Potenzial in mir steckt.

So dauert es nicht lange, bis mir der Schweiß von der Stirn tropft. Damit, dass mich der Kraftakt auf dem Drahtesel so fordern würde, habe ich nicht gerechnet. Innerlich knurrend, beiße ich die Zähne zusammen.

Nach ungefähr zehn Minuten erlaubt Manuela, dass ich vom Fahrrad steigen darf. Allerdings muss ich mir eine neue Folter suchen.

Das Laufband drängt sich auf, weil Aylin es bevorzugt und bisher nicht runtergefallen ist. Im Gegensatz zu mir kann sie allerdings auch skaten.

Um den Kampf nicht zu verlieren, lasse ich es langsamer angehen, trotzdem tun mir bald die Beine weh. Zumindest motiviert mich, dass die unverwechselbare, etwas rauchige Stimme von Sia aus dem Lautsprecher ertönt: »But I won't never give up, never give up, no, no …«

Wie von selbst passe ich mich diesem Rhythmus an und summe leise vor mich hin, erstarre dann aber mitten in der Bewegung. Ungläubig reibe ich mir die Augen, in der Hoffnung, dass ich mich geirrt haben könnte. Aber er ist tatsächlich hier! Auf dem übernächsten Band stärkt Kai seine Muskeln!

Plötzlich fühlen sich meine Beine wie Watte an. Den Bewegungsapparat mobilisierend, konzentriere ich mich darauf, einen Schritt nach dem anderen zu tun. Nebenbei betrachte ich die Anzeige, die mir vermittelt, welche Distanz ich bisher bewältigt habe: 619 Meter. 620 …

Quälend langsam vergehen die Minuten, bis ich endlich absteigen darf. Bloß weg, bevor Kai mein mangelndes Talent bemerkt.

Nachdem meine Füße den Dienst quittiert haben, will ich versuchen, die Kraft aus meinen Armen heraus zu kitzeln. Also ab zum Zirkeltraining, das Manuela vorhin angepriesen hat.

Dafür wähle ich den »Power Tower«, weil bereits der Name Energie verspricht. Etwas unschlüssig umrunde ich das Gerät, das viele Einsatzmöglichkeiten bietet. Wenn ich die alle durchhecheln soll …

Erst einmal entscheide ich mich für eine quer liegende Stange, um Manuela mit Klimmzügen zu beeindrucken. Unterstützt von meiner Trainerin, stelle ich die richtige Höhe ein und ziehe mich nach oben. Dann lasse ich mich eine Weile hin und her baumeln, beide Hände feucht von ekligem Schweiß. Aus Angst, auf dem Boden bereits eine Lache hinterlassen zu haben, will ich keinesfalls nach unten sehen. Selbst mein Kopf fühlt sich unerträglich heiß an.

Anders kann ich mir nicht erklären, warum Kai mich permanent anstarrt. Zwar bemühe ich mich, seinem Blick auszuweichen, doch diese durchdringenden Augen heften sich gnadenlos auf mein Gesicht. Beinahe kann ich spüren, wie sie sich festsaugen und ein unangenehmes Prickeln kriecht mir über den Nacken. Ich fühle mich wie von einem Jäger observiert, der nach seiner Beute Ausschau hält.

Um Kai zu signalisieren, dass er abhauen und mich in Ruhe lassen soll, löse ich die rechte Hand von der Stange. Aber ich komme nicht mehr dazu, eine entsprechende Geste auszuführen, denn auch die übrigen Finger rutschen ab. Entsetzen durchzuckt mich, während ich instinktiv versuche, mich wieder festzukrallen. Leider zu spät!

Ich kreische erschrocken, als die Hand ins Leere fasst und mein Herz überspringt einen Schlag. Dann, in der nächsten Sekunde, knalle ich ungelenk auf die Matte unter mir.

„Autsch!", winsele ich auch noch wie ein Welpe, dem man auf den Schwanz getreten hat und ziehe damit natürlich die Aufmerksamkeit sämtlicher Leute auf mich. Sicher wollen sie lieber Energie verbrennen, als so ein Häuflein Elend zu ertragen, wie ich es ihnen präsentiere.

„Sabrina! Ist dir was passiert?"

Aylin stürmt als Einzige herbei, um mir aufzuhelfen. Die anderen lassen sich gleich wieder von der Fitnessisolation gefangen nehmen oder im »Kopfhörer auf, ich hör nix«-Modus.

Das ist aber nicht mein größtes Problem. Denn Kai, der meinen Sturz natürlich auch gesehen hat, überschüttet mich mit schallendem Hohngelächter.

„Na? Unsere Jungshasserin macht auf Fallobst. Wo hast du das denn gelernt? Bei »Vitamin GO«?", setzt er noch eines drauf, sobald der Schmerz meinen ganzen Körper durchfährt; wie es einer unglücklich Verliebten eben geschieht, wenn sie wieder einmal von dem Jungen ihrer Träume beleidigt wird.

Die Situation ist mir so peinlich, dass ich Aylins helfende Hand abschüttle, um mich dann aufzurappeln und aus dem Studio zu flüchten. Kein Schokoladenparadies brächte mich noch mal in diese Unterwelt!

Stattdessen sause ich in die Umkleidekabine, wo ich blitzschnell meine Sporttasche nehme. Schnell stopfe ich Jeans und T-Shirt hinein, weil sich alles in mir dagegen sträubt, mich hier und jetzt noch einmal umzuziehen.

Gerade will ich die Garderobe verlassen, da pralle ich fast mit Aylin zusammen. Vor Aufregung ist sie ganz rot im Gesicht.

„Wie gemein! Dieser Mistkerl!"

Sie flucht wohl noch etwas anderes, diesmal aber auf Türkisch. Bald sollte ich mir ein Wörterbuch kaufen, um die Beschimpfungen, die meine Freundin auf Lager hat, zu übernehmen. In ihrer Muttersprache hören sich die Ausdrücke viel härter an und das bringt die Wut viel besser zur Geltung.

Dass Aylin sich ärgert, kann ich gut verstehen. Denn nicht nur über mich hat Kai abfällig geredet, sondern indirekt auch ihre Eltern beleidigt.

Als wir den Schauplatz verlassen, ruft die Empfangsdame mir hinterher: ob es mir gefallen hätte, ob ich nicht interessiert wäre, einen Probemonat zu buchen. Beinahe bekomme ich einen Schreikrampf. Aber die frische Luft, die mich draußen erwartet, lindert das ein bisschen. Ich atme tief ein und ohne beißende Duftnote erreicht der Sauerstoff meine Lunge.

Außerdem habe ich für den Notfall einen Schokoriegel in meine Sporttasche gesteckt. Den hole ich eilig hervor, auch wenn ich vom Abnehmen dann nur noch träumen kann; und davon, Kai irgendwann zurückzugewinnen.

POWERFRAUEN GEGEN FRAUENPOWER

Ich habe große Pläne, nicht nur im sportlichen Bereich. Vor allem möchte ich einen Weg für Susanne finden, ihr eine Tür aufstoßen, damit sie nicht länger solchem Mobbing ausgeliefert ist.

„Das könnte schwierig werden", befürchtet Mona.

„Aber wir schaffen es doch, oder?"

Nachdenklich legt sie den Kopf schief. Dann vergehen einige Sekunden, die mir viel länger erscheinen.

„Mona", drängele ich.

Da schaut mich meine Freundin wieder an. „Wir müssen mit Frau Dillner reden, eine andere Möglichkeit fällt mir nicht ein."

„Klar", bestätige ich und erhärte meine Bereitschaft, bei der Schulleiterin vorzusprechen, noch einmal mit einem Nicken.

Mona lächelt mir zu. „Wenn die Rektorin erkennt, dass Susanne mit ihrem Wunsch nicht alleine ist, überlegt sie es sich vielleicht …"

„Ja, ganz bestimmt!"

Aber wir brauchen schlagkräftige Argumente und müssen unser Ziel überzeugend verkaufen. Plötzlich komme ich mir vor wie in dieser »Alltours«-Werbung, Leute am Strand, eine Frau meint genießerisch: „Ist das nicht gut?"

Genauso muss es sich anhören, wenn wir Frau Dillner erläutern, dass Susanne unbedingt hier hergehört. Unsere Gründe müssen sie anziehen, ihr keine andere Wahl lassen, als ihr Okay zu geben. Letztlich soll unsere Rektorin sich auf eine Reise einlassen, die vielleicht nicht einfach wird, aber den Horizont erweitert; und eine prickelnde

Vorfreude verursacht, wie beim Buchen eines Sommerurlaubs an die Côte d'Azur.

Seit ich Susanne kenne, habe ich sehr vieles über meine Wahrnehmung gelernt, wie oberflächlich ich manchmal durchs Leben gehuscht bin, ähnlich einem flüchtenden Reh. Dabei sind es gerade Äußerlichkeiten, die uns oft daran hindern, rücksichtsvoll und hilfsbereit zu Mitmenschen zu sein.

Mit Susanne haben wir vereinbart, dass Mona und ich sie am Nachmittag besuchen werden. Mona schlägt vor, den Bus zu nehmen und normalerweise hätte ich nein gesagt, um mich in den Sattel meines Fahrrads zu schwingen. Aber die Übungen, zu denen Tim mich aufgefordert hat, stecken mir noch in den Knochen und genauso die Plackerei im Fitnessstudio mit Aylin. Daher bin ich froh, mich eine Weile ausruhen zu können. Nur das letzte Stück gehen wir zu Fuß, bis wir freudig von Rocky begrüßt werden. Er wedelt mit dem Schwanz und schleckt mir über die Hand, dann tritt auch schon Susanne an den Gartenzaun.

„Hallo Mona, hi Sabse. Schön, dass ihr da seid!"

Doch unsere Aufgabe müssen wir noch ein wenig verschieben, weil der Vierbeiner nach liebevoller Zuneigung verlangt. Ausgiebig schmusen und kuscheln wir mit ihm, gleichzeitig erzähle ich meinen Freundinnen vom Skaten. Meine Wangen glühen vor Aufregung, doch plötzlich fällt mir auf, dass bei Susanne die Mundwinkel herabsinken und ihre Augen den üblichen Glanz verlieren.

„Was ist?", frage ich besorgt, „habe ich etwas Falsches gesagt?"

„Na ja … Nein. Ich würde nur auch gerne das Rollschuhfahren ausprobieren, aber alleine traue ich mich nicht."

In Gedanken füge ich hinzu, dass es wahrscheinlich gefährlich wäre, weder könnte Susanne ausweichen noch Bordsteinkanten rechtzeitig bemerken. Und wie ist das mit dem Gleichgewicht? Fällt es ihr schwer, sich auf den Rädern auszubalancieren?

Ich spüre, dass jetzt nicht der beste Zeitpunkt ist, mich danach zu erkundigen. Dadurch wäre Susanne nur zusätzlich bekümmert.

„Wie ist es denn mit deiner Familie?“, regt Mona an, „kann dich da keiner begleiten?“

„Sie müssen ja nicht selber Inlineskates fahren. Es reicht doch, wenn dich jemand führt“, baue ich das weiter aus.

Aber Susanne zuckt die Schultern. „Patty will die Verantwortung nicht übernehmen und meine Eltern haben Angst, ich könnte mir wehtun.“

„Dann …“ Ich bin mir nicht sicher, ob ich anbieten soll, einen Versuch mit Susanne zu wagen. Bisher wackele ich eher, als gut auf der Strecke voranzukommen. Aber später, wenn ich genügend Erfahrung mitbringe, können wir vielleicht eine Runde miteinander drehen. Ein Grund mehr, dass ich intensiv trainiere und mich vorbereite! Oder ich würde neben Susanne herlaufen, um ihr Halt zu geben und anzusagen, wann sie auf ein Hindernis trifft.

Beide Varianten schlage ich vor, wodurch Susannes Gesicht sich wieder aufhellt. Erneut wird mir bewusst, wie eng ich mich mit ihr verbunden fühle, als würden wir im Winter vor einem Kaminfeuer sitzen.

Heute lassen wir uns in sonnengelbe Liegestühle fallen. Mona zögert nicht länger, sondern zieht ein Bullet Journal mit der Beschriftung »Schule« aus ihrem Rucksack. Dazu erklärt sie Susanne: „Mein Notizbuch für alle Angelegenheiten, mit denen ich als Schülersprecherin zu tun habe. Sonst kenn ich mich bald nicht mehr aus.“

Geistesgegenwärtig legt sie ihr das Heft in die Hand. Dass Susanne dieses aufmerksam betastet, bringt mich erst dazu, es auch einmal zu mustern. Der Einband besteht aus Kunstleder und vorne hebt sich eine Prägung des Herstellers ab. Mir ist nicht klar, ob Susanne die einzelnen Buchstaben erkennt oder mit den Fingerspitzen nur dem eingeritzten Muster folgt. Aber erneut wird mir bewusst, wie viel ich von ihr lerne. Dass sie zahllose Feinheiten erspürt, die meine Augen bloß am Rande registrieren und kurz darauf weiß ich schon nicht mehr, welches Wunder mir begegnet ist.

Lächelnd reicht Susanne das Journal zurück. „Gefällt mir.“

„Und praktisch ist es auch“, ergänzt Mona, „meine Mama hat es mir geschenkt, nach meiner Wahl zur Schulsprecherin.“

Ich würde alles in mein Handy tippen, aber Mona hängt den alten Traditionen an und manchmal beneide ich sie darum, dass es ihr gelingt, so ordentlich und gut sortiert zu sein. Wenigstens kriege ich es hin, am Morgen meine Schultasche zu packen, ohne etwas Wichtiges zu vergessen.

„Wir brauchen bestimmt zwei Doppelseiten." Mona blättert ein bisschen und zückt bereits ihren Kugelschreiber. „Wenn du einverstanden bist, stelle ich dir ein paar Fragen. Deine Antworten fasse ich stichpunktartig zusammen und hinterher ordnen wir, was uns wirklich im Gespräch mit Frau Dillner nützt."

Oben am Rand notiert sie, in kursiven Buchstaben: »Susanne«. Außerdem malt Mona noch ein Herz dort hin, wofür ich sie umarmen könnte. Denn das heißt, dass sie unser Projekt nicht nur aus Pflichtgefühl unterstützt oder um mir eine Freude zu machen; vielmehr ist es auch für sie zu einem persönlichen Anliegen geworden.

So nimmt Monas Gesicht einen konzentrierten Ausdruck an, während sie den Stift bereits aufs Papier setzt. „Wobei bräuchtest du Hilfe?"

Susanne wendet den Kopf, wie um Blickkontakt zu Mona herzustellen. Ihre Stimme ist klar und die Worte klingen gut überlegt.

„Wichtig wäre, dass mir jemand diktiert, was auf der Tafel steht. Im Idealfall sagen die Lehrer das selber an, englische Vokabeln müssten buchstabiert werden."

„Und wenn das einer vergisst? Oder sich noch nicht daran gewöhnt hat …" Mona legt die Stirn in Falten.

Doch leicht verärgert, weil sie solche Einwände bringt, gebe ich zurück: „Dann übernehmen wir das!"

„Okay", murmelt Mona, wirkt aber immer noch skeptisch. Schnell macht sie sich eine Notiz.

Solange das blinde Mädchen spricht, verhält sie sich wie eine Protokollführerin. Während ich eine Liste gebraucht hätte, um keine Frage wegzulassen, schaut Mona nur auf ihre Notizen und hat alles andere im Kopf.

„Wie kannst du im Unterricht mitarbeiten?"

„Über meinen Laptop. Das ist ein ganz normales Notebook, wie es jeder im Handel erwerben kann. Zusätzlich ist eine Sprachausgabe aufgespielt."

Sie will noch mehr erklären, aber in dem Moment kommt eine junge Erwachsene herangeschlendert. Irgendwo hab ich die schon mal gesehen, mit ihren grünen Augen und den kurz geschnittenen Haaren. Wie ihre Armreife klimpern, schlackert ein Rock um die Knie.

WASSER UND BROT FÜR SCHWERBEHINDERTE

„Da sind ja deine Freundinnen! Schön, euch einmal kennen zu lernen!"

Ihre Stimme klingt ähnlich wie die von Susanne, nur etwas tiefer, also muss es Patty oder Celi sein. Wahrscheinlich Patrizia, weil die noch zu Hause wohnt.

Kurz darauf bestätigt sich mein Verdacht. Wir plaudern noch ein bisschen, wobei Patty von den nächsten Theateraufführungen erzählt, für die sie Kostüme anfertigen muss.

„»Der Zauberer von Oz« steht im Programm. Außerdem kommt bald das ABBA-Musical."

„»Mamma Mia«?", vergewissert sich Mona und ihre Augen beginnen zu strahlen, „da würde ich auch gerne rein!"

„Oder selber auf der Bühne stehen", beginne ich zu träumen. Beim Poetry Slam werde ich das ohnehin, wie ich Aylin versprochen habe.

Patty zwinkert mir zu, bevor sie uns wieder verlässt. „Mal sehen, vielleicht lässt sich da was arrangieren."

Mona singt leise vor sich hin: „Mamma mia, here we go again."

Begeistert stimmen wir ein, nur dass keiner den Text der Strophen kennt, deshalb schmücken wir die Melodie aus mit „La, la, la". Hinterher klatschen wir uns fröhlich ab. Und ich fühle mich so richtig gelöst, als Mona uns ermahnt, doch zur Tagesordnung zurückzukehren.

„Spielverderberin", murmle ich; aber nur halbwegs ernst gemeint, denn sie hat ja Recht.

Mona lenkt ihre Aufmerksamkeit wieder zu Susanne. „Kennst du eine Schule, wo die Inklusion schon funktioniert? Ich denke, es wäre gut, Frau Dillner ein positives Beispiel zu geben."

„Ja“, bestärke ich, nachdem ich soweit noch gar nicht gedacht habe. Meistens reagiere ich emotional, eher aus dem Bauch heraus. Mona dagegen ist der kluge Kopf und zusammen bilden wir ein super Gespann, heute in einer Atmosphäre, die uns mit Düften und Farben inspiriert. Rosen blühen und auch andere Gewächse, deren Bezeichnung ich nicht kenne, streben der Sonne entgegen.

Susanne erklärt: „Es gibt das Adolf-Weber-Gymnasium in München, da werden Blinde und Normalsehende gemeinsam unterrichtet.“

„Perfekt! Frau Dillner kann sich mit denen in Verbindung setzen!“

Sofort holt Mona ihr Smartphone hervor, um im Internet nach der Schule zu suchen. Auf den Webseiten steuert sie zu den Kontaktdaten, sogar eine Ansprechpartnerin für die blinden Schüler wird genannt und natürlich verzeichnet Mona auch diesen Namen.

„Warst du schon einmal in einer Klasse mit Sehenden?“

Sie löchert Susanne, als wolle sie einen Emmentaler Käse aus ihr machen. Hätte ich ein Handicap, wäre so eine Befragung für mich bestimmt unangenehm. Denn es würde bedeuten, dass ich mir meine Behinderung, die in der Gesellschaft oft als Schwäche gilt, bewusst machen müsste.

Aber Susanne zuckt nicht einmal mit den Wimpern. Wie sie Rede und Antwort steht, fällt für mich in die Kategorie »wahnsinnig mutig«. Außerdem übt sie damit für den Ernstfall, wenn sie sich im Gespräch mit dem Lehrergremium behaupten muss.

Meine beste Freundin wickelt sich eine Locke um den Finger, wobei sie nachdenklich die Stirn runzelt. Dann legt sie ihren Kugelschreiber zur Seite und klatscht in die Hände.

„So, das war's. Mit diesen Argumenten können wir Frau Dillner sicher bezirzen. Lass uns noch schnell ein Foto von deinem Arbeitsplatz machen“, bestimmt sie und springt auf.

Gerade stehen wir vor der Tür, die vom Garten ins Wohnzimmer führt, als Rocky wieder angewedelt kommt. Stürmisch springt er an Susanne hoch.

„Der mag es nicht, dass wir ihn alleine lassen“, informiert sie uns.

Deshalb geht das Kuscheln weiter, allerdings nur kurz; denn Rocky überlegt es sich bald anders und stolziert zurück in die Natur.

Obwohl ich weiß, wo im Haus sich Susannes Zimmer befindet, geht sie voran, um uns die Tür zu öffnen. Mona ist zum ersten Mal gekommen und jetzt staunt sie nicht schlecht, als sie die Braillezeile begutachtet. Über USB kann Susanne dieses Gerät mit ihrem Computer verbinden, dann wird der Text, der für uns auf dem Bildschirm zu sehen ist, in tastbaren Punkten wiedergegeben. Allerdings, wie es die Bezeichnung schon verrät, nur eine Zeile. Susanne bekommt nur 40 Zeichen angezeigt, weshalb sie ständig die Navigationsleiste bedienen muss oder eine Pfeiltaste an ihrem Rechner drücken, damit es weitergeht.

Derart stockend zu lesen, würde mir wenig Freude bereiten. Aber immerhin, es ist eine Möglichkeit. Und beschleunigen lässt sich die Lektüre, wenn Susanne zusätzlich die Sprachausgabe einschaltet, die auf ihrem Laptop installiert ist.

„Faszinierend“, murmelt Mona, während sie sich mit ihrer alten Sofortbildkamera ans Werk macht. Und versiert, wie ich sie kenne, besitzt Mona nicht nur ein Gespür fürs Detail, sondern überdies einen sicheren Blick für die einzufangenden Szenen.

Zuerst fotografiert sie Susannes Finger, lesend auf der Braillezeile, danach ihre fliegenden Hände über der Laptop-Tastatur und schließlich fixiert Mona noch die Punkte, die auf der kleinen Leiste nach oben stehen.

Diese Bilder gefallen mir richtig gut und auch Mona wirkt zufrieden, als sie ihre Fotos zu den Notizen in ihr Heft klebt.

„Lass uns noch die Sprachausgabe hören“, bittet sie als Nächstes, „die nehme ich mit dem Handy auf.“

Schnell tippt Susanne ein paar Wörter ein und lässt sie wiedergeben. So erhalten wir ein Lob von »Eloquence«, der blechernen Computerstimme: »Mona, Sabrina, ihr seid echt super!«

„Die hört sich ja schrecklich an“, stellt Mona trocken fest, „wenn die mir dauernd vorlesen würde, wäre ich bestimmt schon eingeschlafen.“

Vergnügt pikse ich ihr in die Seite. „Du kannst ja Kevin fragen, ob er deine Vorlesestimme wird. Aber stell dich auf lange Wartezeiten ein, bis du die gewünschten Informationen erhältst."

„Das wäre immer noch besser als so ein abgehackt redender Typ", sortiert Mona aus. Seit unserem Hausarrest und der gemeinsam verbrachten Zeit gehört Kevin, wie ich fürchte, für sie irgendwie dazu. Gleichzeitig schlägt sie mir vor: „Für dich engagieren wir Kai."

Das finde ich nun aber gar nicht lustig, sodass ich mir ein Kissen schnappe, das ich als Wurfgeschoss benutzen will. Mona durchschaut natürlich meine Absicht. Wie ein Känguru hüpft sie zur Seite, aber ich ziehe bereits durch und das Kissen landet an ihrem Kopf.

„Aua!", jammert Mona in gespielter Empörung. Sie reibt sich sogar die Stirn, worüber wir albern kichern müssen. Und Susanne weist uns nicht einmal zurecht, weil wir ihr Eigentum missbrauchen. Stattdessen bewaffnet sie sich ebenfalls, holt aus und zielt auf Mona.

„Hey!", kreischt diese, „was hab ich denn getan?"

„Sabrina beleidigt", klärt Susanne sie glucksend auf. Bloß verfehlt sie dann ihr Ziel, wodurch die Handgranate vor dem Bücherregal herunterfällt.

„Okay", sagt Mona, „ich schließe jetzt die Augen. Es muss doch Gerechtigkeit herrschen."

Ich tue es ihr gleich, zumal das die Spannung erhöht. Und wenig später sind wir in eine wilde Schlacht vertieft. Wir lachen so sehr, dass mir fast die Tränen kommen, während Mona Susanne beschimpft, wie eine Mutter ihre kleine Tochter ausschelten würde. Aber Susanne fällt es leicht, die Kissen, nachdem wir sie geworfen haben, im Zimmer wiederzufinden.

„Wie machst du das?", wundert sich Mona.

„Na ja … Ich weiß nicht. Vielleicht höre ich, wo sie landen."

„Hören?" Ich blinzele, während Mona, den Oberkörper nach vorne gebeugt, den Fußboden absucht. Wie ein Scheibenwischer gleiten ihre Hände hin und her.

Um sie zu überraschen, kicke ich ihr das Spielgerät hin. Erneut wird Mona im Gesicht getroffen.

„Sabse", beklagt sie sich sofort, „du schummelst!"

„Woher willst du wissen, dass ich das war?"

„Susanne wäre nicht so frech", behauptet Mona. Doch dann richtet sie sich auf und öffnet ebenfalls die Augen. „Ich denke, wir brauchen einen Schiedsrichter. Damit wir nicht mit den Köpfen zusammenrasseln."

Erst einmal soll ich diese Rolle übernehmen. Mir ist schon klar, dass Mona hier eine vernünftige Anregung gebracht hat, andererseits juckt es wie verrückt in meinen Fingern. Auf keinen Fall will ich für Recht und Ordnung sorgen, solange die beiden ihren Spaß haben. Dass Susanne die Vorgänge nicht kontrollieren kann, versteht sich von selbst, also muss Mona mich bald ablösen.

Schwungvoll greife ich nach einem Kissen, zögere noch einmal kurz, aber dann werfe ich es doch. Ich möchte Mona provozieren, sie gegen mich aufbringen.

Allerdings nicht so, wie es dann tatsächlich passiert. Mein Arm gehorcht mir nicht mehr. Vielleicht ist es auch die Hand, die plötzlich ihren eigenen Willen hat, jedenfalls segelt das Kissen an Mona vorbei zum Fenster.

„Halt!", schreie ich, als könnte das noch irgendetwas ändern. Ich hechte nach vorne, komme dennoch zu spät. Mein Wurfgeschoss prallt gegen die Scheibe und in der nächsten Sekunde höre ich ein lautes »Rums«.

„Oh verflucht", stöhne ich.

Mitten in der Bewegung hält Susanne inne. „Was war das denn?"

„Ich … Es tut mir leid! Ich wollte nicht …" Mir steigt die Hitze in die Wangen und Mona sieht nicht so aus, als ob sie über den Vorfall lachen könnte. Beinahe knurrt sie mich an: „Pannen-Sabse! Schon wieder!"

Denn mit dem Kissen habe ich einen Übertopf vom Fensterbrett gefegt. Einen Kaktus, dessen Stacheln sich zwischen kleinen und größeren Erdstückchen auf dem Boden verteilen.

Eine Stunde später komme ich heim, meine Eltern und Kevin warten schon. Ich bin ein bisschen zu spät, da ich, mit Monas Hilfe, die Pflanze aufgesammelt habe. Seit Sonntag sind meine Familie und ich einander kaum über den Weg gelaufen und haben nie gemeinsam gegessen. Ich setze mich zu ihnen an den Tisch, da spricht mich Mutter auf ihr Lieblingsthema an: die Schule. Vor allem soll ich genau erläutern, wie die Präsentation abgelaufen ist, die ich tatsächlich nie gehalten habe. Trotzdem spinne ich ein Lügengeflecht zusammen.

„Ohne Pannen oder peinliche Versprecher. Frau Schwabeneder war ganz begeistert."

Meine Ohren werden rot, was Papa auf berechtigten Stolz zurückführt, denn er lobt mich bereits für die erbrachte Leistung. Schon verstärkt sich das schlechte Gewissen in mir, wodurch ich kurz versucht bin, doch noch die Wahrheit zu sagen. Aber dann wäre die Hölle los und Mona dürfte unter der Woche wahrscheinlich nie mehr bei uns übernachten.

Vorerst bin ich erleichtert darüber, dass er das Thema wechselt. „Du bist noch gar nicht dazu gekommen, uns ausführlich von Susanne zu erzählen."

Mama schaut verdutzt. „Wem?"

Das klingt so argwöhnisch, dass ich mich beeile, ihr die Erklärung zu liefern. „Ein Mädchen, das ich neulich kennen gelernt habe. An der Bushaltestelle wurde sie von zwei Typen belästigt und ich habe ihr geholfen, sie ist nämlich blind."

Während Mama erstaunt die Stirn in Falten legt, bringt sich auch Kevin ins Gespräch. Die ganze Zeit hat er keinen Ton von sich gegeben, um jetzt total den Bock zu schießen: „Wie? So richtig blind?"

Selten dämlich, diese Frage! Sie ärgert mich so sehr, dass ich ihm am liebsten den Brotkorb über seinen hohlen Schädel stülpen würde. Stattdessen nehme ich eine Scheibe heraus und tunke sie in meine Hackfleischbällchen, durchtränkt mit Remouladensauce.

Kevin fährt unbeirrt fort. „Wenn Oma vergisst, ihre Brille aufzusetzen, sieht sie ja auch nix."

Da zuckt es in meinen Fingern. Ich will den Teller nehmen, würde ihn quer über den Tisch in Kevins Fresse schleudern. Aber Mama weiß das zu verhindern, indem sie mein Handgelenk festhält, zugleich schaut sie mich freundlich an.

„Ihr habt euch später noch einmal getroffen?"

Wenigstens scheint sich in diesem Haushalt noch jemand zu befinden, der ernsthaft etwas von mir erfahren möchte. Allerdings brauche ich ein paar Sekunden, um mich wieder zu beruhigen. So ein Trottel wie Kevin geht aufs Gymnasium!

Kurz bin ich versucht, mir noch einige Erbsen auf den Teller zu schaufeln für den Fall, dass mein Bruder mich weiterhin angreifen sollte. Aber die Wut verflüchtigt sich und wenn ich an das Missgeschick mit dem Kaktus denke, ist es sicher besser, mich jetzt zurückzuhalten.

So erzähle ich von Susanne, wobei ich darauf achte, Kevins Blicken auszuweichen. Schließlich gelange ich zu dem Punkt, dass sich die Direktorin unserer Schule weigert, ihr eine Chance zu geben.

„Warum?", hakt Mama ein.

„Weil Schüler nicht den Fahrstuhl nehmen können."

Missbilligend schüttelt Papa den Kopf. „Aber das Mädchen ist doch nicht gehbehindert!"

„Tja ..." Mama überlegt, solange sie Erbsen auf ihren Teller häuft. Dann spießt sie eine auf und murmelt: „Frau Dillner wird schon ihre Gründe haben."

In meiner Hand zittert die Gabel. Müssen Erwachsene denn immer protestieren?

Mama setzt bereits nach: „Die Herausforderung, ein Kind mit Behinderung an einer Regelschule zu unterrichten, ist für die Lehrer viel zu hoch."

„Und wieso?", frage ich trotzig.

Jetzt drückt sie den Rücken durch, sodass sie größer wirkt. Fest sieht mir meine Mutter in die Augen.

„Schüler mit ... gewissen Problemen ..." Kurz scheint sie den Faden zu verlieren, knüpft dann aber weiter: „Sie brauchen eine vernünftige Betreuung. Stell dir vor, die Lehrer könnten sich nur noch Zeit für

Susanne nehmen. Dann müsste sie einzeln gefördert werden, aber in einer Klasse, wo mindestens 24 Jugendliche sitzen, ist das völlig ausgeschlossen."

Kurz frage ich mich, ob Mama vielleicht Recht haben könnte, und rufe mir wieder das Gespräch mit Susanne in Erinnerung. Nie zuvor hat sie eine Regelschule besucht, also wäre das eine neue Erfahrung. Trotzdem hält sie diesen Schritt für notwendig, um sich endlich wieder wohl zu fühlen!

Genau das versuche ich meinen Eltern zu erklären. „Susanne wird von ihren Mitschülern gemobbt."

„So, so", ist alles, was Mama dazu sagt.

Und Papa zuckt bloß bedauernd die Schultern. „Das arme Mädchen."

Eine Zeit lang essen wir weiter, obwohl mir der Appetit inzwischen verdorben ist. Die kleinen Erbsen fühlen sich in meinem Mund wie dicke Kugeln an, die ich kaum herunterkriege.

Mutter fasst noch einmal nach. „Weshalb wechselt sie nicht einfach die Klasse?"

„Auf ihrer Schule gibt es nur eine Neunte."

Dazu scheint Mama nichts mehr einzufallen, aber mein Bruder, der unbeteiligt geschwiegen hat, schaut kurz von seinem Hackfleisch auf. Dabei zieht er eine betrübte Miene.

„Zocken geht gar nicht? Ohne zu sehen …"

Ist ja klar, dass für ihn nur so etwas zählt. Empört starre ich zu Kevin hinüber, bevor ich zugeben muss, mich mit meiner Einschätzung geirrt zu haben. Denn er schiebt noch einen Kommentar hinterher, der für ihn nicht nur untypisch lang ist, sondern auch klug durchdacht.

„Wenn ich nur blöde Jungs in meiner Hood hätte, wär ich echt aufgeschmissen! Wundert mich nicht, dass Susanne woanders hingehen will, wenn alle so scheiße zu ihr sind!"

Obwohl Mama seufzt, erspart sie uns eine Mahnung wegen der Schimpfwörter bei Tisch. Dafür bringt sie noch einige Bedenken vor.

„Meinst du nicht, dass auch die Eltern der sehenden Mitschüler Einwände hätten?"

Bestimmt nicht so idiotische wie du! Das hätte ich ihr gerne an den Kopf geknallt, aber irgendwie gelingt es mir, mich zusammenzureißen und die Atmosphäre nicht noch weiter zu vergiften. Das übernimmt schon meine Mutter für mich, indem sie nachlädt: „Immerhin könnte dieses Mädchen erheblich den Unterricht aufhalten!"

Darauf will ich etwas erwidern, doch von neuem mischt sich Kevin ein. „Wieso sollte das die Eltern stören? Müssen die mit ihr in einer Klasse sitzen oder ihre Kinder?"

Sonst hat er nie für irgendetwas, das mich interessiert oder mir sogar am Herzen liegt, Partei ergriffen. Aber mit einem Mal spricht Kevin genau das aus, was ich denke und es versetzt mir ein Gefühl von Stärke, nicht mehr alleine zu sein. Mit unschlagbaren Gegenargumenten stellt er sich Mama in den Weg, die ungerührt kontert.

„Alle Eltern müssen darunter leiden, wenn ihre Sprösslinge im Stoff zurückfallen."

„Sollen die doch Nachhilfe nehmen!", erwidert Kevin patzig. Als unsere Mutter ihm daraufhin einen strengen Blick zuwirft, weicht er keinesfalls aus, sondern verstärkt: „Ist doch kein Problem, wenn Sabrina der Blinden helfen will! Mal was ganz Neues! Eine Behinderte an der Schule!"

Fast bleibt mir der Mund offen stehen, denn bei uns galt nie das Prinzip, dass die Kleine unbestraft davonkommt. Aber Kevin nimmt einen Seitenwechsel vor, worüber sich Mama so sehr ärgert, dass sie mit der flachen Hand auf den Tisch schlägt. Ich zucke zusammen, als sie in meine Richtung grollt: „Versuch es, von mir aus! Ihr akzeptiert doch keine andere Meinung!"

Der scharfe Tonfall verletzt mich, weshalb ich schnell zu Papa schaue. Stumm hat er dagesessen und die Diskussion verfolgt.

„Also", greift er nun ein, „könnte sie bei euch überhaupt am Unterricht teilnehmen? Schließlich ist sie an einer Sonderschule."

„Re-al-schu-le!" Ich betone jede einzelne Silbe, während ich Papas Wortwahl korrigiere. „Sogar ein Jahr über mir. Außerdem halte ich Susanne für intelligent."

„Schlauer als du bestimmt!"

Kevin, dieser Depp, muss immer das letzte Wort haben! Und ich bin so naiv gewesen, jemanden zu loben, der sich innerhalb einer Sekunde in das größte Ekel zurückverwandeln kann.

Das heißt, so ganz stimmt das eigentlich nicht. Nett über mich zu reden, fällt ihm zwar immer noch schwer, aber zumindest bei meinen Freunden bringt er es fertig. Das hat er gerade tatsächlich bewiesen!

Für meine Eltern ist das Thema, wie ich Susanne unterstützen könnte, schon erledigt, denn beide wenden sich wieder ihrer Mahlzeit zu. Aber in meinem Hirn dreht sich ein Karussell und sobald es geht, muss ich mit Mona Kriegsrat führen.

BESTE FREUNDIN IMMER BESSER

2. MAI

Erst einmal spricht sie mit mir. Am nächsten Morgen verkündet sie ganz aufgeregt: „Du darfst dir für Samstag nichts vornehmen, verstanden?“

„Wieso? Hast du bei einem Casting mitgemacht und bist zum Recall eingeladen worden? Soll ich deine persönliche Managerin spielen?“

„Nein! es geht um dich!“

Oh Gott! Hoffentlich hat sie nicht »Verstehen Sie Spaß« auf mich angesetzt! Ungeduldig scharre ich mit den Füßen, aber Mona hält sich bedeckt

„Du wirst später mehr erfahren!“

Langsam komme ich mir vor wie im Glücksspiel. „Leute! Was habt ihr nur alle mit euren Geheimnissen? Du und Aylin! Schrecklich!“

„Wie Geburtstag oder Weihnachten“, meint Mona, „die Vorfreude ist immer die schönste Freude.“

Im Jugendzentrum bereiten wir unseren Spendentag für den MS-kranken Lukas vor. Um die Aufgaben zu koordinieren, setzt sich Petra, eine Sozialarbeiterin vom »Tollhaus«, mit uns zu einem Gespräch zusammen. Flyer müssen erstellt werden, die Simon, unterstützt von Aylin, kopieren und dann in der Stadt verteilen will.

„Werfen wir die Blätter einfach in Briefkästen?“ Aylin hört sich skeptisch an und auch Petra muss kurz überlegen, ehe sie vorschlägt: „Besser, ihr legt sie an strategisch günstigen Punkten aus. Bei Ärzten, in den Bibliotheken …“

Außerdem geht es darum, das Rahmenprogramm abzustecken. Oberbürgermeister Tobias Eschenbacher hat bereits zugesagt, dass er eine Rede halten wird und der Chor unserer Schule plant einen Auftritt, während sich andere um Essen und Getränke kümmern. »Vitamin GO« wird dabei ebenso aushelfen wie Herr und Frau Buchner, die Eltern von Lukas. Falls sich weitere Angehörige von MS-Patienten einfinden, wollen sie denen, mit Gesprächen und Infomaterial, beratend zur Seite stehen. So müssen wir nur noch die Schichten verteilen, damit auch der Standdienst reibungslos verläuft.

Ehrliche Bereitschaft sehe ich in den Gesichtern der anderen. Ihre Augen leuchten und die Helfer diskutieren zielorientiert, anstatt sich über Nebensächlichkeiten aufzuregen. Dass so viele Menschen sich mit Herzblut für die Sache engagieren, verursacht ein Gefühl in meinem Bauch, als würde ein junger Vogel fliegen lernen.

Nicht alle, die sich heute hier versammelt haben, kenne ich bereits, denn normalerweise gestalte ich meine Freizeit, ohne ins Jugendzentrum zu gehen. Aber Tim ist dort, wie ich überrascht – und irgendwie auch erfreut – feststelle. Er lächelt mir zu und ich grinse zurück, was Mona sofort aufmerksam macht.

„Kennst du den?“, wundert sie sich.

„Seit Montag.“ Schnell erzähle ich ihr von meiner neuen Bekanntschaft und dem Skate-Erlebnis, auch meinen Wettstreit mit Kevin lasse ich nicht unerwähnt.

„Sag Bescheid, wenn es so weit ist. Dann feuer ich dich an!“

Aktiv mitlaufen würde sie natürlich nie. Monas Stärken liegen im sozialen und künstlerischen Bereich, wie mir auch jetzt wieder bewusst wird. Nachdem ich einen Text entworfen habe, was am Sonntag wann und wo passiert, schmückt Mona ihn mit Frühlingsmotiven: Eine Pfingstrose entsteht, dazu mehrere Maikäfer.

Mit großer Hochachtung bewundere ich ihre Bilder, schließlich gehört Mona zur Arbeitsgruppe Kunst, wo Schüler ihre Kreativität entfalten können. Das befürworten ihre Eltern nicht nur, sondern unterstützen sie sogar. Zum Beispiel hat ihr Vater eine eigene Staffelei für Mona gebaut. Keine große Herausforderung, nachdem er sein Geld als

Schreiner verdient, doch er fördert das Talent seiner Tochter und davon sind meine Eltern kilometerweit entfernt. Gerne würde ich mich bei einer Theatergruppe anmelden oder im Schulchor singen, moderne Popsongs, manchmal auf der Bühne von Instrumenten begleitet. Aber meine Eltern vertreten einen klaren Standpunkt, protestieren gegen jede Betätigung, die regelmäßig stattfindet und mich deshalb, nach ihrer Auffassung, zu viel Zeit kosten würde.

„Ständig diese Proben!", ereiferte sich Papa, „und wenn ein Auftritt bevorsteht, sogar während des Unterrichts! Wie willst du da den Stoff nachholen?"

Doch mein Herzblut für die Spendenaktion gefällt ihnen gut, immerhin könnte es in meinem Zeugnis positiv vermerkt werden, dass ich mich für einen Schwächeren eingesetzt habe; eine solche Belobigung wäre ihnen wichtig. Natürlich äußern sie sich nicht direkt dazu, aber Mama deutete ihre Vorstellungen an.

„Vielleicht interessierst du dich für eine Lehre als Kinderpflegerin. Oder du betreust einmal Senioren …"

Um nicht etwas Falsches zu erwidern, presste ich die Lippen aufeinander. Muss erst jemand an MS erkranken, damit ich mich ein bisschen engagieren darf? Wenn ich unsere Lehrer frage, zeichnet es jeden Schüler aus, freiwillig an einer Arbeitsgruppe teilzunehmen. Nur legen meine Eltern die Messlatte so hoch, dass sie das total vergessen und Kevin macht sich nichts daraus, in einer AG zu glänzen.

Zusätzlich zu Latein hat er für dieses Jahr spanisch gewählt, was er weniger bereut; denn diese Sprache kann man wenigstens noch kommunikativ verwenden. Allerdings dürften wir dafür nicht jedes Jahr nach Kroatien reisen, sondern auch einmal die Costa del Sol erkunden; oder Paris besichtigen, denn ich habe in der Siebten den Französischzweig genommen, um ein Hauptfach wie Mathe oder BWR – Betriebswirtschaft und Rechnungswesen – zu vermeiden.

In der nächsten Pause wollen Mona und ich mit der Rektorin sprechen, kommen aber nur zu Frau Fischer, ihrer Sekretärin. Interessiert hört sie sich an, was Mona über Susanne erzählt.

„Können wir gleich rein zu Frau Dillner?“, drängle ich. Doch die Vorzimmerdame muss mich enttäuschen.

„Gerade hat sie schon Besuch. Ich richte ihr aber aus, dass ihr hier gewesen seid und melde mich dann wieder bei euch.“

Nachdem ich deutlich mehr erwartet habe, schlurfe ich bedrückt zum Klassenzimmer.

Ich zähle nicht zu den schlechten Schülern, glänze aber auch nur selten mit meinen Leistungen, überwiegend bringe ich Dreier und Vierer mit nach Hause. Da ich mir Jahreszahlen genauso wenig merken kann wie die Auflösung von Gleichungen, stresst mich auch der Geschichtsunterricht. Und am Freitag überrascht uns Frau Gumplmeier mit einer Stehgreifaufgabe! Während die meisten um mich herum geschäftig schreiben, kann ich nur wenige Fragen beantworten. Mal bringe ich ein paar Wörter, dann zwei, drei Sätze zu Papier, bevor ich wieder ins Stocken gerate. Wenn das so weitergeht, muss ich noch aufpassen, dass mich die Lehrer am Ende des Schuljahrs nicht zu einer Ehrenrunde einladen.

Sobald die Glocke ertönt, springe ich auf. Aylin packt ebenso schnell ihre Sachen und ruft mir ausgelassen zu: „Wer als Erste beim Fahrradständer ist!“

Die kann sich freuen, schließlich ist sie ein Ass in Geschichte! Mürrisch verlasse ich den Klassenraum und mache mir gar nicht erst die Mühe, mich zu beeilen. Diesen Wettkampf würde Aylin so oder so gewinnen!

Tatsächlich schließt sie bereits ihr Rad auf, als ich angeschlurft komme. Hinter mir trottet Mona heran.

„Was ist denn los? Hast du die Ex versemmelt?“, erkundigt sich Aylin.

„Noch viel schlimmer“, brumme ich und fummle an dem Schloss herum, das sich dummerweise verhakt hat, während Aylin ihren Drahtesel schon aus dem Ständer schiebt. Wir haben beschlossen, uns auch auf diese Weise sportlich zu betätigen, doch Mona setzt sich lieber in den Bus.

„Würde dir auch nicht schaden, in die Pedale zu treten“, frotzelt Aylin, woraufhin Mona heftig den Kopf schüttelt.

„Ich betätige mich lieber geistig. Und vielleicht habe ich da was, das dich aufheitert“, wendet sie sich mir zu.

„Was denn?“

„Wir machen morgen einen Ausflug. Wir fahren …“ Um die Spannung zu erhöhen, schiebt Mona eine Pause ein. Fast will ich sie mit meinem Helm bewerfen, doch sie ergänzt: „Zu einem Reiterhof.“

BRUNFTSCHREIE ZWISCHEN PFERDEGEFLÜSTER

3. MAI

Pferde sind mein Leben! Wie lange schon träume ich davon, endlich Reitstunden zu nehmen? Und wie oft bin ich daran gescheitert, weil mich niemand hin kutschieren konnte! Wie Luftballons, in die jemand eine Nadel sticht, sind meine Wünsche zerplatzt. Jedes Mal mit einem lauten Knall, aber jetzt springe ich freudig auf der Stelle.

„Wow! Das ist voll cool!"

Doch eine boshafte Stimme in mir hält einen Monolog, dass meine Erziehungsberechtigten das niemals erlauben würden. Mona ging schon regelmäßig zum Reiten, als wir noch die Grundschule besuchten und ich bettelte, ja ich flehte meine Eltern an, weil ich unbedingt dabei sein wollte. Aber sie blieben hart und kalt wie zwei Eisblöcke.

„Viel zu gefährlich", argumentierte mein Vater, „du könntest runterfallen und dir sämtliche Knochen brechen!"

Obwohl ich meinte, dass er übertrieb, ließ sich nichts ändern. Denn meine Mutter unterstützte ihn.

„Du solltest lieber lernen, als den Gestank nach Mist in unsere Wohnung zu bringen!"

„Pferde riechen gut", protestierte ich, „und ich nehme auch nur ein Pony, das ist nicht so hoch."

Außerdem wäre Monas Mutter vor Ort, eine Lehrerin von der Reitschule würde die Führung übernehmen. Aber mein Vater ließ sich nicht erweichen.

„Reitstunden sind viel zu teuer“, stellte er fest, womit die Diskussion für ihn beendet war.

Als mir das nun durch den Kopf geht, ist meine Euphorie gedämpft, immerhin muss ich mir den Unterricht noch leisten können. Schnell frage ich Mona: „Wie viel kostet der Spaß?“

Aber sie macht nur eine abwehrende Handbewegung. „Für dich nichts.“

„Wie? Ist die Schnupperstunde frei?“

„Nein, aber ich bezahle sie dir. Weil dir Ablenkung von deinem Liebeskummer gut tun würde! Und am besten geht das mit Tieren!“

„Genauso wie Referate“, wirft Aylin dazwischen.

Ich bin so überwältigt, dass mir nicht einfällt, wie ich mich bei Mona bedanken soll. In mir drinnen wird alles ganz leicht, während ein Prickeln über meine Haut läuft.

„Wann geht es los?“, bringe ich hervor.

Mona erklärt, dass sie für elf Uhr einen Termin vereinbart hat. Früher wäre das auch gar nicht denkbar, denn am Wochenende schläft sie meist bis zehn.

Allerdings liegen Reiterhöfe selten in der Nähe einer öffentlichen Verkehrsanbindung. Deshalb wird Frau Steiner, Monas Mutter, mich zu Hause abholen.

„Und das ist wirklich okay?“

Mona nickt. „Sie hat Zeit und die verbringt sie doch gerne mit uns. Vielleicht schließt sich auch Susanne an.“

Ich kriege große Augen. „Weiß sie das schon? Will sie überhaupt reiten?“

Bisher hat sie nie erwähnt, dass ihr Pferde etwas bedeuten. Und Mona druckst ein wenig herum.

„Na ja … Ich hab sie vorhin erst angerufen und es ihr erzählt.“

„Du hast sie genauso auf die Folter gespannt wie mich?“, hake ich mit gespielter Entrüstung nach.

„Aber klar!“, bekräftigt Mona mit funkelnden Augen, „so viel, wie ihr miteinander abhängt! Da konnte ich nicht riskieren, dass sie sich verplappert!“

Ich lache vergnügt, bis mir auffällt, dass Mona wieder ernst geworden ist.

„Susanne", berichtet sie, „fühlt sich ein bisschen gehemmt. Sie hatte noch nie mit Pferden zu tun und weiß nicht genau, wie sie mit ihnen umgehen soll. Deshalb überlegt sie noch, ob sie morgen mitkommt."

„Das kann ich verstehen. Aber es wäre trotzdem schade, wenn sie zu Hause bleiben würde."

„Dann machen wir uns einen schönen Tag!", verspricht Mona.

Ich nehme ihr den Drahtesel ab und schwinge mich in den Sattel, Aylin steigt ebenfalls auf. Während wir losfahren, rufe ich Mona dankbar zu: „Längst nicht so bequem wie ein Pferderücken.!"

Am Abend zuvor hat Papa Nudeln mit Tomatensoße gekocht. Eigentlich rechne ich damit, dass ich mir einen Teller voll aufwärmen muss und das Essen schnell hinunterschlinge, um hinterher Susanne anzurufen. Weder Kevin noch meine Eltern dürften in der Wohnung sein, deshalb hätte ich das Telefon für mich. Sonst wird es immer mit Businessgesprächen belegt, weil Mama ihre Karriere vorantreiben will. Oder Papa muss dringend etwas Geschäftliches klären.

Heute sitzt er, zu meiner großen Überraschung, am Küchentisch und schlürft Kaffee.

„Also …" Nervös trete ich von einem Fuß auf den anderen. „Da wäre noch etwas …"

Papa hebt fragend eine Augenbraue. Gleichzeitig verdüstert sich seine Miene, als ob er eine Katastrophe befürchtet.

Um es hinter mich zu bringen, presse ich heraus: „Mona will mich morgen auf den Reiterhof einladen!"

Schnell füge ich hinzu, dass ihre Mutter uns fährt und ich auch sonst von allen Umständen und Kosten befreit bin. Aber Papa zögert mit der Antwort. Keine Ahnung, wie ich reagieren würde, wenn er jetzt nein sagt. Meine Hände zittern vor Aufregung und ich kann nur hoffen, dass Papa gnädig gestimmt ist.

Er nimmt noch einen Schluck von dem schwarzen Gebräu, bevor er seufzt. „Irgendwann musste das ja kommen und ich denke, du bist inzwischen alt genug. Aber wenn du stürzt …“

„Warum gehst du immer vom Schlimmsten aus?“

Meine Stimme wird etwas lauter, sodass Papa die Augen verdreht. Mürrisch weist er mich zurecht, da schlendert Kevin herein. Ausgerechnet jetzt, als der Hausherr mich zusammenfaltet!

Aber Kevin scheint uns nicht zu beachten, weil ihn der Kühlschrank lockt. Um von Papa abgelenkt zu sein, beobachte ich, wie mein Bruder den Topf mit der Pasta herausnimmt. Schon häuft er eine große Portion auf seinen Teller.

„Lass mir was übrig“, maule ich ihn an.

„Damit du groß und stark wirst. Und morgen nicht vom Pferd fällst!“

Ich bin es nicht gewöhnt, dass Papa mich verspottet. Deshalb glaube ich, er könnte mir den Weg verbauen, obwohl doch alles gut organisiert ist.

Kevin schiebt seine Nudeln in die Mikrowelle. Als das Gerät surrt, lehnt er sich gegen die Arbeitsplatte und runzelt die Stirn.

„Du willst reiten?“

„Ja! Dafür würde ich heute den ganzen Abend lernen!“

„Und morgen keine Schokolade essen!“, setzt Kevin die Messlatte höher.

Ich nicke energisch. So sehr brenne ich für Monas Idee, dass mir irgendwie auch das gelingen würde.

Ohne einmal Luft zu holen, erzähle ich Kevin, wie unser Ausflug im Einzelnen geplant ist. Scheinbar unbeteiligt rollt er Spaghetti auf die Gabel. Obwohl mir ein Duft von frischen Kräutern in die Nase steigt, könnte ich keinen Bissen runterkriegen.

„Jetzt wird es wieder nichts“, schließe ich. Tränen verschleiern mir den Blick, die Verzweiflung, die mich überrollt, zeichnet sich wohl auch in meinen Zügen ab. Denn Kevin nuschelt zwischen zwei Bissen, wobei ihm die Tomatensoße übers Kinn läuft: „Alleine?“

„Was?“ Papa hebt erstaunt den Kopf und auch ich bin mir nicht sicher, ob ich das richtig verstanden habe. Eilig schluckt Kevin herunter, um seinen Standpunkt klar und deutlich mitzuteilen.

„Frauen alleine? Nicht gut! Ihr braucht ’nen starken Mann im Team!“

„Und wer soll das sein?“

Ich greife nach einer Flasche mit Apfelsaft, während sich Kevin die Nudeln in den Mund stopft, wodurch seine Aussprache wieder verwischt. „Na, ich natürlich!“

Perplex starre ich ihn an. „Du?“

„Achtung! Dein Glas!“

Tatsächlich ist es bis zum Rand gefüllt. Schnell ziehe ich die Flasche zurück, damit nichts überläuft, dann stiere ich weiter zu meinem Bruder hinüber. Wenn wir Mädels etwas unternehmen, kommt der auf keinen Fall mit! Dieser faule Trottel, der immer nur an seinem Computer klebt und sicher noch spielsüchtig wird …

Erbost balle ich eine Hand zur Faust. Will der uns die Laune verderben? Oder sich über mich lustig machen, falls mir auf dem Pferderücken ein Missgeschick passiert?

„Ohne mich“, plustert er sich auf, „müsstest du jetzt Saft wegwischen.“

„Hmm.“ Papa zupft an seiner Unterlippe wie ein Börsenmakler, der eine wichtige Entscheidung treffen muss. Es steht ja auch einiges auf dem Spiel.

Auch Kevin sieht vollkommen ernst aus. „Morgen warne ich dich bei Gefahr. Oder fange dich auf, bevor du vom Pferd fällst.“

„Schwachkopf!“, versetze ich, „du hast doch keine Ahnung von Pferden! Weißt nicht mal, wo da hinten und vorne ist!“

Aber er lächelt nur in sich hinein, als hätte er den Hauptgewinn bei einem Preisausschreiben gewonnen. „Ich würde Susanne kennen lernen.“

Für sie hat er sich schon einmal stark gemacht und in seinen Augen kann ich sehen, dass er das aufrichtig meint. Er stellt sogar seinen Teller beiseite, der noch halb voll mit Spaghetti ist.

„Mit mir lässt du Sabrina fahren. Oder?“, bittet er Papa um Erlaubnis.

Zwischen dessen Augenbrauen hat sich eine tiefe Falte eingegraben, deshalb halte ich den Atem an. Wenn er jetzt ablehnt, ist wirklich alles verloren.

Doch dann ziehen sich seine Mundwinkel nach oben. Ein wenig nur, aber ich bemerke es sofort und in meiner Brust löst sich jede Spannung. Fast kommt es mir vor, als könnte ich fliegen.

„Jaah! Super! Danke!“

Ich stürze auf Papa zu, um ihn heftig zu umarmen. Und er lacht, während er mich behutsam wieder zurückschiebt.

„Du erdrückst mich ja noch!“

„He! Was ist mit mir?“, jammert Kevin, „nur meinetwegen darfst du mit!“

Genau genommen hat er Recht, das so zu sagen. Trotzdem widerstrebt es mir, auch meinem Bruder um den Hals zu fallen. Verunsichert schiele ich zu ihm hin, worauf er zurückgrinst. So breite ich die Arme aus und lächele ihn an.

Kevin nickt zufriedengestellt, wahrscheinlich will auch er keine Berührung mit mir. Aber Papa hat ihm noch etwas zu sagen, weil in unserem Haus nichts passieren kann, ohne die Zukunft der Kinder zu beachten.

„Sicher lernst du viel über das Leben der Huftiere und verbesserst deine Note in Biologie. Das wiederum kann sich günstig auf deine Pläne auswirken, Medizin zu studieren. Vielleicht wird eines Tages ein guter Tierarzt aus dir!“

Himmel, bin ich in der Berufsberatung eines Arbeitsamtes gelandet? Meine Eltern sind fast immer gegen alles, aber wenn es nur im Entferntesten darum geht, dass wir uns weiterbilden könnten, lassen sie sich nicht mehr stoppen. Vielleicht, überlege ich, haben wir Papa ja damit geknackt.

Während Kevin die Konsequenzen erduldet, flitze ich aus der Küche und schnappe mir das Telefon. Ich will endlich Susanne anrufen. Aufgeregt wähle ich ihre Nummer, die ich inzwischen auswendig weiß.

„Hallo?“, meldet sich eine helle, junge Stimme, vermutlich die von Patty. Bis Susanne an den Apparat kommt, wippe ich mit meinem Schreibtischstuhl vor und zurück. Dann sagt sie etwas atemlos: „Nett, dass du dich meldest. Aber Celi ist gerade zu Besuch, deshalb geht es hier richtig rund.“

„Dann nur ganz kurz. Bist du morgen dabei? Hast du dich entschieden?“

„Also …“ Mit einem Mal wirkt sie nicht mehr so fröhlich, sondern eher bedrückt. Oder würde sie sich schämen abzusagen?

„Ich bin ein paar Mal bei Volksfesten geritten, aber das zählt nicht.“

„Hast du denn Angst vor Pferden?“, will ich nun wissen.

„Nein“, erwidert sie ernst, „ich glaube, das sind wirklich tolle Tiere, nur meistens ziemlich groß. Und wenn sie mich abwerfen …“

„Fliegst du direkt in Kevins Arme.“ Ich kichere albern, bevor ich ihr erzähle, wie sich die Dinge hier entwickelt haben. Außerdem könnte der Einsatz von Frau Steiner helfen.

„Sie hat extra beim Reiterhof angerufen, um für dich anzufragen. Und die Lehrer haben Erfahrung mit behinderten Schülern.“

Dennoch wirkt Susanne wenig überzeugt. „Mit einem blinden Huhn können die sicher nichts anfangen.“

Beinahe muss ich lachen, denn Susanne nimmt sich selbst immer so herrlich auf die Schippe. Im Moment hört es sich aber nach richtigen Zweifeln an.

STROH IN DER KAPUZE

4. MAI

Obwohl ich früh ins Bett gegangen bin, wälze ich mich um ein Uhr nachts noch hin und her, als wäre die Matratze steinhart und unbequem. Ein paar Mal bin ich sogar wieder aufgestanden, um ein Glas Wasser zu trinken, doch die Unruhe in mir lässt nicht nach. Was, wenn Susanne sich gedrängt fühlt? Wenn sie bloß einwilligt, uns zu begleiten, um mich nicht zu enttäuschen?

Schnell schicke ich ihr eine SMS, aber wahrscheinlich schläft Susanne längst. So verstanden ist es doch ein gutes Zeichen, dass sie erst einmal nicht antwortet.

Trotzdem bin ich nervös und gleichzeitig erfüllt von unbändiger Vorfreude, endlich reiten zu dürfen. Weil das Durcheinander in mir eine Mischung ergibt, die mich noch wahnsinnig macht, schreibe ich auch Tim:

»Der Mond scheint hell durchs Fenster und ich liege wach. Bin schon so aufgeregt wegen meiner Reitstunde! Schade, dass du nicht dabei sein kannst.«

Nur ein paar Sekunden später blinkt der Balken auf, dass Tim bei WhatsApp online gekommen ist. Er hat sich noch ein paar DVDs angeschaut und darüber die Zeit vergessen. Müde fühlt er sich allerdings auch nicht.

»Vielleicht ist es ja der Mond, der uns nicht schlafen lässt«, spekuliert er zwinkernd und ergänzt, wie sehr er sich für mich freut, weil ich so eine super Freundin wie Mona habe. Eine, die das Unmögliche wahr werden lässt!

Seine Worte verschieben bei mir den Fokus, allmählich werde ich ruhiger. Und als Tim mich bittet, ihm morgen meinen Erfolg zu zeigen, verspreche ich, dass ich ein Selfie senden werde. Vielleicht lasse ich das Bild ja auch vergrößern, um es anschließend einzurahmen und über meinem Schreibtisch aufzuhängen.

Wenige Stunden später bin ich schon wieder auf den Beinen. Vielleicht stimmt es ja, dass es nicht um die Menge geht, die man schlummert, sondern um die Qualität des Schlafs. Jedenfalls fühle ich mich ausgeruht, während ich fieberhaft meinen Kleiderschrank durchwühle, um passende Klamotten für die Reitstunde zu finden. Außer einer durchlöcherten Jeans habe ich fast nur Wäsche in meinem Bestand, die nicht schmutzig werden darf, zumindest wäre meine Mutter strikt dagegen. Fast höre ich schon ihre schrille Stimme: „Wie der Mist von diesen Gäulen stinkt und der Pferdesabber macht überall Flecken! Die gehen nie wieder raus!"

Meiner Meinung nach übertreibt sie gewaltig, aber ich kann doch froh darüber sein, dass sie immer meine Kleidung wäscht und bügelt. Zusammenlegen muss ich sie selbst, dafür fehlt Mama die Zeit. Sie hat mir sogar aufgetragen, das auch für Kevin zu übernehmen und häufig beklagt sie sich: „Ich mache sowieso schon mehr als genug für euch!"

Deshalb falte ich seine T-Shirts, bevor ich sie ordentlich wegräume, damit das Chaos in seinem Zimmer halbwegs überschaubar bleibt.

Aus meinem Schrank ziehe ich schließlich eine sportliche Hose, ein grünes T-Shirt und eine Sweatjacke heraus. Hoffentlich kann man am Stall einen Reithelm ausleihen. Stiefel besitze ich auch keine, also müssen die Turnschuhe genügen, die ich im Fitnessstudio getragen habe.

Warum ist Mona nicht schon eher mit ihrem Plan gekommen? Dann hätte ich den ganzen »Ottenburger Pferdesport« nach einer passenden Kluft durchkämmt; und Mama zur Verzweiflung getrieben, sobald ich mit der Frage angekommen wäre, ob sie die Rechnung bezahlt.

Ich kichere vergnügt, da läutet plötzlich mein Handy. Als ich erkenne, dass Susanne mit mir sprechen will, beschleunigt sich mein

Pulsschlag. Ich habe ihr so vieles zu erklären und kann bloß hoffen, dass ich auch die richtigen Worte finde, anstatt nur blöde herumzustammeln.

Zunächst sieht es nicht danach aus, denn ich krächze eine Begrüßung, als wäre ich furchtbar erkältet.

„Sabse?", vergewissert sich Susanne.

„Ja. Hi."

„Ich hab's mir überlegt, ihr könnt mich gerne abholen", gibt sie durch.

„Ehrlich? Aber … Wenn du nicht willst …"

„Doch, doch", beteuert sie und ihre Stimme klingt dabei so unbeschwert, dass ich erleichtert aufatme. Vor uns liegt ein wundervoller Tag!

Mona und ihre Mutter holen uns ab, dann fahren wir nach Attaching, um Susanne einzusammeln. Und weiter geht es Richtung Hallbergmoos. Ich bin ganz zappelig und obwohl Frau Steiner nicht gerade bummelt, scheint die Zeit für mich fast stehen zu bleiben. Dafür geht die Reitstunde vorbei, als hätten sich die Zeiger meiner Armbanduhr im Eiltempo bewegt. Natürlich satteln wir hinterher die Pferde ab und bringen sie zurück in ihre Boxen. Susanne darf Sternchen alleine führen, wird aber von Iris, als Leiterin der Reitschule, gelotst.

„Rechts", weist sie meine Freundin an. Oder: „Geradeaus."

Währenddessen wirkt Susanne höchst konzentriert, aber auch zufrieden. Die beiden, Pferd und Reiterin, harmonieren prächtig miteinander und es macht mich froh, dass Susanne so schnell Vertrauen fassen konnte.

Nach dem Frühstück habe ich noch eine Hand voll Zuckerstückchen stibitzt, ausnahmsweise eine Süßigkeit, die ich nicht selbst verschlingen möchte. Und zum Ausgleich hat Susanne, als wäre das abgesprochen gewesen, ein paar Äpfel mitgenommen. Jetzt hält sie Sternchen den ersten hin, die kurz daran schnuppert. Schon verschwindet das Obst in ihrem Maul, doch Kevin warnt: „Pass auf, dass sie dich nicht beißt."

Susanne ist ganz unbesorgt. „Bestimmt nicht. Die weiß schon, wie sie an die Leckerbissen kommt."

Votan, den ich geritten habe, beugt sich inzwischen über einen Wassertrog. Daraus süffelt er wie ein Kamel nach einem mehrtägigen Wüstenmarsch.

„Was hast du denn mit dem gemacht?"

Obwohl Kevin mir nur spielerisch in die Seite piekst, fühle ich mich provoziert. Nur will ich mich nicht von ihm ärgern lassen, weil dieser Tag mir viel zu gut gefällt, um ihn zu verdüstern.

Glücklicherweise hat mein Bruder etwas Feingefühl entwickelt, sodass er mir die Auszeit gönnt. Er schlendert zur Stalltür hinüber, wo er gelangweilt stehen bleibt, solange wir Mädels uns noch von den Tieren verabschieden.

„Ich würde gerne länger bleiben", stelle ich fest und Wotan schnaubt, als würde er zustimmen.

„Wir können doch wiederkommen", schlägt Mona vor.

In Susannes Augen leuchtet es auf. „Oh ja! Dann steige ich auch in den Sattel!"

Wie wir unser Vorhaben finanzieren wollen, bleibt allerdings noch ungeklärt. Im Moment mag ich darüber nicht sprechen, aber ich streife zumindest den Gedanken, dass ich so bald wie möglich einige Euros verdienen sollte. Außerdem könnte ich Papa darum bitten, mein Taschengeld zu erhöhen. Immerhin würde ich das nicht für den gewöhnlichen Süßkram ausgeben, sondern Sport treiben.

Noch ein letztes Mal, während sich in meinem Kopf bereits die nächsten Pläne formen, streiche ich Bingo über die Flanke. Freundschaftlich stupst er mich an.

„Bis bald", flüstere ich.

Mona hat sich bereits losgerissen, um sich neben Kevin zu stellen. Hinter Susanne und mir schließt Iris den Holzverschlag. Gerade wollen wir uns abwenden, als Mona einen spitzen Schrei ausstößt. Eine Sekunde später wird metallenes Gepolter laut.

Erschrocken wirbele ich herum, doch auch die Pferde reagieren. Einige von ihnen fangen an, in den Boxen herumzustampfen, während andere sogar unkontrolliert gegen die Bretter treten. Dabei wiehern sie laut und beunruhigt.

Sobald Iris versucht, die Tiere wieder zu besänftigen, schaue ich mich nach Mona um. Auf dem Boden kullern etliche Blechschüsseln umher, die vorher zu einem Turm aufgestapelt waren. Entweder hat sie die Futternäpfe umgestoßen oder Kevin, denn der steht verdattert an der Tür. Das Strohbündel, das seine Hände umschließen, hat er bestimmt aus einem der aufgeschichteten Säcke genommen. Seine geröteten Wangen bestätigen meinen Verdacht, nur warum hat Mona so geschrien?

Bevor ich danach fragen kann, platzt Clara herein, eine der Reitlehrerinnen. Offensichtlich ist der Tumult bis zu ihr durchgedrungen und jetzt schaut sie so finster zu Kevin, dass mich ein Frösteln überläuft.

„Bist du verrückt?“, blafft sie ihn an.

„Sorry“, murmelt er zerknirscht, „hab nicht gewusst, dass die Viecher gleich ausrasten. Wollte nur Spaß machen.“

„Das hätte ins Auge gehen können! Und auf dich wäre eine horrende Summe zugekommen“, faucht Clara, „für die Reparatur unserer Boxen.“

„Aber …“ Mir erschließt sich immer noch nicht, wie das alles zusammenhängt. Mona hat doch die Pferde erschreckt, nicht mein Bruder. Mittlerweile scheint sie sich von ihrem Schock erholt zu haben.

„Kevin, du böser Schlingel!“, sagt sie keck, da sie eine beträchtliche Menge Stroh aus ihrem Jackenkragen zieht. Und endlich begreife ich, was hier passiert sein muss.

Im nächsten Moment lacht meine Freundin so herzhaft los, dass Clara nichts anderes übrig bleibt, als Mona und Kevin aus dem Stall zu scheuchen. Iris seufzt: „Diese Jugend heutzutage!“

Da kocht die Wut in mir hoch. Wegen des dämlichen Verhaltens meines dummen Bruders können wir womöglich nie wieder hier her! Obwohl ich beschlossen habe, mein Taschengeld nur noch in Tierfutter und meine Reitstunden zu investieren!

„Ich rede mit ihm!“

Aber Susanne legt eine Hand auf meinen Arm. „Vielleicht ist es besser, wenn wir …"

Ich stürme bereits davon, weil ich ganz in der Nähe sein Gelächter vernehme. Keine Ahnung, wann Kevin sich zuletzt so amüsiert hat, ohne mich zu verspotten. Nur hilft es mir nicht, dass er mich heute verschont. Erst hat er sich im Stall zu einer fahrlässigen Alberei hinreißen lassen und jetzt ist das schon wieder vergessen?

Auch Mona höre ich glucksen. Dass sie unvernünftig handelt, kann ich mir noch weniger erklären als Kevins Idiotie. Doch einer von beiden hat die Strohattacke fortgesetzt und nun ist eine richtige Schlacht im Gange. Die zwei kugeln und toben herum, als gehöre ihnen alles. Allerdings hockt eine weiß gefleckte Katze neben den letzten Halmen, vermutlich hat sie das Stroh als gemütliche Höhle genutzt. Die Eigentümerin vertrieben zu haben, stört Mona und Kevin nicht im Geringsten.

„Seid ihr noch zu retten?", kreische ich.

Während Kevin von meinem Protest vollkommen unberührt bleibt, hält Mona in der Bewegung inne. Langsam dreht sie den Kopf in meine Richtung, dabei wirkt sie sogar ein bisschen beschämt. Als mir dieser Ausdruck in ihren Zügen bewusst wird, schlucke ich meinen Zorn herunter, obwohl das alles andere als leicht ist.

Von hinten höre ich Susannes Blindenstock klackern, bevor sie anregt: „Wir sollten lieber nach Hause fahren."

„Okay."

Eilig läuft Mona zu dem Café, wo ihre Mutter mit einem Buch die Wartezeit überbrückt hat. Aber die Stimmung im Auto ist angespannt. Wir sprechen nur wenig miteinander, sodass ich erleichtert aufseufze, als Frau Steiner uns zu Hause absetzt.

Morgen findet die Spendenaktion für Lukas statt, worauf ich mich schon freue. Auch Mona wird dabei sein und wenn ich so darüber nachdenke, hat sie in den letzten Tagen richtig viel für mich gemacht. Da sollte ich ihr den Ausrutscher von heute Nachmittag verzeihen.

KLEINER WILDFANG GANZ GROSS

5. MAI

In der Aula drängen sich die Menschen, darunter Persönlichkeiten aus der Region. Von Fotos erkenne ich Florian Wildgruber wieder, einen Triathleten und Sportpsychologen, der sich für benachteiligte Kinder einsetzt. Außerdem fällt mir der Geschäftsführer von »Pustet« auf. So lasse ich den Blick schweifen, während unser Bürgermeister den Spendentag mit einer kurzen Rede einläutet, über gesellschaftliche Verantwortung und Engagement. Obwohl mich Politikergequatsche normalerweise langweilt, finde ich es heute würdevoll, wie Herr Eschenbacher hoch gewachsen und mit ernster Miene auf dem Podium steht.

Danach singt der Schulchor eine Acapellaversion zu »Wir sind groß« von Mark Forster. Es klingt so schön, dass ich neidisch werde, weil ich selber nicht mitwirken darf. So schließe ich die Augen und lausche verträumt.

Dann stößt mich Mona in die Seite, weil Lukas auf die Bühne kommt. Simon schiebt ihn mit dem Rollstuhl eine mobile Rampe hoch, die extra angebaut worden ist. Dann steht er links nebenseinem kleinen Bruder und nimmt die Kinderhand in seine. Mich berührt diese Geste von Zusammenhalt zwischen den Geschwistern.

Hinter ihnen haben sich die Eltern positioniert, Herr und Frau Buchner. Sie sieht müde aus und Tränen schimmern in den schönen Augen, während ihr Mann den typischen Vaterstolz verkörpert. Jedem Jungen legt er eine große, kräftige Hand auf die Schulter.

Inzwischen stellt ein Helfer so das Mikrofon ein, dass Lukas' Stimme gut zu hören ist, als er zu reden beginnt. Sofort brechen alle übrigen Unterhaltungen ab.

„Danke, dass so viele gekommen sind, weil ich MS habe.“ Seine Sprechweise klingt hell, aber auch ein bisschen zittrig. Offen schauen seine blauen Augen in die Runde, vielleicht auf der Suche nach bekannten Gesichtern und Aylin reckt schnell einen Daumen nach oben.

„Diese Krankheit“, fährt Lukas fort, „hat mir den Thron hier geschenkt. Ich bin nämlich ein König und mein Bruder ist mein Hofmarschall.“

Allgemein ertönt Gelächter in den Reihen. Selbst über Frau Buchners Lippen kommt ein kleines Lächeln.

„Aber wisst ihr, was blöd ist? Ich kann oft nicht in die Schule gehen, weil ich zum Arzt oder ins Krankenhaus muss. Oder weil …“

Die nächsten Worte gehen in einem schrillen Pfeifen unter, das mir in den Ohren schmerzt, auch Lukas verzieht sein rosiges Kindergesicht. Schnell eilt jemand auf die Bühne, um das Mikrofon zu überprüfen.

„Bestimmt eine Rückkopplung“, murmelt Susanne neben mir. Doch ich achte mehr auf Lukas, wie er sich unsicher eine schwarze Locke hinters Ohr streicht.

„Oft … Oft habe ich Schmerzen in den Händen. Das kribbelt dann so komisch … Aber Stupsi beschützt mich.“

Aus der Armlehnentasche, die an seinem Rollstuhl hängt, zieht er einen grünen Stoffhasen heraus. Mir fallen gleich die süßen Kulleraugen auf, während ein vielstimmiges „Ooh“ den großen Saal erfüllt.

„Den hat mir mein Bruder geschenkt, ohne Simon wäre ich heute nicht hier. Aber jetzt können wir Waffeln essen und Kekse und ganz viel anderes, leckeres Zeug. Ihr dürft auch gerne zu mir kommen, damit Stupsi und ich euch erzählen, wie das so ist als König mit MS.“

Für ein paar Sekunden breitet sich Stille aus, doch Simon wirkt immer noch angespannt. Herr Buchner tritt einen Schritt nach vorne, auf das Publikum zu. Dabei breitet er die Arme aus.

„Unser Lukas ist ein starker Kerl, auf keinen Fall will er bemitleidet werden. Trotzdem könnten wir Ihre Hilfe gebrauchen, weil es ihm wirklich schlecht geht.“

Seine Stimme ist tief und mich überrascht, dass sie sich so fest anhört, denn die Emotionen zeichnen sich deutlich ab. Und Frau Buchner wischt sich verstohlen mit dem Handrücken über die Augen.

Als Lukas von der Bühne fährt, brandet ein Applaus auf, wie ihn die Aula bisher nicht erlebt hat; zumindest nicht, solange ich zur Karl-Meichelbeck-Realschule gehöre. Alle stehen auf, stampfen mit den Füßen und jubeln der Familie zu. Lukas, der strahlend mit seinem Hasen auf dem Königsstuhl sitzt und Simon, einen Arm um die Schultern des Jüngeren gelegt. Ich muss an Kevin denken und daran, wie wenig Platz jeder von uns für den anderen findet. So lange ich zurückdenken kann, gehen wir wie Fremde miteinander um, obwohl wir doch Geschwister sind. Gestern auf dem Reiterhof hat er zum ersten Mal ein paar Stunden mit mir verbracht, ohne sich über meine Anwesenheit aufzuregen.

Wieder werde ich von Mona angetippt und in die Gegenwart zurückgeholt. Aylin, zwei Plätze weiter, wippt unentwegt auf ihrem Stuhl herum.

„Los, lasst uns zu Simon und Lukas gehen!."

Offensichtlich kann sie es überhaupt nicht mehr erwarten. Zwar sind die beiden von Leuten umringt, aber wir schlängeln uns nach vorne. Auch Susanne, der ich von meinem Engagement erzählt habe, wollte uns gerne begleiten.

Einige Personen, die noch sitzen, murmeln etwas Unverständliches. Wahrscheinlich denken sie: Typisch Mädels, gehen immer in Gruppen.

Einem älteren Herrn mit grauen Haaren zwinkere ich zu, weil Frauen genauso stark sind wie das männliche Geschlecht und niemand Aylin noch aufhalten könnte. Flink wie ein Reh hastet unsere Freundin voraus, damit sie dem Knirps, sobald sie ihn erreicht hat, mit einer herzlichen Umarmung gratulieren kann. Auch seinem Kuscheltier drückt sie einen Schmatzer auf das Näschen.

Mona schildert es Susanne und fügt erklärend hinzu: „Die kennen sich schon länger, Aylin ist oft mit ihnen unterwegs. Sonst hätte sie Stupsi niemals kuscheln dürfen. Lukas erlaubt das nur, wenn er jemanden mag."

Bei der Familie angelangt, stellen wir Freundinnen uns vor. Mona, die gute Seele, drückt ihre Anerkennung aus. „Toll hast du das gemacht."

„Danke, aber was hab ich denn geleistet?" Lukas ist sichtlich verwirrt über den ganzen Schwall an Komplimenten und Beschmusung. Als ihm auch noch seine Mutter über den Schopf streicht, wird ihm das merklich zu viel, denn er schüttelt ihre Hand wieder ab, um seinen Rollstuhl direkt neben Susanne zu manövrieren. Aufmerksam mustert er sie und berührt, als handele es sich um eine Kostbarkeit, ihren Blindenstock.

„Leider kannst du meinen Plüschhasen nicht sehen."

Dem Blick nach zu urteilen, kommt Lukas das schrecklich vor. Aber Susanne entgegnet: „Doch, das geht."

„Wie denn? Ich dachte, deine Augen sind kaputt."

„Wenn du ihn mir gibst, kann ich ihn mit meinen Händen angucken."

Lukas zögert keine Sekunde, sondern überlässt ihr seinen Beschützerhasen. Zuerst betastet Susanne die Pfoten, dann seinen Bauch und schließlich die Schnauze, wo oben drüber Knopfaugen angenäht sind. So ähnlich, erinnere ich mich, hat sie auch Monas Bullet Journal inspiziert. Schließlich streichelt sie Stupsis Löffel.

„Sehr weich und kuschelig", teilt sie dem Langohr mit und Lukas strahlt, als würden ihm die netten Worte gelten.

Nachdem Susanne ihm das Kuscheltier zurückgegeben hat, vergewissert er sich: „Blindsein geht nicht weg, oder?"

„Meistens nicht."

Impulsiv greift Lukas nach ihrer Hand. „Wir haben beide was, das nie wieder verschwindet. Damit sind wir Superman und Superwoman!"

Um seine Lippen spielt ein Lächeln und ich hoffe, dass Susanne es in seiner Stimme hören kann. Am liebsten hätte ich diesen tapferen Jungen an mich gedrückt, der noch einmal betont: „Wir haben Fähigkeiten, die nicht weggehen! Sicher kannst du besser hören als die meisten anderen!"

„Und du?"

„Ich habe gelernt, Schmerzen zu ertragen. Das macht mich stark!"

Seine Miene drückt eine kindliche Fröhlichkeit aus und dankbar lächelt Susanne zurück. Doch in dem Moment verdüstert sich sein Blick, plötzlich spricht er leise.

„Ganz oft bin ich traurig wegen dieser blöden MS. Dann weiß ich nicht mehr weiter und ..."

„Ja", bestätigt Susanne, „das kenne ich auch."

„Wirklich?"

„Klar! Du bist nicht alleine!"

Jetzt hellen seine Züge sich wieder auf. „Simon und ich spielen gerne miteinander, nur manchmal geht das nicht, durch die Krankheit oder weil Simon für die Schule arbeiten muss. Aber meistens legen wir unsere Superkräfte zusammen, ich meine Rollen und er seine Füße. Dann rennen wir ganz schnell!", ruft er so begeistert aus, dass Simon, der sich etwas abseits mit Aylin unterhalten hat, zu uns herüberschaut.

Lukas setzt an, uns zu demonstrieren, wie ein solcher Wettkampf ausgetragen wird. Weil Herr Buchner ihm einen warnenden Blick zuwirft, belässt er es dann aber bei einer hastigen, steil bergab deutenden Gebärde.

„Er schiebt mich so fest, dass Mama schon oft mit ihm geschimpft hat. Dabei bin ich noch nie aus dem Rolli gefallen!"

Jetzt gesellt sich auch Simon zu uns. Mir fällt auf, dass seine Wangen ein wenig gerötet sind.

„Luki überholt mich immer."

Der Ältere verzieht das Gesicht, als würde ihn das in seiner Männerehre kränken. Gleichzeitig holt er sein Handy hervor und zeigt ein paar Fotos herum. Auf einem der Bilder sieht es wirklich ein wenig gefährlich aus, wie die Brüder über Stock und Stein düsen.

Gerne hätte ich mir weitere Aufnahmen angeschaut, aber in dem Moment gibt uns Frau Seidl ein Handzeichen, dass wir an unseren Stand gehen sollen. Denn gleich beginnt Monas, Aylins und meine Schicht, während Simon seinen Bruder auf dem Schulgelände herumfahren will.

„Damit er auch einmal mitkriegt, wo ich Tag für Tag gequält werde!"

Schon greift Simon nach den Griffen des Rollstuhls. Lukas winkt uns fröhlich zum Abschied, mit ein paar Flyern über MS in der Hand. Auf einem kleinen Beistelltisch neben dem Waffeleisen liegen weitere Broschüren und tatsächlich tauchen einige Besucher auf, die sich nicht nur an den süßen Leckereien erfreuen, sondern auch mit dem Infomaterial beschäftigen wollen. So mancher Euro wandert in die Spendenbox, auch Scheine werden hineingesteckt.

Manche Leute bleiben eine Zeit lang stehen und reden über die Nervenkrankheit. Erzählen von Angehörigen, die ebenfalls betroffen sind, wodurch sich ein reger Austausch mit Frau Buchner entwickelt. Neben ihr hat sich Susanne hingesetzt, sodass sie Fragen zu ihrer Blindheit beantworten kann. Das war nicht geplant, aber einige interessieren sich dafür und Susanne gibt bereitwillig Auskunft.

WAFFELN ZUM ANBEISSEN

Ich bin froh, wie gut das alles läuft. Umgeben von Stimmengewirr und dem verlockenden Duft nach frischen Waffeln hätte ich beinahe vor mich hin gesummt. Zufrieden erledige ich meine Arbeit, bis ein Junge zu uns heranschlendert, dem ich sofort ausweichen möchte. Er hat muskulöse Arme und einen durchtrainierten Körper. Kai!

Plötzlich sieht Aylin aus, als wäre ihr der Tod begegnet. Offenbar vermittle ich auch nicht gerade den Eindruck von klarem Verstand, denn Kai wendet sich an Mona.

„Könnte ich bitte eine Waffel mit Zucker und Sahne kriegen?"

Eigentlich stehen Aylin und ich an der Quelle der Nahrungszufuhr. Mona hat ihren Platz hinter der Kasse eingenommen, deshalb runzelt sie irritiert die Stirn.

Im nächsten Moment erwache ich aus meinem Schockzustand. Mir wird ganz heiß, weil es empörend ist, dass Kai mich einfach ignoriert.

Schnell zupfe ich Aylin am Ärmel, die immer noch belämmert dreinschaut. Ich raune ihr zu: „Geh mal kurz zur Seite, ich klär das."

Schleunigst bringe ich mich in Pose, um Kai herausfordernd anzufunkeln. Der erwidert meinen Blick, als hätte sich nicht das Geringste verändert. Doch der Ausdruck in seinen Augen perlt von mir ab wie Regentropfen an einer wetterfesten Jacke. Und meine Hände bleiben ruhig, als ich den ersten Löffel Teig aus der Schüssel nehme.

„Mit Sahne und Zucker", wiederholt Kai etwas ungeduldig. Dass ich ihn jetzt bediene, scheint ihm überhaupt nicht zu gefallen, denn er schaut schon wieder Mona an.

Währenddessen bereite ich die Teufelsspeise zu. Ich lasse sie ein wenig im Hexenkessel brodeln und das, was hinterher aus der Produktionsmaschine fällt, ist rabenschwarz und stinkt wie Hölle.

Bloß kommt es absolut nicht infrage, Kai eine herzförmige Waffel zu überreichen! Deswegen breche ich unten die Spitze ab. Dann haste ich noch kurz in die Ecke, wo Torben, Julius und Nicole den Teig anrühren. Schnell borge ich mir einen Salzstreuer, um die angekokelte Waffel zu bestreuen. Nur einen winzigen Klecks Sahne muss ich zugestehen, weil mir ein brauchbarer Ersatz fehlt.

„Hier", knurre ich und präsentiere Kai das Meisterstück. Dabei kostet es mich jede Selbstbeherrschung, nicht wie Rumpelstilzchen um ein imaginäres Lagerfeuer zu tanzen, denn der Gesichtsausdruck, wie er mein Werk beäugt, erfüllt mich mit großer Genugtuung. Dann schüttelt Kai den Kopf.

„Willst du mich vergiften?"

„Guten Appetit", wünsche ich. Nur wird das Sternchen am Waffelhimmel für ungenügend befunden.

„So was Ekliges esse ich nicht! Mensch, du vergraulst ja alle Kunden mit deinem Fraß!"

Bei dieser Warnung sollte mein Herz zusammenbrechen wie ein »Yenga«-Turm, nachdem ein Spieler den verhängnisvollen Baustein rausgezogen hat, aber meine Lebenspumpe fliegt geradezu vor Stolz. Ich habe es geschafft, Kai die Demütigung heimzuzahlen.

Neben mir muss Aylin sich angestrengt das Lachen verkneifen. Ganz gelingt ihr das natürlich nicht.

„Weiber!", entrüstet sich Kai und zieht beleidigt ab, nicht ohne vorher dem Tisch mit dem Waffeleisen einen kleinen Tritt verpasst zu haben. Dieser wackelt ein wenig.

Jetzt will ich Kai nachrufen, dass er die Waffel nicht bezahlt hat. Sein Geld in der Tasche zu behalten, wächst sich bei ihm zu einer lästigen Gewohnheit aus. Mona dagegen quält ein anderes Problem.

„Sabse, mach das Gepansche weg. Sonst muss ich Kai ausnahmsweise Recht geben."

Streng, einer Lehrerin ähnlich, mustert sie mich. Dauernd die Kluge und Vernünftige, doch nicht einmal das kann meine gute Laune trüben.

Ich erlaube mir noch, ein Selfie mit meiner Kreation zu schießen, damit der große Moment für die nächsten Jahre dokumentiert ist. Hinterher beeile ich mich, wieder für Ordnung zu sorgen, während Aylin weiterhin Waffeln verkauft. Darin ist sie talentiert, wie ich bemerke. Mit flinken Handgriffen kommt sie den Wünschen der Kunden nach, wobei sie für jeden ein Lächeln oder freundliche Worte findet.

„Schön, wie du das machst", lobt sogar Frau Seidl, ehe sie mir eine Rüge erteilt. „Das nächste Mal übernimmst du am besten die Kasse. Kochen zählt leider nicht zu deinen Stärken."

Doch dann zwinkert sie mir zu und stellt den Frieden wieder her: „Dafür hast du mich mit deiner Erörterung überzeugt."

Mein Aufsatz zu Social Media! Frau Seidls Bemerkung lässt mich hoffen, dass ich bald eine gute Note mit nach Hause bringen kann.

Eifrig verteilen wir das frische Gebäck, bis Simon und sein Bruder wieder zu uns stoßen. Lukas hat, während der Tour, glänzende Augen bekommen.

„Wenn ich groß bin, gehe ich auch hier zur Schule!"

Wie zum Schwur hebt er drei Finger, sodass Aylin ihn fröhlich angrinst. Gleichzeitig gelingt es ihr, die nächste Waffel aus dem Eisen zu holen.

„Aber du bist doch schon groß!"

„Nur nicht alt genug", schränkt Lukas ein.

„Na, das schaffen wir auch noch!"

Vergnügt streckt Aylin den Arm aus, um einem Herrn im Anzug die Süßspeise zu überreichen. Da winkt er ab.

„Gib sie dem Jungen. Er hat so wundervoll auf der Bühne gesprochen, dass es mein Herz berührt hat."

Obwohl dieser Mann aussieht wie Papa, wenn er beruflich zu einem Meeting fährt, erinnert mich seine Wortwahl an Theaterschauspieler. Jetzt beugt er sich zu Lukas herunter.

„Wenn du magst, schenke ich dir die Waffel."

„Au ja!", jubelt der Kleine, „vielen Dank."

„Und Sie wollen eine neue?", rät Aylin geschäftstüchtig.

Aber der Herr schüttelt den Kopf. „Ich freue mich sehr, dass sich junge Menschen wie ihr so engagieren. Macht weiter so!“

AUF DIE RAMPE, FERTIG ...

6. MAI

Das Hochgefühl über meine Superstar-Waffel, wie ich sie insgeheim nenne, bleibt noch ein wenig bestehen. Beinahe euphorisch koste ich den Triumph aus, bis in mir eine Ruhe einsetzt, wie ich sie länger nicht mehr gespürt habe. Anstatt ununterbrochen daran denken zu müssen, dass Kai mich richtig fies behandelt, kann ich mich endlich wieder auf andere Dinge konzentrieren.

In der Schule stehe ich mit meinen Freundinnen zusammen, als sich Frau Fischer nähert. Augenblicklich rutscht mir das Herz in die Hose und ich reiße an Monas Arm. Jetzt werden wir erfahren, dass unsere Schulleiterin kein Interesse hat, mit uns oder Susanne zu sprechen. Dass sie sogar verärgert ist, weil wir noch einmal damit anfangen, obwohl sie die Blinde bereits abgewiesen hat.

„Keine Panik", besänftigt Aylin und tapfer blicke ich Frau Fischer entgegen. Sie lächelt Mona zu, aber auch mir.

„Ich habe eine gute Nachricht, Frau Dillner wird euch empfangen. Am 28. Mai um halb elf in ihrem Büro, seid bitte pünktlich."

„Erst in drei Wochen?" Kurz befürchte ich, dass meine Stimme vorwurfsvoll klingt, Frau Fischer allerdings bleibt gelassen.

„Tut mir leid, der Terminkalender von Frau Dillner ist in nächster Zeit ziemlich voll."

„Das ist okay", beschwichtigt Mona, bevor sie uns siegessicher abklatscht. Und auch ich kann mich schnell wieder beruhigen. Ob das an dem Ausgleich liegt, den mir die Skating-Touren bieten? An der gemeinsamen Zeit mit Tim?

In seiner Nähe finde ich einen Ruhepol, von dem ich nicht einmal geahnt hätte, dass ich ihn brauchen könnte. Aber plötzlich wird mir bewusst, wie weit das zwischen uns fortgeschritten ist. Je mehr Stunden wir miteinander verbringen, desto stärker wächst das Gefühl, Tim schon seit Jahren zu kennen. Außerdem werde ich, durch seine Unterstützung, immer sicherer auf den Inlineskates. Zur dritten Trainingseinheit fordert er mich auf, über die steilste Rampe zu fahren, die es im »Tollhaus« gibt.

„Probier‘s mal, ich hab das auch geschafft."

Obwohl sich ein mulmiges Gefühl bei mir einnisten will, bestärken mich seine Worte, kein ungelenkes, ängstliches Mädchen zu sein. Kevin würde vielleicht behaupten, die Frauen wären das schwächere Geschlecht. Aber Tim grinst mich aufmunternd an, weshalb ich nicht mehr zögere, sondern die Herausforderung annehme.

Und tatsächlich habe ich Glück. Oder Talent? Jedenfalls überwinde ich die Rampe, ohne auf den Hintern zu plumpsen. Eine Welle glühender Freude durchflutet mich, mit einem Mal kommt mir alles ganz leicht vor und am liebsten würde ich Tim umarmen, weil er mir geholfen hat. Mich irgendwie bei ihm dafür bedanken.

„Neulich im Fitnessstudio hab ich mich bis auf die Unterhose blamiert!"

Aber jetzt läuft es so gut, dass ich ihm die Geschichte erzählen kann. In einem Körper zu stecken, der bei »Germany‘s Next Topmodel« garantiert durchfallen würde, stört mich plötzlich überhaupt nicht mehr. Kais schadenfrohes Lachen ist verklungen.

Zum Schluss, als ich meine süß-saure Rache erwähne, hebt Tim anerkennend den Daumen.

„Super, Sabse. Das geschieht dem Kerl doch recht!"

Nur meine engsten Freunde dürfen diesen Spitznamen gebrauchen und Tim habe ich schon bald erlaubt, mich Sabse zu rufen. Kevin dürfte das nie im Leben! Aber ich stimme mit ihm ab, dass unser Wettrennen am ersten Wochenende der Pfingstferien über die Bühne gehen soll. Dadurch bleibt mir noch ein Puffer, um mich zu verbessern und den nutze ich aus, denn mein Gleichgewichtssinn bringt mich häufig ins Wanken.

„Vertrau deinem Körper", rät Tim, als ich wieder einmal auf dem Allerwertesten lande. Außerdem bemerkt er sofort, wenn sich meine Kräfte ins Nirvana verabschieden.

„Du hast heute sehr viel geleistet. Lass uns aufhören."

Mit einem Seufzer schnalle ich die Inlineskates ab. Es stimmt schon, dass ich gut vorankomme, doch meine Gedanken wenden sich unweigerlich Kevin zu. Ob er ebenfalls trainiert, kann ich nicht sagen, denn er hält sich ziemlich bedeckt. Trotzdem ist mir aufgefallen, dass er ungewöhnlich oft die Wohnung verlässt.

Nach dem Skaten, wenn ich völlig fertig bin, entwickeln sich Gespräche zwischen Tim und mir, wobei ich häufig über mein Verhältnis zu Kevin rede. Früher ist kein Tag ohne irgendwelche Reibereien vergangen, seit dem Ausflug an den Reiterhof besteht allerdings ein Waffenstillstand. Keiner von uns beiden spricht darüber, aber es passiert nur noch selten, dass wir einander Beleidigungen an den Kopf werfen.

„Das ist irgendwie … merkwürdig. Aber es fühlt sich auch gut an", sage ich zu Tim, der bekräftigend nickt. Auch wenn er selber keine Geschwister hat, versteht er meine Irritation.

Deshalb erzähle ich ihm auch von dem Leistungsdruck, den meine Eltern ausüben. Ewig belagere ich Tim mit meinen Beschwerden, bis die Befürchtung in mir hochkriecht, dass es für ihn zu viel sein könnte.

„Langweile ich dich?", hake ich ein.

Zur Antwort berührt er mich am linken Arm, während ein verständnisvolles Lächeln über sein Gesicht zieht. „Ich höre gerne zu. Meine Freunde sagen, ich wäre wie ein Tagebuch, dem man alles anvertrauen kann. Einfach seine Gedanken wegsperren und den Schlüssel entsorgen."

Um das zu unterstreichen, führt er eine wegwerfende Handbewegung aus und ich spüre, wie mir wärmer wird. Sein Streichen über meinen Unterarm, flüchtig wie ein Windhauch, ist so plötzlich gekommen, dass ich es mir nur eingebildet haben könnte. Aber nein, darauf würde ich ein ganzes Zimmer voller Bountyriegel verwetten! Kleinen Nadeln ähnlich, löst Tims Berührung ein kribbeliges Gefühl bei mir aus.

Manchmal dreht auch Aylin ein paar Runden mit uns auf dem Platz. Und nach dem Training, als wir beide unter uns sind, fängt sie unvermittelt an: „Tim und du, ihr versteht euch ganz gut."

„Ja, schon."

„Mit Kai hast du keinen Kontakt mehr?"

Ich schüttele den Kopf. „In der Schule natürlich, aber ansonsten gehen wir uns aus dem Weg."

„Dann … bist du hoffentlich nicht sauer, wenn ich dir erzähle …"

Gleich erfahre ich endlich, was mich schon die ganze Zeit so brennend interessiert. Nur bin ich mir nicht sicher, ob ich noch irgendwelche Hiobsbotschaften ertrage. Unzählige Versionen schwirren durch meinen Kopf, wie unser Gespräch ausgehen könnte.

Dann erklärt Aylin: „Ich habe mich in Kai verliebt. Aber so, wie er im Fitnessstudio mit dir umgegangen ist … Ich glaub's einfach nicht!"

Ähnlich geht es mir gerade auch. Denn ich habe nie bemerkt, dass Aylin etwas für Kai empfindet. Offen beantwortet sie jetzt meine Fragen.

„Im Herbst habe ich angefangen, für ihn zu schwärmen. Du weißt doch, dass ich Fußball in der Mädchenmannschaft spiele. Wir trainieren immer eine Stunde früher als die Jungs. Irgendwann hat Kai uns zugeschaut und mir ein Kompliment über mein taktisches Stellungsspiel gemacht, da hat es mich fast aus den Latschen gekippt.

„Das ist verrückt!", rufe ich aus, denn jetzt wird mir einiges klar. „Auf meinen Facebook-Post hast du so heftig reagiert, weil …"

Ich wage kaum, meine Vermutung zu äußern, doch Aylin erklärt: „Weil ich dachte, dass du mir Kai wegnehmen willst. Dann hast du so schlecht über ihn geschrieben, das konnte ich nicht ertragen. Aber wahrscheinlich liegst du richtig damit"

Die letzten Worte flüstert sie nur, gleichzeitig verknotet Aylin ihre Haare. Wie viel es sie kostet, ehrlich über Kai mit mir zu sprechen, kann ich mir bloß ungefähr vorstellen. Wahrscheinlich sollte ich sie erst einmal in Ruhe lassen, aber eines muss unbedingt noch raus: „Warum hast du mir nie davon erzählt?“

„Na ja … So viele Mädchen mögen ihn, da wollte ich nicht sein wie alle anderen. Ich habe gehofft, meine Gefühle gehen wieder weg, wenn ich niemandem davon erzähle. Und später hat er dich gewählt!“

EINGEBROCKT UND AUSGELÖFFELT

14. MAI

In der Schule bin ich wahnsinnig aufgeregt und kann gar nicht still sitzen. Wie Simon oft, kipple heute ich mit meinem Stuhl hin und her, obwohl ich im Deutschunterricht normalerweise aufpasse. Frau Seidl muss mich sogar ermahnen und dann, als endlich die Pause beginnt, renne ich zum Mädchenklo. Wie immer, wenn es überhaupt nicht passt, verhält sich mein Körper, als hätte ich drei Liter Wasser gesoffen.

Um meinen Vitaminhaushalt zu stärken und die Leistungsfähigkeit anzukurbeln, stopfe ich eine Banane in mich hinein. Für das Referat, das ich gleich in Bio halten muss, habe ich mir einige Notizen gemacht. Während ich sie jetzt noch einmal überfliege, stolpere ich zurück ins Klassenzimmer, wo Mona mich bereits erwartet.

Gelassen steht sie da, denn sie ist es gewohnt, vor anderen zu sprechen. Schon verbindet sie ihren Laptop mit dem Beamer. Um zu überprüfen, ob die Technik funktioniert, lädt sie unsere Präsentation. Als meine beste Freundin spürt Mona aber auch die Unruhe in mir und versucht, mich aufzumuntern.

„Sabse, das rocken wir schon!“

Hat sie sich Kevins Playlist angehört? Gefällt ihr sein Musikgeschmack? Mir bleibt nicht mehr die Zeit, danach zu fragen, denn es gongt bereits zur dritten Stunde. Als wäre es der Todesklang, hallt der tiefe Ton in meinen Ohren wieder.

Bepackt mit ihrer quietschgrünen Tasche kommt Frau Schwabeneder herein. Fest kneife ich die Augen zu, als könnte ich, wenn ich nichts und niemanden mehr sehe, genauso unsichtbar werden. Aber natürlich funktioniert der Zauber nicht, sodass ich mich auf meinen Platz in der hintersten Reihe zurückziehe.

Freundlich begrüßt unsere Lehrerin die Schüler, bevor sie erklärt: „Wir haben zwei Freiwillige, die uns etwas über den Geparden berichten wollen. Mona und Sabrina, kommt ihr bitte nach vorne?“

Mir ist ein bisschen schwindelig. Gleich werde ich mich vor allen zum Affen machen … Zum Geparden, natürlich.

Wie versteinert bleibe ich sitzen, wofür ich einen fordernden Blick von Frau Schwabeneder ernte. Mona, die bereits aufgesprungen ist, zupft an meinem Shirt und ich rapple mich hoch.

„Du schaffst das!“, ermutigt mich Aylin. Ich fange ihr Lächeln auf und ein bis zwei Sekunden später stehe ich mit Beinen, die sich anfühlen wie Wackelpudding, vorne neben Mona.

Irgendwas Sinnvolles müsste ich tun, PowerPoint öffnen oder zumindest die Leute begrüßen, wie sich das gehört. Aber wie soll ich das anstellen, während ich kurz vor einem Herzkasper stehe? Meine Pumpe pocht so heftig in der Brust, dass ich befürchte, sie könnte jeden Moment ihre Arbeit niederlegen. Denkbar ungünstig, wenn man noch tausende Pläne hat.

Deshalb mobilisiere ich mein Herzchen, tapfer weiterzumachen, während auf dem Bildschirm der süße Gepard mit seinem goldgelben Fell und den kleinen, schwarzen Flecken erscheint. Im Zoo hat Mona ihn fotografiert und jetzt beginnt sie, ganz professionell: „Willkommen zu unserem Vortrag über den Geparden. Wir haben die Präsentation so aufgeteilt, dass ich zuerst das Aussehen genauer beschreibe, dann ist Sabrina mit den wichtigsten Merkmalen dran und ich erläutere euch, wie die Raubkatze jagt. Zuletzt erzählt Sabrina, wo ihr in der freien Wildbahn einem Geparden begegnen könnt.“

Selbstsicher führt Mona durch die ersten Minuten, klickt eine Folie nach der anderen weiter, als hätte sie nie etwas anderes getan. Anstatt ihr inhaltlich zu folgen, tänzele ich hibbelig von einem Bein auf das andere. Dabei suche ich Aylins Blick und sie nickt mir bekräftigend zu.

Wenig später räuspere ich mich. An der Wand ist ein rennendes Raubtier zu sehen und ich öffne den Mund, um etwas zu sagen, kriege aber keinen Ton heraus. Nicht mal ein Hüsteln! Denn die Blicke der Mitschüler, ihre erwartungsvollen Augen, scheinen sich unter meine Haut zu brennen. Indem ich auf meine Zettel hinunterblicke, weiche ich aus.

„ähm … Also … Er ist das schnellste Landsäugetier … Also, der Gepard, meine ich …"

Leises Gekicher der anderen und ich bemerke selbst, wie dämlich das war. Flüchtig werfe ich einen Blick auf Kai, das Bio-Genie in unserer Klasse und wünsche mir sofort, ich hätte es nicht getan. Gelangweilt lümmelt er auf seinem Platz, den Kopf zurückgelehnt wie im Heimkino.

Hilfe, ich kann nicht mehr! Wenn nicht ein Wunder geschieht, werde ich das abbrechen und zusehen müssen, wie Frau Schwabeneder eine dicke, rote Sechs ins Notenbuch malt. Ich gebe keinen Laut mehr von mir, sondern warte einfach ab, als könnte mich irgendjemand retten. Schwabi vielleicht, die sieht, wie aufgeregt ich bin. Mit viel Glück schlägt sie mir vor, das Referat an einem anderen Tag zu wiederholen.

Neulich, vor meinen Eltern, hat es super geklappt. Aber da gab es auch nichts zu verlieren, weder Ansehen noch eine gute Benotung.

Wie um mich zu motivieren, legt Mona eine Hand auf meine Schulter, nur ist das Läuten zur nächsten Stunde noch weit entfernt. Das Blut rauscht in meinen Ohren, trotzdem höre ich ganz deutlich eine quäkende Stimme: „Große Sprüche, aber wenn's drauf ankommt, bleibt sie stumm wie ein Fisch!"

Der Junge lacht über seinen eigenen Witz, Frau Schwabeneder hingegen wirft ihm einen strafenden Blick zu. „Wenn ich so etwas noch einmal von dir höre, Julius, wirst du nachsitzen und einen Verweis kassieren!"

Ihre Stimme ist barsch und fest, gar nicht mehr so piepsig, wie ich immer gedacht habe. Doch Julius grunzt nur verächtlich, sodass Simon zu ihm herumwirbelt und faucht: „Wie wäre es für dich, von einem Mitschüler gedemütigt zu werden?"

Die Paukerin weist nun auch ihn zurecht und in mir drehen sich die Gedanken. Da Schwabi sich von einer völlig fremden Seite zeigt, gelingt mir das vielleicht auch.

Wie um mir etwas zu beweisen, aber vor allem Julius und allen anderen Zweiflern, lege ich noch einmal los. Und diesmal verirrt sich kein Gestammel, kein Gehaspel in meine Worte. In klar verständlichem Präsentationsdeutsch schildere ich: „Durch seinen Körperbau bringt es der Gepard auf eine Höchstgeschwindigkeit von 100 Stundenkilometern, allerdings kann er dieses Tempo nur für 400 Meter aufrechterhalten. Weil er nicht dazu fähig ist, seine Krallen einzuziehen, verliert er nie den Boden unter den Füßen."

Es kommt mir vor, als hätte ich bisher nichts anderes getan, immer nur von diesen Tieren erzählt. Die Worte fliegen mir nur so aus dem Mund, völlig berauscht übernehme ich sogar ein paar Sätze, die eigentlich Mona sagen sollte. Erst als sie mich anstupst, halte ich inne.

Dann stehe ich lässig vor der Klasse, grinse Aylin und Simon an, bevor ich stolz zu Kai hinüberschaue. Julius schneide ich eine Fratze und als es endlich so weit ist, dass ich weitersprechen darf, gibt es für mich kein Halten mehr.

„Die Geparde leben hauptsächlich in Afrika, aber nur in der Halbwüste, wo sie ihre Jungen gut im hohen Gras verstecken können. Weniger geeignet wäre Wald oder Dschungel, die vielen Bäume und Sträucher würden sie beim Laufen stören."

Kurz mache ich eine Pause, bevor ich zum Ende komme: „In Asien werden Arten in Zoos gezüchtet. Trotzdem sind die Geparden vom Aussterben bedroht, denn Viehzüchter erlegen sie ständig, um zu verhindern, dass die Raubkatzen ihre Nutztiere reißen."

Ein Raunen geht durch die Klasse, offenbar sind viele schockiert. Nachdem Mona sich fürs Zuhören bedankt hat, bekommen wir aber richtig Applaus, selbst Kai klatscht begeistert mit. Offenbar ist er doch nicht ganz weggedämmert.

Auch Frau Schwabeneder lobt: „Das habt ihr wirklich toll gemacht. Sehr ausführlich recherchiert und präzise vorgetragen. Dafür bekommt ihr beide eine eins."

Jubelnd falle ich Mona in die Arme. Die ganze Arbeit, die anfangs völlig umsonst schien, hat sich doch gelohnt! Vollkommen gelöst hüpfe ich zu Kai, um ihn ein weiteres Mal auf seine Schulden anzusprechen. „Hast du die Mäuse dabei?"

Abfällig verdreht er die Augen. „Willst du ein Tierheim gründen? Mit dummen Ziegen und blöden Kühen?"

„Nee, ich meine das Geld."

Das muss er doch wissen! Aber Kai lenkt ab, was nur eines bedeuten kann und im nächsten Moment gibt er es zu.

„Tut mir leid, hab's vergessen."

Bis Kai mir die Kohle bringt, ist längst ein Skate-Profi aus mir geworden oder eine berühmte Autorin. Dann bin ich auf seine Kröten nicht mehr angewiesen.

BÜCHER AUF DEN PUNKT GEBRACHT

19. MAI

Mona sehe ich zurzeit nicht so oft. In der Schule nutzen wir die Pausen, um zu quatschen, aber nachmittags zieht sie sich zurück. Denn ihr Vater hat neue Farben gekauft, mit denen sie gerne zeichnen möchte. Außerdem soll im Jugendzentrum eine Party steigen, die zuerst geplant werden muss. Und damit nicht genug, sucht sie bereits Ausflugsziele für den nächsten Wandertag, denn das Amt als Klassensprecherin bedeutet ihr sehr viel. Mona kümmert sich mit Hingabe um ihre Mitschüler und nimmt sich wirklich für jeden Zeit. Deshalb haben wir sie zum dritten Mal in Folge gewählt.

Ich überlege, ob Susanne, in ihrer Schule, Hilfe von der SMV bekommen könnte. Aber meine Freundin schüttelt den Kopf.

„Das glaube ich nicht. Da engagiert sich keiner so wie Mona, sondern die meisten sind froh, wenn sie bei den Besprechungen eine Cola kriegen, anstatt im Unterricht sitzen zu müssen."

Gerne unterhalte ich mich mit Susanne, sodass wir uns regelmäßig treffen. Und bald zeigt sie mir den größten Wälzer, den ich je gesehen habe: ein Punktschriftbuch. Oder besser gesagt, einen Teil davon. Denn fast jedes Buch, das Susanne lesen kann, umfasst mehrere Bände. Dadurch belegt ein einziger Titel oft ein ganzes Fach im Regal.

Dass vorne das Cover fehlt, irritiert mich zunächst, dabei kann es gar nicht anders sein. Schließlich hätten blinde Leser kaum etwas von einem Bild und so bleiben auch im Innenteil die Farben weg.

Mit steigender Faszination lasse ich meine Handfläche über eine Seite gleiten. Nicht Kreise und Striche sind zu sehen, sondern nur erhöhte Punkte zu ertasten. Spontan schließe ich die Augen, um vielleicht einen Buchstaben zu erkennen, doch für mich fühlen sich alle gleich an.

„Wie Massage für die Finger", rutscht es mir heraus.

Susanne lacht, bevor sie erklärt: „Das ist die Blindenschrift, erfunden von dem Franzosen Louis Braille. Daher wird sie auch Brailleschrift genannt. Oder Punktschrift."

Wie ich mir die Sechs auf einem Würfel vorstelle, sieht auch die Grundform der Braillezeichen aus: Nebeneinander liegen zwei Reihen mit jeweils drei Punkten. Und jedes Zeichen besteht aus einer oder mehreren Erhebungen.

„Für Blinde", erläutert Susanne, „braucht jeder Buchstabe mehr Platz als in Schwarzschrift. Weil die Fingerspitzen sie nicht unterscheiden könnten, wenn die Punkte kleiner wären oder näher zusammenstehen würden."

Außerdem muss verhindert werden, dass sie sich gegenseitig wegdrücken oder die Blätter an den Prägestellen reißen. Deshalb verwenden die Druckereien dickes Papier und das einzelne Buch nimmt im Umfang gewaltig zu.

Insgesamt ist Susannes Zimmer jugendlich eingerichtet. Zuerst habe ich das riesige Bett bemerkt, mit einer Wolldecke und ein paar Kuscheltieren am Rand. Die strahlend gelbe Bettwäsche gibt mir das Gefühl, dass die Sonne mein Gesicht kitzelt. Überhaupt leuchtet der Raum in kräftigen Farben, weshalb ich mich frage, ob Susanne diese Wirkung spüren kann oder sich auch zwischen Grautönen wohlfühlen würde. Auf jeden Fall scheint sie das Aroma von Pfirsich zu mögen, das mir in die Nase steigt, bevor ich den Duftbaum sehe. Anstelle eines Traumfängers hängt er seitlich über dem Bett.

Um die Ecke befindet sich ein Bücherregal. Der Bestand schließt Kriminalromane, erzählt Susanne, genauso ein wie Fantasy. Das reicht von der Franz-Eberhofer-Reihe bis hin zu Stephen King. In der Stadtbücherei, wo ich gerne schmökere, fehlen Ausgaben in Punktschrift. Darum, sie herzustellen, kümmern sich spezielle Einrichtungen, die in ganz Deutschland verstreut sind. Auch in Österreich und der Schweiz könnte Susanne bestellen, dann wird die Lektüre in Boxen angeliefert. . Und sobald Susanne ein Buch gelesen hat, schickt sie es wieder zurück.

„Aber meistens sind die Werke aus dem vorigen Jahrhundert", fügt sie hinzu. Ihre Stimme nimmt einen bedauernden Ton an. „Viele blinde Menschen vernachlässigen die Brailleschrift, schließlich gibt es Sprachausgaben für Computer und Handys."

Damit lässt sich im Alltag einiges regeln. Und Literatur bietet sich als Hörbuch an, nur kommen die meisten Lesungen gekürzt heraus.

„Und E-Books?", überlege ich.

„Ja ... Da gibt es einige. Aber nicht alle sind barrierefrei, also in einer Art gestaltet, dass ich sie problemlos lesen könnte. Oft scheitere ich schon an dem gewählten Dateiformat."

Bücher für Blinde zugänglich zu machen, scheint tatsächlich schwierig zu sein. Gerade hat Susanne eine Reihe für sich entdeckt: »Der magische Zirkel« von C. M. Spoerry. Den ersten Teil hat sie sich zum Hören besorgt, doch die anderen sind bisher nicht als Audio erschienen.

„So ein Mist!", knurre ich. Dann fällt mir etwas ein. „Ich könnte dir doch vorlesen."

„Echt?" In ihre Augen tritt ein Leuchten, das mich zusätzlich in meinem Vorhaben bestärkt.

Am nächsten Tag gehen wir zusammen in die Stadtbücherei, wo »Der schwarze Stern« herumsteht, als hätte er nur auf uns gewartet. Wir freuen uns beide wie kleine Kinder vor dem Geburtstag.

Schnell machen wir es uns in der Hollywoodschaukel bequem, die bei Susannes Familie im Garten steht. Als Rocky, der Labrador, sich zwischen uns quetscht, krault Susanne ihn hinter den Ohren. Währenddessen schlürfe ich eine Heiße Schokolade.

Etwas umständlich räuspere ich mich, schlage dann das Buch auf und beginne, den Prolog vorzulesen.

„Die Sonne brannte unerbittlich auf den blendend weißen Sand, der sich bis an den Horizont erstreckte und nur von vereinzelten Kakteengruppen durchbrochen wurde. Ein trockener Wind peitschte ihnen glühend heiß entgegen, als sie sich nach Norden wandten, um rasch der todbringenden Hitze zu entkommen."

Es fällt mir nicht leicht, die Melodie der Sprache zu finden und jedes Wort laut auszusprechen. Aber die Geschichte bereitet mir richtig viel Vergnügen und so verbringen wir Stunden damit, uns in der Handlung zu verlieren. Susanne lauscht aufmerksam, aber wir diskutieren auch über die Charaktere und ihre Entscheidungen. Auch an den nächsten Tagen treffen wir uns.

LESEPARTNER GESUCHT

26. MAI

„Toll, dass du dir so viel Zeit nimmst", strahlt Susanne, „meine Eltern lesen mir ja nicht mehr vor."

„Bei uns hat es das nie gegeben, obwohl ich auch gerne zuhören würde. Mich einfach ein bisschen unterhalten lassen …"

Verträumt lehne ich mich in den Polstern zurück, Susanne schubst die Schaukel an. So schwingen wir eine Weile, dann dreht sich Susanne zu mir.

„Wie wäre es, wenn wir noch jemand anderen suchen? Nimm's mir nicht übel, Sabse, du imitierst wirklich super. Aber Reyvan stelle ich mir männlich um einiges lebendiger vor."

Wir müssen beide lachen, doch natürlich hat sie Recht. Bloß ist uns kein ausgebildeter Sprecher bekannt. Zudem dürfte es einiges kosten, so jemanden zu engagieren.

„Suchen wir einfach privat Unterstützung", schließe ich meine Gedankengänge ab.

„Über Facebook?"

„Na ja …" Spontan fühle ich mich an die schlechten Erfahrungen erinnert, die ich zuletzt auf dieser Plattform gemacht habe. Wir müssten sehr vorsichtig sein, wenn wir dafür einen Text formulieren. Aber Susanne wehrt meine Besorgnis ab.

„Was kann schon schiefgehen? Da stecken keine Gefühle drin, also glaube ich nicht, dass du jemanden verletzen wirst."

Weil ich immer noch zögere, schlägt sie vor: „Wir posten das über meinen Account. Unter meinem Namen."

Gemeinsam setzen wir uns hin, um einen Aufruf zu verfassen. Anschließend lese ich die Zeilen mehrfach durch, während Susanne neben mir allmählich ungeduldig wird. Nervös rutscht sie auf ihrem Stuhl herum.

„Ich sende das jetzt. Ja?"

„Okay", stimme ich zu.

Also drückt sie ein paar Tasten und schon ist es passiert. Susanne freut sich so sehr, dass die Euphorie zu mir überschwappt. Wie neulich, als wir den Spendentag für Lukas vorbereitet haben, breitet sich die Überzeugung in mir aus, hier absolut das Richtige zu tun. Und mit einem Ruck überwinde ich die letzten Zweifel.

„Weißt du was? Ich poste das auch. Dann können wir mehr Leute erreichen."

Eilig, damit ich es mir nicht wieder anders überlege, stelle ich ein paar Wörter um und schreibe neu. So lautet der Text, den ich danach abschicke:

»Lesepartner gesucht!

Um meiner blinden Freundin Susanne vorzulesen, suche ich Unterstützung durch einen männlichen Sprecher. Alter: zwischen 15 und 20, wenn möglich nach dem Stimmbruch. Bei Interesse meldet euch in den Kommentaren oder per Privatnachricht.

Wir freuen uns auf euch!«

Susanne, fällt mir auf, muss ständig warten und hoffen. Ich weiß nicht, ob ich so viel Anspannung ertragen könnte, nur bleibt ihr nichts anderes übrig. Immerhin steht der Termin mit Frau Dillner. Noch zwei Tage, bis Mona und ich mit ihr reden werden!

Ich bin so nervös, dass es mich überall kribbelt. Außerdem möchte ich von Susanne wissen: „Wie ist dein Gespräch mit Frau Dillner eigentlich abgelaufen?"

Meine Freundin versteift sich etwas, ihre sonst so gute Laune verfliegt. „Wenn ich doch die Zeit zurückdrehen könnte …"

Sie verkrallt die Finger ineinander, im Ärger über sich selbst. Selten habe ich sie so aufgewühlt erlebt.

„Ich glaube“, erklärt sie mir mit kratziger Stimme, „ich hab mich viel zu sehr von meinen Emotionen leiten lassen, denn ich wollte unbedingt auf eine andere Schule. Klar habe ich auch gesagt, welche Hilfsmittel es für mich gibt, aber auf Fragen zur Inklusion konnte ich überhaupt nicht antworten. Zum Beispiel, was ich im Kunstunterricht machen will.“

Dass sie sich im Nachhinein mit Selbstvorwürfen quält, stimmt mich absolut traurig. Susanne ist so stark, ihr gelingt so viel mehr als mir.

„Es war dein erster Versuch“, merke ich an, „ich hätte mir vor Angst in die Hose gemacht. Vorausgesetzt, dass ich überhaupt hingefahren wäre.“

Ich will ihr dieses Unbehagen nehmen, trotzdem schüttelt sie bloß den Kopf. „Sabse, das war total ungeschickt von mir. Normalerweise bereite ich mich besser vor.“

„Jetzt hast du ja mich“, entgegne ich munter, „und vor allem Mona als Expertin, wie man Lehrer um den Finger wickelt. Glaub mir, die hat schon eine Menge für uns Schüler durchgeboxt, da überzeugt sie auch noch den Boss!“

Keine Ahnung, ob ich nicht viel zu dick auftrage mit meiner Großspurigkeit, aber zumindest zieht wieder ein Lächeln über Susannes Gesicht. Auch damit, dass in Facebook erst einmal keine Reaktionen kommen, weiß sie positiv umzugehen. Im Laufe des Nachmittags schauen wir immer wieder nach, ob sich jemand zum Vorlesen gemeldet hat. Dann passiert etwas anderes, wodurch sich in meinem Bauch ganze Völker von Schmetterlingen tummeln. Diesmal bittet mich Tim nämlich nicht ins Jugendzentrum »Tollhaus«, sondern an die Isar. Und meine Inlineskates soll ich zu Hause lassen.

KOMPLIMENTE BEI SONNENSCHEIN

Aufgeregt, was mich wohl erwartet, mache ich mich auf den Weg und beschleunige meine Schritte, als mich ein paar Fahrradfahrer überholen. So schnell wie möglich möchte ich bei Tim sein, damit wir in den wolkenlosen Himmel schauen können. Nicht nur die Sonnenstrahlen werden mich wärmen, sondern bestimmt auch seine Gegenwart.

Unterwegs, mein Smartphone ans Ohr gepresst, höre ich Mona zu, die total gehetzt wirkt. Früher, wenn sie eine Party organisiert hat, konnten wir ungefähr mit 200 Leuten rechnen, doch jetzt gehen deutlich mehr Anmeldungen ein. Etliche Kalbsschnitzel und Fischfilets müssten nachbestellt werden, nur hat die Cateringfirma für diesen Abend keine Kapazitäten mehr frei, deshalb muss Mona einen anderen Lieferanten auftreiben.

„Und jetzt hat auch noch der DJ abgesagt! Wo soll ich denn einen neuen herkriegen?"

Zum Feiern darf kommen, wer mindestens 14 Jahre alt ist und einen Schülerausweiß vorzeigen kann. Das Motto lautet »Jugend unter Palmen«, Besucher in Badeklamotten zahlen keinen Eintritt. Entweder kann man sich im Planschbecken abkühlen oder mit Wasserbomben zu einer Schlacht antreten.

Natürlich gibt es auch Cocktails, mit Alkohol allerdings nur für Partygäste über 16. Außerdem zählt Mona auf: „Zum Essen haben wir Wassermelonen, Erdbeertorte, Pizza …"

Plötzlich unterbricht sie sich und im nächsten Moment schlägt ihre Stimmung von hypergestresst auf begeistert um.

„Ich könnte Kevin fragen, ob er den DJ macht."

„Von mir aus. Aber ob die Leute dann lange bleiben …"

„Du bist immer so gemein zu deinem Bruder.", regt Mona sich auf, „dabei finde ich seine Musik gar nicht so schlecht. Thirty Seconds to Mars oder Linkin Park sind doch super!"

„Tja, wenn er nur diese Bands hören würde ..."

Zum Glück muss ich nicht aufzählen, welche Kreissägen er meinen armen Ohren sonst noch zumutet, denn ich erreiche gleich den Treffpunkt. Also vertröste ich Mona auf später, um das Handy wegzustecken, die nächsten Stunden sollen alleine Tim und mir gehören.

Schon von Weitem sehe ich, dass Tim eine Picknikdecke auf der Wiese ausgebreitet hat. Darauf steht ein Tablett mit Orangensaft und Schokoladenkuchen.

„Von meinem Vater", strahlt Tim.

Denn Herr Krüger, der in einer Bäckerei angestellt ist, kreiert liebend gern neue Rezepte. Ehefrau und Sohn dürfen als Versuchskaninchen testen, ob sich die Leckereien auch verkaufen lassen.

Neugierig schiebe ich mir einen Bissen in den Mund und dann, als die Süßspeise meine Zunge berührt, vergesse ich beinahe zu kauen. Intensiv erkunden meine Geschmacksknospen, welch himmlische Fügung Tims Vater ihnen beschert hat.

„Lecker", ist das Einzige, was ich noch herausbringe, froh um dieses eine Wort.

Tim lächelt verschmitzt. „Fällt dir was auf?"

„Dass ich nie mehr in meinem Leben etwas anderes essen werde als Kuchen!"

Da er schmunzelt, wird mir meine Antwort peinlich, die ich viel zu hastig gegeben habe. Schließlich sitze ich mit ihm zusammen hier und nicht wegen der Backkünste seines Papas!

Aber Tim nimmt meine Worte nicht persönlich. Er witzelt nur: „Wenn du dich darauf beschränkst, gehst du bald auf wie ein Ballon."

Ich nicke nur und diesmal vergesse ich nicht, meine Beißerchen einzusetzen. Hoffentlich wirke ich voll ins Essen vertieft, anstatt in meine Gedanken, die sich wie ein Looping auf dem Freisinger Volksfest überschlagen.

„Ernsthaft, Sabse", setzt Tim von Neuem an, „was fällt dir an der Schokolade auf?"

„Hmm … Das ist Zartbitter, oder?"

Weil ich etwas unsicher bin, runzle ich die Stirn und kriege schon Angst, dass mir Rauchwölkchen aus den Ohren steigen könnten. Endlich lüftet Tim das Geheimnis.

„Ja, die Bitterschokolade stimmt und der Teig ist mit Dinkelmehl gebacken. Denn manche Kunden haben eine Laktoseintoleranz."

Was das genau bedeutet, könnte ich nicht sagen, doch Tim erläutert es bereits: „Eine Unverträglichkeit von Milchprodukten. Zuerst erzählte ein Mann, dass sein Sohn immer so starke Bauchschmerzen bekommt und deswegen oft den Unterricht versäumt. Als würde die Bäckerei schlechte Lebensmittel verarbeiten! Aber Papa ist die Laktoseintoleranz eingefallen."

„Klasse!", rufe ich aus und glaube im nächsten Moment, dass ich viel zu laut gedröhnt habe. Was läuft denn heute falsch bei mir?

Schnell frage ich nach: „Wie ist es ausgegangen?"

„Papa hat dazu geraten, dass der Junge sich testen lassen soll. Und Bingo! Seitdem finden die Kunden auch laktose- und glutenfreie Teigwaren in der Auslage."

So plaudern wir, während andere an uns vorüberjoggen oder durch die Isar kraulen. Ein Schmetterling lässt sich nieder, um die letzten Kuchenbrösel zu stibitzen, amüsiert schauen Tim und ich ihm dabei zu.

Gemeinsam genießen wir es, hier draußen zu sein und ich komme mir kein einziges Mal mehr blöd oder unbeholfen vor. Eher im Gegenteil, denn Tim versprüht Humor und macht mir sogar Komplimente über mein lauthalses Lachen. „Damit steckst du jeden an!"

Ich frage ihn sogar, ob er Lust hätte, Susanne vorzulesen. Jedoch zuckt er nur die Schultern.

„Wenn sich sonst niemand meldet, würde ich es übernehmen. Aber ich kann das nicht so gut."

Das bringt Susanne kein eindeutiges Ja, aber auch keine Absage. Wenigstens wäre er nicht vollkommen abgeneigt.

Auf einmal will ich unbedingt wissen, ob jemand bei Facebook geschrieben hat. Obwohl ich beschlossen habe, mein Handy in der Tasche zu lassen, ziehe ich es jetzt hervor, um auf das Display zu schauen. Und tatsächlich, da wartet eine Nachricht von …

NUR DAS NICHT

27. MAI

Wieder und wieder lese ich die Mitteilung, während ich am nächsten Tag im Schulbus sitze. Der Text ist ziemlich lang.

»Hi Sabrina,

ich habe gesehen, dass du jemanden zum Vorlesen für Susanne suchst. Das ist doch die Blinde, die beim Spendentag dabei war?

Gerne würde ich es ausprobieren. Wann treffen wir uns?

Viele Grüße von Kai.«

Hektisch überlege ich, wie ich darauf reagieren soll. Sein Angebot übergehen und weiter nach jemand anderem suchen? Die Vorstellung, zusammen mit Kai ein Projekt durchzuführen, löst ein unangenehmes Kribbeln in mir aus. Eigentlich habe ich gedacht, ich könnte ihm neutral begegnen, ohne Liebe oder Schmerz. Aber jetzt merke ich doch, dass ich ihm unglaublich gerne aus dem Weg gehen würde. Außerdem glaube ich nicht, dass Kai es ernst meint und Susanne tatsächlich vorlesen will. Wie ich den kenne, wünscht der sich doch ein größeres Publikum, heute auf dem Bolzplatz und morgen beim Poetry Slam. Oder sollte ich mich irren?

Unsicher geworden, bespreche ich die Situation mit Mona. Irgendwie läuft mir die Zeit davon, denn auf dem Weg zum Klassenzimmer könnte Kai jeden Moment neben mir auftauchen und mich um eine Antwort bitten. Noch habe ich ihn nicht gesehen, aber die Luft scheint immer dünner zu werden.

Umso mehr überrascht mich, dass Mona entgegnet: „Probiert es doch einfach mal aus. Wenn Susanne seine Stimme mag, kannst du sowieso nichts ändern. Es sei denn, du steigst aus oder sie nimmt Rücksicht auf deine Gefühle."

Als gute Freundin würde sie meinen Wunsch bestimmt respektieren. Und wer weiß, vielleicht springt Tim ja doch noch ein.

Mir wird warm, sobald ich an ihn denke und schon stört es mich weniger, dass Kai tatsächlich um die Ecke biegt. Ohne zu zögern, schlage ich vor: „Am Donnerstag um drei? Susanne wohnt in Attaching, Dorfstraße 8."

Ich sage das sehr schnell, weil ich hoffe, dass er sich die Adresse nicht merken kann. Nur wäre damit nichts gewonnen, weil er einfach Susanne anrufen und nachfragen würde.

„Wir sitzen im Garten. Pass auf, bissiger Hund!"

Auch das kann ich mir nicht verkneifen. Aber Kai bleibt völlig unbeeindruckt, nickt mir nur kurz zu und quatscht sofort mit seinen Kumpels weiter. Mir fällt auf, dass er sich länger nicht mehr mit Nicole unterhalten hat. Oder sie mit ihm? Wahrscheinlich ist ihr aufgefallen, wie er wirklich tickt, deshalb kann sie gar nicht so verkehrt sein.

„Warum grinst du denn?", wundert sich Mona.

„Weil Kai ein Idiot ist und andere das auch schon bemerkt haben."

Mit dieser Gewissheit komme ich leichter durch den Matheunterricht. Überhaupt kann ich Frau Müller besser ertragen, seit ich Zeit mit Tim verbringe. Während sie vor der Tafel ihre Verrenkungen präsentiert, schalte ich auf Durchzug und überlasse mich den Träumereien. So denke ich an die gemeinsamen Stunden mit Tim, rufe mir seine warme, tiefe Stimme ins Gedächtnis. Denn es tut gut, diesem kräftigen Bass zu lauschen.

In der Pause gehe ich zur Mädchentoilette und schließe mich in einer Kabine ein, damit ich ungestört telefonieren kann. Ich möchte Susanne warnen, außerdem eine kurze Lagebesprechung mit ihr führen.

„Hey. Ich habe jemanden zum Vorlesen gefunden."

Ähnlich muss es ein Taxifahrer empfinden, wenn er nach einer Fahrt von Freising nach München kein ausreichendes Trinkgeld bekommt. Sofort bemerkt Susanne meine schlechte Laune.

„Warum bist du denn so mürrisch?"

Kurz erläutere ich ihr die näheren Umstände, doch Susanne wehrt ab: „Nimm das doch nicht persönlich."

Sie lacht amüsiert, was mich nur noch mehr verärgert. Für sie mag das Ganze ja nichts Weltbewegendes sein, aber in mir reiert es bei der Aussicht, neben Kai in der Hollywoodschaukel zu sitzen.

Meine Klamotten zu versauen, wäre morgen allerdings das Letzte, was ich mir leisten darf. Denn Mona und mir steht das Gespräch bei der Rektorin bevor, um Susanne zu helfen.

VERBORGENE TALENTE

28. MAI

Als wir die Treppen in den zweiten Stock hinaufsteigen, kann ich hören, dass Monas Atemzüge schneller werden. Zwar gibt es auch einen Fahrstuhl, aber gesunde Schüler dürfen diesen nicht benutzen. Sonst würden sie, aus reinem Vergnügen, ständig alle Knöpfe drücken oder rauf und runter fahren. Für andere, die sich zum Beispiel auf Krücken stützen, wäre die Kabine blockiert und dauernd kämen sie zu spät zum Unterricht.

Oben angekommen, wischt sich Mona kurz über die Stirn. Vielleicht sollte ich ihr vorschlagen, Aylin und mich beim nächsten Mal zum Skaten zu begleiten. Allerdings drängt das nicht so sehr, dass wir es augenblicklich klären müssen. Stattdessen schiebt sich ein Bild in meinem Kopf, wie Susanne, gerade jetzt, in irgendeinem Klassenzimmer sitzt, wo ein anderer Schüler ihr die Braillezeile wegnimmt. Sie steht auf, um sich das Gerät zurückzuholen, aber der nächste Jugendliche stellt ihr ein Bein. Fast kann ich sein gehässiges Lachen hören und ich spüre Susannes Schmerzen, als wären es meine, körperlich genauso wie seelisch.

Um ihre Qualen zu beenden, klopfe ich beherzt an die Vorzimmertür. Susannes Freundschaft macht mich stark.

Von innen ruft Frau Fischer, die Sekretärin: „Herein!"

Sie sitzt hinter dem Schreibtisch, um Papiere zu sortieren. Nun lächelt sie uns freundlich entgegen.

„Hallo, ihr beiden. Ihr seid auf die Minute pünktlich."

Der Ton, in dem Frau Fischer das sagt, macht mir deutlich, dass sie eine solche Zuverlässigkeit für lobenswert hält. Und ich bilde mir ein, noch ein paar Zentimeter größer zu werden.

„Wie wäre es mit einer Tasse Tee?“, bietet Frau Fischer an, „unsere Direktorin muss gerade noch ein Telefonat ... Oh, halt, da ist sie ja.“

Tatsächlich öffnet sich in diesem Moment die Bürotür und Frau Dillner kommt heraus. Sie ist schätzungsweise Ende 40, so genau weiß ich das nicht. Aber ihr rundliches Gesicht, von dunklen Locken eingerahmt, habe ich schon öfter gesehen und selbstverständlich auch die großen, braunen Augen, die gebieterisch auf uns herunterschauen. Ihr Blick hat etwas Furchteinflößendes, weshalb ich dem Impuls, mich kleinlaut abzuwenden, normalerweise nachgebe. Diesmal jedoch bin ich fest entschlossen, mich nicht einschüchtern zu lassen.

„Mona Steiner und Sabrina Winter“, fängt Frau Dillner an, als wolle sie uns erst einmal durchleuchten. Jahrgangsstufe, Klassenlehrer, Noten ... Fast erwarte ich, dass sie erwähnt, wie unfähig Frau Müller mich findet. Aber die Direktorin hebt nur die Schultern.

„Wegen Susanne Hoffmann“, weist sie zu. Ein Fall. Eine Akte. Allmählich frage ich mich, ob uns überhaupt die geringste Chance eröffnet wird. Aber aufzugeben, ohne es zumindest versucht zu haben, wäre sicherlich die härteste Niederlage.

Deshalb folgen wir Frau Dillner, die in ihr Büro zurückgeht. Nie zuvor habe ich mich so weit nach vorne gewagt und ich glaube, ich habe auch noch nie darüber nachgedacht, wie dieser Raum wohl aussehen könnte. Aber jetzt streift mich doch ein Hauch von Enttäuschung, weil er so gewöhnlich wirkt.

An einer Seite ist ein Schreibtisch aufgebaut, mit Computer, Telefon und irgendwelchen Unterlagen. Das Regal gegenüber nimmt fast die ganze Wand ein und trotzdem reicht es kaum aus, damit Frau Dillner ihre zahlreichen Ordner und Bücher verstauen kann. Hier eine Bestandsaufnahme durchzuführen, dürfte mehrere Tage erfordern; obwohl es sicher interessant wäre, im Büro der Schulleiterin auszumisten.

„Setzt euch.“ Frau Dillner weist uns zwei Stühle zu, die in der Mitte des Raums an einem Tisch stehen. Selber zieht sie ihren Ledersessel dazu, wie um uns zu erinnern, dass sie unsere Bitte jederzeit ausschlagen könnte.

In wenigen Sätzen fasst Mona zusammen, worum es uns geht. Weder kippt ihre Stimme noch gerät sie ein einziges Mal ins Stocken.

Während meine Augen zu der Palme vor dem Fenster huschen, macht sich Mona nichts daraus, dass sie gerade mit einer Autoritätsperson spricht. Und Frau Dillner nimmt uns ernst, denn sie lauscht, ohne meine Freundin zu unterbrechen. Manchmal nickt sie wissend.

Durch ein leises Klopfen abgelenkt, schaue ich als Nächstes zur Tür.

Frau Fischer bringt ein Tablett mit einer Kanne und drei Tassen, das sie auf dem Tisch abstellt.

„Ihr Tee. Spanische Orange.“

„Danke.“ Frau Dillner nickt ihrer Sekretärin zu, macht aber keinerlei Anstalten, sich einzuschenken. Mir käme es respektlos vor, als Erste nach der Kanne zu greifen, auch wenn ich etwas Flüssigkeit jetzt gut gebrauchen könnte.

Höflich, aber bestimmt schließt Mona ihre Erläuterungen ab. In der Pause, die daraufhin entsteht, gibt Frau Dillner den Früchtetee aus. Zuerst füllt sie Monas Tasse, dann meine, bevor sie sich selber etwas eingießt. Bedächtig, wie um die Spannung zu erhöhen, führt sie ihre Tasse an die Lippen. Doch ich bin ohnehin so aufgeregt, dass ich kaum noch richtig sitzen kann. Mein Körper muss von Ameisen bevölkert sein, weil es überall kribbelt. Dann – endlich – ergreift die Rektorin das Wort.

„Wie ihr euch für das Mädchen einsetzt, verdient große Anerkennung.“

Noch ehe sie es ausspricht, höre ich das „Aber“, das unweigerlich folgen wird. Reflexartig klammere ich mich an der Tischkante fest, um das Gefühl, mich im freien Fall nach unten zu bewegen, irgendwie auszugleichen. So sehr haben Mona und ich gekämpft, Susanne braucht dringend einen Schulwechsel.

„Aber es geht nicht“, weist Frau Dillner unser Ansinnen zurück.

Da kocht die Wut in mir hoch. Alle haben immer etwas einzuwenden, nur erfahre ich nie, worauf ihr Widerspruch zurückgeht.

„Warum", nagele ich jetzt Frau Dillner fest, „sollte die Inklusion nicht funktionieren? Welche Begründung haben Sie dafür?"

Mona zieht scharf die Luft ein und es stimmt, auch ich bin überrascht von meiner eigenen Kühnheit. Doch im Moment kommt es mir nicht so vor, als hätten wir noch etwas zu verlieren; wodurch es mir nur teilweise gelingt, den vorwurfsvollen Ton zu unterdrücken.

Ein Schatten legt sich über das Gesicht der Direktorin. Ihre Mundwinkel zucken, sodass ich mich darauf gefasst mache, mit einer Rüge weggeschickt zu werden. Tatsächlich antwortet Frau Dillner ehrlich, versteift sich allerdings auf ein Detail, das ich noch weniger verstehen kann als ihre Ablehnung Susanne gegenüber.

„Unserem Gebäude fehlt die behindertengerechte Ausstattung. Ihr wisst ja, dass der Fahrstuhl für Schüler gesperrt ist. Dies für eure Freundin zu ändern, wäre unfair für die anderen."

„Aber", setze ich an. Indem sie eine Hand auf meinen Oberarm legt, ermahnt mich Mona, es nicht zu übertreiben. Zähneknirschend warte ich ab, was Frau Dillner noch hinzufügen möchte.

„Außerdem ist mir nicht klar, wo wir sie am besten hinsetzen könnten, damit sie alles vom Unterricht mitbekommt."

Jetzt kann ich mich nicht länger zurückhalten. Diese Argumente klingen so unverständlich, dass ich wiederhole: „Susanne ist blind!"

Hat Frau Dillner nicht erfasst, welche Einschränkungen Susanne andauernd den Weg versperren? Eventuell sollte ich unserer Schulleiterin den Wikipedia-Artikel zu »Blindheit« vorlegen ...

„Sie kann doch laufen", hebe ich hervor.

Da kräuselt sich ein Lächeln um den Mund der Direktorin, die mir sogar etwas verlegen vorkommt, als sie ihren Irrtum zugibt. „Ich dachte nur, dass sie auf den Fahrstuhl bestehen könnte, weil sie die Treppe nicht sieht."

„Solche Ansprüche würde Susanne nicht stellen", versichert Mona. Und ich verstärke noch einmal mit Nachdruck: „Sie benötigt keinen Fahrstuhl, ich werde sie führen. Und im Unterricht sitzt sie neben mir."

Bisher ist das Monas Stammplatz gewesen, aber sie hat schon eingewilligt, dass sie zu Aylin aufrücken würde. Ob es nicht sogar das Beste wäre, wenn Susanne und ich die erste Reihe bekämen, direkt vor dem Lehrerpult? Dann hätten Frau Seidl und die anderen, sobald Susanne etwas unverständlich bleibt, den kürzesten Weg zu ihr.

Doch erst einmal behalte ich diese Überlegung für mich. Mein Herz klopft, als hätte ich ein Aufputschmittel genommen, denn die höchste Instanz zweifelt noch immer.

„Ihr lastet euch da einiges auf! Wenn ihr euch ständig um Susanne kümmert, habt ihr selbst keine Möglichkeit mehr, euch auf den Unterricht zu konzentrieren."

„Wir werden uns abwechseln", fährt Mona fort, „jede übernimmt in den Fächern, die ihr leichter fallen. So wird die andere, die Schwierigkeiten hat, nicht abgelenkt."

Doch die Falte, die sich in Frau Dillners Stirn gegraben hat, vertieft sich. „Und wenn eine von euch krank ist? Oder beide?"

Auch darauf kann Mona eine Antwort geben. „Aylin und Simon sind doch auch noch da, die würden bestimmt einspringen. Sie kennen Susanne schon und verstehen deshalb, worauf es ankommt."

„Du meinst Simon Buchner? Der fehlt schon so oft wegen seinem Bruder …"

Unsere Kontrahentin sieht aus, als würde sie gleich verzweifelt die Hände über dem Kopf zusammenschlagen; weil es sich mit ihrer Moral nur schwer vereinbaren lässt, einem Kind erklären zu müssen, dass es den Osterhasen doch nicht gibt.

In sachlichem Ton merkt sie an: „Susanne ist ein Jahr älter als ihr. Sie wird wohl kaum in eure Klasse kommen."

Das trifft mich, als hätte ich unter der Dusche das Wasser nicht warm, sondern eiskalt eingestellt. In unserer Euphorie haben Mona und ich total vergessen, dass Susanne schon jetzt die Neunte besucht und nächstes Schuljahr ihren Abschluss machen würde.

Während ich mich bemühe, das richtig einzuordnen, fährt Frau Dillner bereits fort: „Versteht doch bitte, was das für eine Umstellung wäre. Zum Beispiel ihre Arbeitsblätter … Wie soll sie sich aktiv beteiligen, wenn sie keine normale Schrift lesen kann?"

Wieder brodelt in mir der Zorn. Ohne sich vernünftig informiert zu haben, will die Pädagogin alles besser wissen. Aus Prinzip scheint sie Susanne abzulehnen, doch Mona zeigt ihr die Fotos von Laptop und Braillezeile. Genauso wird die Sprachausgabe abgespielt.

„Interessant", räumt Frau Dillner ein.

„Ja", bekräftige ich stürmisch, „und kein Lehrer schreibt die Arbeitsblätter heute noch von Hand, sondern wir bekommen ausgedruckte Dokumente. Die Dateien sind da, Susanne braucht sie nur auf einem USB-Stick. Außerdem gibt es Bücher in Blindenschrift, tastbare Landkarten und Modelle für Biologie."

Ohne Luft zu holen, zähle ich die Möglichkeiten auf. Mir schwirren weitere im Kopf herum, doch die Schulleiterin verzieht keine Miene. Sich dagegen zu wehren, dass Erwachsene immer Recht behalten wollen, finde ich wirklich kompliziert.

Irgendwie muss es mir gelingen, der Rektorin ihre Menschlichkeit zu entlocken. Daher gebe ich preis: „Wo Susanne jetzt ist, machen ihr die Mitschüler das Leben zur Hölle! Sie fühlt sich so unwohl, dass sie meistens nur noch redet, wenn die Lehrer ihr eine Frage stellen. Am liebsten würde sie nie mehr in die Schule gehen. Aber bei uns zu sein, könnte ihr wieder den Spaß am Lernen bescheren."

Ehrlich gesagt, glaube ich selber nicht daran, dass der Unterricht jemals vergnüglich wird. Gleich müssen wir noch Mathe ertragen und alleine, wenn ich daran denke, melden sich bei mir die Kopfschmerzen. Aber je mehr ich unser Büffelgehege in ein positives Licht rücke, desto besser greifen vielleicht die Argumente.

„Dass ihr dieses Mädchen so gerne mögt, finde ich sehr schön", sagt Frau Dillner bedächtig, „trotzdem kann ich darauf keine Rücksicht nehmen. Da könnte ja jeder kommen! Stellt euch mal vor, jemand würde plötzlich tauschen wollen, nur weil die Freunde in eine Parallelklasse gehen."

Bei Nicole hätte ich sicher nichts dagegen, doch ihr fehlen sowieso die sozialen Kontakte. Jeder Vormittag muss für sie eine endlose Quälerei bedeuten. Und jeder Nachmittag, wenn sie isoliert ihre Hausaufgaben erledigt oder für die folgende Klausur zu pauken hat, einen wahren Albtraum.

Schon bei der Vorstellung, dass ich von Mona und Aylin getrennt sein könnte, verbreitet sich ein fahler Geschmack in meinem Mund. Vollkommen undenkbar, so etwas auszuhalten! Und auch Susanne möchte ich diese Tortur in Zukunft ersparen, deshalb bezichtige ich unsere Lehrer: „Keiner von Ihnen hat sich die Mühe gemacht, sie persönlich kennen zu lernen. Sie wissen nicht, wie Susanne als Mensch ist, wie sie arbeitet, welche Hilfsmittel sie nutzt."

Eigentlich sollte ich den Mund halten, immerhin kann solch ein Wortschwall sich nachteilig auswirken. Allerdings guckt Mona mich ermutigend an, so als wollte sie mir sagen: Wenn du jetzt nicht alles aussprichst, was du denkst, hilfst du weder Susanne noch werden wir es schaffen, Frau Dillner umzustimmen!

Davon beflügelt, sprudele ich noch ein paar Sätze weiter, wobei ich mich selber kaum wiedererkenne. Mein Herz hüpft wie verrückt in meiner Brust herum, weil ich mir anmaße, so unverschämt mit einer Respektsperson zu reden. Trotzdem schaue ich den Boss herausfordernd an.

Ein wenig schürzt Frau Dillner die Lippen, mustert erst mich, dann Mona und runzelt von neuem die Stirn. Schließlich stößt sie einen Seufzer aus.

„Also gut … Ich schlage euch etwas vor."

In meinem Inneren ertönt ein mächtiger Trommelwirbel. Susanne, Mona und ich liegen uns weinend in den Armen, bevor wir so laut lachen werden, dass es ganz Freising hören muss.

Jetzt halte ich den Atem an vor Spannung und wie um diese noch zu steigern, fügt die Rektorin eine Kunstpause ein. Dann erklärt sie so langsam, als müsste sie immer noch gegen Widerstände kämpfen: „Ich bespreche mit den Kollegen, ob wir diese Aufgabe an unserer Schule stemmen könnten. Denn es steht mir nicht zu, das alleine zu entscheiden. Hauptsächlich sind es doch die Lehrkräfte, die mit Susanne arbeiten müssen."

„Ja“, hauche ich, kaum fähig zu mehr. Frau Dillner erwägt, dass Susanne eingeladen wird, um ihre spezifische Situation zu erläutern. Jeder dürfte Fragen stellen und hinterher würde das Kollegium beschließen, ob und wie es weitergeht.

Vorläufig haben wir einen Plan und während ich noch ganz benommen bin vor Glück, sagt Mona: „Vielen Dank!“

Hastig schließe ich mich an, doch meine Finger ziehen bereits das iPhone aus der Hosentasche, weil ich unbedingt Susanne anrufen möchte. Mona, die das offenbar erkennt, formt mit den Lippen ein „Warte!“ – und sie hat natürlich Recht. Erstens sitzen wir noch bei Frau Dillner und selbst wenn wir schon draußen wären, könnte ich Susanne jetzt vermutlich nicht erreichen. Im besten Fall würde ich eine Nachricht auf ihrer Mailbox hinterlassen, denn sie quält sich doch gerade durch eine Erdkundeklausur.

Außerdem müssen Mona und ich zu Frau Müller. Dass wir zu spät zu Mathe kommen würden, hat ihr die Rektorin angekündigt, wir sind also offiziell entschuldigt. So überlege ich, mir schnell beim Kiosk einen Schokoriegel zu holen. Oder besser: eine ganze Packung, denn das Schwerste liegt nun hinter uns. Wir haben keinen Einfluss mehr, sondern nur noch die Erwachsenen, die hoffentlich richtig entscheiden.

Zunächst beschließt die Schulleiterin, uns nach der fünften Stunde hitzefrei zu geben. Dafür hat sie ein Herz. Ob es auch für Susanne schlägt?

WENN DICHTER DENKEN

Von den Fesseln des Unterrichts befreit zu werden, kommt mir vor wie eine persönliche Belohnung, nachdem ich alles für Susanne gegeben habe. Ich atme tief durch, während sich in meinem Kopf schon einige Ideen formen, um einen schönen Nachmittag zu verbringen. So bald wie möglich will ich mit Susanne telefonieren, wir könnten zusammen ins Schwimmbad gehen oder ein paar Cocktails schlürfen.

Aber sie ist bereits verabredet. Na ja, wir treffen uns sowieso bald und für den Moment macht Aylin mir einen anderen Vorschlag: „Wir könnten doch schreiben, für den Poetry Slam!"

Dabei liegt ein solcher Glanz in ihren Augen, dass ich schlecht ablehnen könnte. Ob mir heute allerdings etwas Brauchbares einfallen wird …

„Wir beginnen mit der Themensammlung", plant Aylin, „oder hast du dir schon etwas überlegt?"

„Wovon mein Text handeln soll?" Ich schüttele den Kopf. In letzter Zeit war so viel los, da ist das in den Hintergrund gerückt. Oder vielleicht habe ich es auch weggeschoben, denn bei einem Poetry Slam auf der Bühne zu stehen, wird mich automatisch an Kai erinnern. Und an ihn zu denken, ist wirklich das Letzte, was ich will.

Trotzdem habe ich Aylin versprochen, mich anzumelden und es stimmt auch, dass ich gerne schreibe. Nur grummelt es in meinem Bauch, sobald ich mir vorstelle, vor unzähligen Leuten aufzutreten, damit sie mich hinterher bewerten. Okay, bei meinem Referat über den Geparden habe ich auch geglänzt. In mir steckt mehr als gedacht!

So braucht es nicht mehr viel, bis Aylin und ich auf meinem kuscheligen Bett sitzen. Hier drinnen, in meinem Zimmer, wird uns niemand stören, weshalb ich konzentriert arbeiten könnte.

Neben uns sind diverse Zettel und Schreibutensilien ausgebreitet. Hilfreich, um einen guten Text zu verfassen, wäre außerdem ein Titel, der alle von den Stühlen reißt, etwas wie »Das Glück dieser Erde«.

Wahrscheinlich ist es doch das Beste, mit dem Thema anzufangen, zumindest funktioniert diese Strategie bei Aylin. Denn sie hat, wie mir ein Schielen auf ihr Papier verrät, schon einige Zeilen geschrieben. Mit leicht gewölbten Lippen, die Stirn gerunzelt, sitzt sie da, um Phantasie und Kreativität herauszulassen. Ich hingegen fühle mich blockiert, weil ich entweder an Kai denke oder an das, was ich vorhin bei Frau Dillner erreicht habe. Am liebsten würde ich allen davon erzählen, reden und feiern, bis ich vor Erschöpfung umfalle. Aber ich schlucke alle Worte herunter, die nach draußen drängen und greife mir stattdessen einen Bleistift.

Darauf kaue ich dann eine Weile herum, ehe ich ein Blatt vom Stapel nehme, weil mir endlich etwas eingefallen ist: meine Leidenschaft für Süßigkeiten, übernommen von Papa. In schweren Zeiten gibt es mir jedes Mal Kraft, einen Schokoriegel zu verdrücken, außerdem macht mich das glücklich. Und ich liebe das Gefühl, wie die Creme auf meiner Zunge zergeht.

Je mehr ich darüber nachdenke, desto besser manifestiert sich ein Text, allerdings wird auch der Appetit auf ein Bounty oder eine Tüte Gummibärchen immer größer. Schließlich fühle ich mich wie ein ausgehungerter Wolf, was mein Magen mit einem lauten Knurren quittiert. Sobald ein Tier auf seinem Beutezug herumstromert, hört es sich bestimmt nicht anders an, sodass Aylin mich überrascht ansieht.

„Hast du so lange nichts mehr gegessen?"

„Ich hol uns nur ein bisschen Nervennahrung", verkünde ich und springe auch schon hoch, als wäre zu befürchten, dass mir das Krümelmonster höchstpersönlich alle meine Vorräte klaut. Aylin lacht in sich hinein, doch als ich bei der Zimmertür ankomme, hat sie sich weiter über ihre Notizen gebeugt.

Ich sprinte in die Küche, wo ich verärgert feststellen muss, dass es nicht mehr viel im Lager gibt. Wer hat denn da schon wieder schnabuliert?

In einem Anflug von Panik wird mir bewusst, dass ich selbst diese Naschkatze war. Ja, ich erinnere mich. Aber wenn sich das fortsetzt, rolle ich bald nur noch durch die Gegend.

Als ich meinen Bauch befühle, verstärkt sich das Unbehagen. Ein wenig wölbt er sich tatsächlich unter meinem Shirt.

Dann eben nichts Süßes, sondern lieber einen Apfel. Hastig, bevor ich es mir wieder anders überlege, greife ich danach. Schneewittchen, fällt mir ein, hat so eine Frucht fast den Tod gebracht. Also könnte ich über böse Erziehungsberechtigte schreiben, wofür meine Eltern eine gute Vorlage liefern. Okay, sie verhalten sich nicht eigentlich gemein, aber Mona hat sicherlich mehr Glück mit ihrer Familie.

Während ich zwei Äpfel aufschneide – einen für Aylin und einen für mich –, werden in meinem Kopf allmählich Zweifel laut. Es wäre doch schäbig, bei meinen eigenen Eltern anzuknüpfen, denn Mama und Papa sind längst nicht so furchtbar wie Schneewittchens Stiefmutter. Immerhin kann ich mit ihnen unter einem Dach leben und niemals würden sie mich irgendwo im Wald aussetzen! Deshalb muss eine andere Geschichte her!

Zunehmend frustriert darüber, dass ich irgendwie nichts Passendes finde, lege ich das Obst auf einen Teller, den ich anschließend zu Aylin bringe. Sie schaut nur kurz hoch, um flüchtig ein „Danke" zu murmeln. Wetten, dass sie längst ihr Thema gefunden hat? Dass sie inzwischen den Text formuliert?

Ich nehme mir ein Stückchen Apfel, das sauer schmeckt und meine Stimmung auch nicht gerade hebt. Vielleicht könnte ich etwas über Tiere und Natur vortragen?

Spontan kommt mir in den Sinn, wie ich auf Votan geritten habe, wovon ich mich fühle wie elektrisiert. Das war phantastisch! Ein Traum, der Wirklichkeit geworden ist. Beinahe kann ich den Haflinger riechen, sein Schnauben hören und ich spüre, wie er mich sicher trägt. Aber die Worte, um so viel auszudrücken, kommen mir blass vor; nicht einmal halb so stark wie das, was ich tatsächlich erlebt und empfunden habe.

Darüber hinaus schleicht sich die Frage ein, wann ich wohl das nächste Mal reiten werde. Bis dahin kann es noch lange dauern und dies erfüllt mich so plötzlich mit Traurigkeit, wie gerade die Freude durchgebrochen ist.

Verunsichert ziehe ich Achten auf dem Papier. Wenn ich nicht von Votan erzählen kann, wie wäre es dann mit Rocky? Susannes treuer Labrador, der in ihrem Garten herumtobt.

Nach diesem Stichwort hopse ich zum Fenster, um mir noch mehr Inspiration zu holen. Allerdings erstreckt sich hinter der Scheibe inzwischen ein wolkenverhangener Himmel, der vielleicht das nächste Gewitter ankündigt. Anstatt mich zu beflügeln, ist dieses trübe Wetter eher dazu geeignet, depressiv zu werden.

Dem könnte ich entgegenwirken, sobald ich über einen romantischen Strandurlaub schreibe. Etwas Witziges über eine Möwe, die dem Urlauber Sonnencreme klaut. Oder eine diebische Elster hat es auf die Goldzähne meiner Oma abgesehen.

Dazu kritzele ich schnell ein paar Wörter hin, kann mir aber nicht vorstellen, wie sie zu einem fünfminütigen Beitrag reifen sollten. Außerdem bekäme ich, wenn ich das vortragen würde, spätestens nach 20 Sekunden einen Lachkrampf, von dem ich mich so schnell nicht erholen könnte.

Prompt läuft das Kopfkino ab. Beginnend mit Kai, wie er in der Zuschauermenge grölt: „Ich bin ein Star, holt mich hier raus!“

Nicole dreht zu allem Übel noch ein Video, um es auf YouTube hochzuladen. Soweit ich weiß, hat sie dort im echten Leben keinen Kanal. Trotzdem wäre es, falls ich mein Glück beim Poetry Slam mit einem witzigen Text versuchen würde, der peinlichste Auftritt meines Lebens.

Wie soll das nur weitergehen? Energisch nehme ich die beschmierten Blätter in beide Hände und verarbeite das Übel meiner Schöpfung zu einem zerknüllten Haufen. Dann grummle ich verärgert: „Daraus kann man nur noch Papierflieger basteln!“

„Keine Inspiration heute?“, vergewissert sich Aylin, wobei sie abwesend wirkt. Die langen Haare verdecken ihr Gesicht wie ein Vorhang, aber schließlich streicht sie ihn zurück, um mich anzuschauen.

„Sabse, was ist los mit dir? Willst du nicht zum Poetry Slam?“

„Doch“, versichere ich, obwohl ich es gar nicht so genau weiß. Um den Blickkontakt mit Aylin zu vermeiden, starre ich auf den Teller zwischen uns.

„Äpfel?“ Erst jetzt scheint Aylin das zu bemerken und sie klingt irritiert. „Bist du krank?“

„Nein, bestimmt nicht. Aber Kai …“ Wie von selbst kommen die Worte heraus. Dass ich keine Ahnung habe, wie ich damit umgehen soll, ihn als Vorleser bei Susanne zu haben. Jeden anderen könnte es treffen, doch ausgerechnet Kai interessiert sich dafür.

„Sonst hat sich niemand gemeldet?“, fasst Aylin nach.

„Bisher nicht“, bestätige ich, „und wir haben das mit Kai schon ausgemacht.“

„Also … musst du ihm eine Chance geben. Vielleicht wird es ja ganz nett“, versucht Aylin, mich zu trösten; woraufhin ich überlege, ob sie ihn immer noch mag.

ICH PROTESTIERE

30. MAI

Extra komme ich eine halbe Stunde früher zu Susanne, die mich mit strahlenden Augen erwartet. Zudem hat sie wieder einen Kakao vorbereitet, doch nicht einmal die süße Schokolade heitert mich jetzt auf.

„Wo waren wir?"

Etwas fahrig blättere ich durch das Buch, ohne das Lesezeichen zu finden, das Susanne mir geschenkt hat: eine Buchstabiertafel für Brailleschrift.

Meine Aufgabe fällt ungewöhnlich schwer, weil ich mich nur mühsam konzentrieren kann. Mehrfach verhaspele ich mich, bis eine Fahrradklingel den Monolog unterbricht.

Unwillig schaue ich auf, während meine Hände leicht zu zittern beginnen. Gleichzeitig springt Rocky hoch und rast zum Zaun.

„Ah, der bissige Hund", kommentiert Kai sarkastisch. Als er sich vom Sattel schwingt, registriere ich, dass er heute in Jeans und T-Shirt angetreten ist. Die typische Freizeitkleidung, wenn man nicht gerade Sport treiben will.

Solange Susanne ihren Rocky beruhigt, ringe ich darum, mir meine Aufregung nicht anmerken zu lassen, was nur zum Teil funktioniert. Denn als Kai den Gartenweg heraufkommt, befürchte ich, ein wilder Löwe würde sich nähern. Gleich übergebe ich mich wirklich! Voll in die Rosenhecke, die so würdevoll neben der Hollywoodschaukel thront. Doch Kai überrascht mich mit seiner lässigen Art.

„Hi zusammen. Bin ich hier richtig beim Vorlesezirkel von Sabrina Winter und Susanne Hoffmann?"

Mona behauptet immer, dass Männer, wenn es nach dem ersten Date nicht klappt, den Nachnamen einer Frau sofort wieder vergessen. Bestimmt hat er meinen in der Klassenliste nachgeschaut und Susannes Familienname steht auf dem Klingelschild. Wie auch immer, es ist die reine Strapaze, dass sich Kai zu uns gesellt.

Weil ich meiner Stimme nicht traue, nicke ich ihm lediglich zu. Das Sprechen übernimmt Susanne.

„Schön, dass du gekommen bist. Setz dich doch, dann hole ich dir etwas zu trinken."

Natürlich muss sie das anbieten. Doch bei dem Gedanken, dass sie mich zwei oder sogar drei Minuten mit Kai zurücklassen könnte, erfasst mich ein Schwindelgefühl, mein Puls beginnt zu rasen.

Und Kai erwidert: „Danke, aber erst einmal brauche ich nichts."

Erleichtert atme ich auf, nur um im nächsten Moment wieder den Boden unter den Füßen zu verlieren, denn Kai will sich in die Mitte pflanzen. Mit einem Reaktionsvermögen, das ich mir selber nicht mehr zugetraut hätte, rutsche ich nach links außen.

„Susanne, wie wäre es, wenn du zwischen uns sitzt?"

Meine Stimme klingt ein wenig kratzig, aber zumindest kann ich sprechen. Weder Susanne noch Kai hat etwas einzuwenden. Deshalb findet er sich auf der rechten Seite wieder, so weit wie möglich von mir entfernt.

Rocky bekommt nur noch einen Platz zu unseren Füßen. Dort legt er sich hin, blinzelt kurz und schließt danach die Augen.

Um mich zu beruhigen, fahre ich durch sein glänzendes Fell, während die Sonne unnachgiebig meinen Körper wärmt. Für eine Weile beobachte ich einen Marienkäfer, der munter über eine Stange unserer Schaukel krabbelt.

Bevor sich Kai um die Lektüre kümmert, sagt er noch etwas anderes. „Ich habe gehört, dass du zu uns an die Schule kommen willst, um deine Arbeitsweise vorzustellen."

„Stimmt", entgegnet Susanne.

„Das finde ich riesig!"

Seine Augen leuchten, wie es mir nie aufgefallen ist. Nicht einmal, als wir im Eiscafé saßen und ich mich ihm anvertrauen konnte. Das versetzt mir einen schmerzhaften Stich, obwohl es mich doch freuen sollte, dass er sich ernsthaft mit Susannes Ideen befasst.

„Ich glaube, du hast dein Leben im Griff. Aber wie kannst du so positiv sein?"

In meinem Inneren zieht sich alles zusammen. Kai, der sie überhaupt nicht kennt, der ihr heute zum ersten Mal begegnet, will gleich so ein persönliches Gespräch führen! Das finde ich anmaßend, doch Susanne scheint es nicht zu stören. Mit ernster Miene blickt sie zu ihm hin.

„Obwohl ich von Geburt an blind bin, fällt es mir manchmal unendlich schwer, das zu akzeptieren. Aber dann denke ich wieder, es gibt so viel Schlimmeres auf dieser Welt. Jedes Mal, wenn ich höre, wie viele Kinder hungern, wie Menschen aus ihrem Heimatland vertrieben werden, wie die Umwelt immer mehr zerstört wird … Da ist die Tatsache, dass ich nicht sehen kann, wesentlich leichter zu ertragen."

„Du hast recht", stimmt Kai ihr zu. Seine Stirn ist gefurcht, doch dann glättet sie sich wieder und er macht eine Handbewegung, wie um das Thema vorläufig wegzuschieben.

„Welches Buch lesen wir?"

Susanne reagiert zuerst. „»Alia: Der schwarze Stern«. Hast du den ersten Teil gelesen?"

„Ääh … Nein. Aber das macht nichts, ich finde da schon rein. Soll ich anfangen?"

Damit schaut er zu mir, denn ich umklammere den dicken Band, als enthielte er eine Versicherung. Falls Kai meine Freundin überzeugt, werden wir die meisten Stunden zu dritt verbringen und die schönen Mädchennachmittage könnte ich mir abschminken.

Kurz kribbelt es in meinen Fingern, ihm das Buch rüberzuwerfen und dann erwartungsvoll zu beobachten, wo es landen würde. In seinem Gesicht? Oder auf den Weichteilen?

Mich erneut auf Facebook einzulassen, hat die nächste Katastrophe heraufbeschworen. Aber ich hätte doch nicht ahnen können, dass es so grauenhaft wird. Mein Herz fühlt sich an, als würde es schreiend aus meinem Körper fliehen wollen und ich muss mich einfach fragen, ob ich doch noch mehr für Kai empfinde. Ansonsten hat sich nur meine Wut in einen reißenden Fluss verwandelt, kurz bevor er die angrenzende Stadt überflutet.

Ich gebe Susanne das Hardcover, damit sie es weiterreichen kann und verwundert beäugt Kai unser Lesezeichen. Bestimmt will er mehr über die Brailleschrift erfahren, zu allen Einzelheiten, wodurch sich das Vorlesen verschieben würde. Aber Kai überfliegt bloß den Klappentext auf der Buchrückseite.

„Möchte nur kurz wissen, worum es geht."

Wenig später setzt er mit lauter Stimme ein. Nicht etwa stockend, wie ich am Anfang, sondern in klaren Worten. Gegen meinen Willen breitet sich in mir die Überzeugung aus, bei einem geübten Sprecher zu horchen, der sich ausführlich mit dem vorliegenden Text beschäftigt hat. Wie Kai betont, tauche ich sofort in die Geschichte ein. Und Reyvan der Elf bekommt die raue Stimme, die Susanne sich für ihn gewünscht hat.

Mir fällt der Glanz in ihren Augen auf, wodurch das letzte bisschen Wut verpufft. Zu dritt könnten wir doch ein brauchbares Team werden!

Irgendwann hört Kai mit dem Vorlesen auf. Ich wundere mich schon, ob etwas nicht in Ordnung ist, doch er schaut freundlich zu mir.

„Sabrina, willst du übernehmen?"

Verweigern kann ich das kaum, bloß würde ich lieber ihm noch eine Weile zuhören als meiner zweitklassigen Wiedergabe. Vermutlich muss ich bald zu Hause bleiben, damit Susanne nur noch seiner Inszenierung lauschen kann, ich hätte ihn eingeladen und er mich aussortiert.

Bei diesem Gedanken wird meine Stimme piepsig wie eine Maus. „Woher … kannst du so gut vorlesen?"

„Gefällt es dir?", fragt Kai zurück, wobei er seinen Stolz nicht ganz verbirgt. Genau genommen ist sein Talent nicht neu, schließlich hat er mich zuvor beim Poetry Slam beeindruckt. Aber fremde Texte aufzuführen, die man nie geprüft hat, wirkt doch noch ein paar Nummern stärker.

Kai ordnet ein: „Ich lese sehr gerne und dann überlege ich mir, wie die Sätze als Melodie funktionieren. Für mich ist die Sprache ein Kunstwerk. Mit deiner Stimme kannst du den passenden Klang erzeugen, wie du die Saiten mit einem Geigenbogen streichst."

Dass mir so etwas gelingen würde, bezweifle ich ernsthaft. Zunächst genügt für mich das Buch, das Susanne mir reicht und ich setze die Lektüre fort.

Während Kai als Profi agiert, höre ich mich an wie ein Laie, zumindest kommt mir das so vor. Und durch den Eindruck, dass Kai mein Vermögen kritisch überprüft, wird es noch schlimmer. Er hat die Stirn in tiefe Falten gelegt, beide Ohren gespitzt und folgt meinen Worten wie ein Luchs, der auf den nächsten Fehler lauert.

Deshalb bin ich geradezu dankbar, als mich Susanne unterbricht: „Mach bitte eine Pause, Sabse. Ich muss mal kurz wo hin."

„Jetzt?" Kai wirkt beinahe empört. „Mitten in der spannenden Szene?"

„Das hält dich wach", meint Susanne und springt von der Schaukel.

Soll ich jetzt mit ihm alleine sitzen bleiben? Kurz überlege ich, einfach mit meiner Freundin zu gehen, was er sicherlich abstempeln würde als »typisch Mädchen«. Gewohnheiten pflegen wir mehr als genug. Doch während ich diesen Gedankengang zu Ende spinne, eilt Susanne bereits zur Terrassentür. Ihr jetzt noch hinterherzurennen, würde mich für Kai in ein Dämmerlicht rücken, als wäre ich meiner geistigen Fähigkeiten enthoben.

Deshalb lasse ich nur das Buch in den Schoß sinken und drücke meine Handflächen gegeneinander, damit er nicht bemerkt, dass mir die Finger zittern. Angestrengt schaue ich Susanne nach, die mich erlösen könnte, wenn sie sich jetzt umdrehen und etwas Originelles sagen würde. Wenigstens etwas Unerwartetes.

Aber die Überraschung kommt von der anderen Seite, denn Kai positioniert sich: „Du hast sehr gut vorgelesen."

„Blödsinn! Das sagst du nur, weil du mich nicht kränken willst."

Zu meiner Verblüffung weiten sich jetzt seine Augen. „Hast du so eine niedrige Meinung von dir?"

„Ich … ääh …“

Offensichtlich ist es ihm ernst und ich bringe nur dieses Gestammel fertig. Aber Kai verübelt mir nicht einmal das, sondern schnalzt mit der Zunge. „Ach ja, da wäre noch was.“

„Was?“

Ich wappne mich für alles, was kommen könnte, da zieht er aus seiner Hosentasche einen Zehn-Euro-Schein hervor.

„Hier, dein Geld. Und sorry für die späte Rückgabe.“

Ich starre auf das Papier, als würde es jeden Moment in Flammen aufgehen. „Kai, das ist zu viel. Mein Eisbecher hat nur …“

„Steck es ein. Als Entschädigung, weil du so lange warten musstest.“

„Danke“, murmle ich und weiche seinem Blick aus, denn plötzlich steigt ein Schamgefühl in mir hoch. Kai verhält sich doch nicht so mies, wahrscheinlich habe ich ihm Unrecht getan.

Trotzdem schweigen wir, bis Susanne zurückkehrt und ich endlich weiterlesen kann. Bald gehen mir die Wörter leicht über die Lippen, weil mich die Gegenwart des Lyrikers weniger stört.

PARTYCRASH

7. JUNI

Unsere Sommerparty rückt in großen Schritten näher. Mona, die im Organisationsteam sitzt, redet praktisch von nichts anderem mehr und tatsächlich hat sie bei Kevin angefragt, ob er als DJ aushelfen möchte.

„Aber das ist nichts für ihn. Er meint, dass er das noch nie versucht hat und gleich vor so vielen Leuten …"

Mona wirkt gestresst und nervös, jede Entlastung würde ihr gut tun. Und sollten wirklich alle Stricke reißen, könnte ja ich den CD-Player bedienen.

Doch dann, als ich am Morgen aufwache, blute ich wie ein geschlachtetes Schwein! Mein Unterleib tut so entsetzlich weh, als würde jemand die lebenswichtigen Organe herausreißen wollen!

So kann ich nur hoffen, dass sich mein Zustand bis zum frühen Abend wieder bessert. Mit einem Taschenbuch, um etwas abgelenkt zu sein, lege ich mich in die Badewanne. Schnell verliere ich mich in der Geschichte von Peter Pan, doch auf einmal rutscht mir der Band aus den Händen. Ich versuche noch, ihn festzuhalten, reagiere aber zu spät und Captain Hooks Mannschaft versinkt im Badeschaum.

„Verdammter Mist!"

Sofort steige ich aus dem Wasser, drehe die Heizung an und lege mein Buch darauf. Anschließend trockne ich mich ab, weil ich jetzt garantiert nicht mehr planschen möchte.

Wie so oft sind meine Eltern unterwegs. Kevin, mit dem ich mich in letzter Zeit so gut verstanden habe, würde mir vielleicht eine Wärmflasche bringen, aber er muss natürlich die Schulbank drücken.

Mies gelaunt, nehme ich eine Schmerztablette und koche mir Kamillentee, obwohl der überhaupt nicht schmeckt. Um ihn zu versüßen, gebe ich einen Löffel Honig in die Tasse.

Dennoch wird der Tag nicht besser. Papa, der zum Mittagessen nach Hause kommt, regt sich fürchterlich auf.

„Was soll das? Warum drehst du im Juni die Heizung hoch?"

Oh verdammt! Ich habe vergessen, den Thermostatregler wieder auf null zu stellen und das Fenster zu öffnen. Außerdem wellen sich mehrere Seiten in dem Taschenbuch, während andere zusammenpappen. Sobald ich versuche, sie voneinander zu lösen, reißt eine Ecke ein.

Zornesröte steigt mir ins Gesicht, ich frage mich aber auch, warum ich so ungeschickt bin. Und warum mir immer wieder solche Dinge passieren. Heute ist zwar Freitag, aber nicht der 13. Unser Kalender zeigt den 7. Juni.

Weil Mama und Kevin nach wie vor unterwegs sind, sitze ich mit Papa zusammen, der mich mit verkniffener Miene mustert. Wir sprechen nicht viel, sondern ich schlürfe nur eine Hühnerbrühe, bevor ich mich wieder ins Bett verziehe.

Zu dem schmerzhaften Ziehen im Bauch gesellt sich Übelkeit. Als ich versuche, wieder aufzustehen, wird mir sogar schwindelig.

Niedergeschlagen greife ich zum Handy, um meine beste Freundin anzurufen.

„Ich kann heute nicht mit auf die Party. Hab solche Regelschmerzen!", jammere ich in Monas Gehörgang.

„Oh nein! Das ist ja blöd!"

Deutlich merke ich ihr die Enttäuschung an, was es für mich noch schwieriger macht, dass ich zu Hause bleiben muss. Im nächsten Moment denkt Mona wieder praktisch.

„Hast du Susanne schon Bescheid gegeben?"

„Nein. Wir können sie dazu holen."

„Telefonkonferenz?", vergewissert sich Mona, „hab ich noch nie ausprobiert, ist aber eine super Idee!"

Und so starten wir die erste Runde. Tatsächlich gelingt es mir problemlos, alle zusammenzuschalten und ich wiederhole, worüber Mona bereits informiert ist.

Anstatt zu zögern, beschließt Susanne: „Dann bleibe ich auch daheim."

Dankbarkeit flammt in mir auf, als hätte Susanne eine Kerze angezündet. Es berührt mich sehr, dass sie die eigenen Pläne zurückstellen will, um für mich da zu sein.

„Wenn du magst, telefonieren wir und diesmal lese ich etwas vor. Was hältst du von »Schlaflos«?"

Diesen Wälzer habe ich bei ihr im Bücherregal gesehen und falls Susanne eine Gruselnummer von Stephen King zum Besten gibt, werden wir genauso wenig Ruhe finden wie die Partygänger. Bloß möchte ich ihr den Abend nicht verderben, Susanne soll ordentlich feiern und Spaß haben.

„Außerdem", hänge ich an, „lernst du dann unseren Freundeskreis besser kennen."

„Aber ohne dich wird es nicht so lustig!"

Das Bedauern, das ihre Stimme transportiert, spiegelt sich vermutlich in den grünen Augen wider. Susanne meint das ehrlich so und es lässt sich auch nicht bestreiten, dass sie mich am besten kennt. Zwar hat sie gelegentlich Mona getroffen oder Kai, aber meistens unternehmen wir etwas zu zweit. Ein paar Mal sind wir durch die Stadt gebummelt und sie sagt, dass sie sich, mit mir als Begleitung, sicher fühlt.

Plötzlich überlege ich, wie der Abend für sie verlaufen muss; in einer Umgebung, die sie nicht kennt und von dröhnender Musik beschallt, was sicher die Verständigung erschwert. Schon diese Vorstellung flößt mir Unbehagen ein, in der Magengegend drückt ein dumpfes Gefühl, doch auf keinen Fall möchte ich Susanne verängstigen.

In dem Bemühen, die Stimmung etwas aufzulockern, rege ich an: „Ihr könnt ja einen Livestream übers Handy starten, dann hab ich auch was davon."

Sicher wäre mir das lieber, als völlig abgeschnitten zu sein, während die anderen sich amüsieren. Aber mit der Zeit wäre Susannes Datenvolumen erschöpft und selbst, wenn sie sich ins W-LAN einloggen könnte, würde ihr Akku nicht so lange durchhalten.

„Das Ding hat schon vier Jahre auf dem Buckel!“, erklärt Susanne, als müsste sie sich für einen Fehler entschuldigen.

Dagegen versucht Mona, mir ein bisschen Trost zu spenden. „Wir erzählen dir ganz bestimmt, was so passiert ist.“

Wenig später beenden wir unsere Dreierkonferenz. In der Mikrowelle erwärme ich ein Kirschkernkissen, bevor ich es mir auf den Unterleib lege. Jeden Monat dieser Mist! Ich fühle mich elend, dabei erdulde ich das gewöhnliche Frauenleiden, während die Männer nur ihren Bartwuchs zähmen müssen.

Frustriert nehme ich erneut mein Smartphone zur Hand und schreibe Tim. Dass ich gerade meine Erdbeerwoche habe, muss er nicht unbedingt erfahren, deshalb schiebe ich eine Krankheit vor.

Überraschend schnell kommt die Antwort. »Oh, das ist schade.«

Darauf will ich mit einem Traurig-Smiley reagieren, als er hinzufügt: »Ich könnte auch zu Hause bleiben, dann bist du nicht alleine!«

Also der Nächste, der aus Solidarität mir gegenüber vergisst, dass er eigentlich feiern wollte. Heftig protestiere ich, indem ich »Nein« zurückschreibe und fünf Ausrufezeichen, um meinen Standpunkt extra zu betonen. Falls Aylin jetzt auch noch vorschlägt, auf die Party zu verzichten, drehe ich durch!

Tatsächlich tut es ihr leid, dass ich nicht dabei sein kann, doch gleichzeitig freut sie sich auf einen beschwingten Abend mit Simon und den anderen.

Ich will mein Handy schon zur Seite legen, da sendet mir Tim eine weitere Nachricht. »Ohne dich ist alles doof! Party doof, Leute doof! Soll ich noch mehr aufzählen?«

Sofort wird in mir drinnen alles warm, was sicher nicht meiner Bettdecke gebührt. Mindestens fünf Mal lese ich diese Zeilen, ehe ich antworte. »Das ist wirklich lieb von dir! Aber ich komm bestimmt alleine klar!«

Um 19 Uhr seufze ich auf, denn jetzt beginnt die Party. Während meine Freunde über die Tanzfläche fegen, begnüge ich mich mit mehreren Folgen »Armans Geheimnis«. Die will ich mir anschauen, bis ich müde werde und einschlafe. Aber die Zeit schleppt sich dahin. Immer wieder blicke ich zu meinem Hahnenwecker und höre beinahe, wie die Sekunden vorwärts ticken. Oder nehme ich es wirklich wahr?

Körperlich fühle ich mich etwas besser. Vielleicht könnte ich ja doch noch aufstehen, um mich für den Abend anzuziehen.

Als Papa hereinkommt, um mir eine Kanne Tee zu bringen, spreche ich ihn darauf an. Doch er schüttelt nur den Kopf.

„Du warst nicht in der Schule. Und das heißt, dass du ins Bett gehörst."

Für ihn gibt es nur »Entweder – oder«, nie «Sowohl – als auch«. Mürrisch verziehe ich das Gesicht, wobei mir völlig klar ist, dass weiteres Reden zwecklos wäre.

So drehe ich meine Tasse zwischen den Fingern. Sogar meine Lieblingstasse, die Papa extra herausgesucht hat. Unter anderen Umständen hätte mich das gefreut, aber jetzt entlockt es mir kaum ein Lächeln. Ich starre nur den Schriftzug an: »Du bist ein Engel«. Wer damit wohl gemeint ist?

Gerade nehme ich die Kanne vom Nachtkästchen, um mir einzuschenken, da erhalte ich einen Anruf. Auf dem Display steht »Susanne«. Ob sie mich doch noch überreden will, ins Jugendzentrum zu fahren? Vielleicht erzählt sie mir auch gleich, dass sie dort einem süßen Jungen begegnet ist und mittlerweile richtig mit ihm flirtet.

Unlust macht sich in mir breit, aber natürlich nehme ich das Gespräch an. Dröhnende Musik peitscht mir entgegen, also hat Mona wohl einen DJ gefunden.

„Sabse?"

Wie sich das anhört, steht Susanne kurz davor, die Nerven zu verlieren. Doch ihre Worte gehen unter in den wummernden Bässen und fröhlichem Gelächter der Partygäste.

„Mona … weg …"

Es durchzuckt mich wie ein Blitz. Habe ich das richtig verstanden?

Schon schnappe ich den nächsten Fetzen auf: „Alleine ...“

Jetzt rauscht mir eine Hitzewelle durch den Körper. Aber ich bemühe mich, ruhig zu bleiben und auch meine Stimme so klingen zu lassen.

„Ich kann dich kaum verstehen. Was ist passiert? Und Mona ...“

Um Susanne herum kreischen einige los, als hätte »Cro« die Bühne gestürmt. Oder der DJ gibt an mit seiner sexy Figur.

Meine Freundin sagt noch etwas, aber genauso gut könnte sie versuchen, mit jemand anderem in Australien zu sprechen. Sie sollte rausgehen, irgendwo hin, damit wir uns besser unterhalten können. Nur fällt es ihr bestimmt nicht leicht, den Weg zu finden.

In meiner Brust zieht sich alles zusammen, da höre ich von Susanne: „... brauche deine Hilfe.“

Dieser Teil kommt deutlich an und beinahe fällt mir das Smartphone aus der Hand, denn einen Notruf habe ich nicht erwartet. Mein Puls rast, als müsste ich jetzt schon mit Kevin um die Wette skaten.

Dann wird mein Kopf mit einem Mal ganz klar. Meine Gedanken funktionieren wie das Räderwerk einer Maschine, wodurch es mir gelingt, mich wieder zu sammeln. Niemandem ist geholfen, wenn auch ich noch in Panik gerate und wir dürfen keine Zeit verlieren.

Schon schwinge ich die Beine aus dem Bett. „Warte! Ich komme zu dir!“

Weil Susanne darauf nicht antwortet, wiederhole ich es. Außerdem will ich Aylin und Simon anrufen, denn die beiden können sie suchen und mit ihr nach draußen gehen.

„Ja“, willigt Susanne ein, „okay.“

In der Hoffnung, dass sie sich besser fühlt, lege ich auf, um sofort bei Mona durchzuklingeln.

Solange es läutet, verstärkt sich bei mir das Unbehagen. Denn Mona kenne ich nur zuverlässig und gewissenhaft. Niemals würde sie eine Freundin, die ihr vertraut, sich selbst überlassen.

Fest umklammere ich das iPhone, während meine Augen durchs Zimmer huschen. Gestern Abend habe ich mein Outfit für die Party rausgesucht: eine Jeans mit Nieten an den Taschen und ein schwarzes

Netz-Shirt. Die Klamotten liegen auf dem Stuhl bereit, sodass ich flugs hineinschlüpfen kann.

Inzwischen meldet sich bei Mona die Mailbox und es sprudelt aus mir heraus: „Ruf mich schnell zurück! Susanne ist total verzweifelt …"

Der Rest bleibt irgendwo in meiner Kehle stecken. Ich räuspere mich und werde mit einem Mal entsetzlich schwach, denn Mona könnte etwas zugestoßen sein. Vielleicht ist sie entführt worden? Brutal vergewaltigt und hinterher wie ein Müllsack entsorgt?

„Bitte", kann ich gerade noch krächzen. Dann trenne ich die Verbindung, um ins Wohnzimmer zu stürmen, wo meine Eltern wieder einmal vor dem Flimmerkasten hocken.

TANZENDE HERZEN

Was sie sich anschauen, nehme ich nicht wahr. Ich spüre nur, dass mein Herz wie eine Trommel schlägt. Sicher können Mama und Papa es hören, als ich atemlos hervorstoße: „Ich … muss noch mal weg."

In meinem Inneren tost ein Orkan, aber Papa dreht sich nur verärgert zu mir um. „Was soll der Quatsch?"

„Das ist kein Quatsch!", fauche ich.

Daraufhin verdüstern sich seine Augen und ich stelle mich auf seine strenge Sprechweise ein, als könnte er mir ein Verbrechen vorwerfen. Nervös drücke ich die Fingernägel in meine Handfläche, denn ich kann nur hoffen, dass diese Auseinandersetzung bald vorübergeht. Oder das selber beschleunigen.

„Susanne wartet im Jugendzentrum. Sie braucht mich!"

„Bei der Beach Party?" Missbilligend legt nun auch meine Mutter die Stirn in Falten. „Kann sich nicht Mona darum kümmern?"

So schnell wie möglich spule ich die Fakten ab, wobei mir aufgeht, wie wenig ich eigentlich weiß. Wirr und lückenhaft kommt mir vor, was ich berichte und besonders regt mich auf, wie viel Zeit wir hier verschwenden.

Mein Körper steht so sehr unter Strom, dass ich dauernd von einem Fuß auf den anderen trete. Obwohl ich losrennen müsste, halten meine Eltern mich zu Hause fest. Flehend schaue ich sie an: zuerst Papa, anschließend Mama. Langsam erhebt sie sich, um auf mich zuzutreten.

„Du bist ja ganz durcheinander. Hast du vielleicht Fieber?"

Prüfend fasst sie mir an die Stirn, weshalb ich schon den Mund aufreiße, um meine Mutter anzuschreien. Aber in letzter Sekunde gelingt es mir, mich zu beherrschen. Grimmig presse ich die Lippen aufeinander, weil sie mich bestimmt nicht gehen lassen, wenn ich jetzt laut werde.

Da ertönt die Melodie, die mir eingehende Anrufe auf dem Smartphone signalisiert. Ich höre sie gedämpft im Hintergrund, wodurch mir klar wird, dass ich das Handy in meinem Zimmer habe liegen lassen.

Ruckartig wende ich mich von meinen Eltern ab, denn mehr als alles andere wünsche ich mir jetzt, dass Mona sich meldet. Gleich wird sie mir sagen, es wäre alles in Ordnung. Bloß irgendein blödes Missverständnis …

Nicht Mona, sondern Susanne wartet in der Leitung. Wenigstens sie scheint etwas ruhiger zu sein.

„Kai hat mich entdeckt. Wir stehen jetzt im Flur."

Und er hat ihr gesagt, dass er mich zurück haben möchte. Oder Susanne eine Liebeserklärung gemacht, doch sie weiß nicht, wie sie damit umgehen soll. Und deshalb …

Ich zügele meine Gedanken, weil ich befürchten muss, dass ich tatsächlich ernsthaft krank geworden bin. Vielleicht hat die Sorge um meine beste Freundin mich wahnsinnig gemacht.

„Hast du etwas von Mona gehört?"

Auf eine schlechte Nachricht vorbereitet, sinke ich in meinen Schreibtischstuhl. Schnell klopfen die Finger der freien Hand gegen die Armlehne.

„Wir sind auf der Tanzfläche gewesen", schildert Susanne, „war richtig cool. Aber dann hat sie sich plötzlich umgedreht und ist davongelaufen. Keine Ahnung, wo sie jetzt steckt in dem Getümmel …"

Ein Schauder rieselt mir den Rücken hinab. „Sie hat dir nicht gesagt, wohin sie will?"

„Nein."

„Sie … hat dich einfach stehen lassen", zähle ich weiter zusammen. Mein Mund fühlt sich ganz trocken an und mein Gehirn lehnt es immer noch ab, mir eine brauchbare Erklärung zu liefern. Ich bin einfach in Alarmbereitschaft versetzt. So umklammere ich das Handy, während Susanne mir den Rest erzählt.

„Kai hat mich entdeckt und sich gewundert, warum ich alleine bin. Dadurch sind wir ins Gespräch gekommen und er hat mich an eine andere Stelle geführt, weiter weg von dem Trubel."

Tatsächlich dröhnt die Musik nicht mehr so laut durch den Hörer. Aber das bemerke ich erst jetzt, nachdem Susanne es erwähnt hat.

„Er kann Mona auch nicht finden."

„Was?", schreie ich entsetzt. Mein Herz wirbelt so kräftig, dass es aus der Brust zu springen droht. Mit jedem Schlag erinnert es mich an Mona, wie vom Erdboden verschluckt …

„Wir suchen sie noch", höre ich Kai, der offenbar neben Susanne steht. Und sie fragt hoffnungsvoll: „Hat sie sich bei dir gemeldet?"

„N-nein."

Vergleichbar mit einer Ansammlung von Düsenjets rasen die Gedanken durch meinen Kopf. Es fällt mir schwer, nach einem von ihnen zu greifen, aber ich muss sie alle nacheinander festhalten und die Möglichkeiten klären. Viel kommt da ohnehin nicht infrage. Mona noch einmal anzurufen oder ihr eine Nachricht zu schicken, würde vermutlich wenig nützen, es sei denn, sie hätte ihr Handy auf Vibration eingestellt. Aber dazu entschließt sich Mona nur selten und hören würde sie das Klingeln nicht, falls sie sich noch irgendwo auf der Party herumtreibt. Ja, falls …

Dieser Zusatz macht mir Angst. Sofort entwickeln sich die Horrorszenarien, als hätte jemand mit bunten Farben Bilder an die Wand gesprüht. Obwohl ich mich darum bemühe, diese Eindrücke zurückzudrängen, fällt mir selber auf, wie panisch ich wirke.

„Susanne, bitte bleib, wo du bist. Ich komme zu dir!"

„Geht das denn?"

Kai hat sie vermutlich erzählt, dass ich krank im Bett liege. Kurz durchzuckt mich Dankbarkeit dafür, dass sie meine Regelschmerzen nicht erwähnt. Andererseits wäre das auch nicht so schlimm, im Moment geht es nur darum, dass wir Mona bald wiederfinden. Meine Eltern zögern das unnötig hinaus.

„Sabrina." Mama seufzt, als stünde ihr ein kleines, dummes Mädchen gegenüber. Ich kenne den Ton, in dem sie jetzt spricht. Und den verdrießlichen Blick.

Schon versuche ich, ihre Belehrungen abzukürzen, doch Mama unterbindet das mit einer zackigen Handbewegung. Sei doch vernünftig, soll das wahrscheinlich heißen.

„Aber Mona geht es schlecht!", rufe ich aus. Jetzt bin ich so verzweifelt, dass mir Tränen in die Augen schießen. Verärgert wische ich sie weg, doch es strömen schon die nächsten nach.

Da steht Papa auf, um mich in die Arme zu schließen. Kurz lege ich den Kopf an seine Schulter und überlasse mich dem viel versprechenden Gefühl, gehalten zu werden.

Dass meine Eltern ihre Zuneigung zeigen, passiert viel zu selten. Der Körperkontakt zwischen ihnen und mir ist so kostbar und gerade jetzt kann ich jemanden gebrauchen, der mich tröstet, aber ich sollte hier keine Zeit vergeuden. Für Mona zählt jede Sekunde!

Entschlossen mache ich mich von Papa los. Meine Stimme klingt kratzig, aber ich dränge wieder: „Darf ich hinfahren?"

„Hast du schon Kevin angerufen?", will nun Mama wissen.

„Kevin?", wiederhole ich wie ein Echo, „warum …?"

„Er ist doch auch dabei."

„Aber … wieso?" Dass Kevin zu einer Party gehen würde, kann ich mir beim besten Willen nicht vorstellen. In meiner Gegenwart hat er auch nichts davon erwähnt.

Trotzdem fliegen meine Finger über die Einträge im Handy, suchen den von Kevin heraus. Ein paar Herzschläge später tutet es in der Leitung.

„Er geht nicht ran!"

„Warte noch ein bisschen", fordert mich Papa auf.

Fast bilde ich mir ein, das Ticken einer Uhr zu hören, wie eine Ermahnung, dass ich nicht länger herumtrödeln sollte. Gleichzeitig beschwöre ich Kevin, das Gespräch doch endlich entgegenzunehmen. Vielleicht schaut er gerade jetzt auf das Display, stellt fest, dass bloß seine nervige Schwester mit ihm reden will und schiebt das Smartphone zurück in die Hosentasche. Doch selbst wenn er sich dazu herablassen würde, meine Frage zu beantworten: Woher soll er wissen, was mit Mona ist?

Schließlich sehen das auch meine Eltern ein, sodass sie mir erlauben, Susanne zu sehen und nach Mona zu suchen. Allerdings schränkt Papa ein: „Nicht alleine! Um diese Uhrzeit als Mädchen unterwegs zu sein, ist lebensgefährlich!"

Zumindest wäre es ein bisschen unheimlich für mich, im Dunkeln noch rauszugehen. Wenn ich dann zufällig einem Typen begegne, der etwas anderes beabsichtigt, als mich freundlich nach dem Weg zu fragen … Wieder läuft mir ein Schauer über den Rücken, während ich bezweifle, dass es Mona gut geht. Um nicht laut zu schreien, presse ich die Lippen zusammen. Dann atme ich langsam aus, um Plan B zu diskutieren.

„Kann einer von euch mich bringen?"

Papa schüttelt den Kopf. „Ich hab schon mehrere Gläser Wein getrunken und deine Mutter fährt um diese Uhrzeit nicht mehr Auto, das weißt du doch."

Also soll ich ein Taxi nehmen? Und Kosten verursachen, die ich später nicht rechtfertigen könnte, weil bei Mona alles gut ist.

Da bleibt nur Plan C und in dem Moment, als er mir einfällt, ärgert es mich schon, dass ich nicht früher daran gedacht habe. Tim! Er befindet sich doch auch bei dieser Feier! Also kann er nach Mona suchen oder Susanne Gesellschaft leisten. Ohnehin wäre es mir lieber gewesen, wenn sie ihm aufgefallen wäre, anstatt Kai. Da mag der noch so viele Texte schreiben, die andere inspirieren und zum Nachdenken anregen. Oder Bedienungsanleitungen auf eine Weise vorlesen, dass die meisten wie gebannt an seinen Lippen kleben. Aber auf Tim kann ich mich besser verlassen.

Jetzt seine Stimme zu hören, würde mir zusätzlich Vertrauen geben, deshalb rufe ich ihn an. Nach dem zweiten Klingeln meldet er sich.

„Hallo?"

Schon die Begrüßung erleichtert mich so sehr, dass mir ein kleiner Freudenschrei entfährt.

„Sabse?", vergewissert sich Tim, „bist du das?"

„Ja. Es ist dringend!"

In wenigen Sätzen fasse ich zusammen, was vorgefallen ist. Dabei wird mir bewusst, dass um ihn herum kaum etwas passiert. Weder höre ich laute Musik noch das Geplapper und Gelächter der übrigen. Haben sie die Party abgebrochen? Weil Mona …

Nein, bestimmt nicht. Es gibt noch eine weitere, vollkommen harmlose Erklärung.

„Du … bist nicht dort?"

„Ohne dich hatte ich keine Lust."

„Aber …" Ich bin so verblüfft, dass ich für einen Moment vergesse, worum es hier eigentlich geht. Doch Tim bietet eine Lösung an.

„Wir treffen uns in einer Viertelstunde am Kriegerdenkmal."

„Gut", stimme ich zu, während er bereits zur Haustür eilt. Ich kann die Schritte und seinen Atem hören.

„Bis gleich, meine mutige Sabse!"

Diese Worte fühlen sich wie eine Umarmung an. Dadurch ermutigt, teile ich Susanne mit, dass wir uns auf den Weg machen. Kai ist bisher nicht zu ihr zurückgekehrt. Und das heißt, von Mona haben wir nach wie vor keine Spur.

Mich überrollt eine Welle der Angst, wodurch Susanne bloß aus weiter Ferne zu mir dringt: „Danke."

„Kein Problem", entgegne ich, „oder wofür sind Freundinnen da?"

Als ich ihr Lachen höre, wird mir augenblicklich wohler. Wir verabschieden uns, damit ich meinen Eltern die Lage erläutern kann. Und wieder bremsen sie mich aus.

„Was haben wir dir vorhin erklärt?" Finster sieht mich meine Mutter an. „Du als Mädchen alleine draußen, mitten in der Nacht? Du merkst bestimmt selber, dass diese Rechnung nicht aufgehen kann."

„Tim fährt doch mit. Wir treffen uns …"

Bevor ich den Satz beende, fällt mir auf, dass meine Mutter irritiert die Augenbrauen hebt. „Wer soll das sein?"

„Oh … ääh …" Mir steigt die Hitze in die Wangen, während ich um eine Antwort ringe, die möglichst unkompliziert erscheint und keine weiteren Fragen aufwirft. Schließlich sage ich: „Einer aus dem Jugendzentrum.“

„Ach so“, entgegnet Mama, doch es klingt eher wie: Darüber müssen wir noch reden.

Papa beurteilt das genauso, denn er dehnt aus: „Du hast neuerdings alle möglichen Freunde, von denen wir nichts wissen. Erst Susanne, jetzt irgendein Tim …“

Oh nein! Innerlich stöhnend, nehme ich schnell den ersten Faden wieder auf. „Ich treffe mich mit ihm am Kriegerdenkmal. Das ist nicht weit.“

Doch meine Mutter schüttelt den Kopf. „Du willst das nicht verstehen, oder? Ihr seid beide minderjährig, da können wir die Verantwortung nicht übernehmen. Weder für dich noch für Tim!“

„Aber …“ Ich bin so empört, dass mir die Worte fehlen. Obwohl es Mona vielleicht schlecht geht, inszenieren meine Eltern so ein Drama.

„Bestimmt ist mit Mona alles okay“, fängt Papa an, mich zu beruhigen. Aber woher will er das wissen?

„Tim soll dich hier abholen. Ansonsten bleibst du hier“, entscheidet meine Mutter, „oder wir könnten auch Frau Steiner …“

„Nein“, wehre ich erschrocken ab. Denn ich möchte nicht, dass Monas Mutter sich Sorgen macht.

An diesem Abend verbreitet das Jugendzentrum den totalen Urlaubsflair. In dem Raum, wo normalerweise Fernsehapparate und Kickertische stehen, ist alles sommerlich dekoriert. Mona hat sogar eine Gummipalme hergebracht und überall liegen Muscheln herum. Fehlt nur noch Sand auf dem Boden, überlege ich, während uns der Megahit »Despacito« empfängt. Klar, dass dieser Song auf einer Beach Party nicht fehlen darf!

Susanne schaut ungefähr in die Richtung, aus der wir kommen, wahrscheinlich hat sie uns bereits gehört. Sie trägt ein wunderschönes Spaghetti Trägerkleid und Stiefeletten mit kleinen Absätzen. Wirklich hübsch, wie sie sich zurechtgemacht hat, doch darüber sollten wir später reden.

Denn Kai steht mit neutraler Miene neben ihr. Als wäre es ihm egal, dass wir alle uns ängstigen wegen Mona.

„Wo ist sie?", bedränge ich ihn sofort.

Aber Kai zuckt nur mit den Schultern. „Hör doch auf, so eine Panik zu schieben."

„Panik?", wiederhole ich, weil es ungeheuerlich ist, wie er den Ernst der Lage ignoriert. Oder stimmt es, dass ich übertreibe? Hat Mona einfach nicht mehr an Susanne gedacht?

Besänftigend legt Tim eine Hand auf meinen Arm. Doch bei der Vorstellung, meine beste Freundin wäre nachlässig, kann ich die Berührung nicht mehr genießen. Falls es Mona war, die mich ins Gefühlschaos gestürzt hat …

Plötzlich findet dieses ganze Durcheinander ein Ventil. Mir wird heiß vor Zorn, am liebsten möchte ich ihr den Kopf abreißen. Um dies bewältigen zu können, müsste ich allerdings öfter ins Fitnessstudio gehen, womit ich aber die Hölle auf Erden betreten würde.

In hilfloser Wut balle ich beide Hände zu Fäusten. „Wenn ich Mona erwische, dann …"

„Was habe ich jetzt schon wieder verbrochen?", ertönt da eine Stimme hinter uns.

IM RAUSCH DER ZÄRTLICHEN GEFÜHLE

Gerade sind Mona und Kevin aufgetaucht und ich erkenne sofort, dass meine Freundin ein wenig schwankt. Vermutlich haben die zwei auf Softdrinks verzichtet, um sich härterem Zeug zuzuwenden. Aber wo denn bitte? Soweit ich weiß, dürfen Jugendliche erst ab 16 Alkohol konsumieren. Mein Bruder wird erst im August so alt und Mona im Oktober 15! Aber für Moralisierung ist jetzt keine Zeit, sondern ich schnauze Mona an: „Was fällt dir ein, Susanne einfach so allein zu lassen? Du weißt doch, dass sie sich hier nicht auskennt."

„Sorry, Sabse." Sie hickst. „Kevin war so nett, mit mir auszugehen, da habe ich Susanne wohl irgendwie vergessen."

Dazu kichert sie albern, echt die Höhe! Ich muss mich richtig beherrschen, damit ich sie nicht kräftig durchschüttele.

„Mona, nimm dich mal zusammen! Weißt du eigentlich, was alles hätte passieren können?"

„Reg dich nicht auf! Susanne war doch in guter Gesellschaft." Sie wirft ein anspielendes Lächeln zu Kai hinüber, der immer noch dasteht, als ginge ihn das alles nichts an. Zugegeben, er hat sich als große Hilfe erwiesen. Deshalb blicke ich ihm kurz in die Augen und ringe mir ein „Danke" ab.

„Kein Problem", erwidert er, „wir hatten Spaß."

Mir wird mulmig zumute, denn Spaß kann so vieles bedeuten. Ich glaube, dass ich Susanne detektivisch befragen muss, vorher will ich Kevin zurechtstauchen.

„Hier geht es um Verantwortung!", knalle ich ihm an den Kopf. Mona beschwipst, Susanne verlassen …

Doch er zuckt nur die Schultern. „Wusste ja nicht, dass sie zusammen dort waren."

Dann blinzelt er zu Tim. „Wer ist das?"

„Als ob dich das interessiert!", zische ich.

Trotzdem stellt mein Begleiter sich vor. „Ich bin Sabses Skating-Coach."

Kevin mustert ihn von oben herab, sodass ich schon vor mir sehe, wie sich die beiden Männer duellieren. Als hätte er die Hormonausschüttung wahrgenommen, stößt noch ein Dritter hinzu.

„Hey, was is'n hier los? Versammlung?"

Neugierig beäugt uns der schlaksige Typ, doch auch er bekommt meinen Todesblick ab. Weil ansonsten niemand auf ihn reagiert, verzieht er sich wieder und ich gehe noch einmal auf Kevin los.

„Im Gegensatz zu Susanne hast du funktionierende Augen!"

„Bitte, mach es nicht noch schlimmer", warnt mich Tim mit leiser Stimme. Flüchtig schaue ich zu ihm, nehme die tiefe Zuneigung wahr, die in seinem Gesicht liegt und dann geht mir auf, was ich soeben gesagt habe.

„Entschuldigung, Susanne …"

„Schon okay. Aber ich bin mir echt hilflos vorgekommen. Mona, das war gemein von dir."

Diese lallt, ohne einen Zusammenhang herzustellen: „Soll ich euch mal was verraten?"

Um ehrlich zu sein, lieber nicht. Da käme bestimmt nur blödes Geschwafel, typisch Betrunkene halt!

Schnell greife ich nach ihrem Arm, um die Sache abzukürzen, wovon sich Mona nicht beeindrucken lässt. In ihre Augen tritt ein ungewohnter Glanz.

„Kevin und ich, wir sind jetzt zusammen!"

„Wie bitte?" Fassungslos starre ich zuerst meinen Bruder, dann meine beste Freundin an. Beide grinsen zurück, bis mir ganz flau im Magen wird. Immerhin heißt es, dass Kinder und alkoholisierte Erwachsene die Wahrheit sagen.

„Seit wann?"

Die Frage kommt mir nur schwer über die Lippen, denn Wut und Verwirrung leisten sich einen erbitterten Kampf.

Wie um nicht zu stürzen, hält sich Mona an mir fest. Ihre Wangen sind gerötet.

„Seit … Schatz, sag du. Ich weiß nicht mehr."

Wenn ich nicht aufpasse, werfe ich ihr eine Bemerkung hin, die mir hinterher leidtun würde. Deshalb atme ich tief durch, aber ich glaube, Mona ist wirklich nicht mehr zu helfen, außer sie kann irgendwo ihren Rausch ausschlafen.

Kevin druckst ein wenig herum. „Kurz … nach dem Reiten hat das alles angefangen."

„Na schön", entgegne ich, obwohl in mir noch alles schreit. Die beiden liebesturtelnden Teenager haben Susanne alleine gelassen und mein Ex-Schwarm hat sie aufgegabelt. Finster schaue ich Mona an, die zumindest noch so viel begreift, dass sie sich entschuldigen muss. Dabei fällt ihre Artikulation etwas undeutlich aus.

„Oh Mann, war echt keine Absicht. Hab mich nur so gefreut, als Kevin plötzlich reingekommen ist."

„Sollte mir ‚ne Brille zulegen", brummt mein Bruder, was ich von ihm zur Versöhnung akzeptiere.

Im Hintergrund wummert weiter die Musik. So stehen wir noch eine Weile, während niemand zu wissen scheint, was er sagen oder wie er sich verhalten soll. Nur Mona faselt irgendetwas in der Art, dass sie gerne noch einen Cocktail hätte, dabei dünstet sie die vorherigen aus.

Sie und mein Bruder, das gefällt mir überhaupt nicht. So habe ich Mona nicht mehr für mich, wenn sie zu Besuch kommt. Und falls sie übernachten darf, gibt es keine stundenlangen Mädelsgespräche mehr im Bett, sondern Mona wird bei Kevin im Zimmer … schlafen?

Bevor ich mir das richtig überlegen kann, betritt Herr Hoffmann die Szene, um Susanne abzuholen. Ist ja auch schon kurz vor elf, was ein Blick auf mein Handy bestätigt. Eine SMS meiner Mutter ist außerdem eingegangen, die ich in dem ganzen Trubel gar nicht bemerkt habe: »Wann kommst du?«

Ich achte nicht weiter darauf, sondern begrüße Herrn Hoffmann, der seine Tochter am Arm nimmt. Im Weggehen sagt sie zu Mona: „Wir reden noch mal drüber, wenn du wieder nüchtern bist. Und danke für die Hilfe, Sabse. Danke, Kai!"

„Ciao, bis Mittwoch zum Lesezirkel", verabschiedet sich Kai. Er reicht ihr sogar die Hand und Susanne lächelt ihn an. Oh Gott! was ist da bloß passiert? Jeden anderen hätte sie anstrahlen können, aber Kai …

Spontan greife ich nach Tims Hand und er drückt meine Finger, als wäre ihm klar, dass ich gerade Unterstützung brauche. Laut und deutlich, damit Mona und Kevin mich verstehen, kündige ich an: „Wir fahren auch zurück. Was ist mit euch?"

Eigentlich interessiert mich das nicht die Bohne, sollen sie doch hier übernachten oder sonstwo. Aber ich muss eine Geschichte kriegen, die ich meinen Eltern erzählen kann und für noch eine Auseinandersetzung fehlt mir absolut die Kraft. Doch Kevin erweist sich als nützlich.

„Ich bringe Mona heil nach Hause."

„Dann spätestens bis morgen", sage ich knapp und verlasse mit Tim das Gebäude, ohne auch nur einen weiteren Blick für Kevin oder Kai zu verschwenden; und meine beste Freundin schaue ich erst recht nicht an.

Dafür antworte ich auf die Textnachricht meiner Mutter. »Alles o.k., bin gleich zu Hause.«

Neben Tim radle ich durch die kühle Nacht. Ich bin erschöpft, will nur noch in mein Bett. Da beginnt Tim: „Glaubst du, dass Susanne und Kai … na ja, sich angenähert haben?"

„Keine Ahnung", erwidere ich knapp.

„Würde es dir denn was ausmachen?"

Diese Frage zu beantworten, finde ich schwer, um nicht zu sagen unmöglich. Falls die beiden stärkere Gefühle entwickeln, hätte ich sicher damit zu kämpfen. Nicht dass ich Kai noch für mich gewinnen will, aber bestimmt würde ich Vergleiche anstellen. Wie liebt Susanne ihn? Genauso, wie ich ihn geliebt habe?

Zudem beunruhigt mich die Überlegung, dass auch sie Probleme mit ihm bekommt. Andererseits hat Susanne doch keinen peinlichen Klingelton!

Tim verlangsamt die Fahrt, als wir uns dem Kriegerdenkmal nähern. Dort steigt er von seinem Rad.

„Ich will dir noch sagen, wie mutig das heute Abend von dir war."

Meine Füße tun gerade nur, was ihnen gefällt, denn sie stellen mich genau neben Tim. Ich kann die Wärme spüren, die sein Körper ausstrahlt und habe weder Angst noch Bedenken, die restliche Strecke alleine zu fahren. Die Gewissheit, dass Tim mich so sehr mag, lässt alle Befürchtungen meiner Eltern zerplatzen.

„Schon beim dritten Mal Skaten", erinnert sich Tim, „bist du die steilste Rampe runtergefahren. Da habe ich mir gedacht, wie tapfer du bist! Und so unglaublich süß …"

Ganz leise streichen seine Worte durch die angenehme Sommernacht, während mein Hirn sich anfühlt wie Zuckerwatte, irgendwie leicht und unbeschwert. Die Sache mit Kai und Susanne, Kevin und Mona, all das kommt mir plötzlich bedeutungslos vor. In diesem Moment zählt nur Tim!

Vorsichtig nähert sich sein Gesicht dem meinen, dann drückt er mir einen Kuss auf die Stirn. Den nächsten haucht er auf meine Lippen, unendlich behutsam.

„Wenn du willst, können wir sein wie Mona und Kevin", verspricht mir Tim. Dann, ohne eine Antwort abzuwarten, schwingt er sich wieder in den Sattel und radelt davon.

SO WAHR MIR BRÜDERCHEN HELFE

9. JUNI

Ob es an den Folgen meiner nächtlichen Rettungsaktion liegt oder an meiner Menstruation, jedenfalls fühle ich mich am Sonntag nur wenig besser. Deshalb schleppe ich mich zu meinem Bruder, wo ich den geübten Hundeblick aufsetze. In leidendem Ton fange ich an: „Wärst du einverstanden, wenn …?"

„nein!", brummt er, ohne den Blick von seiner Xbox zu nehmen. Seine ganze Aufmerksamkeit ist auf das Konsolenspiel »FIFA 18« gerichtet, was mir so unverschämt erscheint, dass ich mich nur noch aufregen kann. Am liebsten würde ich den Stecker ziehen, wie ich das manchmal bei seiner Stereoanlage tue, denn Kevin hat überhaupt keine Manieren. Aber ich muss mich beherrschen, weil ich ihn um etwas bitten will.

„Hör mir doch erst mal zu!"

Widerstrebend wendet Kevin den Kopf in meine Richtung. Er klingt betont gelangweilt, als er fragt: „Was willst du?"

„Können wir das Rennen um ein paar Tage verschieben?"

Tatsächlich drückt er jetzt die Pausetaste. Auf dem Bildschirm erstarren die Fußballer, während Kevin spöttisch seine Mundwinkel verzieht.

„Oh, Queen Sabrina hat noch Bauchweh. Das tut mir aber leid!"

„Blödmann!", knurre ich zurück.

Daraufhin verdreht er die Augen. „Soll ich dir die Wampe kraulen?"

„Bloß nicht!" Ich mache einen gewaltigen Satz nach hinten. „Such dir ein anderes Kuscheltier!"

Spontan muss ich an Mona denken, die tatsächlich gewillt ist, ihn abzuschmusen. Doch im Moment bewegt sich Kevin auf einem anderen Kurs.

„Ich könnte dir ja in die Speckröllchen kneifen!"

Gerade hole ich zur nächsten Beleidigung aus, da fügt er hinzu: „Wir verschieben es auf Dienstag. Okay?"

Verblüfft schaue ich ihm ins Gesicht, bis Kevin wiederholt: „Übermorgen, habe ich gesagt. Passt das bei dir?"

Während mein Bruder weiter zockt, lasse ich mich ins Bett fallen. Ein bisschen telefoniere ich mit Tim, der mir empfiehlt, vorher noch einmal zu trainieren.

„Keine Ahnung", ächze ich, „wann ich wieder fit bin."

„Ich schick dir einfach eine gute Besserung", erwidert er mit seiner samtweichen Stimme, die meine Wangen glühen lässt. Und auch der restliche Körper wird heiß.

Am nächsten Tag fühle ich mich so weit wiederhergestellt, dass ich kurz mit Tim zum Skaten gehe. Außerdem überrascht mich Papa, indem er ankündigt: „Mama und ich schauen morgen zu. Dann kann ich ein paar Fotos von euch schießen."

„Muss das sein?"

„Na, du bist aber nett! Wir wollen doch eine Erinnerung haben an dieses legendäre Ereignis!"

Fast überkommt mich wieder die Übelkeit. Um mich abzulenken, rufe ich Mona an, später spreche ich mit Susanne. Diese macht ihren Vorschlag wahr und liest mir ein paar Seiten Stephen King vor, doch auch ohne dieses Buch hätte es mich gegruselt.

Kevin dagegen scheint unser Wettkampf kaum zu beschäftigen. Er gibt sich cool wie immer, vielleicht ist er das ja wirklich. Bloß wünschte ich, seine Selbstsicherheit könnte mich anstecken.

Stattdessen verbringe ich eine unruhige Nacht mit der Vorstellung, wie Papa mich fotografiert, als ich gerade auf den Hintern plumpse. Ich denke sogar darüber nach, mich wieder in meine Regelschmerzen zu flüchten, damit ich absagen kann. Aber das wäre feige und wenn ich morgen nicht antrete, fordert Kevin mich spätestens nächste Woche heraus. Also koche ich mir einen Beruhigungstee und hoffe, dass die Prüfung bald bestanden ist.

FALLSTRICKE ZUM STOLPERSTEIN

11. JUNI

Nach und nach treffen die Zuschauer ein. Besonders freue ich mich, als Simon mit seinem kleinen Bruder auftaucht. Lukas ist so gut gelaunt, dass sich auch bei mir die Stimmung etwas hebt.

„Sicher gewinnst du! Stupsi und ich glauben ganz fest daran."

Ich bin weniger überzeugt, aber ein Funke seiner Zuversicht springt zu mir über. Aylin und Tim geben mir noch ein paar Ratschläge, außerdem hat mein Skating-Partner ein Geschenk dabei.

„Darfst du aber erst nachher auspacken", erhöht er die Spannung.

Normalerweise wäre auch Mona in meiner Nähe geblieben, doch steht sie unschlüssig herum. Manchmal schaut sie zu mir, dann wieder zu Kevin, als ob sie nicht wüsste, wem sie die Daumen drücken soll.

Papa streckt Susanne die Hand entgegen. Sie wechseln ein paar Worte, bevor er sich an meinen nächsten Fan wendet.

„Und wer bist du?"

„Tim."

Ich sehe ihm an, dass ihn die Forschheit meines Vaters irritiert. Deshalb erläutere ich eilig: „Er hat mir beim Jugendzentrum das Skaten beigebracht."

„So, so." Papa kratzt sich hinterm Ohr. „Freut mich, dich kennen zu lernen, junger Mann."

Während sich die anderen, wie auf einer Tribüne, ihren Platz auf dem Bürgersteig suchen, kippe ich schnell noch ein Glas Wasser in mich hinein. Die Strecke, die ich bewältigen muss, verläuft von unserer Haustür bis zum Asia-Restaurant und wieder zurück, ungefähr 500 Meter.

„Ladies first." Simon fasst mich an den Schultern, um mich sanft nach vorne zu bugsieren. Aber Kevin drängelt sich an uns vorbei, schon in seiner Skater-Montur.

„Sie hat mich herausgefordert. Also darf ich als Erster!"

„Bist du so nervös, dass du nicht warten kannst?", setzt sich Simon weiter für mich ein. Lukas lässt ein helles Lachen hören und Susanne, die neben seinem Rollstuhl wartet, stichelt zu Kevin hinüber: „Die Ersten werden die Letzten sein."

„Und wovon träumst du nachts?"

„Der Klügere gibt nach", liefere ich den nächsten Spruch, „also fang endlich an! Bevor dir noch die Füße abfaulen!"

Mama schaut auf die Uhr und zählt rückwärts: „Drei, zwei …"

„Eins!", rufen alle im Chor.

Wie entfesselt rast Kevin los, hinter ihm steigt eine Staubwolke auf.

So mag ich gar nicht hinsehen, weil mir jetzt wirklich schlecht wird. Aber Lukas hat sich zur Aufgabe gemacht, den Sportreporter für Susanne zu spielen, deshalb muss ich es hören.

„Gleich geht es um die Kurve. Ah, jetzt den Bordstein runter, damit er einen großen Bogen fahren kann!"

In meinem Rücken wird lautstark geklatscht. „Super, Kevin! Du schaffst es!"

„Was?" Ich reiße die Augen auf und wirbele herum, denn Mona feuert Kevin an. Ihre Wangen sind gerötet vor Begeisterung, was mich furchtbar enttäuscht. Gleichzeitig siedet die Empörung hoch.

„Ich dachte, du bist meine Freundin. Und jetzt feierst du den?"

„Dir jubele ich auch noch zu", verteidigt sich Mona. Aber ich fühle mich trotzdem gekränkt und meine Füße sind schwer wie Beton. Dafür zappelt Lukas herum, plappert ununterbrochen.

„Ein Auto! Mal sehen, ob Kevin mithalten kann!"

Jetzt fällt auch mir der rote Käfer auf, der ältere Mann hinter dem Steuer schaut grimmig drein. Kurz tippt er sich an die Schläfe und lässt, als er neben Kevin angekommen ist, ein Stück die Scheibe runter.

„Das ist doch hier kein Kinderspielplatz!"

Kevin zuckt nur die Schultern, aber Papa reißt seine Kamera nach oben. Mehrfach drückt er auf den Auslöser.

„Achtung! Sie wurden geblitzt!"

So heiter erlebe ich ihn selten. Da die anderen losgrölen, ringe ich mir auch ein kleines Lächeln ab.

Sekunden später läuft Kevin ins Ziel ein. Dass er nur leicht außer Atem ist, ärgert mich ebenso sehr wie Mona, die ihn glücklich anstrahlt. Mama nennt seine Zeit, aber für mich gehen die Zahlen unter, weil Tim mir auf die Schulter klopft.

„Du bist viel besser als er", flüstert er nah an meinem Ohr. Seine Bartstoppeln kitzeln ein bisschen und mein Herz macht einen kleinen Hopser.

„Go, Sabse! Go, Sabse!", ermuntert mich Susanne.

Papa hält bereits die Kamera hoch. Beinahe stolpere ich, aber mir flattern so viele Empfehlungen durch den Kopf, die ich von Tim und Aylin bekommen habe. Damit ausgerüstet, wische ich mir noch einmal die Hände an den Hosenbeinen ab und rolle an.

Ich merke gleich, dass ich langsamer bin als Kevin. Zumindest ist es keine totale Blamage! Einigermaßen sicher stehe ich auf den Inlineskates und schiebe mich vorwärts. Rufe und Applaus treiben mich an, wodurch ich etwas mutiger werde, sogar ein bisschen beschleunige. Soll Kevin bloß nicht glauben, dass er mich schon besiegt hat!

Die Kurven nehme ich leichter als früher, was mich zusätzlich bestärkt. Wenn nur Papa nicht dauernd fotografieren würde!

Kurz vor der Gastwirtschaft höre ich ein Zischen hinter mir, wie ein heftig summendes Insekt. Irritiert drehe ich den Kopf und nehme Lukas wahr, der über die Rennstrecke angerauscht kommt. Mit beiden Händen dreht er kräftig an den Rädern seines Rollis, dann lässt er eines kurz los, um mir zuzuwinken.

„Hey, Sabse! Ich überhol dich gleich!"

„Pass auf!", brüllt jemand aus dem Hintergrund, da zieht es mir auch schon die Füße weg. Für einen Atemzug befürchte ich, mein Herz wäre stehen geblieben, doch die Ereignisse laufen nur in Zeitlupe ab.

Hektisch rudere ich mit den Armen, um mein Gleichgewicht wiederzufinden.

„Scheiße!", brüllt Tim und dann merke ich nur noch, wie ich hart auf den Asphalt krache.

Einen Moment lang bleibe ich benommen sitzen. Ständig muss mir so ein Müll passieren! Wenigstens ist Kai heute nicht hier, sonst würde er mich wieder auslachen.

Stimmengewirr breitet sich aus. Schritte nähern sich und ich kneife die Augen zu, während mein ganzer Körper schmerzt. Ob sie doch noch alle anfangen zu kichern? Ich finde nicht die Kraft, um aufzustehen.

Dann greifen zwei Hände nach meinen und ziehen mich hoch. Es sind verschwitzte Männerhände, also nicht die von Tim. Kevin hält mich fest, damit er mir auf die Beine helfen kann.

„Geht es dir gut?"

„Ja. Alles in Ordnung", antworte ich leise, obwohl mir noch ein bisschen schummrig ist. Entschlossen öffne ich die Augen und mache mich von Kevin los.

Lukas zupft an meinem Ellenbogenschoner. „Tut mir leid, das wollte ich nicht!"

„Du sollst nicht einfach so losflitzen", weist Simon ihn zurecht. Aber der Tadel wird von einem Grinsen überdeckt, das sich auf sein Gesicht legt.

„Ja, ich weiß." Lukas sieht ganz reuevoll aus. „Hätte ich nicht gestört, wäre sie nicht über den Stein gefallen."

„Ist schon gut", besänftige ich, obwohl mein Hinterteil pocht. Solange Lukas Spaß hat, nehme ich das hin.

Auch die anderen kommen inzwischen auf mich zu. Sie umarmen und beglückwünschen mich wie an meinem Geburtstag.

„Ich hab doch nicht gewonnen", erinnere ich sie.

Aber Kevin erklärt: „Und ob! Die Ersten werden die Letzten sein."

„Du hast gekämpft wie eine Wahnsinnige und deswegen den Sieg verdient!"

Mama streicht mir über die zerzausten Haare. Eine Geste der Zuneigung, die mich irritiert, daher schaue ich weg und schäle mich aus dem Skater-Zubehör.

Sofort bringt Papa mir bequeme Schuhe. Dann zieht er seine Geldbörse hervor und lässt eine Armbewegung folgen, die alle Anwesenden einschließt.

„Zur Feier des Tages spendiere ich allen das Mittagessen. Wer zuerst beim Asiaten ist, bekommt noch eine Frühlingsrolle extra!"

ENTE SÜSS-SAUER

Kribbeln setzt ein und steigert sich zu einer Horde Ameisen in meiner Brust, denn fast nie ergibt sich die Gelegenheit, mit meiner Familie und meinen Freunden gemeinsam essen zu gehen. Selten laden meine Eltern jemanden ins Restaurant ein, außer es handelt sich um einen von Papas Kollegen oder Mama betreut Geschäftspartner für »Kittys Kleiderkarussell«.

Der Thailänder ist leider nur über zwei Stufen erreichbar. Deshalb muss Simon, vor dem Eingang, Lukas aus dem Rollstuhl heben und ihn danach in den Gastraum tragen. Papa übertrifft sich selbst, denn er bringt das Gefährt hinterher. Außerdem entschuldigt er sich überschwänglich bei den Brüdern.

„Ich wollte euch wirklich keine Umstände bereiten. Hätte daran denken müssen, dass wir hier nicht reinfahren können."

Doch Simon winkt ab. „Jetzt sind wir schon mal hier. Außerdem riecht es gut nach exotischen Gewürzen."

„Trotzdem", beharrt Papa, „was haltet ihr vom »Hop Sing«. Soweit ich weiß, müsste es dort ebenerdig sein."

Jetzt schüttelt auch Lukas den Kopf. „Mir gefällt es hier, nur auf die Toilette kann ich nicht. Da muss ich hinter einen Busch pinkeln."

„Oder weniger trinken", witzelt Kevin."

Tatsächlich führt eine steile Treppe hinunter zu den Sanitäranlagen, sodass ich ungläubig den Kopf schüttele. Es gibt so viele Hindernisse, über die ich noch nie nachgedacht habe. Susanne fordern die Treppen anders heraus als Lukas und auch alte Leute könnten ihre Schwierigkeiten haben. Trotzdem, wenn ich so darüber nachdenke, liegen die Toiletten meistens im Keller.

Tim scheint zu dem gleichen Ergebnis zu gelangen, denn er flüstert mir zu: „Damit es nicht so stinkt!"

Ich muss kichern, aber Mamas Gesichtsausdruck entnehme ich, dass er nicht leise genug gesprochen und sie jedes Wort verstanden hat. Sie zieht eine Grimasse, als würde es seit sieben Tagen regnen.

Inzwischen nähert sich eine Asiatin: klein und zierlich mit mandelförmigen Augen. Ihre Stimme klingt hell.

„Wie viele Plätze wollen sie?"

„Ääh …"

Wahrhaftig ist es ihr gelungen, Papa in Verlegenheit zu bringen. Denn er muss erst einmal durchzählen.

„Zehn", kommt Mona ihm zuvor.

Sanfte, orientalische Klänge tanzen durch den Raum. Die beruhigende Wirkung wird von bunten Fischen unterstrichen, die gleichmäßig in einem Aquarium ihre Bahnen ziehen. Hin und her schwimmen sie, worüber Lukas große Augen bekommt. Erst einmal soll Papa den Rollstuhl vor das Becken stellen und schon drückt sich Lukas die Nase an der Scheibe platt. Er zuckt nicht einmal, als Aylin ihn fotografiert.

„Schade, dass du das nicht sehen kannst." Mona nimmt Susanne am Arm, um sie zu dem langen Tisch zu führen. Die beiden setzen sich nebeneinander, wobei mir auffällt, dass Susanne sehr zufrieden wirkt. Wie so oft umspielt ein Lächeln ihre Lippen.

„Vieles stelle ich mir vor. Außerdem sind meine Ohren geschärft."

„Wie ein Stift in einem Spitzer?", lässt sich Lukas vernehmen, der offenbar doch nicht so vertieft in die Tierwelt ist.

„Na ja …" Susanne lacht. „So ähnlich."

„Das würde mich interessieren." Papa zieht den Stuhl auf ihrer anderen Seite zurück und lässt sich darauf niedersinken. „Es gibt eine Menge, was ich von dir wissen möchte."

Ich stöhne innerlich auf. Wenn wir nur gekommen sind, damit er wie ein Polizeiwachtmeister meine Freunde aushorchen kann, verliert unser gemütliches Zusammensein doch jeden Reiz.

Mona empfindet das offenbar ähnlich, denn sie wendet ein: „Vorher sollten wir uns die Speisekarte anschauen."

„Anschauen?“, wiederholt Papa. Dass ich verärgert zu ihm hinüberstarre, scheint ihn nicht im Geringsten zu stören.

Susanne lächelt immer noch vor sich hin. „Ist schon okay, wenn Mona das so sagt. Alles andere wäre doch albern.“

„Aber verletzt dich das nicht?“, will jetzt auch Mama wissen.

„Warum sollte es? So heißt das Wort und ich bin nicht übersensibel.“

„Hmm“, macht Mama, bevor sie sich Papa gegenübersetzt. Kevin steuert den Stuhl neben Mona an und ich freue mich, weil mir ein Platz neben Tim bleibt. Unauffällig berührt er unter dem Tisch meinen Fuß, wodurch ein Schauer über mein Bein nach oben jagt.

Aber Tim greift nach der Speisekarte, als hätte sich nichts verändert. So bietet er Susanne an: „Soll ich dir vorlesen?“

„Gerne. Das wäre nett.“

Im Vergleich zu seinen Behauptungen entpuppt er sich als ein Wiedergabe-System, das den Durchschnitt problemlos überholt. Nur einen kleinen Fehler gibt es in der Programmierung.

„Ente Süß-Sauel“, liest er vor, „oder mit Cully-Soße.“

Ganz klischeehaft ersetzt Tim jedes »R« durch ein »L« und das bei jedem Wort, egal ob Deutsch oder Asiatisch. Natürlich hat er damit die Lacher auf seiner Seite, sogar über Mamas Gesicht zieht ein kaum merkliches Lächeln. Schnell versteckt sie es wieder hinter ihrer ernsten Fassade.

„Lindelfleisch“, empfiehlt Tim als Nächstes.

„Was?“, überlegt Susanne.

Auch ich brauche ein paar Sekunden, um die Buchstaben auszuwechseln. „Rinderfleisch.“

„Mit Leis“, ergänzt Tim, „und einel schalfen …“

Unwirsch geht Papa dazwischen. „Was hast du denn da für einen Kasper kennen gelernt?“

Dass er mich fragt, anstatt Tim selber anzusprechen, verursacht sofort ein mieses Gefühl. Papa kritisiert die Wahl meiner Freunde! Hält mich für unfähig, eine vernünftige Entscheidung zu treffen!

Weder er noch ich versprühen jetzt noch gute Laune. Aber Tim entgeht dieser Stimmungsumschwung, weshalb er keck erwidert: „Einen Hauptschüler."

In dem Moment ist alles gelaufen. Ich glaube, einen eisigen Wind zu spüren, der durch das Restaurant fegt, denn Papas Miene verhärtet sich.

„Ach", quetscht er hervor und zieht Tim die Speisekarte weg. Hilfe suchend schaue ich zu Kevin, der nur die Schultern zuckt. Aber wir wissen beide, was Papa gerade durch den Kopf geht: dass er nicht nachvollziehen kann, warum seine Tochter sich mit so einem einlässt.

Hauptschüler, formt Kevin mit den Lippen. Und ich nicke, weil es stimmt. Daraufhin schüttelt Kevin den Kopf, wie um zu sagen: Tut mir leid, Sabse, aber vergiss es.

Danach schaffe ich es nicht, irgendeinen Laut herauszubringen. Meine Kehle ist wie ausgetrocknet, während Papa anfängt, meinen besten Freund zu belehren.

„Dass dir die Bildung fehlt, gibt dir noch lange nicht das Recht, dich über andere lustig zu machen."

So gerne würde ich im Erdboden versinken. Auch Aylin, die drüben neben Simon sitzt, wirkt peinlich berührt. Mit geröteten Wangen schaut sie zu mir.

Dann schreitet plötzlich Mama ein. Von ihr hätte ich das am wenigsten erwartet, aber sie legt Papa eine Hand auf den Arm, um ihn zu besänftigen. „Können wir nicht später …?"

„Ist mir doch egal, was die Leute denken!", fährt Papa auf. Und mir wird klar, dass darin Mutters einzige Sorge besteht. Ihre Augen huschen durch den Raum, damit sie das Ausmaß der Katastrophe einschätzen kann.

Zwei junge Leute, vielleicht ein Pärchen, tuscheln weit entfernt in einer Ecke. Außerdem sehe ich einen Mann, der aufgeregt in sein Handy spricht. Neben ihm in einem Kinderwagen gluckst ein Baby.

Papa mustert immer noch Tim. „Also, junger Mann. Offensichtlich kannst du noch einiges von mir lernen."

Daraufhin liest er Susanne vor, anständig und sauber betont. Er bringt das über die Bühne, wie ich mir einen Dozenten an der Universität vorstelle. Oder Frau Müller, die uns mathematische Gleichungen erläutert. Aber diese hier wird ungelöst bleiben.

So entsteht ein Knoten in meinem Bauch, während ich Tim betrachte, der mit verkniffener Miene die Tischplatte fixiert. Vom Hals her steigt ihm die Röte ins Gesicht und immer wieder öffnet sich sein Mund, wie um einen Widerspruch zu formulieren. Aber er spricht die Worte nicht aus, wofür ich ihm unendlich dankbar bin. Papa veranstaltet hier ein riesen Theater, doch Tim ist so klug, ihn nicht zusätzlich zu reizen. Was passiert wäre, wenn Tim jetzt protestiert hätte, mag ich mir gar nicht vorstellen.

Die nächsten Minuten werden ohnehin schon quälend. Wir bestellen Guavensaft, Frühlingsrollen oder pikante Suppe und anschließend den Hauptgang. Aber es kostet mich viel, das Essen auch hinunterzuwürgen, denn meine Kehle fühlt sich an wie zugeschnürt.

In gedrückter Stimmung halten wir durch, was Papa uns auferlegt hat. Mama stellt Susanne ein paar Fragen, um sie besser kennen zu lernen, genauso wendet sie sich an Tim. „Seit wann kennt ihr euch?“

Seine Stimme klingt rau, als er antwortet. „Ein paar Wochen.“

Schnell springe ich ein: „Er hat mir das Skaten beigebracht.“

„Sehr gut“, lässt sich Kevin vernehmen. Dann versucht er zu grinsen, doch es wird eine Grimasse daraus.

Immer wieder gerät die Unterhaltung ins Stocken, ja selbst Lukas scheint seine Fröhlichkeit verloren zu haben. Anstatt wie üblich zu plappern, hängt er nur auf seinem Stuhl, ohne uns mit seiner Zuversicht aufzuheitern.

Mama bemüht sich noch einmal um Tim. „Wo wohnst du?“

„Eigentlich komme ich aus Frankfurt, aber lebe jetzt in Lerchenfeld.“

Ich bin sicher, dass Mama sofort daran denkt, wie viele Ausländer sich dort herumtreiben. Nachdem Tim Deutscher ist, verliert sie allerdings kein Wort darüber.

„Warum seid ihr umgezogen?“, fragt sie stattdessen.

„Weil meine Großeltern in Rudelzhausen leben. Und Oma geht es nicht so gut."

Bevor Mama deswegen einhaken kann, wechselt mein Vater das Thema. „Du gibst dich also mit der Hauptschule zufrieden."

Er spricht das bedächtig aus, wobei sein Tonfall dermaßen frostig wird, dass ich ängstlich den Atem anhalte. Am liebsten würde ich die Zeit ein paar Minuten zurückspulen und ein Internat erfinden, irgendwo in Bayern, das Tim angeblich aufgenommen hat. Ich würde lügen, um dieses Ideal zu wahren, dass die Kinder erfolgreicher Eltern einen höheren Bildungsgrad anstreben sollten. Aber später käme die Wahrheit doch heraus und für Tim wäre es doppelt schwer, vor meinen Eltern zu bestehen.

Ich schiebe meinen Teller zurück, denn der Appetit ist mir endgültig vergangen. Doch Tim hat sich offenbar wieder im Griff, sodass er ruhig bestätigen kann: „Ja. Ich gehe auf die Paul-Gerhard-Hauptschule."

„Und was sagen deine Eltern dazu?", bohrt Papa weiter.

Bloß mit Mühe unterdrücke ich einen Aufschrei. Doch alles in mir drängt danach, dass ich von meinem Stuhl springe, um Tim, so gut ich kann, zu unterstützen. Papa hat kein Recht, ihn wie ein Inquisitor zu verhören!

Deshalb zittere ich vor Empörung, bis Aylin mir einen mahnenden Blick zuwirft. Gleichzeitig legt Kevin eine Hand auf meinen Arm, nur kurz, aber die Botschaft ist unmissverständlich: Lass die beiden das alleine regeln!

Wahrscheinlich hat er Recht und ich würde, indem ich eingreife, das Drama nur verlängern.

Mit unbewegter Miene schildert Tim: „In den ersten Jahren litt ich Prüfungsangst und es ist mir schwer gefallen, Kontakte zu knüpfen."

Weil er von sich aus Zeit mit mir verbringen wollte, kann ich mir so etwas kaum vorstellen. Tim hat offensichtlich stark an sich gearbeitet und dass er meinem Vater gegenüber auch noch Schwächen zugibt, zeichnet ihn doppelt aus. An seiner Seite fühle ich mich plötzlich so stark, dass ich überlege, erneut mein Glück im Fitnessstudio zu versuchen. Außerdem entfährt es mir nun doch: „Ich bin auch bloß Realschülerin!“

Selbst in meinen Ohren klingt das aggressiv, aber Papa tut, als hätte er mich nicht gehört. Um Tim so richtig auseinanderzunehmen, legt er wieder auf ihn an.

„Was willst du später einmal werden?“

„Bäcker“, erklärt er prompt, „wie mein Vater.“

„Und ich Innenarchitekt“, erklärt Simon. Ich bekomme den Eindruck, dass er Tim entlasten und von der misslichen Lage ablenken will. Was ihm tatsächlich gelingt, denn Papa runzelt überrascht die Stirn.

„Da hast du aber eine ungewöhnliche Idee.“

„Warum nicht?“ Simon lächelt zuversichtlich. „Für Lukas wäre es wichtig, dass öffentliche Gebäude barrierefrei gebaut werden. Für Susanne genauso. Und ihnen zu helfen, würde mich glücklich machen.“

KRISELNDE LYRIK

13. JUNI

Ein paar Tage danach sitzen Aylin und ich zusammen in meinem Zimmer, jede Blatt und Stift vor sich. Mit Klarheit zu schreiben und genau zu wissen, was ich erzählen will, ist sehr motivierend. Mein Text soll »Bücherliebe« heißen und der Beginn springt mich regelrecht an, sodass die Worte von alleine aufs Papier fließen:

»Manche sagen, ich wäre verrückt, weil ich Dich ständig brauch.

Im Bus, in der Bahn, ja sogar auf der Toilette.«

Außerdem habe ich es fertig gebracht, ein Buch fast in der Badewanne zu ertränken. Bei dem Gedanken daran steigt mir erneut die Schamesröte ins Gesicht.

„Was ist?", wundert sich Aylin.

Schnell lese ich ihr die zwei Zeilen vor, um von dem Beinahe-Buchmord zu berichten, woraufhin sie eine ernste Miene aufsetzt. „Sabse, du bist eine Killerin. Der Rat der Lesenden verurteilt dich hiermit zu einem Jahr Literaturverbot!"

Etwas zerknirscht zeige ich ihr die ramponierte Ausgabe von »Peter Pan«, die – in letzter Konsequenz – meiner Monatsblutung zum Opfer gefallen ist. Aylin schaut bedrückt und wenn ich es nicht besser wüsste, könnte ich schwören, eine Träne liefe ihr über die Wange. Behutsam legt sie den Band in mein Regal zurück.

„Dein nächstes Geburtstagsgeschenk ist auf jeden Fall gesichert."

„Aber das dauert noch so lange!", quengle ich, „ich hab doch erst wieder im Februar!"

„Dann eben zu Weihnachten", verkürzt Aylin, während sie sich hinter ihren Notizen verschanzt. Genauso wende ich mich meinem

Geschreibsel zu, doch wie soll es weitergehen? Langsam, beinahe zögernd kommt der nächste Satz heraus.

»Elendig musstest du verenden, denn das Badewasser ist dein größter Feind.«

Stimmt zwar so, gefällt mir aber trotzdem nicht. Ich will mir doch nicht vor allen anderen die Blöße geben! Deshalb radiere ich die Zeile wieder aus, in der festen Überzeugung, dass mir noch etwas Besseres einfallen wird, wie sich meine Leidenschaft für Bücher ausdrücken lässt. Zum Beispiel, dass sie zahllose Geheimnisse enthüllen und Figuren aus fremden Welten zu meinen Freunden machen.

»Die Mystik schlummert in Dir
und hält mich wach,
sodass ich auch die Nacht mit Dir verbringe.«

Ein Kichern steigt in mir auf, weil das doch zweideutig zu interpretieren wäre. Falsch verstandene Anspielungen, nach meiner Überschrift »Bücherliebe«, würden eine Satire ausschmücken. Nur habe ich nicht vor, die Zuschauer zum Lachen zu bringen, sondern meine Botschaft soll ernst genommen werden. Dafür greife ich nach einem Buch, spüre sein Gewicht in den Händen und die Zuverlässigkeit, dass es mir etwas zu erzählen hat.

»Wenn die Seiten knistern
und Worte in meine Ohren wispern …«

Voll und ganz überlasse ich mich den Emotionen, die das Buch in mir auslöst. Ich streiche über den Einband, rieche das Abenteuer und schon entwickelt sich die Lyrik.

»Ich will blättern in Dir,
in Deinen Geschichten versinken.
Will weinen mit Dir
und lachen.
Bis mir der Bauch wehtut.«

Den letzten Satz streiche ich sofort, denn er passt so gar nicht zu dem Text. Und derart unterschiedlich, wie ich die einzelnen Passagen formuliere, verändert sich außerdem mein Stil; obwohl ich mir doch wünsche, dass sich etliche Aussagen reimen, genau wie damals bei

Kais Text. Ich will seine Schreibe nicht nachahmen, aber eine Orientierungshilfe ist sinnvoll, wenn man noch keine einschlägigen Erfahrungen mitbringt.

»Im Schwung

blättere ich die Seiten um.«

Da lächelt Aylin zu mir herüber. „Bei dir scheint es heute besser zu laufen."

„Na ja … Ein bisschen. Aber es gibt so viele Dinge, die mich beschäftigen."

„Stimmt etwas nicht bei dir?" Sie legt ihren Stift beiseite, bevor sie mir aufmerksam entgegenblickt. Und ich glaube wirklich, ich sollte mit ihr reden, damit der Druck in meinem Inneren nachlässt. Denn zuletzt habe ich mich ziemlich angespannt gefühlt.

„Wegen Mona. Früher haben wir jede freie Minute miteinander verbracht."

„Wie die Kletten", bestätigt Aylin. Kurzfristig stört mich, dass sie das so ausdrückt, aber dahinter lauern andere Probleme.

„Seit sie mit Kevin zusammen ist …" Meine Stimme klingt belegt und es kostet mich große Mühe, die Tränen zurückzuhalten.

Doch Aylin schlussfolgert: „Jetzt nimmt sie sich weniger Zeit für dich."

Ich nicke. Darauf läuft die Angelegenheit hinaus, obwohl es mir widerstrebt, schlecht über Mona zu reden. Ich wische mir mit dem Handrücken über die Augen, bis Aylin leicht meinen Arm berührt.

„Mir fällt das gar nicht so negativ auf. Mona ist immer für mich da, wenn ich etwas wissen will. Aber vielleicht solltest du ihr sagen, dass dich ihre Abwesenheit bedrückt. Ich meine, sie kann schließlich nicht riechen, wie sehr du eure Bummeltouren vermisst."

„Als meine allerbeste Freundin sollte sie das spüren", brumme ich.

Aber Aylin bemüht sich noch immer, Verständnis für Mona aufzubringen. „Wenn du mit Tim zusammen wärst, hättest du dann jeden Tag für Mona Zeit?"

„Ich … würde es versuchen."

„Sicher bist du dir also nicht“, interpretiert Aylin, „und sie hat kein drittes Auge. Zwar merkt sie schnell, wenn es einem nicht gut geht und hilft, wo sie nur kann, aber Gedankenlesen und sich in den Kopf eines anderen hineinteleportieren, dazu ist nicht einmal Mona fähig.“

„Ja, du hast Recht“, muss ich einräumen.

Aufmunternd lächelt Aylin mir zu. „Manchen Menschen fällt es schwerer, alles unter einen Hut zu kriegen. Und ich kenne auch sonst niemanden, der so vielseitig engagiert ist wie Mona. Also rede mit ihr“, empfiehlt sie mir noch einmal.

ATTACHING CITY

16. JUNI

Erzählt von Susanne

Worte sind magisch. Anders kann ich die Welle von Glücksgefühlen, die Kais Stimme in mir auslöst, nicht beschreiben. Wäre sein Vorlesen ein Ohrwurm, dann auf jeden Fall der einzige, den man nicht nach einiger Zeit wieder loswerden möchte. Und ich habe solches Glück, dass sich Kai nach Sabrinas Aufruf gemeldet hat. Obwohl als männlicher Sprecher Rufus Beck mein Favorit war und ich immer die Meinung vertrat, einen Besseren könnte es gar nicht geben, muss sich der »Harry Potter«-Interpret nun definitiv den ersten Platz mit Kai teilen.

„Hast du schon mal überlegt, Synchronsprecher zu werden?", frage ich, sobald das nächste Kapitel beendet ist und Kai wie immer eine kurze Pause einlegt, als wolle er sich vergewissern, dass ich ihm weiter zuhören möchte.

Jetzt entgegnet er: „Nein. Auf die Idee bin ich noch nicht gekommen.„

„Dann solltest du auf jeden Fall drüber nachdenken."

„Wenn du meinst." Ein Lachen mischt sich in seine Worte und ich würde zu gerne erfahren, ob sich Grübchen auf seinen Wangen bilden, wenn er lächelt.

Euphorisch fährt er fort: „Eine Karriere als Leistungssportler wäre auch nicht schlecht. Und dann zu Olympia!"

„Warum nicht?"

Immerhin verbringt er den ganzen Tag auf dem Spielfeld. Fußball ist einfach seine Welt, während ich mir noch nicht sicher bin, was ich einmal werden möchte.

„Meine Träume von einer steilen Astronautenlaufbahn sind geplatzt, weil ich so schlecht in Physik bin und als Köchin oder Bäckerin wäre ich wahrscheinlich zu langsam. Obwohl, es gibt bestimmt blinde Menschen, die allen Widrigkeiten zum Trotz etwas lernen, das ihnen vorher niemand zugetraut hätte."

Spontan erzähle ich Kai von Saliya Kahawatte, der eine Lehre zum Hotelfachmann durchlief, um später in der Gastronomie zu arbeiten. Seine Geschichte ist sogar für die Kinos verfilmt worden und vielleicht wird auch mein Traum bald wahr, auf eine Schule für Sehende zu wechseln.

Bei dem Gedanken an Kochen fällt mir siedendheiß ein, dass um 17 Uhr Ronja vorbeikommen will, die ich aus meiner aktuellen Schule kenne. Dort lernt sie eine Klasse über mir und wir treffen uns in den Pausen an einer Bank, die sich gleich neben der Tür nach draußen befindet.

Früher verbrachte ich die freien Minuten alleine auf dem Schulhof. An einem dieser Tage, als ich gerade Cornelia Funkes »Tintenherz« las, sprach mich eine Klassenkameradin an.

„Blöd, wenn man keine Freunde hat, was?"

Um ihren Hohn noch zu verstärken, lachte sie schallend und daneben standen noch einige andere, die in ihre Hässlichkeiten einstimmten. Obwohl es Frühling war, breitete sich Kälte in mir aus, am liebsten wäre ich weit weg gewesen.

Doch plötzlich rief eine Stimme, wie durch ein Megafon verstärkt: „Hört sofort auf damit!"

Die durchdringenden Worte ertönten ein paar Meter von mir entfernt. Dann bemerkte ich, wie sich Schritte näherten, offenbar trug meine Verteidigerin hohe Absätze an den Schuhen.

Aber auch die Gegenseite hatte sich Unterstützung geholt. In bedrohlichem Tonfall verlangte ein Typ: „Ronja, halt dich da raus!"

„Und warum hast du dich eingemischt?“, konterte sie schroff, „lass Susanne einfach in Ruhe!“

Seitdem haben wir uns, wann immer möglich, in der großen Pause zusammengesetzt, um miteinander zu quatschen und zu lachen. Ihre Gesellschaft tut mir richtig gut, aber Ronja macht dieses Jahr schon ihren Abschluss. Bei dem Gedanken daran, dass sie mich bald mit meinen Peinigern zurücklassen wird, zieht sich mein Bauch schmerzhaft zusammen. Damit ich wieder Freunde um mich hätte, wäre es mir umso wichtiger, den Unterricht in Freising fortzusetzen. Auch Kai würde ich dann regelmäßig sehen.

„Magst du noch bleiben? Meine beste Freundin Ronja kommt gleich vorbei, wir wollen Pizzabrötchen backen und danach spielen wir noch Karten oder ein Brettspiel.“

Um Punkt 17 Uhr klingelt es an der Haustür. Normalerweise bin ich eine Verfechterin von Pünktlichkeit, aber heute hätte Ronja erst zehn Minuten später kommen können, damit Kai die Szene noch abschließt. So schlägt er das Buch zu und meint: „Wir lesen beim nächsten Mal genau hier weiter.“

In meinem Bauch feiern Tausende Schmetterlinge, weil Kai noch geblieben ist. Wegen der Ferien fällt für ihn das Fußballtraining aus und auch sonst hat er nichts weiter geplant.

Ich denke, meine Freundin wird ihn mögen. Frohen Mutes springe ich auf, hopse förmlich zur Tür.

„Hi, wie geht‘s?“ Eine muntere Ronja klappt ihren Blindenstock ein. Bei mir braucht sie ihn nicht, weil sie sich fühlen kann, als wäre sie zu Hause.

Hastig teile ich ihr mit: „Kai ist noch da, mein Vorlesepartner.“

„Da brauchst du keine Hörbücher mehr“, jubelt Ronja begeistert, „was für ein Luxus!“

„Kannst dich gerne bei mir melden“, bietet Kai direkt an.

Marco, Ronjas Freund, hat kein Interesse an Literatur, zumindest nicht privat. Ihm genügen die wissenschaftlichen Bücher, die er für sein Studium durchackern muss, Kultur- und Medienmanagement in Berlin.

„Kai ist Poetry Slammer“, steigere ich und spüre, wie sich meine Wangen röten. Auch in Ronjas Stimme schwingt Anerkennung mit.

„Also scheinst du richtig was drauf zu haben!“

„Na ja. Zu den großen Dichtern zähle ich noch nicht, aber es wird.“

Auf Anhieb verstehen sich die beiden gut, wofür ich echt dankbar bin. Gemeinsam schlendern wir in die Küche, die vorläufig nur uns gehört. Meine Eltern werden bei einer Geburtstagsparty verköstigt und Patty sitzt in einer Besprechung für ein neues Theaterprojekt, das könnte länger dauern. Aber sie hat sich Zeit genommen, um mit mir für heute Abend ein paar Dinge zu besorgen. Ronja steuert die Brötchen und eine Nachspeise bei, gerade legt sie ihre Einkaufstüte auf den Tisch. Ich öffne die Kühlschranktür, um Schinken und Salami herauszuholen.

„Wie schaffst du es, die Packungen zu unterscheiden?“, erkundigt sich Kai.

„Manchmal an ihrer Form oder an der Größe. Oder ich reiße sie einfach auf, damit ich hineinriechen kann.“

„Und wenn es die falsche Wurst ist, essen wir sie trotzdem“, fügt Ronja hinzu.

Diesmal hat meine Schwester die Lebensmittel so platziert, dass ich, ohne lange suchen zu müssen, nach den richtigen greife. Trotzdem sagt Kai, als ich die nächste Zutat nehmen will: „Das ist der Reibekäse.“

Er hilft uns außerdem, die Gewürze auseinanderzuhalten, so geht es um einiges schneller. Oregano, Paprika, ein bisschen Pfeffer und Pizzagewürz, danach legen wir vernünftige Schneidemesser bereit. Das Wichtigste fehlt allerdings noch: meine sprechende Küchenwage Heidi. Sobald ich sie einschalte, begrüßt sie mich mit diesem Namen.

„Ich hab‘s ja gewusst! Frauen sind besser in der Küche“, sagt Kai, allerdings mit einem Lachen in der Stimme.

Ich grinse zurück und schiebe ihm das Gemüse hin, während sich Ronja von ihrem Smartphone noch einmal das Rezept vorlesen lässt, um die Mengenangaben zu überprüfen.

„Auf keinen Fall Pilze!“, protestiert Kai.

„Die mag ich aber“, rufe ich aus.

Wie so oft fällt Ronja etwas ein, um eine längere Diskussion zu verhindern. „Dann belegt halt jeder die Hälften, die ihm zustehen, nach seinen eigenen Wünschen.“

So fangen wir an, alles kleinzuschnipseln, während im Hintergrund Elektropop läuft. Ich muss mich beherrschen, nicht auf mein aktuelles Lieblingslied, »Stamp On The Ground«, von der aus Deutschland stammenden Band Italo Brothers zu tanzen, schließlich habe ich ein Schneidewerkzeug in der Hand. Als das Lied wechselt, mein zweiter Favourit der Gruppe, angestimmt wird, findet wohl auch Ronja, dass ich mich wieder auf etwas anderes konzentrieren sollte, denn sie fragt mich: „Gehst du eigentlich zum »Louis Braille Festival«?“

„Ja, hab ich vor. Wir könnten doch zusammen fahren.“

Bevor Ronja etwas dazu sagt, informiert sich Kai: „Was läuft da für Musik? So was wie gerade?“

„Eher unbekannte Bands. Und Camping findest du auch nicht.“ Ronja lacht, dann erklärt sie ihm mehr: „Für Blinde und Sehbehinderte ist das die Party schlechthin, zu Ehren des Erfinders der Blindenschrift, Louis Braille.“

„Interessant. Und was macht man da so?“

„Livemusik wird gespielt, oft haben die Künstler eine Behinderung. Das Gelände ist komplett barrierefrei gestaltet und es gibt auch ein Programm mit Workshops, Lesungen und so. Dieses Jahr findet das Festival in Leipzig statt. Weil dort der Zoo und die Buchmesse bekannt sind, dreht sich alles um Tiere und Literatur.“

Steigen soll das Event ab dem 5. Juli, einem Freitag. Ohne dass man Eintritt bezahlen müsste, wird das ganze Wochenende lang gefeiert.

„Dürfen da auch Glupschis hin?“, möchte Kai noch erfahren.

Ronja klatscht in die Hände. „Eine Augenbinde finden wir sicher noch für dich. Das wär echt mal lustig! Aber vielleicht sollten wir klein anfangen und es in Susannes Garten probieren.“

„Rocky wird sich freuen“, stelle ich mir vor, „den wollte ich sowieso zum Blindenführhund ausbilden lassen.“

Kurz denke ich an meine erste Begegnung mit einem assistierenden Vierbeiner zurück.

Mit etwa neun Jahren, als ich mit meiner Mutter in der Stadt unterwegs war, beschrieb sie mir, dass eine Frau sich am Griff eines Führgeschirrs festhielt. Darin lief eine schwarz-weiß gescheckte Großpudelhündin namens Charlene, wie ich gleich darauf von der netten Dame erfuhr, die natürlich bemerkt hatte, dass mir der Hund aufgefallen war.

Da die 6-jährige Lady sich gerade im Dienst befand und deshalb von niemandem gestreichelt werden durfte, wollten Mama und ich schon wieder unseres Weges gehen, doch plötzlich bot mir die Frau an: „Willst du eine kurze Strecke mit Charlene laufen?"

Ich jubelte fast laut heraus, zügelte mich dann aber wieder und sagte mit freudiger Erwartung zu. Die Besitzerin übergab mir den Haltegriff und ich ließ mich zum ersten Mal von einem Hund führen.

Natürlich wusste Charlene, dass sich jemand anderes als ihr Frauchen festhielt, denn ihre Schritte waren zögerlich, zumindest kam es mir so vor.

„Du kannst sie gerne auffordern, den Eingang eines Geschäfts für dich zu finden. Gib ihr einfach das Kommando: „

»Such Eingang«." fordert mich die Besitzerin auf.

Gespannt, ob die Vierbeinerin auf mich hören würde, gab ich in normaler Lautstärke das Signal.

Vielleicht lag es daran, dass Frauchen zuvor schon den Befehl erteilt hatte oder meine Stimme der Hündin zusagte, jedenfalls bog das Tier leicht nach rechts und kurze Zeit später wurde warme Luft aus einem Kleidungsgeschäft in mein Gesicht geblasen. Stolz erfüllte mich, nicht nur auf Charlene, die mich voller Vertrauen geführt hatte, sondern auch auf die Halterin, die mir ohne zu zögern diese Erfahrung geschenkt hatte.

Ja, ein Blindenführhund wäre schon etwas Besonderes.

Jetzt aber umgeben mich andere, ebenso tolle Kameraden.

Ich finde es klasse, wie viel Spaß wir miteinander haben. Da geht uns die Arbeit viel leichter von der Hand, sodass die Brötchenhälften bald belegt sind und Kai das Blech in den Ofen schiebt.

Während Ronja mir hilft, den Tisch zu decken, bemerkt sie: „Marco habe ich auch auf dem »Louis Braille Festival« kennen gelernt."

Schon wird es romantisch, denn sie erzählt von ihrer ersten Begegnung 2016 in Marburg. Marco, der sich als freiwilliger Helfer gemeldet hatte, wurde für einen Workshop eingeteilt, ausgerechnet zum Thema »Schönheit und Schminke«. Dabei fühlte er sich etwas fehl am Platz, während Ronja es genoss, wie er versuchte, eine Farbauswahl für passendes Make-Up zu treffen. Hinterher bat meine beste Freundin, ob er sie zu einem der Imbisstände bringen könnte; wo die beiden so lange über Gott und die Welt philosophierten, bis sie zu dem Schluss kamen, dass sie sich bald wiedersehen wollten. Daraus entwickelte sich eine Beziehung, die beiden einiges abverlangt.

„Die größte Herausforderung", sagt Ronja, „ist die Ferne und wenn es nur eine schlechte W-LAN-Verbindung gibt. Dann können wir nicht per Video telefonieren, was für Marco unerträglich ist."

„Natürlich will er seine Prinzessin immer sehen", necke ich sie. Und Ronja antwortet mit einem wohligen Quieken. Für sie bedeutet es den Weltuntergang, wenn sie einen Tag Telefonpause einlegen müssen, was zum Glück bisher nur einmal vorgekommen ist. Damals waren Ronja und ich mit meinen Schwestern beim Wandern und haben auf einer Berghütte übernachtet, wo es kaum Handy-Empfang gab. Wir badeten im Bergsee und verbrachten einen lustigen Abend mit Gesellschaftsspielen.

Auch am Smartphone teste ich gerne mein Geschick, indem ich »Sound of Magic« spiele oder ich prüfe mein Wissen im »Quizduell«. Außerdem trainiere ich Blindenbaseball, entweder draußen auf dem Sportplatz in Attaching oder, während der Hallensaison, in Regensburg. Vielleicht könnte ich mich auch noch mit dem Reiten anfreunden.

Das bringt mir die Lösung, wie ich mich bei Mona und Sabrina dafür bedanken könnte, dass sie sich so sehr eingesetzt haben. Ich werde ganz aufgeregt und kann es kaum erwarten, bis Patty vom Theater zurückkommt. Endlich dreht sich der Schlüssel im Schloss, sie öffnet die Haustür und ich bestürme sie sofort mit meiner Bitte. „Fährst du mit uns zum Reiterhof?“

BINGO!

20. JUNI

Erzählt von Sabrina

Das kleine Cabrio, in das wir vier gerade so hineingepasst haben, kommt mit einem knirschenden Geräusch zum Stehen. Sofort steigt mir der Geruch von Pferdeäpfeln und Sattelleder in die Nase.

„Es ist so schön, wieder hier zu sein", seufzt Susanne und hakt sich bei ihrer Schwester unter, die sie grinsend neckt: „Ach, ich dachte, du wolltest erst gar nicht auf ein Pferd."

„Das stimmt. Ich hatte schiss, dass sie beißen oder mich abwerfen." Verlegen zupft Susanne an einer braunen Haarsträhne herum. „Aber Sternchen musste nur einmal meine Hand beschnuppern und ich ihr weiches Fell streicheln, da war ich schon in sie vernarrt."

Heute fügt sich alles perfekt. Ein angenehm warmer Wind streicht über meinen Kopf, während die Sonne vom Himmel herunterstrahlt und Mona freudig lächelt.

„Wirklich großartig, dass du deine Angst so schnell überwunden hast, sonst wären wir jetzt nicht miteinander hier. Ich muss unbedingt Fotos von uns schießen, daraus erstell ich dann ein Album, das Kevin zum Geburtstag kriegt. Ohne den Reiterhof wären wir nie zusammengekommen!"

Für mich fühlt es sich merkwürdig an, dass sie so oft von meinem Bruder redet. Noch weiß ich nicht, wie ich mich daran gewöhnen soll, werde aber vorerst abgelenkt, weil Iris und Clara aus dem Stall treten. Am Halfter führen sie Votan und Sternchen, aber wo ist Bingo? Oder wird Mona heute ein anderes Pferd reiten?

Als Iris unsere fragenden Gesichter bemerkt, folgt die Erklärung: „Bingo hat sich gerade noch auf der Koppel im Schlamm gewälzt. Ihr könnt schon mal die beiden anderen striegeln, während ich den kleinen Racker hole."

„Kann ich dir helfen?", bittet Mona, die begeisterte Pferdenärrin, wogegen die Reitlehrerin nichts einzuwenden hat. „Sicher willst du ihn gleich an Ort und Stelle putzen, damit es schneller geht."

Mona nickt eifrig, doch Patty furcht die Stirn. „Putzen? Wie meine Wohnung oder das Auto?"

Um nicht laut herauszulachen, beiße ich mir auf die Unterlippe. Aber selbst Iris verzieht die Mundwinkel und hat Mühe, einen ernsten Gesichtsausdruck zu bewahren.

„Hier macht es mehr Spaß als zu Hause im Bad, außerdem kannst du dem Pferd damit etwas Gutes tun. Du fängst mit einer Bürste an, die das Tier von Dreck und Staub befreit und es gleichzeitig massiert."

Genauso erläutert sie die übrigen Schritte, die Gesundheit und Seelenwohl erhalten. Nicht nur Patty staunt, sondern auch ich bin beeindruckt. Schließlich übergibt Clara mir Votans Halfter, das ich an einem Zaunpfahl befestige, während Iris Susanne zu Sternchen begleitet.

Wir haben uns um die zwei Pferde gekümmert, inklusive Hufe ausgekratzt, als Mona und die Reitlehrerin mit Bingo auftauchen, der richtig glänzt. Monas Wangen sind gerötet.

„Ich durfte ihn mit dem Wasserschlauch abspritzen und anschließend trocken reiben. Nass sollte man ein Pferd nicht putzen."

„Wenn dir das so gut gefällt, kannst du später noch helfen, das Fell der restlichen fünf Pferde sauber zu bekommen. Und ihr natürlich auch", hängt Clara an. Sogar Patty interessiert sich dafür, doch zuerst geht es mit der Reitstunde los. Also begeben wir uns auf den Platz.

Nachdem wir dort einige Runden gedreht haben, informiert mich Clara: „Heute üben wir Leichttraben. Das bedeutet, sich nach jedem zweiten Trabschritt aufzurichten."

Das ist gar nicht so einfach, ich muss lernen, den Rhythmus zu spüren. Irgendwann klappt es aber doch so gut, dass ich nicht gleich aus dem Takt gerate.

Mona beherrscht das natürlich schon, weshalb sie einen längeren Ausritt genießen kann. Währenddessen zeigt sich Iris, die vor allem Susanne beaufsichtigt, ganz zufrieden mit unseren Fortschritten. Susanne reitet in der langsamsten Gangart, wobei sie ihr Unbehagen immer mehr zu verlieren scheint.

Wieder endet die Stunde viel zu schnell, sodass wir unseren vierbeinigen Partnern die verdienten Leckerlies geben. Zum Glück müssen wir uns hinterher nicht sofort verabschieden, sondern dürfen, wie versprochen, noch ein wenig assistieren.

Echt erstaunlich, was wir alles über Pferde erfahren! Sie schlafen im Stehen und ernähren sich, in freier Natur, ausschließlich von Gras.

Weideflächen finden sich hier jede Menge, die Tiere brauchen aber auch anderes Futter wie Heu. Mit der Forke schütten wir das getrocknete Gras auf, dadurch wird kontrolliert, ob es gefressen werden kann. Außerdem brauchen unsere Rösser, nachdem sie so fleißig gearbeitet haben, ordentlich was zu saufen. Die ideale Wassertemperatur beträgt acht bis zehn Grad, mir persönlich viel zu kalt und mich fröstelt schon beim Zuschauen, wie schnell die Pferde trinken.

Anschließend fordert Iris uns auf, die Ställe zu säubern, denn das Stroh ist von Pferdeäpfeln bestückt. So hebe ich es mit einer Mistgabel aus den Boxen und lade es auf eine Schubkarre, die Susanne an den Griffen festhält. Gemeinsam mit Patty bugsiert sie allen Dreck zum Misthaufen, um ihn dort abzuladen. Mona indes befüllt die Boxen wieder mit frischer Einstreu.

„Das habt ihr sehr gut gemacht", lobt Clara, „wenn morgen der Hufschmied kommt, findet er glänzende Boxen vor."

„Wie oft schaut er sich die Tiere an?"

Nicht nur das interessiert mich brennend, sondern ich möchte auch wissen, wie oft Pferde geimpft werden oder welches Lebensalter sie erreichen. Denn in mir ist eine Idee gewachsen und plötzlich schießt es aus mir hervor: „Bietet ihr Praktika für Schüler an?"

„Jederzeit", erwidert Iris und lächelt zufrieden.

GANZ IM VERTRAUEN

Völlig euphorisch betrete ich unsere Wohnung. Alle sind zu Hause, zumindest stehen die Schuhe ordentlich im Regal. Deshalb nehme ich an, ich könnte den Eltern gleich von meinen Plänen erzählen, aber vorläufig sind beide sehr beschäftigt. Papa hängt an seinem Tablet, beantwortet vielleicht ein paar private Mails, während Mama einen Brotkorb füllt und Käseaufschnitt auf eine Platte legt. Da kann ich nur abwarten, bis sie Kevin und mich zum Abendessen ruft. Besser gesagt, hämmert sie an seine Zimmertür, denn er bedröhnt sich wieder einmal viel zu laut und hat wohl vergessen, seine Kopfhörer anzustecken.

Etwas muffelig, weil man ihn während des Gitarrensolos bei »Lai Lai Hei« von Ensiferum gestört hat, betritt er die Küche.

„Was gibt's denn?"

„Setz dich an den Tisch, dann weißt du es", antwortet Mama etwas ungehalten.

Kevin nimmt Platz, wobei er kritisch die Schüssel mit dem Brokkoli-Salat beäugt. Seinen angeekelten Blick verstehe ich nur zu gut, denn auch mir schmeckt das überhaupt nicht. Bleibt eben mehr für Papa und Mama übrig.

Noch bevor ich eine Brötchenhälfte mit Butter bestreiche, habe ich von den vielen Details am Reiterhof erzählt. Ich schäume geradezu über vor Begeisterung.

„Jetzt weiß ich auch, wo ich nächstes Jahr mein Praktikum mache!"

Papa beißt ungerührt von seinem Käsebrot ab, während meine Mutter tut, als hätte sie mich nicht verstanden. Deswegen ist Kevin der Einzige, der sich zu meinen Absichten äußert.

„Ich finde ja die Viecher nicht so spannend, dass ich mit denen arbeiten möchte. Aber da sieht man mal, wie unterschiedlich wir gepolt sind, Schwesterherz."

Dies ist nicht nur der längste Satz, den ich seit Ewigkeiten aus seinem Mund gehört habe, sondern Kevin setzt sich auch wieder für mich ein. Während ich das richtig stark finde, blickt Papa mit strenger Miene zu mir.

„Ich glaube, du hast dir das nicht richtig überlegt", beginnt er auch schon, mir meinen Traum zu vermiesen, „du bringst uns immer die unmöglichsten Einfälle. Praktikum bei den Pferden!"

Weil er diese Worte spuckt, landen vereinzelt ein paar Brotkrümel auf der weißen Tischdecke. Mutter starrt darauf, bevor sie mich anschaut, als wäre ich ebenfalls eines der zerkauten Brösel. In abfälligem Ton stellt sie fest: „Du kannst doch noch gar nicht reiten. Und überhaupt, was willst du dort schon an Erfahrung sammeln? Den Mist wegmachen?"

Sofort will ich erklären, dass die Pflege deutlich mehr umfasst, aber meine Mutter setzt noch eines drauf. „Was, wenn du vom Pferd fällst? Dann war's das für dich mit dem Praktikum!"

„Ich falle nicht runter!", protestiere ich vehement, obwohl die Angst, es könnte doch einmal passieren, gleich darauf meine Euphorie ein wenig dämpft. Aber genau das will sie bezwecken, dass ich mir Sorgen mache und dann vielleicht doch einlenke. Ständig verlangen die Eltern, dass ich eine Wahl treffe, die ihren Vorstellungen entspricht, aber geht es hier auch einmal um meine Wünsche?

„Auf dem Reiterhof kann ich so viel über Tiere lernen! Und es tut mir gut, mit ihnen zusammen zu sein."

Aber Mutter reagiert mit einer wegwerfenden Handbewegung. „Arbeit ist nicht zum Vergnügen da."

Jetzt ist meine Stimme viel zu laut. „Soll ich unglücklich werden?"

„Such dir etwas Anständiges", verlangt die Herrin des Hauses, „sonst kannst du ja gleich Bäuerin werden."

Na klar! Nach dem Abitur könnte ich Landwirtschaft studieren, nur will ich keinen höheren Abschluss als die Mittlere Reife! Lieber möchte ich Geld verdienen, als ewig die Schulbank zu drücken. Zur Expertin der Naturwissenschaften bringe ich es sowieso nicht. Trotzdem weigern sich meine Eltern zu verstehen, dass ich einen anderen Weg einschlagen will.

So kann ich die Wut, die sich wie ein Orkan in mir ausbreitet, nicht mehr zurückhalten. Ich springe auf, als mir Papa auch schon mit einer herrischen Geste bedeutet, mich wieder hinzusetzen. In meiner Brust knotet sich etwas zusammen, da er sein Besteck zur Seite legt.

„Übrigens habe ich Frau Schwabeneder getroffen, deine Biologielehrerin. Sie ist mir im »Rewe« über den Weg gelaufen."

Mich durchrieselt eine unangenehme Vorahnung, sodass ich am liebsten davongerannt wäre, aber Papa nagelt mich fest. Seine Augen blicken hart wie Steine.

„Sie hat dich sehr gelobt für deine Präsentation und dass du bei ihr um das Referat gebeten hast. Allerdings erst, nachdem Mona bei uns übernachten durfte. Kannst du mir das erklären?"

Fieberhaft suche ich nach der passenden Lösung, obwohl es mir kaum noch gelingt, einen klaren Gedanken zu fassen. Mir ist ganz heiß vor Panik und Scham.

Dann nimmt mir Papa die Erläuterungen ab. „Du hast nur einen Vorwand benutzt!"

„Warum", steigert Mama, „missbrauchst du unser Vertrauen?"

Mir fährt ein Schreck durch den Körper, als hätte ich gerade einen Schlag durch einen elektrischen Zaun gekriegt. Wie um alles in der Welt konnte Papa mit Frau Schwabeneder sprechen? Und warum machen sie mich hier vor meinem Bruder zur Schnecke? Dass Kevin von meinen Verfehlungen erfährt, wäre nicht nötig gewesen.

Mit einem unangenehmen Ziehen im Bauch schaue ich in seine Richtung, aber er dreht sich weg und kehrt den Blick von mir ab. Heißt das, dass er mir und Mona jetzt das Gleiche vorwirft wie meine Eltern? Oder findet auch er die Reaktion der Erwachsenen übertrieben?

„Entschuldigt bitte", wende ich mich kleinlaut an beide. Mein Mund fühlt sich wie ausgetrocknet an, meine Stimme klingt kratzig. „So … so habe ich das nicht gemeint."

„Trotzdem solltest du uns nicht hintergehen", betont Papa.

„Ja." Ich schlucke hörbar. „Stimmt schon …"

„Deshalb", fährt er fort, „sind Übernachtungen von Mona erst einmal gestrichen. Auch am Wochenende, damit du etwas daraus lernst!"

Vor Wut schlage ich meine Zimmertür zu, sodass der Rahmen erzittert. Mein Vater kann das gar nicht leiden und ich spüre förmlich seinen bitterbösen Blick auf mir. Aber sollen sie doch merken, wie stinksauer und traurig ich bin!

Ich lasse mich auf mein Bett fallen, während ich mir ein Gespräch mit Mona wünsche. Über Jahre hinweg hat sie mir zugehört und mich mit Ratschlägen unterstützt, gerade so, wie es eine beste Freundin eben macht. Doch mittlerweile fühlt es sich anders an. Etwas verändert sich zwischen uns, das ich nicht aufhalten kann, weshalb sich Mona immer weiter von mir entfernt.

Frustriert starre ich an die Decke. Wenn schon nicht Mona, könnte ich Susanne oder Aylin mein Herz ausschütten. Doch bevor ich mich entschieden habe, bemerke ich eine WhatsApp von Tim auf meinem Handy, worüber ich mich riesig freue. Allerdings stellt er genau die Frage, die meinen wunden Punkt berührt: »Wie geht's?«

Zögernd tippe ich eine Antwort ein. »Nicht gut, falls es dich interessiert.«

»Klar, sonst würde ich nicht fragen! Was ist denn los bei dir?«

Tim reagiert sofort, als hätte er, mit seinem Smartphone in der Hand, auf eine Nachricht von mir gewartet. Und mein Gefühl sagt, dass ich bei ihm alles loswerden kann, ohne mir wie ein Jammerlappen vorzukommen. Schnell berichte ich von unserem Nachmittag auf dem Reiterhof und dass ich mir überlege, eine Ausbildung zur Pferdewirtin anzufangen.

Tim entgegnet: »Hey, klingt doch super!«

»Erklär das meinen Eltern.«

Nachdem ich die Zusammenhänge erläutert habe, tut er so, als wäre er erstaunt. »Wirklich jeder aus deiner Klasse geht nach der Zehnten noch freiwillig in die Schule?« Diesen Worten folgt ein strebergesichtiger Smiley, dann ein Ausdruck der Verwunderung.

Obwohl das ein bisschen tröstet, fühle ich mich immer noch niedergeschlagen. Mir bleibt nicht die geringste Chance, meinen Traum tatsächlich zu leben.

»Papa würde sich niemals einverstanden erklären, mich jeden Tag zu dem abgelegenen Reiterhof zu kutschieren, nur damit ich dieses Praktikum bekomme.«

Ich hänge drei Punkte an, als Zeichen, dass für meine Eltern noch mehr Gründe dagegen sprechen. Aber Tim erwidert: »Es ist wirklich schade, dass sie deine Wünsche so wenig respektieren. Ich verspreche dir, sobald ich den Führerschein habe, fahre ich dich überall hin.«

Mir wird ganz warm, als ich das lese. Sofort möchte ich ihm durch das gläserne Display um den Hals fallen.

»Das würdest du echt für mich tun?«

»Natürlich! Und noch viel mehr!«

Offen bleibt, was genau er sich darunter vorstellt. Aber in meinem Kopf entstehen sofort die romantischsten Bilder, wie wir eng aneinandergeschmiegt an einem Lagerfeuer sitzen. Sanft streichen seine Lippen über meine Wange und dann flüstert Tim mir ins Ohr: »Hast du Lust, morgen Abend mit mir zur Sonnwendfeier zu gehen?«

Was? Ich bin etwas irritiert, als mir klar wird, dass er das nicht zu mir gesagt, sondern geschrieben hat. Unsere Gedanken senden schon auf einer Wellenlänge und mein Herz klopft wie verrückt, denn Tim hat mich gerade um ein Date gebeten. Eilig hake ich nach: »Wann treffen wir uns?«

Selbstverständlich müssen meine Freundinnen davon erfahren. Susanne jubelt, als hätte sie persönlich einen Preis gewonnen. Dabei wird mir bewusst, dass ich keine Ahnung habe, ob es auch für sie einen Traumprinzen gibt und prompt geraten wir in die schönsten Schmachtereien. Kichernd erzählt mir Susanne von Christoph, ihrer ersten großen Liebe.

„Der hat mir dauernd Blumen und Pralinen geschenkt, so richtig altmodisch. Und mich in die Oper eingeladen."

„Oper?", frage ich entsetzt. Fast rutscht mir heraus, dass ich nicht begreife, was ihr an so einem Typen gefallen hat. Erst im letzten Moment schwenke ich um: „Wie alt war der denn?"

„Zwei Jahre älter als ich. Bei den Aufführungen habe ich nie den Text verstanden, diese schrillen Gesänge tun mir heute noch in den Ohren weh."

Darauf gehe ich nicht weiter ein, denn mir schwirren viele Fragen durch den Kopf: wo sie diesen Christoph aufgegabelt hat, wie lange die beiden zusammen waren und warum es auseinanderbrechen musste, doch über meine Lippen kommt etwas anderes.

„Ist er auch blind?"

„Sehbehindert", sagt Susanne, um anschließend in Schweigen zu verfallen. Dadurch geht mir auf, wie blöd es sich für sie anfühlen muss, wenn immer alle über ihre Einschränkung reden. Schnell versuche ich ihr zu erklären, dass ich das gerade nicht wertend gemeint habe und sie keinesfalls auf ihre Behinderung reduzieren würde.

„Weiß ich doch. Du bestimmt nicht!"

„Und … Stehst du zurzeit auf irgendwen?"

„Ja. Schon."

Weil sie nicht weiterspricht, fasse ich nach: „Kenne ich ihn?"

„Sei mir nicht böse, es ist Kai."

So viele Mädels finden den toll: zuerst Aylin, dann Nicole und jetzt auch noch Susanne. Ach ja, ich war auch mal in ihn verknallt.

„Der hat schon was. Frag ihn doch, ob er dich zur Sonnwendfeier begleitet."

„Ich kann selber nicht kommen. Gehe mit Patty und ein paar von ihren Freundinnen zu einem Fest in Attaching", entschuldigt sich Susanne.

Aber Mona will unbedingt kommen. „Keine Sorge, Sabse, ich halte mich dann in gebührendem Abstand zu euch."

Aylin überrascht mich, weil sie ebenfalls ein Date hat, mit keinem Geringeren als Simon. Also sind fast alle dabei und ich muss nur noch meine Eltern beknien, dass sie mich gehen lassen. Nach unserer Auseinandersetzung zweifle ich daran, zumal mein Vater von Tim, dem Hauptschüler, nie etwas gehalten hat. Angestrengt denke ich darüber nach, wie ich ihm seine Zustimmung abringen könnte, da hilft mir wieder einmal Kevin.

„Bin morgen mit Mona auf der Sonnwendfeier. Beim Jugendzentrum."

„Darf ich da auch hin?", bettle ich. Entweder kommt bei Papa an, wie hoffnungsvoll meine Stimme klingt oder ihm fällt das Leuchten in meinen Augen auf, jedenfalls gibt er sein Einverständnis.

„Aber um elf seid ihr beide zurück."

Ich nicke heftig, doch Kevin ist alles andere als zufrieden. So wirft er Papa einen mürrischen Blick zu und als der nicht reagiert, motzt er noch ein bisschen.

„Warum darf ich nicht länger weg? Ich bin schon 16."

„Nicht ganz", korrigiert unsere Mutter, die ewige Spaßbremse.

„Aber ich find‘s voll unfair! Mit 14 musste ich um zehn zu Hause sein!"

„Du armer Junge", zieht Papa die Diskussion ins Lächerliche. Und Kevin fügt sich, weil er sonst mit seinem Gemaule die gegebene Chance verspielen könnte. Unser Vater wirkt in seiner Überzeugung fest wie eine Mauer.

WENN DIE FUNKEN SPRÜHEN

21. JUNI

Lachende Menschen stehen um das Feuer herum und schauen einer Strohpuppe zu, wie ihre Füße in den orange-roten Flammen aufgehen. Tim hat einen Arm um meine Schultern gelegt, was mich zusätzlich wärmt. Vor Behaglichkeit könnte ich schnurren wie eine Katze, während Tim mich so fürsorglich anschaut.

„Ich habe Durst. Du auch?"

Als ich bejahe, schlägt er vor: „Wir können uns was teilen."

In meinem Bauch kribbelt es wie eine wandernde Ameisenkolonie. Gemeinsam aus einer Flasche zu trinken, ist das nicht fast wie ein Kuss? Zuerst will ich einwilligen, dann aber schüttle ich den Kopf, weil mir das doch zu intim wäre.

Ein Ast knackt im Feuer, sodass die Funken sprühen. Um für meine Limo zu bezahlen, krame ich mein grünes Portmonee hervor, doch Tim hält mich zurück.

„Mein Geld reicht noch für zwei Getränke."

Ich befürchte schon, ich könnte ihn beleidigt haben. Aber sein breites Grinsen verrät mir, dass er mich gerne einladen möchte, deshalb gebe ich nach.

Als er davongeht, frage ich mich plötzlich, wie es für Susanne wäre, mit Kai bei uns zu sein. Spontan schließe ich die Augen, weil ich so besser wahrnehmen kann, was die anderen Sinne erzählen. Eben habe ich die Flammen noch tanzen gesehen, jetzt nehme ich intensiv ihr Knistern wahr. Dazu spüre ich den Rauch, der sich in meinen Haaren und Klamotten verfängt.

„Sabrina. Alles in Ordnung?"

Erschrocken fahre ich herum und reiße die Augen auf, während mein Pulsschlag sich beschleunigt. Im nächsten Moment kann ich mich wieder entspannen, es ist nur Simon, der neben mir steht.

„Du hast so verloren gewirkt, irgendwie ins Leere gestarrt und nachdem Tim abgezogen ist …"

Ich fühle mich gestärkt, so aufmerksame Freunde zu haben, sogar Simon kümmert sich um mich. Wenig später stößt Aylin zu uns, die unauffällig nach seiner Hand greift und auch mich erfüllt eine große Zufriedenheit. Miteinander schauen wir in das Glühen, die Flammen züngeln bereits weiter oben an der Stoffpuppe, sodass deren untere Körperhälfte nur noch zu erahnen ist.

Dann folgt mein Blick dem Weg, den Tim genommen hat. Die Schlange am Getränkestand ist nicht sehr lang und zum Essen brauchen wir nichts mehr, eine Steaksemmel ruht bereits in meinem Bauch. Fast hätte ich Zwiebeln bestellt, dann aber bemerkt, dass Tim nur Ketchup nimmt. Falls das bedeutet, dass er mir nahe kommen will …

Jetzt hat der Grillmeister alle Hände voll zu tun, die Anstehenden. Männer an einem Biertisch lachen laut und ich kann das Klirren hören, als ihre Glasflaschen gegeneinanderstoßen. Überhaupt verbringen einige Erwachsene den Abend hier, vermutlich Eltern, die ihre Kinder nicht alleine lassen, ihnen aber trotzdem das Vergnügen gönnen wollen. Fröhlich rennen die Kleinen herum, manche werfen sich sogar einen Ball zu, der hoffentlich nicht irgendwann im Feuer landet.

Während ich noch überlege, was das für einen Aufruhr verursachen würde, steht Tim wieder an meiner Seite. Er hält mir eine Flasche mit Strohhalm hin, wodurch mir klar wird, dass wir uns doch eine Limo hätten teilen können. Dafür braucht jeder nur sein eigenes Trinkröhrchen.

Die prickelnde Süße zu schmecken, muss wunderbar sein. Frech beuge ich mich vor, um an Tims Strohhalm zu ziehen. Ich nehme einen großen Schluck, dabei schaue ich dem Jungen direkt ins Gesicht. Vom Feuer sind seine Wangen ein wenig gerötet und seine Augen durchdringen mich, als könnten sie in meine Seele blicken.

Auch zwischen Aylin und Simon scheint sich ein zartes Pflänzchen zu entwickeln. Die Köpfe zusammengesteckt, schlendern sie davon.

„Alles okay?“, vergewissert sich Tim.

Offensichtlich habe ich ihn zu intensiv gemustert. Jetzt wende ich schnell die Augen ab, aber er lacht nur über meine Reaktion.

„Mensch, Sabse. Ich mag es, wenn du mich so ansiehst.“

Seine tiefe, wunderschöne Stimme bringt in mir etwas zum Schwingen. Trotzdem schaffe ich es nicht, wieder zu ihm zu gucken, sodass ich vorläufig einen Gitarrenspieler betrachte. Ungefähr 18 Jahre alt, etwas hochnäsige Züge, hat er sich in gutem Abstand zum Feuer positioniert. Mit seinen langen Fingern, die viel eher zu einem Pianisten gepasst hätten, stimmt er ein typisches Lied zum Lagerfeuer an.

„Unter den Toren, im Schatten der Stadt, schläft man gut, wenn man sonst keine Schlafställe hat.“

Das klingt, als hätte er reichlich Alkohol intus, doch diesen Text kenne ich auswendig. Denn Kevin war zwei Jahre lang bei den Pfadfindern, hielt sich meistens draußen auf. Und zu besonderen Anlässen, wenn auch die Familien dazukamen, wurden solche Lieder gegrölt, sodass ich jetzt leise mitsummen kann.

„Hey, hey, ho, ein Feuerlein brennt, kalt ist die Nacht für Gendarme.“

Tim berührt mich am Arm, um meine Aufmerksamkeit wieder auf sich zu ziehen. Dann macht er mir ein Kompliment: „Du singst wirklich gut.“

„Willst du tanzen?“, schießt es da aus mir heraus. Ohne Vorwarnung, ich habe nicht darüber nachgedacht. Mit einem verlegenen Lachen lehnt er ab.

„Ich kann nicht tanzen.“

„Ich auch nicht. Was soll's?“, werde ich übermütig, als hätte man mir Birnenlikör eingeflößt. Schon stelle ich meine Limoflasche auf den Boden, um im nächsten Moment nach seiner Hand zu greifen und Tim zu mir heranzuziehen.

„Na, wenn du meinst“, flüstert er mir ins Ohr, wobei sein Atem mich kitzelt. Dann legt er mir den linken Arm um die Taille und nimmt mit dem rechten meine Finger. Seine fühlen sich warm an, so als würden wir gleich miteinander verschmelzen.

Wir bewegen uns im Takt eines neuen Lieds: »All Of Me« von John Legend, perfekt zum Tanzen. Und auch, um jemanden eng zu umschlingen, wie mir bewusst wird. Tim und ich sind so nahe beieinander, dass kein Blatt mehr zwischen uns passen würde. Dadurch kann ich sein Herz spüren, das gegen seine Rippen schlägt, schnell und heftig. Auch meines klopft in diesem Rhythmus, sodass ich schon glaube, es wolle in Tims Brust springen.

Plötzlich gesteht er: „Sabrina, ich liebe dich. Von Anfang an, als du das erste Mal beim Skaterpark aufgetaucht bist, hab ich dich gemocht."

Da stolpert mein Herz und mitten in der Bewegung bleibe ich stehen, was Tim natürlich bemerkt. Er hält ebenfalls an, mit einem Leuchten in den Augen, das heller strahlt als unser Lagerfeuer.

„Ehrlich wahr?", hauche ich benommen.

Darauf antwortet er nicht, sondern beginnt, sich eine Strähne meines Haars um die Finger zu wickeln. Gleichzeitig streichelt er mir über den Hals.

Mir kommt es vor, als gäbe es nur noch uns beide und das warme, gelbe Feuer. Tims Gegenwart fühlt sich an, als stünde ich selbst in glühenden Flammen und ich wünschte, er würde mich nie wieder loslassen.

Kurz darauf wird der nächste Song angestimmt, »Say Something«. Tims Hand, die eben noch meinen Hals liebkost hat, zieht nun mein Gesicht zu sich heran. Da ich einen Kopf kleiner bin, muss er sich hinunterbeugen.

Mich durchfährt ein Gefühl, das ich gar nicht richtig beschreiben kann, ein erwartungsvolles Prickeln und schließlich, als er seine Lippen vorsichtig auf meine legt, fällt alle Anspannung der letzten Tage von mir ab.

Ich lasse mich auf das Küssen ein, als hätte ich nie etwas anderes getan. Ganz von selbst spielen unsere Zungen miteinander, erkunden den Mund und Geschmack des jeweils anderen. Tims körpereigener Duft vermischt sich mit süßlicher Limonade, einfach phantastisch! Wie

Schokolade, nur dass die irgendwann zur Neige geht, während ich das hier immer genießen kann. Denn es besteht kein Zweifel, dass wir von nun an ein Team bilden. Eine Einheit, ein Band und ein still gegebenes Versprechen, weil wir einander immer lieben werden!

TRÄUME ICH?

24. JUNI

Erzählt von Susanne

Papa öffnet die Zimmertür. Ich weiß genau, dass er es ist, denn nur bei ihm hört es sich an, als käme gleich eine Horde Elefanten in den Raum. Jede Woche riecht es hier nach einem anderen Duftbaum, aktuell habe ich Vanille im Angebot.

„Gut geschlafen, meine Große?" Seine tiefe Stimme hätte jeden Morgenmuffel aus dem Bett gerissen, aber ich bin sowieso nicht müde, ich habe diese Nacht kein Auge zugemacht. Jetzt springe ich aus den Federn, um mich zu waschen, mir die Haare zu kämmen und danach in die Klamotten zu schlüpfen, die Mama auf meinen Schreibtischstuhl gelegt hat. Vor besonderen Anlässen besprechen wir jedes Mal, was ich anziehen kann, obwohl mir auch ein Gerät zur Verfügung steht, das die Farben der Kleidungsstücke erkennt. Wenn ich es dagegen halte und auf einen Knopf drücke, wird »rot« angesagt oder »grün«. Außerdem habe ich mit Excel eine Checkliste erstellt, in der vermerkt ist, welche Kombinationen gut zueinander passen. Aber dem Farberkennungsgerät traue ich nicht immer so hundertprozentig.

Heute trage ich eine schwarze Stoffhose und eine weinrote Bluse, die ich beim Frühstück nicht bekleckern darf. Ohnehin bekomme ich das Haferflockenmüsli und den Pfefferminztee, den Papa mir eingeschenkt hat, kaum herunter, so aufgeregt fühle ich mich. Mit Mona und Sabrina habe ich vereinbart, dass wir uns um halb acht am Schultor treffen; also wird Papa, auf dem Weg ins Büro, mich dort absetzen.

„Bringst du die Schreibmaschine raus?", frage ich, während er genüsslich seinen Kaffee schlürft. Papier raschelt, weil er in der Zeitung blättert, als hätten wir überhaupt keine Eile, doch mich hält nichts mehr auf meinem Stuhl. Anstatt sitzen zu bleiben, schnappe ich mir den Rucksack, in dem mein Laptop und die Braillezeile stecken. Dazu nehme ich die Tasche mit den Brillen, die jedem, der sie aufsetzt, verschiedene Augenkrankheiten simulieren.

Winselnd wartet Rocky auf mich, aber ich kann ihn nur in den Garten lassen, unseren Spaziergang müssen wir auf später verschieben. Schnell stecke ich ihm noch ein Leckerli zu und streichle über seinen Kopf. So bleibt er brav zurück, als ich mich abwende.

Allerdings wird mir bewusst, dass ich doch noch etwas Zeit gehabt hätte, um mit ihm zu spielen. Viel zu früh stehe ich vor dem Garagentor. Ungeduldig scharre ich mit den Füßen und treibe Papa an: „Komm endlich! Ich will los!"

Natürlich kann er mich nicht hören, beeilt sich aber trotzdem. Nachdem er den Koffer mit der Schreibmaschine und die anderen Sachen auf der Rückbank verstaut hat, schiebe ich mich auf den Beifahrersitz und der Nissan rollt aus der Einfahrt.

„Geht es dir gut?", erkundigt sich Papa.

„Na ja … Ich bin schrecklich nervös."

In meinem Bauch rumort es sogar und ich bekomme Angst, dass mir übel werden könnte. Aufmunternd drückt Papa meinen Arm.

„Das schaffst du schon. Und wenn nicht, finden wir eine andere Schule."

Mir ist klar, dass er mir Mut zusprechen will, dennoch wäre ich am liebsten bei Sabrina und Mona. Obwohl wir nicht in derselben Klasse sitzen würden, könnten wir zumindest die Pausen miteinander verbringen und ich hätte gute Freundinnen um mich herum.

Und vielleicht könnte Papa mich zur Schule bringen. Am Steuer ist er fast so schnell wie Michael Schumacher, wenn dieser noch Rennen fahren würde. Als wir nach einer sanften Rechtskurve anhalten, kann ich trotzdem nicht so richtig glauben, dass wir schon da sind. Nur zehn Minuten haben wir für die Strecke gebraucht, während der Fahrdienst, der mich zur Blindenschule kutschiert, 20 bis 30 benötigt. Je nachdem, wie schnell die anderen vier – teilweise leider auch Klassenkameraden von mir – es morgens aus dem Haus schaffen. Dann setzen sie sich so weit wie möglich von mir weg, wie um einer ansteckenden Krankheit zu entgehen. Gleichzeitig schütten sie Beleidigungen über mir aus, ohne sich zu einer Antwort herabzulassen, wann immer ich eine Frage stelle.

Oft beginnt der Horror für mich um Viertel nach sieben. Deshalb balle ich beide Hände zu Fäusten und drücke die Daumen, dass ich heute, bei meiner Präsentation, einen guten Eindruck hinterlasse.

Ich löse den Gurt und taste nach dem Griff, doch da ist Papa schon auf meiner Seite des Wagens, um mir die Tür zu öffnen. Aussteigen kann ich alleine, das weiß er eigentlich, aber er spielt meistens den zuvorkommenden Chauffeur, wenn eine Wand oder andere Autos neben uns stehen.

„Lieb von dir, dass du mich gefahren hast“, bedanke ich mich.

„Klar doch.“

Dienstbeflissen hilft er mir, die Laptoptasche auf den Rücken zu setzen. Als Nächstes will ich ihm den Koffer abnehmen, greife allerdings ins Leere.

„Ich hab ihn schon“, meint Papa und drückt mir stattdessen einen leichten Gegenstand in die Hand. Eine Figur aus Glas oder Porzellan, wie ich im nächsten Moment feststelle, als meine Finger über die Konturen tasten.

„Das ist ein Engel, der dich beschützen soll“, erklärt mir Papa.

Ich umarme ihn kurz, wobei er mich fest an seine breite Brust drückt und ich seinen typischen Duft einatmen kann. Ich habe solches Glück, einer Familie anzugehören, wo ich Geborgenheit erfahre!

Nur widerstrebend löse ich mich von meinem Vater, entferne mich mehrere Schritte und Lausche der Umgebung. Zwei Jungs unterhalten sich lautstark über die neueste Version irgendeines Computerspiels, Mädchen schlendern auf klackernden Absätzen an mir vorbei. Insgesamt hört sich das nach ziemlich vielen Jugendlichen an, was eine Information, die ich bei Wikipedia gefunden habe, durchaus bestätigt. Ungefähr 1.000 Schüler werden hier unterrichtet, während es bei uns, in Unterschleißheim, nur knapp 90 sind. Ein wirklich gewaltiger Unterschied, von dem ich mich plötzlich überwältigt fühle. Wie viele Leute wären an der neuen Realschule wichtig für mich? Wie viele Namen müsste ich mir merken?

„Da kommen deine Freundinnen", verkündet Papa.

Kurz darauf spüre ich eine Hand, die sich um meine legt. Es ist Sabrina, ich erkenne sie an ihren zarten Fingern. Monas dagegen sind etwas rauer, meistens lackiert und sie trägt immer einen Stimmungsring an ihrem rechten Ringfinger, der, je nach Monas Gemütszustand, die Farbe verändert. Heute ist er sicher blau, denn ihre Stimme klingt fröhlich. „Ich nehm deinen Koffer."

Auch Kai ist zu uns gestoßen. Als starker Mann lässt er natürlich nicht zu, dass Mona den Koffer schleppt, sondern möchte den Kavalier spielen. Im nächsten Moment stöhnt er kurz auf unter dem Gewicht. „Warum transportierst du Ziegelsteine?"

Ich muss lachen und schon geht es mir ein bisschen besser. „Das ist nur Perkins."

„Was? Eine Frau?", wundert sich Kai, woraufhin Sabrina stichelt: „Jetzt willst du sicher wissen, ob sie gut aussieht."

„Perkins ist kalt und hart. Eine Schreibmaschine für Blinde", kläre ich auf.

Bei Modellen, die von Sehenden benützt werden, gibt es für jeden Buchstaben und für jedes Zeichen eine Taste. Das dürften um die 50 sein, während Schreibmaschinen für blinde Menschen nur zehn aufweisen, vielleicht ein paar mehr. Am Wichtigsten sind die sechs, mit denen sich die Brailleschrift erzeugen lässt. Die Buchstaben werden ins Papier gestanzt und genau das ist es, was ich den Schülern vorschlagen möchte: ihren Namen zu schreiben oder ein anderes Wort, das ihnen gut gefällt. Hinterher können sie das ertasten und ihren Zettel mit nach Hause nehmen.

„Tolle Idee", bekräftigt Kai, „und dann kriegt jeder ein Alphabet?"

Bevor ich ihm antworten kann, schaltet sich Mona ein, in etwas drängendem Ton. „Wir treffen uns alle im Medienraum: unsere achte, die neunten und die zehnten Klassen. Außerdem hat sich Frau Dillner angekündigt."

„Dann will ich mich mal verabschieden." Papa tritt vor, um mir eine Hand auf die Schulter zu legen. „Viel Erfolg!"

„Danke", sage ich, aber innerlich stecke ich schon mitten im Geschehen.

Zu viert gehen wir auf das Gebäude zu, wie ich am Schall meiner Schritte erkenne, der durch das Bauwerk gedämpft wird. Rechts halte ich meinen Stock, um allen anderen zu signalisieren, dass ich sehbehindert bin. So können sie mir ausweichen und einen Zusammenstoß vermeiden. Allerdings besteht nur ein geringes Risiko, dass ich in jemanden hineinlaufen würde, weil ich mich bei Sabrina untergehakt habe. Sie verhält sich so lieb und aufmerksam, dass mich Dankbarkeit überkommt.

Kai müht sich mit der Schreibmaschine ab, während Mona, die Schulsprecherin, uns einen Weg bahnt. Fast kommt es mir vor, als müsste sie ihn freischaufeln, doch ganz in der Nähe wispert jemand: „Boah! Die ist ja blind!"

Ich drehe mich in die Richtung, woher die Stimme gekommen ist. „Aber nicht taub. Du kannst mich gerne ansprechen."

Darauf bekomme ich keine Antwort mehr, was ich schade finde. Öfter passiert es, dass die Leute über mich reden, anstatt mit mir. Bloß darf ich mich jetzt davon nicht beeinflussen lassen.

Die Tür quietscht, als Mona sie aufdrückt und drinnen bestätigt meine Nase sofort, dass ich mich in einer Schule befinde, denn es riecht nach altem Holz und Papier. Wir überqueren eine große Fläche, bestimmt die Aula, und reihen uns dann in den Strom der Schüler ein. Durch diesen unbekannten Korridor zu laufen und die vielen, fremden Stimmen zu hören, löst Beklemmung in mir aus. Um meine Brust scheint sich ein Band zu wickeln, das sich immer enger zusammenzieht. Gleichzeitig bin ich so nervös, als hätte ich meine Einschulung als Erstklässlerin vor mir. Aber mit Sabrina und Kai an meiner Seite kann ich mich wenigstens sicher fühlen.

„Dürfen wir mal bitte durch?“, übernimmt Mona weiterhin die Führung und wieder zerstreut sich eine Traube von Jugendlichen. Doch einer von ihnen möchte wissen: „Wer ist das?“

Die Frage klingt neugierig, bevor ein Mädchen, dem meine Gegenwart offenkundig widerstrebt, sie schärfer formuliert. „Was will die denn hier?“

Spontan kommt es mir vor, als würde, statt Blut, Eiswasser durch meine Adern fließen. Ich ringe mit den Worten, suche nach einer angemessenen Erwiderung, als Sabrina stehen bleibt.

„Nicole, meine Freundin hat auch einen Namen: Susanne. Sie erzählt uns heute, wie man damit klar kommt, blind zu sein. Und wenn wir Glück haben, geht sie bald auf unsere Schule.“

Dass Sabrina die Erklärung gibt, passt mir eher weniger. Jetzt denkt diese Nicole vielleicht, ich wäre nicht nur blind, sondern auch blöd, weil ich nicht sprechen kann. Tatsächlich macht sie ein Geräusch, das deutlich ihre Verachtung signalisiert. Glücklicherweise werde ich abgelenkt, weil ein Junge mich begrüßt. „Hey, wir kennen uns doch von der Spendenaktion für meinen Bruder. Aber ich kann mich nicht an deinen Namen erinnern …“

„Geht mir genauso“, antworte ich ehrlich. Personen, die ich vielleicht ein oder zwei Mal gesehen habe und die nur kurz ein paar Worte mit mir gewechselt haben, verschwinden wieder aus meinem Gedächtnis. Es sei denn, sie besitzen eine richtig markante Stimme, doch das ist bei diesem Jungen nicht der Fall. Er klingt angenehm maskulin, während ich bei anderen Männern glauben könnte, mich mit einer Frau zu unterhalten. Denn sie hören sich an, als hätten sie es nicht ganz aus dem Stimmbruch geschafft.

Dass Simon so freundlich auf mich zugeht, ermutigt mich. In seinem Ton schwingt Interesse, das keineswegs gekünstelt wirkt.

„Wie kannst du denn bei uns mitschreiben?“

„Das zeige ich euch gleich.“

„Bin gespannt“, erwidert er, um dann einer Kameradin zuzurufen: „Hey, Aylin. Komm doch mal her.“

Sofort fällt mir ein, dass Sabrina schon von ihr erzählt hat: Aylin ist gut mit ihr und Mona befreundet. Doch erst einmal kann ich mich nicht bei ihr vorstellen, denn eine Frau übertönt die Jugendlichen.

„Geht bitte alle in den Mediensaal. Dann wird Susanne eure Fragen beantworten."

Sabrina greift nach meinem Arm, um mich zum Pult zu führen, die letzten Schritte gehe ich über einen Teppich und warte auf den Witz, dass man diesen extra für mich ausgerollt hätte. Stattdessen nehme ich den Geruch von Computerräumen wahr: staubig, leicht muffelig. Aus den Lüftern der Geräte wird ein warmer Dunst geblasen, aber mich streift zugleich ein Windhauch, weil Mona neben mir das Fenster öffnet.

„Es sind schon einige Lehrer da. Fast alle, die in den höheren Klassen unterrichten."

Sabrina fügt hinzu: „Hinter dir hängt die Tafel. Na ja ... Die wirst du nicht brauchen." Sie lacht, doch es klingt aufgesetzt und das zeigt mir noch einmal, wie viel es auch ihr bedeuten würde, dass ich den Wechsel zu ihnen schaffe.

Während ich meinen Laptop aus dem Rucksack ziehe, greift Sabrina nach dem Netzteil, um die Stromversorgung herzustellen. Mit einem »Klack« schiebt sie den Stecker in die Dose.

„Und hier kommt die Schreibmaschine." Kai wuchtet das schwere Ding rechts von mir auf den Tisch. Für einen Moment nagen Zweifel an mir, ob es wirklich so klug wäre, Perkins aus dem Koffer zu holen. Die ist schon total veraltet und vermittelt überhaupt nicht, wie ich arbeite.

Plötzlich fühlt sich alles falsch an, doch wenigstens wird es mir keine Probleme bereiten, vor all den fremden Leuten frei zu sprechen. Zwar habe ich, wenn ich Referate in der Schule halte, immer einen Notizzettel dabei, aber die Präsentation auch gründlich geübt. Dadurch passiert es nur selten, dass ich über ein Wort stolpere oder den Faden verliere. In diesem Bereich habe ich meine Unsicherheit und Nervosität inzwischen abgelegt.

Über USB schließe ich die Braillezeile an den Laptop, als ich spüre, dass sich jemand neben mich stellt. Die Stimme kann ich der Respektsperson aus dem Gang zuordnen.

„Hallo Susanne, ich bin Frau Seidl, die Deutsch- und Klassenlehrerin von Sabrina. Schön, dich kennen zu lernen."

Um mich herum wird die Geräuschkulisse lauter, offenbar trudeln immer mehr Schüler ein. Meine Nervosität steigt zunehmend, bis sich Mona vergewissert: „Du kommst doch zurecht, oder? Wir müssen uns jetzt auf unsere Plätze setzen, aber wir bleiben ganz in der Nähe. Also, wenn du irgendwas brauchst, dann sag es einfach. Und Frau Seidl ist ja auch neben dir am Pult."

Als hätte Mona sie angesprochen, übernimmt die Lehrerin: Wir fangen an mit einer kurzen Vorstellung von dir. Ich leite das Ganze ein."

Sie klingt sehr nett und so, als verstünde sie einigen Spaß, nur kann mich das jetzt auch nicht mehr beruhigen. Meine Hände beginnen zu zittern, sodass ich mich an der Braillezeile festklammere, als Frau Seidl eröffnet.

„Wir haben Besuch. Susanne ist 15 Jahre alt und geht in die 9. Klasse einer Schule für Blinde und Sehbehinderte in Unterschleißheim, aber mehr erzählt sie selbst. Wie es dazu kam, zum Beispiel, dass sie uns besucht."

Mein Stichwort! Augenblicklich pocht mein Herz wie verrückt und die Knie werden so weich, dass ich befürchte, mich nicht auf den Beinen halten zu können.

Ich nehme all meinen Mut zusammen und beginne, möglichst fest: „Also erst mal vielen Dank, dass ich heute hier sein darf. Ich bin Susanne, das habt ihr ja schon gehört. Ich komme aus Attaching. Wo ich zur Schule gehe, gibt es Hilfsmittel, die mir das Lernen erleichtern und auch Lehrer, die wissen, wie sie blinde Schüler unterrichten können."

Bei meinen Worten ist es im Saal allmählich still geworden. Jetzt scheinen mir alle aufmerksam zuzuhören und ich hole noch einmal tief Luft.

„Für behinderte Menschen gestaltet sich die Arbeitssuche schwierig, zwei Drittel bekommen keinen Job. Deshalb möchte ich mehr von der Welt der Sehenden erfahren und stärker daran teilhaben, um mir den Einstieg ins Berufsleben zu erleichtern."

Lange habe ich darüber nachgedacht, ob ich von dem Mobbing und der Zurückweisung durch Frau Dillner erzählen soll. Aber das wäre alles viel zu persönlich und würde meine Chance, die wie eine Kerzenflamme flackert, ganz schnell wieder zunichtemachen. Lieber bemühe ich mich, die positiven Aspekte hervorzuheben.

„Sabrina und Mona haben mich unterstützt. Gemeinsam sind sie zu Frau Dillner gegangen, um sich für mich einzusetzen."

Spontan bekommen die beiden Applaus und ich grinse breit, weil ich mich so sehr freue. Gleichzeitig stelle ich mir vor, dass Sabrinas Kopf so rot ist wie eine Kirschtomate. Zu viel Aufmerksamkeit findet meine Freundin unangenehm, deshalb fahre ich eilig fort: „Frau Dillner hat mir eine Chance gegeben, euch zu erklären, wie blinde Menschen arbeiten."

Zuerst zeige ich, wie ich den Computer mit Braillezeile und Sprachausgabe bediene, anschließend lese ich etwas aus »Harry Potter und die Kammer des Schreckens«. Das kommt sehr gut an und ich werde sogar für meine Betonung gelobt.

Dadurch motiviert, fällt es mir leichter, die größeren Hürden zu nehmen. Ich spreche über Fächer, wo die Lehrer ernsthaft vor einer Herausforderung stehen würden, um mich zu integrieren.

„Im Kunstunterricht", setze ich an, „könnte ich die Bilder malen, wie ich sie mir vorstelle."

Von den Pädagogen wendet jemand ein, dass diese Methode doch schwierig zu benoten wäre, aber ich ziehe einen Trumpf aus dem Ärmel: Extraaufgaben.

„Sie können mich ja, solange meine sehenden Kameraden zeichnen, etwas aus Ton fertigen lassen. Ich würde auch häkeln oder weben, eher handwerkliche Arbeiten verrichten. Im Sport kämen Gymnastik, Bodenturnen oder Yoga infrage. Außerdem bietet sich Leichtathletik an, wenn ich mit jemandem zusammen laufe. Mit einem Seil zwischen uns, das jeder an einem Ende festhält."

„Und was, wenn du umknickst? Dann wäre ich schuld", befürchtet Nicole. Damit bringt sie mich ein bisschen durcheinander, zumal ich eingestehen muss: „Ballspiele wären für mich nicht möglich, also Fußball, Volleyball oder solche Sachen. Es gibt aber andere, speziell für Blinde erfundene Sportarten, davon könnten wir doch einige im Unterricht ausprobieren. Ich spiele sogar Blindenbaseball in Attaching!"

Gerade will ich das erläutern, als mir eine Frau ins Wort fällt. „Kunst ist Kunst und nicht Handwerken. Und Yoga steht doch gar nicht im Lehrplan, wir würden uns über die Vorgaben hinwegsetzen. Wie sollen wir das nach außen rechtfertigen?"

Schnell streife ich den Schweiß, der sich in meinen Handflächen gebildet hat, an den Hosenbeinen ab. So vieles muss ich noch erklären! Dabei ärgert es mich, dass ich diese Frau nicht mit ihrem Namen ansprechen kann. Wenn ich Sabrina oder Mona vorab darum gebeten hätte, mir die wichtigsten Lehrer und ihre Fächer zu nennen, könnte ich jetzt Pluspunkte sammeln.

Stattdessen regt sich die Sittenwächterin auf: „Wir erteilen ihr bestimmt keine Sondergenehmigung! Ich meine, was wird das Kultusministerium davon halten?"

Ihre Stimme klingt so schrill und hektisch, dass ich mir Mühe geben muss, die Worte überhaupt zu verstehen. Wahrscheinlich fehlt nicht viel, bis die gackernde Henne mich angespuckt hätte vor Ekel.

Ich verspanne mich, bin dann aber unendlich dankbar, als Frau Seidl diese Tirade unterbricht. Noch immer strahlt sie große Ruhe und Gelassenheit aus.

„Das klären wir alles, wenn es so weit ist, liebe Kollegin."

„Und Musik?", zetert meine Widersacherin; wohl Frau Müller, die eigentlich nur Mathe und Sport unterrichtet.

Ich straffe die Schultern, um aufrecht zu stehen. Dann wende ich den Kopf in die Richtung, wo ich sie vermute.

„Ich beherrsche die Notenschrift in Braille. Zugegeben, die Vorlage in Schwarzschrift lässt sich nicht so leicht übertragen wie jeder andere Text, dafür bräuchte man mehr Vorlaufzeit. Aber ich könnte auch, anstelle von Noten, Buchstaben schreiben und Zahlen dahinter, um Halbe oder Viertel anzugeben. Durch eine Zwei und eine Vier …"

Frau Müller schnaubt etwas verächtlich, doch da schaltet sich die Rektorin ein. „Das stimmt schon, es gibt viele Hindernisse, über die wir bisher kaum nachgedacht haben. Aber sollte es zu einer Beschulung kommen, entwickelt sich bestimmt ein Weg, den wir ehrlich vertreten können."

Trotz ihrer Fürsprache fühlt es sich an, als würde die Chance wieder ein Stück von mir wegrollen; wie ein Ball, den ich nicht zu fassen kriege. Mir fällt nichts ein, das ich noch vorbringen könnte, um die Skeptiker zu überzeugen. So stelle ich den Plan, die Schüler auf meiner Schreibmaschine tippen zu lassen, erst einmal zurück, denn die Selbsterfahrung mit den Simmulationsbrillen könnte mehr bewirken.

Wer will, darf sich eine aufsetzen und damit das Schulhaus auf eine neue Weise erkunden, selbstverständlich von Frau Dillner und Frau Seidl beaufsichtigt. Außerdem wird mir bewusst, dass auch Mona und Sabrina dies noch nicht ausprobiert haben.

Ehrlich gibt ein Junge zu: „Ich krieg richtig schiss, irgendwo anzustoßen oder eine Treppe runterzufallen. Hast du dir schon mal was gebrochen?"

Ich kann diese Frage verneinen, bevor ich allen Teilnehmern ein wenig Mut zuspreche. Nach und nach würden sich die anderen Sinne schärfen, manche Hindernisse kann ich sogar hören.

Mit dem kleinen Sehrest, den die Brillen noch zulassen, bleiben zumindest die Umrisse von Gegenständen erkennbar. Und ich erinnere an den weißen Stock: „Wenn man ganz blind ist, übernimmt er das Sehen, zumindest auf dem Boden.

Ob den Jungen das beruhigt, vermag ich nicht zu sagen, aber ich drücke ihm meinen Stock in die Hand und gleich darauf schlurft er los. Simon traut sich sogar, von mir geführt zu werden, was mich ein bisschen verunsichert; schließlich kenne ich mich hier nicht aus. Aber Aylin läuft auf seiner anderen Seite, um mich zu unterstützen.

Hinter uns höre ich Sabrina: „Ich trage gerade die Zehn-Prozent-Brille, da sind nur graue Felder auf weißem Papier. Ich kann das Mathebuch nicht mehr lesen!“

Beim letzten Satz klingt sie überaus fröhlich, wobei wir natürlich niemandem eine Sehschwäche wünschen. Trotzdem sind auch Leute dabei, die sowieso schon eine Brille brauchen und für diese macht es keinen sonderlichen Unterschied, wenn man ihnen eine Sehbehinderung vortäuscht.

Irgendwann holt Frau Seidl alle wieder in den Raum, für eine kurze Abschlussrunde. Die Lehrerin überlässt mir die Moderation, weshalb ich spontan improvisieren muss, um die verschiedenen Meldungen aufzunehmen. Jeder, der etwas sagen möchte, soll mit den Fingern schnipsen, damit ich ihn aufrufen kann. Das Geräusch kommt von überall her und ich entscheide mich spontan für einen Schüler links vorne.

„Ich habe noch eine Frage, aber die ist echt blöd“, beginnt der Junge, der vorhin schon verunsichert war. Aber mir gefällt es, wenn alles an mich herangetragen wird. Auf jeden Fall ist das besser, als jetzt – aus irgendeinem Schamgefühl heraus – zu schweigen und dann mit falschen Vorstellungen nach Hause zu gehen. So ordne ich das auch für die Gruppe ein.

„Es gibt keine doofen Fragen, nur schlechte Erklärungen von mir.“

„Okay, also …“ Kurz zögert er noch, aber dann platzt es aus ihm heraus: „Wie träumst du?“

Unwillkürlich muss ich lachen, weil das viele von mir wissen wollen. Und die Antwort ist ganz einfach.

„Ich träume so, wie ich meinen Alltag erlebe. Das heißt, mit Geräuschen, Stimmen … Noch nie mit Gerüchen…, das wäre manchmal sicher unangenehm.“

Etliche Zuhörer lachen. Noch einmal überlege ich kurz und bekräftige: „Ja, so ungefähr könnte man es beschreiben.“

„Schminkst du dich?“, erkundigt sich ein Mädchen mit heller Stimme. Wahrscheinlich ist sie aufgeregt, während sich von mir alle Anspannung löst. Die schwierigen Aufgaben sind bewältigt, deshalb kann ich locker erwidern: „Wenn, dann lasse ich mich schminken, von meiner Schwester zum Beispiel. Aber auch nur vor größeren Veranstaltungen oder zu Fasching."

„Manche sehen immer aus wie im Karneval", murmelt jemand, wovon ich mich nicht irritieren lasse.

„Einige Blinde können es selbst und ich habe vor, irgendwann einen Schminkkurs für Sehgeschädigte zu besuchen. Aber allgemein bin ich der Meinung, dass die wahre Schönheit von innen kommt. Außerdem habe ich sogar einen Vorteil, denn visuelle Eindrücke lenken mich nicht ab. So unterhalte ich mich mit Leuten, die andere vielleicht ignorieren, weil sie für ihren Geschmack komisch aussehen."

Nach diesen Worten tritt stille ein, offenkundig hallt das Gesagte nach. Schließlich ergreift Frau Seidl wieder das Wort. Sie fasst zusammen, was wir in der letzten Stunde gemeinsam erlebt haben, ehe sie sich an die Jugendlichen wendet.

„Was würdet ihr davon halten, dass Susanne ab nächstem Schuljahr zu uns kommt? Glaubt ihr, dass es uns gelingen könnte, sie in die Gemeinschaft zu integrieren und ihr ein angenehmes Lernumfeld zu schaffen?"

Ich muss zugeben, dass jetzt wieder die Aufregung steigt. Was werden sie über mich sagen? Und wie wird es sich im Nachhinein entscheiden? In mir zieht sich etwas zusammen, als Nicole ablehnt: „Ich finde das nicht gut. Dauernd müssten wir ihr eine Extrawurst braten!"

„Hast wohl Angst, dass jemand deinen Platz an der Sonne bekommt?", faucht Sabrina.

Einige lachen, rufen wild durcheinander, sodass Frau Seidl sie zur Disziplin ermahnt. Daraufhin gibt ein Junge das nächste Feedback ab, soweit ich weiß derselbe, der mir auch die vielen Fragen gestellt hat.

„Es wäre zwar ein bisschen anders für sie, dem Unterricht zu folgen, aber mit ihren Hilfsmitteln funktioniert das bestimmt."

„Danke, Mark", sagt Frau Seidl. Und ich versuche, mir sowohl seine Stimme als auch den Namen einzuprägen. Womöglich werden wir uns bald wiedersehen.

Vorerst zufrieden, packe ich meine Utensilien zusammen. Dabei fällt mir auf, dass wir die Schreibmaschine nicht mehr gebraucht haben. Kai bietet an, sie zurück zum Parkplatz zu schleppen, wo Patty mich abholen wird. Wir haben vereinbart, dass ich sie anrufe, sobald mein Vortrag beendet ist, allerdings nimmt Frau Dillner mich noch kurz zur Seite.

„Wie du die Welt wahrnimmst, hätte ich mir nicht vorstellen können. Ich finde das wirklich beeindruckend."

„Vielen Dank!"

Das klingt nach einer Floskel, nur meine ich es genauso und wüsste nicht, wie ich dieses Empfinden anders ausdrücken sollte. Als die Rektorin weiterspricht, werden meine Knie ganz weich.

„Es gibt Schulen, die sind mit der Inklusion schon um einiges weiter als wir, aber in der nächsten Lehrerkonferenz werden wir uns beraten. Einige Kollegen haben bereits angedeutet, dass wir es einfach ausprobieren und dir eine Chance geben sollten …"

Sie wirkt noch immer skeptisch, aber in meinem Bauch breitet sich Wärme aus und das Herz schlägt ein bisschen schneller.

„Wir werden uns bei dir melden", verspricht die Schulleiterin, „und du kannst dich glücklich schätzen, solche Freundinnen wie Mona und Sabrina zu haben."

AUS ZWEI MACHT EINS

Erzählt von Sabrina

Völlig euphorisch von dem guten Eindruck, den Susanne bei den Lehrern und Schülern machen konnte, lasse ich mich auf meinen Schreibtischstuhl plumpsen. Nur um ein paar Sekunden später wieder hochzuspringen, denn plötzlich verspüre ich den Drang, mich kreativ zu betätigen. Und ich glaube – nein, ich weiß, dass es mir jetzt gelingen wird, einen überzeugenden Text für den Poetry Slam zu verfassen. Nicht einmal die Gedanken finden eine Pause, weil es mich so sehr mit Glück und Freude erfüllt, wie mein Leben sich neuerdings gestaltet. Die meisten Fesseln haben sich gelöst. Außerdem zu wissen, wie viel ich Tim bedeute, gibt mir ein Gefühl von Freiheit.

Vollkommen unbeschwert nehme ich mir ein Blatt Papier. Gleichzeitig greife ich nach einem Stift, der wie von selbst zu schreiben beginnt: »Bücherliebe«.

Einfach meine Gemütsverfassung und mein wichtigstes Hobby zusammenführen!

Gerade jetzt könnte die Wahl dieses Titels nicht passender sein!

Kurz setze ich den Stift noch einmal ab, während der Blick zu meinem Bücherregal hinüberschweift. In meinem Bauch zieht es ein wenig, da ich in den letzten Wochen kaum die Zeit gefunden habe, einen Roman in die Hand zu nehmen. So türmt sich der Stapel ungelesener Bände.

Wie magnetisch angezogen stehe ich auf und hole mir das erste Exemplar. Mit einer Fingerspitze streiche ich behutsam über den Buchrücken, wo der Titel vermerkt ist: »Prinz Kaspian von Narnia«. Der Autor, C. S. Lewis, wurde vor über 100 Jahren in Irland geboren und es erfüllt mich mit großer Ehrfurcht, dass seine Bücher heute noch verbreitet sind. Wenn ich es auch so weit bringen würde …

Gedankenverloren blättere ich durch die Seiten, wobei mir der Duft von Druckerschwärze um die Nase weht. Angenehm wie Schokolade, doch länger haltbar.

Haufenweise Romane stehen noch auf meiner Wunschliste! Ganz oben das Buch zu dem Film, den ich mir mit Mona angeschaut habe, »Dieses bescheuerte Herz«. Nachdem Kai seine Schulden beglichen hat, könnte ich mir das eigentlich kaufen, am liebsten würde ich sofort in die Buchhandlung rennen. Aber ich weise beide Füße an, sich jetzt nicht vorwärts zu bewegen, denn ich will auch meinen Text entwickeln. Gerade jetzt habe ich so viele Wörter und Satzteile im Kopf, die nach draußen drängen. Auf keinen Fall möchte ich diese Phase ungenutzt verstreichen lassen.

Schon fliegt der Stift über das Papier. Als ich bei einer Formulierung zögere, fällt mir auf, dass ich schon eine halbe Seite geschrieben habe, dann fast eine ganze. Diesmal habe ich mich von nichts und niemandem ablenken lassen, am wenigsten von mir selbst. Darauf kann ich echt stolz sein.

Also lehne ich mich in meinem Stuhl zurück. Eine Katze, die schnurrend in der Sonne liegt, könnte sich nicht wohliger fühlen.

Bald nehme ich die Geräusche wahr, die mich umgeben. Rockmusik, die Unheil verkündend in Kevins Zimmer plärrt. Als wollten sie dagegen protestieren, singen draußen vor dem Fenster einige Vögel. Ein Fahrzeug knattert vorüber und gedämpft sagt irgendjemand ein paar Worte, die ich nicht verstehen kann. Allerdings verrät mir der Tonfall, wie sehr sich diese Frau entrüstet. Und mit einem Mal wird mir bewusst, dass ich, solange der Stift über das Papier getanzt ist, meine Umgebung völlig ausgeblendet habe.

Im nächsten Moment zucke ich zusammen, da es an der Türglocke läutet. Wäre mir neu, dass wir Gäste erwarten und die Post kommt normalerweise früher.

Neugierig, worum es sich wohl handeln mag, sause ich hin und drücke auf den Knopf der Gegensprechanlage. „Hallo?"

„Ich bin's, Kai."

Seine Stimme zu hören, verblüfft mich so sehr, dass ich nicht auf den Türöffner drücke. Stattdessen schießen mir zahllose Gedanken durch den Kopf. Was will er hier? Warum kommt er mich besuchen? Normalerweise ruft er höchstens an oder schreibt eine Nachricht. Und bei Susanne vorzulesen, ist doch erst wieder für Mittwoch geplant.

„Sabse, machst du mir auf?", fängt Kai von vorne an.

„Ääh … Klar."

Wenigstens habe ich mein Zimmer aufgeräumt, also können wir dort rein. Oder wäre es besser, sich mit ihm ins Wohnzimmer zu setzen? Vielleicht will er ja auch gleich wieder gehen, aber trotzdem wäre es idiotisch, die ganze Zeit im Flur zu bleiben.

Ich fühle mich unsicher und verstört. Flink wie immer hastet Kai die Stufen rauf, sodass es nur Sekunden dauert, bis er vor mir steht. Ihn hier zu sehen, mit der unvermeidlichen Sporttasche, kommt mir irreal vor. Und seine Begrüßung bringt mich noch mehr durcheinander: „Gut, dass du da bist."

„Na ja … Fünf Minuten früher hätte ich dich unten stehen lassen."

Ob ich das ehrlich meine oder ihn ein bisschen ärgern will, scheint er nicht einordnen zu können. Ich weiß es selber nicht genau, doch in seinen Zügen erkenne ich deutlich die Irritation. Zugleich wirkt er verlegen, was mich seltsam berührt.

„Entschuldige bitte, dass ich so bei euch hereingeplatzt bin. Wenn ich störe …" Nervös zupft er am Ärmel seines T-Shirts. „Ich … meine, wir können auch morgen reden, falls dir das besser passt."

Aber ich schüttle den Kopf. „Schon okay."

Bestimmt beschäftigt ihn etwas wegen Susanne. Meine Adresse muss er in der Klassenliste nachgeschaut haben oder im Telefonbuch.

Wenn er so einen Aufwand betreibt, um persönlich mit mir zu sprechen … Allmählich wird mir etwas mulmig zumute, doch Kai ist erst einmal zum Plaudern aufgelegt.

„Was hast du denn vorhin gemacht?"

Kurz zögere ich, ihm die Wahrheit zu sagen, dann sprudelt es aus mir heraus: „Einen Text geschrieben, für den Poetry Slam!"

„Echt?“ Er grinst, obwohl ich wirklich nicht begreife, was daran so komisch ist. Fast bereue ich, dass ich ihm die Tür geöffnet habe.

„Stehst du auf Aerosmith?“, erkundigt er sich mit dem nächsten Atemzug.

Um richtig umzuschalten, brauche ich einen Moment. Seine Frage kann nur die Beschallung betreffen, die Kevin uns kostenlos liefert. Und über meinen Bruder möchte ich jetzt garantiert nicht diskutieren. In schroffem Ton, die Arme abwehrend vor der Brust verschränkt, frage ich deswegen nach: „Was willst du von mir?“

„Tja …“ Kai steigt eine leichte Röte in die Wangen. „Das dauert ein bisschen länger. Können wir uns in dein Zimmer setzen?“

Damit hat er mir eine Entscheidung abgenommen, denn es wäre ziemlich dämlich von mir, jetzt noch die Couch vorzuschlagen. Vermutlich sollte ich so höflich sein, dem Gast ein Glas Wasser anzubieten, doch ich gehe direkt in mein Zimmer und pflanze mich auf mein Bett. So bleibt ihm nur der Drehstuhl.

Aber Kai scheint das alles nicht zu stören. Auch nimmt er wenig Notiz von den Dingen, mit denen ich mich eingerichtet habe. Direkt schaut er mir in die Augen, mit einem Blick, dass sich mein Unbehagen verstärkt.

Seine Stimme klingt fest, als er beginnt: „In der Eisdiele habe ich mich wirklich blöd benommen!“

So wird diese Unterhaltung darauf hinauslaufen, alles Schlechte zwischen uns aufzurollen. Aber jetzt möchte ich nicht an den ganzen Müll erinnert werden. An meinen Unterarmen stellen sich die Haare auf und ich bin kurz davor, dieses Gerede abzuwürgen, doch dann atme ich nur aus, während Kai sich weiter erklärt.

„Ich will auch nicht, dass du denkst, ich hätte dich nicht gemocht oder so. Mir waren nur deine Auftritte ein bisschen peinlich.“

„Soll das heißen, du hast dich für mich geschämt?“ Fassungslos funkle ich ihn an und presse dann die Lippen aufeinander.

„Vielleicht ein bisschen“, gibt er zu.

Viel braucht es nicht mehr, dass ich anfange zu schreien. Aber ich straffe nur die Schultern und halte mich ansonsten zurück, wodurch mein Tonfall etwas kratzig wird.

„Stimmt schon, dass ich tollpatschig durch die Gegend stolpere. Aber es gibt auch Leute, die das mögen und mich so akzeptieren, wie ich bin!"

„Ja, ich weiß. Deine Freundin Susanne zum Beispiel. Obwohl …" Er fügt eine Pause ein, so als wollte er die Spannung aufrecht erhalten. „Sie kann ja nicht sehen, wie du durch die Gegend läufst. Das ist schon ein Vorteil. Und wie gefällt ihr dein Klingelton?"

„Den hab ich längst geändert", erwidere ich herablassend.

„Dann ist es ja gut." Erleichterung breitet sich in seinen Zügen aus, aber ich fühle mich längst nicht so. Irgendwie erdrückt mich seine Gegenwart, weshalb ich ernsthaft überlege, ihn wieder rauszuschmeißen. Doch mir fällt noch etwas anderes ein.

„Wie läuft denn die Beziehung mit Nicole?"

„Nicole?" Kai guckt wie jemand, der Probleme mit dem Gehör hat. Einen Herzschlag später vollführt er eine wegwerfende Handbewegung. „Die ist nicht meine Freundin!"

„Aber … Ich dachte …"

„Dass ich mit ihr zusammen bin?" Jetzt stiert er mich so finster an, als wäre es die größte Straftat, mir das vorzustellen. Empört halte ich dagegen: „Du hast ihr von mir erzählt!"

„Weil sie die Einzige war, die mir zuhören wollte, als ich einen guten Freund gebraucht habe."

Dazu will ich etwas sagen, doch mir bleibt der Mund offen stehen, so sehr bin ich überrascht. Noch einmal bestätigt sich, dass ich über Kai nur wenig weiß. Als Fußballer jagt er viele Stunden über den Platz, wobei doch Freundschaften entstehen müssten. Aber offenbar hat er nur Kumpels gefunden, keine engen Vertrauten. Womöglich fällt es den Jungs auch nicht so leicht, sich über tiefere Gefühle auszutauschen. Überhaupt äußern sich Männer, soweit ich das beurteilen kann, nur widerstrebend über Unzulänglichkeiten. Umso mehr sollte ich es schätzen, dass Kai zu mir gekommen ist, damit wir offen sprechen können.

„Nicole“, fährt er fort, „hat sich an mich rangeschmissen. Und sie mag vielleicht hübsch sein, vor allem finde ich sie aber hochnäsig und anstrengend.“

Gegen meinen Willen muss ich lächeln, was ihn irritiert. Seine linke Augenbraue wandert nach oben, dann denkt er wieder an die Stalkerin.

„Wie eine Klette hängt die an mir dran. Und was glaubst du, warum?“

Mehrere Antworten fallen mir ein, immerhin hätte auch ich vor wenigen Wochen ein Vermögen riskiert. Doch Nicole handelt nicht emotional, sondern berechnend.

„Sie hat gesagt, dass wir doch beide einsam sind, sie und ich.“ Anklagend sticht Kai mit einem Finger in die Luft, was mich zu der Überlegung bringt, dass er vielleicht auch die eigene Schwäche verurteilt. Nur verstehe ich nicht, wieso es ihm schwer fällt, Freundschaften zu schließen. Eigentlich ist er doch ein cooler Typ. Oder steckt noch etwas hinter der Fassade?

Auch für Nicole überkommt mich ein Fünkchen Mitgefühl. Weder pflegt sie Kontakt zu ihrem Vater noch kann die Mutter regelmäßig Zeit für sie erübrigen. Mit meinen Eltern vergleichbar, schuftet sich Frau Schwarzmann ab für eine Werbeagentur und Nicole sitzt währenddessen alleine zu Hause. Sie kämpft als Einzelkind, hat nicht mal einen Bruder, der ihr auf die Nerven gehen könnte! Trotzdem verfliegt meine Anteilnahme, sobald Kai noch mehr erzählt.

„Sie ist ein Lästermaul! Sogar über dich und Susanne zieht sie her.“

Wahrscheinlich stachelt es ihren Neid an, dass mich ein großer Freundeskreis umgibt. Aber was stört sie an Susanne? Noch während ich die Stirn runzele, liefert Kai mir eine Erklärung.

„Sie meint, die Blindschleiche soll besser auf ihrer Behindertenschule bleiben, weil sie da hingehört. Und Nicole wäre viel lieber auf eine Privatschule gegangen, ohne die Gefahr, dass sie sich mit einer wie Susanne auseinandersetzen müsste.“

Sofort brodelt in mir eine unbändige Wut. Nicole kann froh sein, dass sie mir jetzt nicht gegenübersteht, sonst hätte ich ihr eine ordentliche Abreibung verpasst. Wenigstens muss ich die Umstände genau erfahren.

„Hat sie das heute gesagt?"

„Eigentlich schon immer, seit ich von Susanne erzähle. Und vorhin, nach der Schule, wieder", verschärft Kai.

„Diese blöde Ziege! Die Augen sollte man ihr auskratzen, damit sie weiß, wie Blindsein sich anfühlt!"

Ich kann mich kaum noch beruhigen, aber Kai schnappt sich ein Stück Papier, das triumphal auf meinem Schreibtisch liegt. „Ist es das?"

„W-was?", stottere ich überrumpelt, weil er so abrupt das Thema wechselt. Dann dämmert mir, worum es ihm geht und das Blut schießt mir ins Gesicht.

„Nein! Lass es liegen!"

Ich werde beinahe panisch und springe auf, um ihm das Blatt zu entreißen. Kai, der meine Absichten erkennt, drückt augenblicklich seinen Arm durch. Gleichzeitig schnellt er vom Stuhl hoch, sodass ich seine Hand nicht mehr erreichen kann. Denn Kai ist um einiges größer als ich und bestimmt auch stärker, wenn es darauf ankommt.

Ich zittere vor Empörung, weil er mich zappeln lässt. Aber er schaut mich lieb an.

„Denkst du, meine Texte sind ein Meisterwerk?"

Ich schlucke hart und verwünsche mich dafür, dass ich das Blatt so habe liegen lassen, anstatt es wegzuräumen.

„Was ich kann, Sabse, das gelingt dir auch", ist Kai überzeugt. Dann schmettert er für mich, wie nach einem Trommelwirbel: „Bücherliebe! Doch, das ist viel besser als meine Überschrift."

Er schmunzelt, während ich versuche, mich an den Titel seines Textes zu erinnern. Das war doch irgendetwas mit Raufen und Saufen … Mona hat es jedenfalls nicht gefallen und Aylin höchstens mittelmäßig, aber gegen den Auftritt hätten sie beide nichts einwenden können.

Ähnlich diesem bemerkenswerten Abend, scheint Kai nun erneut auf der Bühne zu stehen. Dabei halten wir uns bloß in meinem Zimmer auf und ich bin die einzige Zuschauerin. Ich fühle mich sofort gebannt, als er mit lauter Stimme wiedergibt, was mein Gehirn entwickelt hat.

„Manche sagen, ich wäre verrückt, weil ich Dich ständig brauch.
Im Bus, in der Bahn, ja sogar auf der Toilette.
Doch was würde ich tun, wenn ich Dich nicht hätte?
Ich finde Dich wunderbar!"

Von seiner Stimme getragen, schließe ich die Augen. So kann ich mir noch besser vorstellen, dass ich es wäre, die gerade vor dem Publikum steht und ein erregendes Kribbeln jagt durch meinen Körper.

„Ich will blättern in Dir,
in Deinen Geschichten versinken.
Will weinen mit Dir
und lachen.
Ich will Angst haben mit Dir
und Glück haben mit Dir,
denn ich finde Dich wunderbar!"

Habe wirklich ich mir diese Zeilen ausgedacht? Jetzt, da ein anderer sie vorliest, spüre ich plötzlich einen Kloß im Hals. Dann steigen Tränen in mir hoch, aber ich dränge sie zurück. So weit, dass ich Kai gegenüber heulen würde, bin ich noch nicht. Trotzdem fühle ich mich wohl in seiner Gegenwart. Fast kommt es mir vor, als wären wir zwei Verbündete, denn wir verstehen einander so gut, dass ich gerne länger mit ihm quatschen würde. So biete ich ihm doch noch ein Getränk an, bevor wir uns zwanglos unterhalten. Über Literatur, die Schule, Fußball und Reiten …

Allerdings habe ich noch einen anderen Termin, der mir besonders viel bedeutet. Deshalb überlege ich schon, wie ich Kai, ohne ihn zu beleidigen, wieder verabschieden könnte. Allmählich werde ich etwas nervös. Doch er hilft mir aus der Klemme, indem er erklärt: „Ich muss gleich los. Hab noch Training."

Solange ich unsere benutzten Gläser zurück in die Küche bringe, macht Kai sich fertig für den Aufbruch. An der Wohnungstür, lässig die Sporttasche über die Schulter geworfen, hält er noch einmal an, um mir ein warmes Lächeln zu schenken. Und dann sagt er etwas, das mich vollkommen umhaut: „Sabse, du bist wunderbar! Wir könnten enge Freunde werden!“

DAMENBESUCH IM HERRENHAUS

Die Aussprache mit Kai geht mir noch durch den Kopf, während ich vor meinem Kleiderschrank stehe. Mehrfach hat Tim mich schon eingeladen: „Möchtest du auch einmal zu mir kommen? Ich hab meinen Eltern oft von dir erzählt und sie sind neugierig darauf, dich kennen zu lernen."

Aber ich wich dem immer wieder aus. „Also, ich weiß nicht …"

Mir wurde ganz heiß, bis mein Gesicht glühte. Weil Tim das sicher nicht verborgen blieb, musste ich schließlich gestehen: „Ich habe Angst."

Meine Stimme war kaum mehr als ein Flüstern, doch bei ihm kamen die Worte an. Verwundert hob er eine Augenbraue.

„Wovor?"

Dass er mir sanft über die Wange strich, erschwerte es nur, meine Befürchtungen zu erklären. Ein Klumpen setzte sich in der Kehle fest und nachdem ich den Mund geöffnet hatte, gelang es mir nicht, den geringsten Ton über die Lippen zu bringen.

Doch Tim erriet, was mich beschäftigte. „Dass meine Eltern genauso reagieren wie deine beim Chinesen? Und dich nicht mögen?"

Als ich nickte, legte er mir einen Arm um die Schultern, um mich an sich zu ziehen. „Mach dir da mal keine Sorgen. Du wirst ihnen bestimmt gefallen!"

Seine Zuversicht sollte mich trösten, allerdings gelang das nur teilweise. Damit ich Tim nicht dauerhaft enttäuschen musste, willigte ich schließlich ein. Doch sobald ich daran denke, zum ersten Mal den Hubers zu begegnen, fühlt sich das an wie schimmlige Schokolade zwischen den Zähnen. Nicht deshalb, weil ich vermute, dass seine Eltern unsympathisch oder ungepflegt wären. Aber Tim möchte mich als seine feste Freundin vorstellen und wie das bei mir immer so läuft, könnte alles in einer Fettnäpfchen-Orgie enden.

Zuerst: Was ziehe ich da nun wieder an? Heftig beschwöre ich meinen Vater, für alle Teenies dieser Welt etwas zu tun, indem er eine App entwickelt, die bei jedem Anlass das perfekte Outfit zusammenstellt. Dann müsste ich nur auf ein Symbol klicken und schon bekäme ich die Klamotten nach Hause geliefert.

Bliebe noch zu klären, wer die Rechnung übernimmt. Meine Eltern bezahlen das bestimmt nicht und ich kann es mir auch nicht leisten, also wende ich mich wieder der Auswahl zu, die ich bereits besitze.

Draußen ist es so warm, dass ich ein Kleid anziehen könnte. Aber das rote liegt in der Schmutzwäsche und würde mich außerdem an mein letztes, erstes Date mit Kai erinnern. Vor meinem inneren Auge formt sich das Bild, wie wir uns in der Eisdiele gegenübergesessen sind, unsere Hände sich berührt haben und dann ... Ein lauter Knall. Aus der Traum!

Plötzlich verspüre ich keine Lust mehr, so freizügig herumzulaufen, auch wenn die anderen mein Kleid vielleicht für weniger gewagt halten. Diese Überlegungen regen mich dermaßen auf, dass ich mir vornehme, ein für alle Mal damit Schluss zu machen. Spontan entscheide ich mich für Shorts und T-Shirt, denn so etwas trage ich auch in der Schule, wo sich noch niemand darüber beschwert hat.

Wenig später, als ich mich auf mein Fahrrad schwinge, bin ich heilfroh darüber, dass ich jedes Kleid ausgeschlossen habe. Der Fahrtwind hätte nur den Rock hochgewirbelt und dadurch wären meine Beine zum Vorschein gekommen, die leider nicht so braun sind wie Vollmilchschokolade.

Vielleicht sollte ich mich einmal ins Solarium legen, aber Papa würde mir das niemals erlauben. Ich kann mir gut vorstellen, wie er sich entrüstet, weil das intensive UV-Licht meiner Gesundheit schadet.

Überdies haben die Eltern beschlossen, Kevin und mir in den Sommerferien einen unvergesslichen Urlaub zu gönnen. In Griechenland am Strand dürfen wir Cocktails schlürfen und nach Muscheln tauchen.

Aber so sehr sich Kevin in den letzten Wochen auch verändert hat, wäre ich lieber mit meinen Freundinnen und Tim unterwegs.

So träume ich davon, wie wir unter Palmen in Liegestühlen dösen oder an einem Kokosnusskuchen knabbern, der in Sirup getränkt ist.

Kurz darauf biege ich in den Rabenweg ein und verlangsame meine Fahrt, um die Hausnummern zu prüfen. Schließlich, bei der Nummer acht, halte ich an und steige vom Rad.

Gründlich schaue ich mich um. Die Familie Huber lebt in einem hübschen Reihenhaus, überall strecken Obstbäume ihre Zweige zum Himmel und die Einfahrt ist von Blumen gesäumt. Deren Namen fallen mir nicht ein, so lange ich auch grübele.

Nach einer Weile gebe ich auf, weil mir sowieso nichts anderes übrig bleibt, als dieses Kennenlernen hinter mich zu bringen. Wenn ich zu spät kommen würde, hätte ich schon den ersten, schlechten Eindruck hinterlassen.

Mein Herz pocht viel zu wild in meiner Brust, als ich auf die Klingel drücke. Danach vergehen einige Sekunden, sodass ich überlege, wieder umzudrehen und abzuhauen. Doch Herr Huber öffnet die Tür. Eine hünenhafte Version von Tim, mit einem Vollbart, wie ich ihn nur vom Nikolaus kenne. Und die Stimme klingt genauso tief und angenehm.

„Du musst Sabrina sein."

„Ja", bestätige ich, während ich mir vorstelle, wie dieser Mann bei seinem kleinen Sohn am Bett sitzt und ihm Märchen vorliest. Oder wie er an einem Lagerfeuer Seemannslieder schmettert.

Jetzt lächelt er mich freundlich an. „Meine Frau Marie ist gestern Abend aus Südafrika zurückgekommen. Deswegen steht noch ein Koffer in der Diele, entschuldige bitte."

Dabei schwingt so viel Freude über die Heimkehr seiner Liebsten mit, dass ich tief durchatmen muss, damit mir nicht Tränen der Rührung in die Augen schießen. Tim erzählt mir häufig, wo auf dem Globus seine Mama sich gerade befindet. Als gelernte Biologin reist sie über alle Kontinente, meine Mutter war nur einmal auf der »Fashion Week« in Mailand. Damals richtete es Papa so ein, dass er für mehrere Tage von daheim aus arbeiten konnte. Um genau zu sein, kann er sich besser einteilen als Mama, ob er zu Hause oder bei seinen Kollegen im Büro schuftet.

„Ich sage Tim Bescheid", reißt mich die Bassstimme des Vaters aus meinen Gedanken, doch der Sohn kommt bereits angeschlendert. Grinsend legt er beide Arme um mich und noch bevor ich es verhindern kann, küsst er mich auf den Mund. Sofort steigt mir die Schamesröte ins Gesicht, denn vor meinen Eltern hätte ich nie so offen zeigen können, dass Tim und ich als Paar zusammengehören.

„Herzlich willkommen bei uns", sagt Herr Huber lächelnd und ich fühle mich gleich heimelig. Gestern habe ich noch ein paar Geschenke besorgt und er nimmt mir die Tasche ab, die ich über dem Arm trage, um sie an einen Garderobenhaken zu hängen.

„Ich bin Olaf, Tims Vater."

„Das sieht man", erwidere ich. Im nächsten Moment hätte ich mir am liebsten auf die Zunge gebissen. Allmählich müsste mir doch klar geworden sein, dass ich denke, bevor ich rede. Wahrscheinlich werde ich das nie begreifen.

Doch der blonde Mann lächelt nur noch breiter. Offenbar empfindet er meine Worte, die mich peinlich berühren, als Kompliment und er freut sich darüber.

„Ja, das sagen viele. Die Augen hat er aber von Marie."

Wieder ist da diese Wärme, sobald er ihren Namen ausspricht. Für mich klingt es, als sänge er eine Melodie.

Schon jetzt haben sich meine Befürchtungen zerstreut. Ich folge den beiden Männern ins Haus, das gemütlich eingerichtet ist. Im Flur hängen Bilder verschiedener Tieraufnahmen: Elefanten an einer Wasserstelle, kleine Äffchen, die sich über Lianen hangeln, außerdem Nashörner und eine Bärenfamilie. Dadurch fällt mir wieder ein, dass Tims Mutter ihr Fachwissen zur Verfügung stellt, wenn Dokumentarfilme gedreht werden. Oft begleitet sie die Teams bei ihren Expeditionen. Mich wundert allerdings, dass eine so zierliche Frau sich mit wilden Tieren befasst.

Jetzt kommt sie aus der Küche, die rötlich-braunen Locken umrahmen ihr Gesicht wie bei einer Porzellanpuppe. Als Marie meine Hände drückt, verstehe ich den Stolz, den Tim für sie empfindet.

„Hallo Sabrina", begrüßt sie mich in weichem Tonfall. Ihre Stimme klingt nicht zu laut, ist aber auch kein Flüstern. „Es freut mich sehr, dich kennen zu lernen. Tim hat schon so viel von dir erzählt!"

Dass mein Verhalten hier negativ interpretiert werden könnte, glaube ich inzwischen nicht mehr. Denn aus irgendeinem unbestimmten Grund breitet sich eine Wärme aus, die ich Fremden gegenüber noch nie empfunden habe, eine Vertrautheit gleich im ersten Moment.

Während wir ins Wohnzimmer gehen, vergewissert sich Marie: „Hast du dich nicht mit einem blinden Mädchen angefreundet? Und bei einer Spendenaktion geholfen? Ich finde es großartig, wie du dich für andere engagierst!"

Dieses Lob macht mich so perplex, dass ich außer „vielen Dank" nichts weiter herausbringe. Weil Maries Gesichtsausdruck so warmherzig ist, kann ich den Blick nur schwer von ihren silbergrauen Augen nehmen.

Trotzdem fällt mir der Flachbildfernseher auf und daneben eine Stereoanlage mit Plattenspieler, dabei sind schon CDs fast aus der Mode! Zumindest wüsste ich nicht, wann ich mir zuletzt so eine Scheibe gekauft habe. Aber Papa sagt immer, dass Trends verschwinden, um 20 oder 30 Jahre später wieder aufzutauchen. Wenn die meisten Leute ihre Abspielgeräte entsorgt haben, werden wieder Schallplatten verkauft.

Oder Videokassetten, denke ich, da mein Blick noch einmal den Fernseher streift. Doch am meisten Aufmerksamkeit bekommt die beigefarbene Couchgarnitur, wo etliche, dicke Kissen auf mich warten. Dankbar werde ich in die Polster sinken, bevor ich eine heiße Schokolade genieße. Den Tisch haben sie bereits gedeckt.

Tim scheint mich so gut zu kennen, dass er sogar meine Gedanken liest. Oder er folgt einfach dem Gastgeber-Knigge, indem er sich erkundigt: „Willst du was trinken?"

In der Absicht, größere Umstände zu vermeiden, fange ich behutsam an. „Ein Wasser."

„Wir haben auch Säfte, Limo, Cola … Ganz, wie du willst“, zählt Olaf auf. Und ich kann nur staunen, dass ihre Hausbar so reichlich bestückt ist, denn bei uns gibt es nur selten ein zuckerhaltiges Getränk.

„Also, den Saft haben wir frisch gepresst“, scherzt Marie. Oder ist es gar kein Witz?

„Sie mag am liebsten Schokolade“, plaudert Tim.

Ich zögere kurz, allerdings läuft mir beim Gedanken daran schon das Wasser im Mund zusammen. Also nicke ich und habe kurze Zeit später eine dampfende Tasse mit dem Milchmixgetränk vor mir stehen.

„Wir haben auch noch Schokokuchen“, schlägt Marie mir vor, „Tim hat uns verraten, dass du den beim Picknick so gerne mochtest. Da hat Olaf gleich noch einen vorbereitet.“

Überrascht reiße ich die Augen auf. Einen Kuchen extra für mich?

„Das … wäre nicht nötig gewesen“, stammele ich.

Aber Olaf lacht vergnügt. „Backen ist meine Berufung.“

Kurz verschwindet er in einem Nebenraum, von wo er mit einer Tortenplatte zurückkehrt. Ich glaube, nicht richtig zu sehen, denn oben auf die Schokoglasur ist mit bunten Streuseln mein Name geschrieben. Mit offenem Mund starre ich darauf, dann blinzele ich, weil es sich doch nur um eine Täuschung handeln kann. Doch als ich das nächste Mal hinschaue, leuchten mir die Buchstaben immer noch entgegen: SABRINA.

Tim grinst mich an, als er mir ein Messer reicht, damit ich die Torte anschneiden kann. Doch ich will noch schnell ein Foto machen, meine Freundinnen müssen das unbedingt sehen!

Über WhatsApp sende ich eine Nachricht an Mona und Aylin. Susanne werde ich später anrufen, um ihr alles zu erzählen.

„Da ist uns die Überraschung ja richtig gelungen“, freut sich Olaf, der nun ebenfalls sein Smartphone hervorzieht. Zum Lächeln muss er mich nicht mehr auffordern. So knipst er mich, während ich die Tortenplatte in den Händen halte wie den Pokal nach einer Meisterschaft im Poetry Slam. Das heißt, gibt es das überhaupt? Eine Meisterschaft für Dichter?

Ich nehme mir vor, das in Erfahrung zu bringen, aber gerade lockt mich die cremige Schokolade. Vorsichtig setze ich das Messer an, zögere noch einen Moment, meinen eigenen Kuchen zu zerstören. Dann schneide ich die Stücke ab und lege jedem eines auf den Teller.

„Lass es dir schmecken", sagt Marie. Und dieser Aufforderung komme ich ohne weiteres nach, lege mich förmlich in die Köstlichkeit hinein. Fehlt nur noch, dass ich anfange zu sabbern, weil diese Torte alles übertrifft.

Auch die anderen drei genießen den Himmel auf Erden. wir sprechen nicht viel, doch Marie wirft ihrem Mann ein paar bewundernde Blicke zu. Die Anerkennung und der gegenseitige Respekt für das, was jeder von ihnen im Leben vollbringt, scheint wohl das Rezept für diese Familie zu sein.

Nach dem Essen zeigt uns Marie, auf einem Tablet, die Bilder von ihrer letzten Reise. In Kapstadt hat sich ein Forschungsteam mit Nashörnern beschäftigt, die dort in Reservaten leben.

„Sie sind vom Aussterben bedroht." Kurzfristig verlieren Maries Augen jeden Glanz und bekommen einen traurigen Ausdruck. „Die Tiere könnten bis zu 45 Jahre alt werden, das ist ein langes Leben. Aber wegen ihrer Hörner werden sie gejagt."

„Den Geparden geht es ähnlich", sage ich.

In den nächsten Minuten erfahre ich sehr viel über die Familie meines Freundes, zum Beispiel besitzt sein Großvater eine Imkerei. Gerne würde ich noch mehr wissen, aber natürlich soll auch ich einiges verraten. Dabei gebe ich offen zu, dass ich nicht die Sportlichste bin, durch Tim allerdings Fortschritte gemacht habe.

Während der Unterhaltung werde ich immer wieder gefragt, ob ich noch etwas zu trinken oder ein weiteres Stück Torte möchte. Solche Herzlichkeit für Gäste bin ich nicht gewöhnt, denn meine Eltern kümmern sich lange nicht so intensiv um Kevins oder meinen Besuch. Wenn Mona kommt, verhält es sich fast, als wäre unsere Wohnung ihr zweites Zuhause. Jederzeit darf sie sich nehmen, was sie braucht, worüber ich mich einerseits ja freue. Andererseits wäre es schön, wenn meine Eltern ihr auch einmal etwas anbieten oder sich erkundigen würden, wie es ihr geht.

Nachdem wir viel erzählt und gelacht haben, schlägt

Olaf vor, eine Runde »Quizduell« zu spielen. Damit meint er nicht die App auf dem Handy, sondern das Brettspiel und ich stimme sofort zu. Tim und ich bilden ein Team gegen die Erwachsenen. Kaum gibt es für uns eine Chance bei dem unerschöpflichen Wissen, das sich Marie und Olaf im Laufe ihres Lebens angeeignet haben.

Beim nächsten Versuch tauschen wir die Spielpartner, sodass nun Frauen gegen Männer antreten. Es wird eng und richtig spannend, bis es uns gelingt, Tim und seinen Vater zu besiegen. Olaf betont: „Nur mit zwei Punkten Vorsprung."

„Immerhin", entgegnet Marie. Dann steht sie unerwartet auf. „Ihr wollt doch sicher noch ein bisschen Zeit füreinander, oder?"

Tatsächlich bin ich neugierig darauf, Tims Zimmer zu sehen. Er trägt ein Tablett vor mir her, mit einer Flasche Apfelsaft, einer Flasche Wasser und zwei Gläsern. Am Ende des Flurs bleibt er stehen und stößt mit dem Fuß eine Tür auf.

Zuerst nehme ich wahr, wie ordentlich es hier drinnen ist. Bisher habe ich angenommen, dass Jungenzimmer aussehen müssten, als wäre ein Wirbelsturm hindurchgefegt.

„Stimmt etwas nicht?", sorgt sich Tim, der meinem Blick folgt.

„Hier … ist es so sauber. Du müsstest einmal zu Kevin kommen!"

Tim lacht, als ich ihm schildere, welches Chaos ihn dort erwarten würde. Vermutlich sind meine Vorstellungen durch diese Bude abgestumpft.

Während Tim das Tablett zu seinem Schreibtisch bringt, registriere ich ganz automatisch, dass selbst dort alles geregelt ist. Lose Blätter liegen aufgestapelt am Rand, in der Mitte befindet sich ein zugeklappter Laptop und Tims Schulbücher stehen ganz hinten. In einer Reihe nach Fächern geordnet, wie ich erkenne, sobald mein Blick über die Titel gleitet.

„Die hast du aber nicht alleine sortiert", spreche ich aus, was mir spontan durch den Kopf geht.

„Na ja …“ Er druckst ein wenig herum, fühlt sich offensichtlich ertappt. „Mama hat mich dazu gedrängt. Ich war davon überzeugt, mich hier bestens auszukennen. Aber dann ist es doch öfter passiert, dass ich irgendein Buch nicht mehr gefunden habe und meine Hausaufgaben nicht erledigen konnte. Irgendwann ist Mama der Kragen geplatzt und sie hat mich aufgefordert, doch endlich etwas gegen meine Faulheit zu unternehmen. Genau das waren ihre Worte, ich schwör's!“

Tim gestikuliert, als müsste er das noch einmal unterstreichen. Doch in seiner Miene liegt nicht der geringste Groll.

„Eigentlich bin ich ihr inzwischen sogar dankbar dafür“, gibt er zu. Noch etwas, worin er sich von all den Jungen unterscheidet, die ich bisher gekannt habe.

In Kevins Zimmer stechen seine Playstation und die Musikboxen hervor. Bei Kai, gehe ich weiter durch, würden mich sicher Fußballprofis empfangen, die von ihren Postern an den Wänden herunterlächeln. Aber mein Freund hat ein Hobby, das mir besser gefällt, denn er besitzt eine beachtliche DVD-Sammlung. In einem Wandregal hat er die Scheiben den Genres zugewiesen: Action, Fantasy und Comedy. Eine ungewöhnliche Mischung, würde ich sagen, doch auch für mich ist etwas dabei. Schon fixieren meine Augen »Beautiful Creatures«. Dazu habe ich das Buch gelesen, wo ein Junge immer wieder Träume von einem unbekannten Mädchen bekommt, das dann plötzlich an seiner Schule auftaucht. Die Verfilmung ist von 2012, aber immer noch gut.

„Willst du den gucken?“, errät Tim.

Nachdem er den Streifen gestartet hat, machen wir es uns auf seinem Bett bequem. Es wird zwar etwas eng, doch umso mehr genieße ich, ihm so nahe zu sein. Während ich seinen warmen, frühlingshaften Atem auf dem Gesicht spüre, streicht Tim mir sanft über die Haare. So muss sich Liebe anfühlen, denke ich. Alles vergessen, weil es nur noch zwei Herzen gibt, die füreinander schlagen. Von dem Film bekommen wir kaum etwas mit.

VON DER EBBE ÜBERFLUTET

26. JUNI

Am übernächsten Tag lasse ich es mir immer noch gut gehen! Mit Chips vor dem Fernseher zu lümmeln, während in »Fack ju Göthe« Zeki Müller und Lisi Schnabelstedt die 10B unter Kontrolle bringen wollen, ist einfach super witzig und entspannend; nicht aber, wenn der Bruder stört. Ausgerechnet bei der Szene auf dem Biobauernhof klaut Kevin sich die Fernbedienung vom Sofa und drückt auf »Stopp«, damit das Bild einfriert.

„Hey, was soll das?", entrüste ich mich, „darf ich das nächste Mal den Stecker deiner Anlage ziehen?"

„Machst du sowieso dauernd", erinnert er mich. Das gibt Pluspunkte für ihn, trotzdem will ich jetzt weiterschauen. Deshalb strecke ich den Arm nach dem Umschalt-Gerät aus, aber Kevin hält es so weit nach oben, dass ich nicht rankomme. Genüsslich schiebt er sich eine Paprikaknabberei in den Mund.

„Wo ist unser Zelt?"

„Verstaubt im Keller", erkläre ich gereizt. Und obwohl ich eigentlich andere Prioritäten setze, als mich mit meinem nervigen Bruder zu unterhalten, rutscht mir noch die Frage heraus: „Wozu brauchst du das?"

Vielleicht will er sich wieder den Pfadfindern anschließen. Dafür würde ich ihm eine Jurte empfehlen, die bietet mehr Personen Platz.

Kevin schluckt erst einmal runter, dann legt er seine Stinkefüße auf mein Lieblingskissen. Wenn er allerdings erwartet, dass ich mich darüber aufrege, kennt er die neue Sabrina nicht. Nie mehr werde ich mich provozieren lassen!

Nur ist das gar nicht so einfach und mein Blick schweift unwillkürlich zurück zum DVD-Player. Dadurch nehme ich verzögert wahr, was Kevin mir mitteilt.

„Nach meinem Geburtstag fahre ich mit Mona zum Camping an den Chiemsee."

Ich versuche, diese Botschaft sacken zu lassen, aber Kevin gibt mir gar nicht erst die Möglichkeit dazu. Denn er redet unverzüglich weiter.

„Eigentlich wollte ich mit ihr und Kumpels zum »Wacken Open Air«. Haben Mama und Papa nicht erlaubt. Und am Chiemsee fühlt sich Mona richtig wohl."

Zu viele Informationen überschwappen mich wie eine bedrohliche Welle. „Das ist … richtig unfair!"

Weder kann ich klar denken noch einen vernünftigen Satz zustande bringen, stattdessen geraten meine Worte ins Stocken wie eine CD, die mit Kratzern übersät ist. Ich raffe meine Gedanken und erkundige mich misstrauisch: „Fliegst du dann überhaupt noch mit uns nach Griechenland?"

Kevin grabscht sich noch einen fettig gerösteten Taler. „Ja, sonst darf ich nicht zum Camping."

„Und wer bezahlt das? Hast du seit neuestem einen Job als Spieletester?"

Diese spitze Bemerkung kann ich mir einfach nicht verkneifen, doch Kevin quittiert mit einem breiten Grinsen. Gleichzeitig reckt er den Daumen hoch.

„Wofür gibt's Eltern?"

„Scheiße, Mann!" Fast schreie ich das hinaus, während mein Kopf sich anfühlt, als hätte Kevin, statt der zerkratzten CD, eine sich immerzu drehende Platte aufgelegt. Das darf doch wohl nicht wahr sein! Mona und Kevin fahren zusammen in den Urlaub! Nie bin ich mit meinen Freunden, geschweige denn mit meinem festen Partner verreist. Brav wie ein frommes Lämmchen döste ich zwischen den Eltern am Strand oder musste historische Gebäude bestaunen, weil mein Vater meinte, Bildung bräuchten wir nicht nur während der Schulzeit. Hätte ich mich, genau wie Kevin, für die Architektur interessiert …

Der Eindruck, ungerecht behandelt zu werden, vereint sich mit der Wut in meinem Bauch. Mona hat mich nie gefragt, ob ich mit ihr alleine wegfahren möchte, mich aber mitgenommen, als ihre ganze Familie nach Kreta flog. Daraufhin fühlten meine Eltern sich verpflichtet, sie übers Wochenende in den »Europa-Park« Rust einzuladen, wo es immer wieder zu Reibereien kam. Hinterher hat Mona ehrlich zugegeben, dass sie jetzt noch besser versteht, warum ich kein besonders gutes Verhältnis zu meinen Eltern hege.

Ich springe hoch, denn die Lust auf die Schulkomödie ist mir gründlich vergangen.

„Papa zu Hause?", blaffe ich Kevin an, der nun seinerseits auf dem Sofa hockt und Lisi dabei zusieht, wie sie versehentlich eine Ladung Sexualhormone abbekommt.

Mein Bruder nickt und keine zehn Sekunden später klopfe ich in normaler Lautstärke, obwohl ich liebend gerne laut dagegen gehämmert hätte, an Papas Bürotür.

„Herein?"

Erhobenen Hauptes stolziere ich in den kleinen Raum, wo es immer nach Papier oder der Lüftung eines technischen Geräts riecht. Neben dem Schreibtisch befindet sich ein »Amazon Echo« auf einem kleinen Siteboard. Mama und Papa haben sich darauf geeinigt, dass es nur hier platziert werden darf. Wenn Papa durchkriegen möchte, doch noch eines in der Küche aufzustellen, lautet der Standard-Spruch meiner Mutter: „Ich will nicht, dass uns der Kasten beim Abendessen zuhört!"

Jetzt klingt leise Klaviermusik aus den Lautsprechern, irgendwas von Adrian Aeschbacher oder Lang Lang? Diese Komponisten habe ich schon öfter bei Papa gehört.

Mit einem einzigen „Alexa, stopp!" verstummt das Piano und Papa sieht mich prüfend an. Sicher bemerkt er meine rasende Wut, beinahe wird es noch schlimmer, weil er einen ruhigen Tonfall wählt.

„Was ist los?"

Ich rede gar nicht lange drum herum, sondern komme gleich zur Sache. „Warum darf Kevin mit Mona Zelten fahren?"

„Spricht etwas dagegen?"

„Ich war noch nie mit Mona oder Aylin im Urlaub!"

Papas Blick bleibt Freundlich, die Stimme klingt sanft, aber seine Worte tun mir trotzdem weh. „Sabrina, dafür bist du noch viel zu jung. Wenn du 16 wirst, darfst du auch mit jemandem …"

„Mit Tim?", frage ich provokativ. Schlagartig verändert sich Papas Gesichtsausdruck, aber inzwischen bin ich dagegen immun, dass die Eltern ihre höhere Macht ausspielen wollen. Nicht zuletzt von Susanne habe ich gelernt, dass es sich lohnt, für seine Ziele zu kämpfen; auch wenn man dabei mit Autoritätspersonen kollidiert, die junges Gemüse nicht ernst nehmen!

In Papas Oberstübchen arbeitet es heftig. Viel zu schnell wechselt sein Gesichtsausdruck, von Unglauben über Entsetzen bis hin zu Verachtung. Von seinen Emotionen getroffen, taumle ich einige Schritte zurück. Ich muss mich absolut zusammenreißen, dass keine Tränen des Zorns und der Verletztheit in meine Augen schießen.

Stark bleiben, heißt die Devise. Denn Schwäche würde für ihn den Beweis liefern, dass ich eben doch nur klein bin und nicht originell genug, mich durchzusetzen.

„Was hat er euch denn getan?"

„Du bist immer noch meine Tochter! Ich weiß, dass solche Typen wie er nur Ärger machen. Sie gefährden deine Zukunft! Wollen sich in deinem Erfolg suhlen!"

Obwohl diese Behauptungen wie Pfeile wirken, liegt etwas in seinen Augen, das mich irritiert. Denn Papa scheint um mich besorgt zu sein.

„Mit einer gebildeten Freundin könnte Tim bei seinen Kumpels angeben. Ich möchte nicht, dass du für ihn zu einem Objekt wirst!"

„Er würde nie …"

„Denkst du! Aber er kann nicht so viel erreichen wie eine Realschülerin, die hinterher ihr Abitur macht!"

Um Papa nochmals zu erklären, dass ich nach der mittleren Reife eine Ausbildung durchlaufen will, fehlen mir gerade wirklich die Nerven. Alles glüht in meinem Inneren, weil mein Vater nie mit Tim gesprochen hat, sondern ihn prinzipiell verurteilt. Dabei umringen Papa nur Freunde, die selbst wie er studiert haben. Mit niedrigen Bildungsschichten gibt er sich gar nicht erst ab. So bleibt ihm wahrscheinlich verborgen, was diese außerhalb von Studium und hoher Karriere erreichen können.

„Wir sind fest zusammen, daran änderst du nichts! Und ich fahre bald mit Tim in den Urlaub, egal ob euch das passt!"

Nicht Papa antwortet auf meinen Ausruf, sondern »Alexa« erkundigt sich: »Soll ich dir einen passenden Flug heraussuchen?«

Ich drehe mich um und rausche aus dem Büro. Darauf, dass die Tür Geräuschlos zufällt, achte ich gar nicht erst.

Überhaupt bin ich jetzt in der richtigen Stimmung, um auch mit Mona Klartext zu reden. Von ihr fühle ich mich am meisten verraten und habe das Gespräch vermutlich deshalb so lange hinausgezögert, weil ich bei ihr am meisten zu verlieren habe.

Verzweifelt lasse ich mich auf mein Bett fallen, wo ich alle Tränen heule, die ich so willensstark zurückgehalten habe. Bei der Vorstellung, Mona und ich könnten uns anschreien, klingeln meine Ohren jetzt schon unangenehm. Zum Glück kriege ich meine Freundin schnell an die Strippe.

„Hi Sabse. Wie geht's?", flötet sie gut gelaunt. Die Frage ist nur, wie lange sie noch so fröhlich sein wird. Ich bin mir sicher, dass meine Antwort viel zu viele Sekunden auf sich warten lässt.

„Ganz okay. Ich … muss mal mit dir reden."

Ähnlich wie vorhin bei Papa, sollte ich auch ihr am besten unvermittelt sagen, was mich beschäftigt. Dann werden wir einander anbrüllen, auf die rote Taste unseres Sprachrohrs tippen, losheulen. Zu belastend für unsere Freundschaft, wie die »Titanic« werden wir auf der Jungfernfahrt versinken. Schließlich hatten wir noch nie einen solchen Konflikt oder uns heftiger gezankt. Zwar kam es zu Meinungsverschiedenheiten, aber dass wir nicht mehr miteinander sprechen konnten, hielt höchstens ein paar Stunden an. Am Abend, nachdem wieder etwas Abstand zwischen uns herrschte, suchte immer eine die Verständigung.

Irgendwas sagt mir, dass dies heute nicht der Fall sein wird, zu tief gehen die unangenehmen Pikser in meiner Brust.

„Ich hab das Gefühl … Na ja, wie soll ich das erklären? In letzter Zeit haben wir viel zu wenig zusammen unternommen. Klar, du bist immer sehr beschäftigt und hängst oft mit Kevin ab. Aber dass du gar keine Zeit mehr für mich findest, tut mir weh."

Ich spreche all das aus und erkenne dabei, wie Recht Aylin doch hatte: dass es befreit, sich den Kummer von der Seele zu quatschen. Nur so kann Mona erfahren, wie traurig ich bin.

Doch welche Gefühlsregung wird mein Geständnis auslösen? Ein hemmungsloses Schluchzen, einen spitzen Wutschrei?

Mit der Reaktion, die tatsächlich folgt, hätte ich überhaupt nicht gerechnet. Meine Freundin lacht kurz auf, dann meint sie lapidar: „Übertreibst du da nicht ein bisschen? Wir sehen uns jeden Tag in der Schule und telefonieren."

Ich bin bekümmert, ihre Gesellschaft fehlt mir, aber Mona nimmt das nicht ernst genug! Vielleicht, weil wir keine Übung im Streiten haben? Passiert es dann schon mal, dass man den anderen missversteht, ja sogar seine Sorgen als etwas Banales abtut?

Ich versuche, ihr die Bedeutung meiner Worte ins Bewusstsein zu rufen: „Zwischen uns funktioniert es nicht mehr so wie noch vor ein paar Wochen."

„Hast du etwas dagegen, dass ich mit Kevin gehe?", fragt Mona schnippisch, woraufhin ich sie eilig beruhige.

„Nein, ich könnte mir keine bessere Freundin für meinen Bruder vorstellen. Dank dir hat er sich positiv verändert, aber für uns beide gibt es überhaupt keinen Platz mehr. Jetzt fahrt ihr auch noch zusammen weg! Mir erlauben das meine Eltern nie! Schon gar nicht gemeinsam mit Tim!"

Ich merke, wie meine Stimme kippt und mir erneut die Tränen wie Wasserfälle aus den Augen schießen. Von weit her, in den Dimensionen der Telefonleitung, höre ich Monas Stimme.

„Ach, Sabse. Du brauchst doch nicht weinen."

„Ach, Mone!" Geräuschvoll schnäuze ich in ein Taschentuch, während Mona bestärkt: „Mir bedeutet unsere Freundschaft dasselbe wie dir. Aber ich weiß nicht, was ich verändern soll, denn für mich fühlt sich soweit alles gut an."

Offensichtlich kommuniziere ich in einer völlig fremden Sprache wie »Simlish« oder »Elbisch«. Oder wie soll ich mir erklären, warum mich die meisten nicht verstehen?

Gepresst stoße ich hervor: „Ich wollte dir das sagen, damit du weißt, wie es mir geht."

„Dass du nicht mit Tim wegfahren darfst, tut mir echt leid", bekundet Mona.

Eine Zeit lang sagt keine von uns ein Wort. Im Hintergrund knattert ein Motorrad vorbei, wahrscheinlich hat Mona das Fenster geöffnet, solange sie an ihrem Schreibtisch sitzt. Papier raschelt, bis mir meine Freundin mitteilt: „Ich komme heute Abend zum Poetry Slam. Will mir doch deinen Auftritt nicht entgehen lassen!"

Mir wird heiß, denn dieses Event habe ich nach der ganzen Aufregung total vergessen! Warum habe ich ausgerechnet letzte Woche eine Mail, angehängt den Text »Bücherliebe«, an die Veranstalter geschickt?

Nicht nur, dass ich unter chronischem Lampenfieber und einer angeborenen Blasenschwäche leide; ich werde mich bis auf die Unterhose blamieren! Aber ich freue mich, dass Mona mich unterstützen will. Schokolade bewirkt zwar Wunder bei Liebesfrust, aber dagegen, dass eine wahre Freundschaft zerbrechen könnte, kenne ich kein Heilmittel. Und niemand könnte Monas Platz jemals ersetzen, auch nicht Susanne oder Aylin.

POETISCHES FINALE

Diesmal haben Aylin und ich kein Problem, Sitzplätze zu ergattern. Ganz im Gegenteil, fühle ich mich wie eine Very Important Person; denn alle, die an diesem Abend auftreten dürfen, werden in einen separaten Raum hinter der Bühne geführt. Fast stolpere ich über die eigenen Füße, weil mein Herz einen wilden Rhythmus schlägt, der mich durcheinanderbringt.

Nur noch wenige Minuten, dann werde ich oben auf der Bühne stehen. Besonders schlimm empfinde ich, dass das Moderatorenteam keine Reihenfolge festgelegt hat, sondern nacheinander die Namen aus einem Los Topf zieht. Im schlimmsten Fall muss ich mich als Erste stellen. Der absolute Untergang!

Warum habe ich mich jemals darauf eingelassen? Um Aylin eine Freude zu bereiten?

Wenigstens ist es gemütlich hier. Durch einen Vorhang von der Bühne abgetrennt, verteilen sich die Künstler auf einem rot bezogenen Sofa und in Ohrensesseln. Wasser, Cola und Kaffee stehen für uns bereit, als Nervennahrung gibt es Chips und Erdnüsse. Aylin nimmt sich ein paar aus einem Schälchen. Sie wirkt ganz unbekümmert, aber ich bin so aufgekratzt, dass ich nicht einmal etwas trinken kann. Meine Kehle fühlt sich an wie zugeschnürt.

„Das wird schon", spricht Aylin mir Mut zu, woraufhin ich denke: Das rocken wir! Trotzdem befürchte ich, mich vor ganz Freising zu blamieren. Frau Seidl habe ich vor dem Eingang schon gesehen und ihre Meinung bedeutet mir viel.

Um mich abzulenken, lasse ich den Blick über die anderen Teilnehmer schweifen. Zwei Typen, einige Jahre älter als ich, plaudern über ihr Studium. Wie sich das anhört, sitzen sie in denselben Kursen, aber vermutlich nicht hier an der Hochschule. Denn Landwirtschaft oder Biologie erwähnen sie mit keinem Wort.

Ein Mädchen, das im Frühjahr gegen Kai angetreten ist, wischt hektisch auf ihrem Smartphone herum, während ein angegrauter Mann in der »ADAC Motorwelt« blättert. Mit Sicherheit sind Aylin und ich die Jüngsten, das Publikum könnte uns in Welpenschutz nehmen.

Von draußen bekomme ich mit, was auf der Bühne passiert. Die Anmoderation durch Ko Bylanzky und Philipp Potthast, den Applaus der Zuschauer und schließlich die Verkündung des ersten Kandidaten: „Nina Hess!"

Ich atme auf, als würden ganze Felsbrocken von meiner Brust fallen. Wenig später, für den zweiten Text, tritt einer der quatschenden Jungs hervor. Allerdings höre ich nicht viel von seinem Beitrag, denn meine Blase erinnert mich daran, dass ich seit Jahren mit der Toilette verheiratet bin. Da könnte Tim echt eifersüchtig werden!

Nach einem knappen flüstern in Aylins Richtung, „bin für kleine Mädchen", verschwinde ich durch eine Tür, die nach draußen auf den Gang führt. Eilig haste ich die Stufen hoch, weil es wirklich drängt. Und was, wenn ich als Nächste aufgerufen werde und meinen Einsatz verpasse?

Das wäre unglaublich peinlich!

Als ich wiederkomme, hat die Handysüchtige den Studenten abgelöst. Sie erzählt etwas, worüber die Zuschauermenge vor Lachen grölt und ich bin sehr gespannt darauf, was mich erwartet. Werden die Leute kollektiv seufzen über mein außergewöhnliches Liebesgeständnis?

Mir entfährt ein Kichern, was aber nicht weiter auffällt, denn der laufende Auftritt ist unterhaltsam genug. Dann endet die Poetin und kehrt mit purpurnen Wangen zurück. Triumphierend klatscht sie in die Hände, als hätte sie bereits die Siegerflasche Alkohol in der Hand. Aber die Konkurrenz könnte besser sein!

Zunächst Aylin, die von Philipp auf die Bühne gerufen wird.

„Viel Glück", plärre ich ihr hinterher, während sie, einer Elfe gleich, durch den Vorhang schwebt.

Ich male mir aus, dass ihre Eltern, mit vor stolz geschwellter Brust, in der ersten oder zweiten Reihe die Daumen drücken. Familie Buchner, ganz besonders Simon und Lukas, werden nachher am Lautesten applaudieren. Außerdem könnte sich Frau Seidl entschließen, mit der Rektorin über den Lehrplan zu diskutieren, um das Thema Poetry Slam im Unterricht zu fördern. Denn Aylin ist wirklich talentiert, mit der Aussage ihres Textes zieht sie alle in den Bann: dass jeder das Recht hat, so zu bleiben, wie er ist, ohne dass die Gesellschaft ihn dafür verurteilt.

War der »Lindenkeller« vorhin erfüllt von Gelächter, so breitet sich nun Stille aus, jeder lässt die Botschaft auf sich wirken. Ins Finale schafft es meine Freundin aber nicht, denn viele stehen eben mehr auf Komödie als Melancholie. So erreicht Kathrin, das Mädchen mit dem lustigen Text, die letzte Runde. Davon überrascht, wendet sie sich zu Beginn der Pause an Aylin, um auch ihr zu gratulieren.

„Deine Message war toll! Ich geb dir gern was vom Alkohol ab, falls ich gewinne!“

Obwohl Aylin aufgrund ihres Alters gar keinen Sekt trinkt, merke ich, dass sie sich über das Angebot freut. Die Mädchen grinsen sich an.

„Der Beginn einer wahren Freundschaft“, höre ich plötzlich eine tiefe Stimme hinter mir. Irgendwie ist es Tim gelungen, sich in unseren Raum zu schmuggeln und ich falle ihm freudig um den Hals. Dann drücke ich ihm, vor allen Anwesenden, einen Kuss auf den Mund.

„Genial, dass du dich reingeschlichen hast“, juble ich. Durch meinen Überschwang wissen jetzt alle davon, aber das ist mir auch egal, denn Tim strahlt mich zufrieden an.

„Ich hab sogar noch jemanden mitgebracht.“

Erst jetzt nehme ich Susanne wahr, die ein bisschen abseits steht. Glücklich springe ich zu ihr hin.

„Sabse, bist du schon aufgeregt?“

„Warum lächelst du so, als hätte dir Kai eine Liebeserklärung gemacht?“, kann ich nicht umhin, ihr eine Gegenfrage zu stellen. Das Grinsen wird noch breiter, eine Antwort bekomme ich allerdings nicht. Stattdessen bietet mein Freund Susanne eine Salzstange an, bevor er sich selber eine zwischen die Zähne schiebt. Und ich beiße auf der anderen Seite ein Stückchen ab, dann noch eines, bis sich sanft unsere Lippen berühren. Dieser Romantiker, den ich, genauso wie Bücher, über alles liebe!

Nur habe ich ein Problem, denn ich piss mir vor Nervosität gleich in die Hose. Schon wieder! Diese blöden Grundbedürfnisse!

Entschuldigend gebe ich Tim ein Bussi zum Abschied, dann verschwinde ich zum stillen Örtchen. Dort brauche ich erneut so lange, dass Tim und Susanne bei meiner Rückkehr schon wieder im Publikum sitzen und Aylin mich irritiert betrachtet.

Mein Hintern geht auf Grundeis, als Ko Bylanzky die nächste Kandidatin vorstellt. „Diese junge Dame war schon öfter als Zuhörerin hier, bis sie sich entschlossen hat, selber etwas vorzutragen. Ob ihr Fanclub heute in die Trillerpfeife trötet? Begrüßt mit mir: Sabrina Winter!"

Meine Knie zittern, als ich hochspringe, Aylin steht ebenfalls auf. Vermutlich will sie mich extra umarmen, doch als sie auf mich zukommt, hält sie Blätter in der Hand und bestimmt: „Lies das!"

Hektisch reißt sie meinen eigenen Text weg, um mir ihre Zettel in die sowieso schon klammen Finger zu drücken. Verständnislos starre ich darauf.

„Warum?"

Ich will noch mehr von ihr wissen, aber Aylin zischt: „Frag nicht, mach einfach!"

Wie kann sie mir das antun? Sie weiß doch ganz genau, wie aufgeregt ich bin und dass mir nur noch Augenblicke bleiben, mich gegen den drohenden Zusammenbruch zu wehren. Meine Nerven liegen völlig blank, da treibt mich Aylin fast in einen Herzinfarkt, zumal die Zeit drängt. Wenn die Moderatoren nicht gleich jemand anderen auf die Bühne holen sollen, muss ich jetzt da raus, ohne meine schöne Liebeserklärung.

Immer noch zitternd, trete ich in das viel zu helle Licht. Es brennt mir in den Augen, ich fühle mich jetzt schon viel zu überflutet mit Reizen. Hier steht das Mikrofon bereit, damit ich hineinstammeln kann. Philipp und Ko Bylanzki schauen zu mir, als hätten sie seit Stunden gewartet. Ich habe mir ja auch wirklich Zeit gelassen …

Um mich wieder zu sammeln, suche ich nach den vertrauten Gesichtern im Publikum. Aus der ersten Reihe strahlt mir Tim entgegen, links und rechts seine Eltern. Auch Kai kann ich entdecken, der mir fröhlich zuwinkt.

Ein Stück vom Mikro entfernt verharre ich noch einmal kurz, dann räuspere ich mich. „Hallo, ich bin Sabrina. Aber das hat Ko euch schon gesagt."

Erneut halte ich inne, lasse den etwas ungewohnten Hall meiner Stimme auf mich wirken. Gleichzeitig sehe ich, dass Susanne zwischen Mona und Kevin sitzt. Sie grinst noch immer wie die Katze aus »Alice im Wunderland«.

Sind schon zu viele Sekunden vergangen, in denen ich nichts gesagt habe? Nach einem weiteren Hüsteln erteile ich meinem Mund den ersten Befehl.

„Ich habe einen Text mitgebracht, den ich vorher nie gelesen habe. Ääh, ganz gelesen habe, meine ich."

Auf keinen Fall dürfen sie denken, dass der Beitrag nicht von mir kommt, sonst wäre ich gleich unten durch. Als hätte mir das Papier einen Stromstoß verpasst, taumle ich einen Schritt zurück. Ich starre darauf und zwei fett gedruckte Worte stechen mir ins Auge: »Neue Freundschaften«. Das ist dann wohl der Titel, den ich langsam ausspreche. Doch als Philipp mich mit einem weiteren, auffordernden Blick bedenkt, füge ich mich in mein Schicksal.

„Sabrina, eine Chaotin und Querdenkerin von Beruf,
Schülerin im Nebenjob.
Und als Freundin immer top!
Neulich hat sie zwei Typen bekämpft,
die haben ein Mädchen übel beschimpft."

Wie ein Kleinkind, das zuerst die Worte lernen muss, lese ich sie vor.

Ich fühle mich, als hätte mich Aylin in einen Kessel mit Blei geschubst. Doch ihre Sätze sind ein Spiegel des Erlebten, meiner Seele. Nicht von dem, was in letzter Zeit so gar nicht nach Plan laufen wollte, sondern über eine positive Geschichte. Durch Susanne hat mein Leben sich komplett verändert.

Mit jedem Wort festigt sich meine Stimme. Fand ich es gerade noch sonderbar, einen völlig fremden Text wiederzugeben, gleiten mir die Sätze bald aus dem Mund, wie von Flügeln getragen.

„Für Susanne ist ein Probetag gebongt!
Alle Vorurteile löst sie aus den Ketten
und möchtet ihr wetten,
ob sie es schafft?
Die Schule reagiert sehr schnell.
Bald lacht Susanne froh und hell
und ist völlig aus dem Häuschen.
Denn in dem Schreiben steht,
dass sie wechseln darf!
Die zehnte Klasse der Realschule besuchen!
Susanne überlegt.
Spricht mit der Familie, der Direktorin und Co.
Jetzt ist es so,
dass sie im Juli eine Schnupperwoche kriegt.
Die Mädels haben gesiegt!"

So lautet die letzte Zeile. Unsere Wahrheit, die ich kaum begreife, geblendet vom Scheinwerferlicht. Nicht ansatzweise habe ich geahnt, dass mir eine diebische Elster meinen Text klauen würde, der war ja nicht mal mit Goldstift geschrieben.

In gespieltem Vorwurf schaue ich mich nach Aylin um, die vorne in der ersten Reihe nur den Daumen reckt. Plötzlich schießen mir die Freudentränen in die Augen. Sicher kommt das nicht so gut an, aber ich kann nicht mehr an mich halten und weine vor purem Glück. Sonst heule ich immer nur aus Frust über irgendwelche Jungs oder weil ich Streit mit meiner allerbesten Freundin habe!

Im Moment scheint dieser aber völlig vergessen, denn Mona kommt, mit Susanne am Arm, auf die Bühne. Auch sie sind beide gerührt, können das aber besser verbergen als ich. Monas Wangen leuchten zart rosa und Susanne wischt sich flüchtig mit einem Taschentuch über die Augen. Dann fallen wir uns in die Arme.

„Sabse, das war so schön!“, schnieft Mona nun doch. Um uns herum applaudiert der ganze Saal.

EPILOG

AUF DEM »LOUIS BRAILLE FESTIVAL« WOCHENENDE VOM 5. BIS 7. JULI

Erzählt von Susanne

Oft verwechsele ich die Rollen von Koffern mit der Kugel eines Blindenstocks, der über den Boden tastet, doch in diesem Fall kann ich das Geräusch eindeutig zuordnen. So viele blinde Menschen auf einem Haufen begegnen mir sonst nur in der Schule oder in speziellen Hotels, wo das Personal auf die Bedürfnisse von Sehgeschädigten vorbereitet ist.

In Leipzig kenne ich kein solches Gästehaus, aber ein Anruf beim Festivalbüro genügte und wir erhielten, aus dem Kontingent der kooperierenden Unterkünfte, drei Doppelzimmer: für Kai und Tim, Marco und Ronja, Sabrina und mich. Sabrina hatte sich zuerst total gefreut, weil Tim sich uns anschließen wollte. Doch dann war sie unsicher geworden.

„Wenn ich meinen Eltern das erzähle, erlauben sie nie, dass ich mitkommen darf! Und wenn ich es für mich behalte und sie finden es hinterher trotzdem raus …“

Wir redeten lange über dieses Problem, bis sie sich dazu entschloss, ehrlich die Wahrheit zu sagen. Beinahe hätten ihre Eltern die Notbremse gezogen. Erst nachdem ihnen Sabrina erläutert hatte, wie wir die Zimmeraufteilung planten, waren sie etwas milder gestimmt und ließen die Reise durchgehen. Vielleicht auch deswegen, weil Marco schon über 18 ist und die Begleitung durch einen Erwachsenen garantiert.

„Das nächste Mal können wir alleine hinfahren", meint Ronja, wofür sie zwei Minuten Kussentzug erntet. Aber tatsächlich wäre das denkbar, denn Barrierefreiheit wird garantiert; zum Beispiel durch die Abholung vom Bahnhof oder Shuttlebusse, die einen von der Herberge zum Festival bringen.

Zusätzlich wurde in »Sichtweisen«, der Zeitschrift des Deutschen Blinden- und Sehbehindertenverbands, ein Festivalkompass angelegt. Dieser enthielt das komplette Programm, aber auch Informationen zum Gelände.

„»Sichtweisen«", hebt Tim hervor, „das klingt wie eine Satire zu eurer Behinderung."

„Früher hieß die Zeitschrift »Gegenwart«", wirft Ronja ein.

„Ja", überlegt Tim, „das fände ich besser, könnte auch eine Nachrichtenzeitung sein. Viel schöner, als immer nur auf das Sehen anzuspielen."

Leider wissen weder Ronja noch ich, warum der Name geändert wurde. Aber Ronja, die sich in Bayern für die Jugendgruppe engagiert, bietet an: „Wenn ich zufällig mal dem Chefredakteur begegne, richte ich ihm aus, er soll sich bei dir melden, Tim."

Für mich ist es das zweite Festival. Das letzte fand 2016 in Marburg statt, wo ich mit meinen Schwestern hinfuhr und es begeisterte mich so sehr, dass ich gerne wiederkomme.

Damit wir vor Ort den Überblick behalten, hilft ein Reliefplan, den mir ein Mitarbeiter am Eingang überreicht. Wir setzen uns an einen Tisch und studieren ausgiebig, was darauf abgebildet ist. Auch Kai fährt mit den Fingerspitzen die Linien nach, die immer wieder von größeren Markierungen unterbrochen werden. Daneben steht jeweils eine Zahl in Brailleschrift und Ronja liest von den beiliegenden Zetteln ab, welche Attraktion sich dahinter verbirgt. Eine Kletterwand, Stände von Hilfsmittelfirmen und eine Anlaufstelle, um Action-, Strategie- und Denkspiele zu testen, mit Computer oder Smartphone.

„Da müssen wir unbedingt hin!", drängele ich.

Es ist ein buntes Programm, sodass jeder etwas findet. Kai freut sich besonders auf den Poetry Slam und einige Lesungen, die von sehgeschädigten Autoren, aber auch durch Sprecher der Blindenhörbüchereien dargeboten werden. Spontan schlägt er vor, mit mir zu lauschen.

„Ich will mir abgucken, wie das die Profis machen, damit ich dich nicht irgendwann langweile."

Eilig versichere ich, dass mir niemals die Lust vergehen würde, ihm zuzuhören. Selbst als er erwägt, mir die Gebrauchsanleitung eines Chemiebaukastens vorzulesen, bleibe ich bei meinem Standpunkt.

Immer mehr Besucher strömen herbei. So wichtig ich es finde, unter Sehenden zu sein, so gut tut mir auch das Gespräch mit Betroffenen, die gleiche oder ähnliche Probleme mit sich tragen.

Als wir zu der Station für digitale Spiele gelangen, stellt Sabrina fest: „Hier wäre Kevin in seinem Element."

Sie hat ihn sogar vorher darauf aufmerksam gemacht, doch natürlich wollte er zu Hause bleiben und lieber für sich sein. Sabrina hatte gehofft, dass wenigstens Mona mitkommen würde, obwohl das Verhältnis zwischen den beiden immer noch angespannt ist. Deswegen hat Mona beschlossen, auch nicht nach Leipzig zu fahren.

Sogar mir fehlt sie ein bisschen, sodass ich mir vornehme: „Wenn wir zurück sind, lade ich euch alle zu einem Spieleabend ein. Vielleicht versöhnt ihr euch ja wieder."

Kevin würde ich »Sound of Magic« zeigen, ein interaktives Fantasy-Abenteuer auf dem Smartphone, wofür man keine Augen braucht. Stattdessen wird jeder, den es interessiert, mit Geräuschen und Stimmen durch eine zauberhafte Welt geführt. In diesem, von der deutschen Firma »Everbyte« entwickelten Spiel geht es um den herzlosen Magier, der sein Gedächtnis verloren hat. Um die Erinnerungen zurückzuholen, muss er verschiedene Aufgaben lösen.

Bisher sind nur wenige Computerspiele für blinde Menschen zugänglich. Sabrina findet es schade, dass »Sims 4« noch nicht dazugehört, aber »Sound of Magic«, vermuten wir, bringt uns einen weiteren Schritt in die perfekte Richtung.

Nebenan werden Brett- und Kartenspiele vorgestellt. Ich hoffe, »Trivial Pursuit« zu finden, doch leider muss mich die Verkäuferin enttäuschen. Resigniert beschließe ich, die Felder selbst in Braille zu beschriften und Kai sagt zu, dass er mir dabei helfen wird.

So haben wir am ersten Tag schon vieles erlebt, worüber Sabrina und ich, als wir in den Betten liegen, quatschen können. Am meisten interessiert mich, welche Eindrücke sie bisher bekommen hat. Denn die Vorzeichen sind vertauscht.

„Für mich", überlegt Sabrina, „macht es schon keinen Unterschied mehr, ob ich mit Blinden oder Sehenden abhänge. Nur fällt mir auf, dass einige von euch … na ja, so fremdartige Gesten ausführen."

Natürlich weiß ich, was sie meint: die so genannten Blindismen. Viele, deren Sehvermögen eingeschränkt ist, drücken sich die Finger in die Augen, weil das ein angenehm warmes Gefühl erzeugt. Oft geschieht dies unbewusst, mit dem Nachteil, dass die Augen in ihre Höhlen zurückgeschoben werden.

„Ganz langsam", relativiere ich, „über Jahre hinweg. Aber gesundheitsfördernd ist das trotzdem nicht."

Sabrina gibt einen erstickten Laut von sich, was ich gut verstehen kann. Irgendwie lässt es auch mich ein bisschen frösteln, über solche Eigenarten nachzudenken, die Ronja und mich zum Glück nicht einholen. Aber es gibt andere Blinde, die ständig vor und zurück schaukeln, selbst bei Corinna May hat meine Mama das bemerkt. Deshalb habe ich ihr erklärt, was ich jetzt auch Sabrina antworte: „Das hängt, soweit ich weiß, mit mangelnder Bewegung im Alltag zusammen. Blinde Menschen verfügen bloß über einen begrenzten Radius und das gleichen sie aus, indem sie mit dem Oberkörper wippen, viel herumhüpfen oder so."

„Hmm", macht Sabrina. Dann höre ich ihr Bettzeug rascheln, vermutlich hat sie sich aufgesetzt. Und ihre Stimme klingt aufgeregt, als müsste Sabrina dringend etwas loswerden.

„Viele sind auch sehr selbstständig. Wie die sich orientieren, da frage ich mich echt, wozu sie überhaupt einen Stock brauchen."

Einige entscheiden sich alternativ für den Blindenführhund als wichtigen Begleiter.

Ich verfalle wieder ins Schwärmen. So ein geschulter Vierbeiner könnte mir viele Freiheiten schenken, anders als Rocky. Ihn haben meine Eltern – nach meiner Erfahrung mit der Führhündin Charlene – als Welpe von einem Züchter geholt, sobald ich zwölf Jahre alt war. Sie meinten, ich solle erst einmal lernen, Verantwortung für ein Tier zu übernehmen. Und falls sich bestätigen würde, dass ich mich gut um Rocky kümmere, dürfte ich auch mit einem Blindenführhund losziehen.

„Wenn du etwas älter bist", vertröstete mich Mama. Abwägen müsste ich genauso sorgfältig wie bei einer Familienplanung. Halter und Hund gewöhnen sich aneinander, bauen eine feste Bindung auf und der Besitzer darf seinen lebenden Assistenten nicht einfach so abschieben, nur weil er für zwei Tage keine Lust auf ihn hat.

Am nächsten Tag, nach einem ausgedehnten Frühstück in der Pension, können auch die anderen, wie ich damals mit Charlene, erfahren, wie man am Führgeschirr läuft. Simuliert wird das durch ein Gestell mit Rollen, das von einer Frau angeschoben wird. Darauf ein Haltegriff.

Als sie Stufen nach oben steigen, bewegt sich dieser Bügel zu ihnen hin. Außerdem bleibt der »Hund« einige Male stehen – das Signal, ihm ein Kommando zu geben wie „Voran" oder „Such Eingang".

Während eines Rundgangs durch den Leipziger Zoo, der am Nachmittag stattfindet, lernen wir einiges über Löwen, Affen und Elefanten. Sabrina interessiert das ganz besonders, schließlich möchte sie ihre Eltern noch von einem Praktikum auf dem Reiterhof überzeugen. Sie erhofft sich, indem sie ihr Wissen vertieft, deren Herzen zu erweichen. anders als im »Tierpark Hellabrunn«, bekommen wir hier eine speziell auf Blinde und Sehbehinderte angepasste Führung, was bedeutet, dass wir einige der Tiere anfassen und sogar Erdmännchen mit Krabbeltieren füttern dürfen. Ronja, die an einer Insektenphobie leidet, ist zu ihrem Glück in eine andere Gruppe eingeteilt worden und lässt sich wahrscheinlich gerade von Lamas anspucken.

Kai beschreibt mir das Verhalten der Erdmännchen sehr genau und macht dabei dem Zoowärter Konkurrenz.

Später finden wir uns alle im Bach-Saal ein, wo der Rapper Vokuz auftritt, der mit 17 Jahren sein Augenlicht verloren hat. Seine Lieder gehen tief unter die Haut, besonders der Song »Parkhaus« beschreibt, wie er Selbstmord begehen wollte. Sabse schnieft neben mir, während ich von der anderen Seite höre, wie Marco und Ronja sich leidenschaftlich küssen, als wären sie ganz alleine im Raum.

Plötzlich nimmt jemand meine Hand. Ich spüre die rauen Finger und weiß sofort, dass sie einem Jungen gehören müssen.

„Sorry, wollte dich nicht erschrecken", murmelt Tim.

Ich bin wirklich erleichtert, dass er das ist. Gleichzeitig wundert es mich, warum er so leise redet.

„Wäre es okay, wenn ich heute mit Sabse das Zimmer tausche?"

Ich brauche einen Moment, um zu begreifen, worauf er hinaus will. Dann durchfährt mich ein Kribbeln und ich versinke in Gedanken darüber, ob sich Kai als Schlafgenosse eignen würde. Könnte ich überhaupt zur Ruhe kommen? Oder schnarcht er so laut, dass ich mich wach herumwälzen und ihm irgendwann ein Kissen an den Kopf werfen müsste? Natürlich ginge es auch vorsichtig, indem ich einen Arm um seinen Körper lege, um Kai in eine andere Position zu ziehen.

Bevor ich Tim eine Antwort geben kann, unterbricht uns die vertraute Stimme, die ich überall wiedererkennen würde. „Ich mag dich sehr."

Kais Worte durchrieseln mich wie warmer Früchtepunsch im Advent. Außerdem endet das Lied, worauf ich in den stürmischen Applaus der anderen einfalle. Daniel, alias Vokuz, kündigt den nächsten Song an.

„Das Stück handelt vom Neuanfang. Davon, dass nach beschissenen Zeiten alles wieder gut wird. Hier für euch: »Papierflieger«!"

Sanfte Gitarrenklänge erfüllen den Saal, verstärkt durch Daniels kräftige Stimme. Und ein Sog von Glücksgefühlen zieht mich zu Kai, während ich mich im langsamen Takt der Musik bewege. Versonnen habe ich die magischen Worte im Ohr, so als würde Kai die Zeilen rappen: „Weil ich heute weiß, auch wenn ein Papierflieger mal fällt, bau ihn neu, schick ihn los und dann fliegt er um die Welt."

BÜCHERLIEBE

TEXT FÜR DEN POETRY SLAM VON SABRINA

Manche sagen, ich wäre verrückt, weil ich Dich ständig brauch.
Im Bus, in der Bahn, ja sogar auf der Toilette.
Doch was würde ich tun, wenn ich Dich nicht hätte?
Ich finde Dich wunderbar!

Ich will blättern in Dir,
in Deinen Geschichten versinken.
Will weinen mit Dir
und lachen.
Ich will Angst haben mit Dir
und Glück haben mit Dir,
denn ich finde Dich wunderbar!

Du bist dünn oder dick,
fühlst Dich wie eine Offenbarung an;
manchmal hart und stabil,
dann wieder biegsam und weich.
Du riechst wie ein großes Versprechen.
Als Schokoriegel würd ich Dich essen,
denn ich finde Dich wunderbar!

Du verschönst meine Freizeit,
erweckst die Nächte zum Tag.
Auch in der Schule bist Du bei mir,
in sämtlichen Größen und Formen.
Und wenn ich schon lernen muss,

lieber durch Dich,
obwohl Fantasy viel besser wär für mich.
Ich finde Dich wunderbar!

Schon als ich Kind war, hast Du mich begeistert.
Deine Bilder gefielen mir ausnehmend gut.
Sie zeigten mir Tiere, Natur und andere Kinder,
brachten mir Farben im Winter.
Ich finde Dich wunderbar!

Darum drängelte ich, Dich zu benutzen,
wollte Buchstaben entziffern und Worte verstehen.
Wie oft meine Eltern mir Zeichen erklärten,
bis endlich die Grundschule kam!
Und dort fing ich an,
ein paar Märchen zu lesen,
öfter in Bibliotheken zu gehen.
Ich hab Dich bis heute, als treuen Gefährten,
in etlichen Regalen stehen,
denn ich finde dich wunderbar!

Trostlos wäre mein Leben ohne Dich.
Du Liebes Buch, ich freue mich,
dass es Dich gibt.
Und danke Dir, denn du bist beliebt,
nicht nur bei mir.
Wir finden Dich wunderbar!